光影花魂

王霆钧散文选

王霆钧 ◎ 著

长春出版社

全国百佳图书出版单位

图书在版编目（CIP）数据

光影花魂：王霆钧散文选 / 王霆钧著. -- 长春：
长春出版社, 2025. 1. -- ISBN 978-7-5445-7564-5

Ⅰ. I267

中国国家版本馆CIP数据核字第2024NJ1802号

光影花魂——王霆钧散文选

著　　者　王霆钧
责任编辑　于　雷
封面设计　宁荣刚

出版发行　长春出版社
总 编 室　0431-88563443
市场营销　0431-88561180
网络营销　0431-88587345
地　　址　吉林省长春市南关区长春大街309号
邮　　编　130041
网　　址　www.cccbs.net

制　　版　长春出版社美术设计制作中心
印　　刷　长春天行健印刷有限公司

开　　本　880mm×1230mm　1/32
字　　数　280千字
印　　张　13.375
版　　次　2025年1月第1版
印　　次　2025年1月第1次印刷
定　　价　69.80元

目　录

第一辑　生活底色

多一些微笑吧 / 2

一筒牙膏 / 6

最后一面 / 10

父亲遗愿 / 13

大　姐 / 17

二姐和她的女儿 / 25

杨　叔 / 33

是小草也是一棵树 / 37

血色当年 / 40

我的同学 / 47

打井人 / 51

兄妹里最年轻的先走了…… / 57

中国的月饼 / 60

一首电影插曲的爱情故事 / 64

影迷小崔 / 69

长影旧址博物馆的前世与今生 / 73

外孙女的腰凳 / 79

基奎特总统的两次接见 / 82

采访萨利姆 / 86

园中馆 / 90

来自非洲的黑精灵 / 95

情人的聚会和爱情的缺席 / 101

海南速写 / 105

祝　福 / 117

放　假 / 120

贴春联 / 123

过　年 / 125

校　庆 / 129

陪　考 / 132

生　命 / 135

战友啊战友 / 138

首长送我上大学 / 141

细听涛语 / 145

最值得珍惜的 / 151

故乡情思 / 155

第二辑　山光水色

三山行 / 168

拜谒李白墓 / 179

名山的期待 / 183

重游大寨 / 188

在耀邦陵园里 / 195

我在海南三月三 / 198

朝霞映在阳澄湖上 / 202

六盘山是会师山 / 208

家乡那条路 / 213

古运河畔的新婚礼 / 217

苏东坡被贬惠州 / 221

苏东坡在儋州 / 227

第三辑　短笛声声

花之魂 / 234

河与桥 / 239

碑山与神女峰 / 241

夏雪与冬雪 / 244

门脸与山墙 / 247

树与花 / 251

奇石与卵石 / 258

旅途速写 / 260

文豪故里行 / 267

东北亚的金三角 / 273

人在旅途 / 277

登山乐 / 283

走江湖 / 290

西到阳关 / 300

西海风 / 305

两寺游 / 309

袖珍城市 / 314

便宜与珍贵 / 318

读书与写书 / 320

生活短镜头 / 327

我喜欢…… / 340

第四辑　异国风情

闯荡俄罗斯 / 344

旅缅见闻 / 361

中越边境的女导游 / 370

东京见闻录 / 374

小国印象记 / 384

坦赞铁路今安在 / 398

非洲大草原漫笔 / 402

后记：感谢生活 / 416

第 一 辑
生活底色

多一些微笑吧

我不知道除了人之外还有哪些动物会笑。同样有头，同样有两只耳朵两只眼睛，一个鼻子一张嘴，嘴里有牙，能吃能吼。人有人言，兽有兽语。可那些脑袋与身子毛发连成一体的动物，它们的面部大约不能做出笑容来。据说，和人的血缘关系比较接近的灵长类大猩猩、猿猴之类能笑。可它们会像人那样按照意识和下意识的支配，做出微笑、大笑、狂笑、耻笑、讪笑、怪笑、嘲笑、耍笑、嗤笑、强笑、浪笑、苦笑、干笑、假笑、窃笑、媚笑、奸笑、掩口而笑、纵声大笑吗？在《同义词词林》里所列有关笑的词汇就有近百个。

人是会笑的动物。人，真会笑，让笑风情万种。

有人说笑比哭好，我看未必。假笑、媚笑，让人恶心得如吃苍蝇，倒不如哀哀恸哭，让人心灵纯净。

笑也不都是美的。

什么样的笑最美？

笑，各种各样的笑，作家的笔描写过；笑，形形色色的笑，画家的笔摹绘过。

大笑，非常舒心，未免令人感到孟浪；掩口而笑有风度，不失身份，又似乎有些做作。

我想起了《蒙娜·丽莎》。两只细长的眼睛射出柔和专注的光波，薄薄的嘴唇闭合着，嘴角俏皮地一挑，连挺括秀气的鼻子也闪现出内心的愉悦。于是，整个端庄的面庞都发出月华一样妩媚姣好的光。如果她的嘴再张大一点，一点点，眼睛再眯小一点，一点点，她还会让人那么喜爱吗？她的微笑真是恰到好处。

每个人在她面前都会发出会意的一笑。男人为之心动，女人也为之动心。不论面对什么人，不管对面的人有何种心理和动机，爱慕也好，嫉妒也罢，她都五百年如一日的微笑，而且五百年前和五百年后竟然笑得一丝不差。时间愈是久远，她那种神秘的笑愈是具有魅力。

真的蒙娜·丽莎站在我们面前也会这么微笑吗？据说，达·芬奇在画这位皮货商的妻子时，她常是悲哀抑郁的，因为她失去了心爱的女儿。画家为了让她面露笑容，请乐师奏乐、唱歌或说笑话，以创造欢快的气氛帮助她展现笑容。

我认识几位"蒙娜·丽莎"，是工作在商业战线上的姐妹，更具有东方女性的温柔和娴静。她们同在长春百货大楼当营业员。柜台是画框，货架是画布。站在货架前她们的脸上便浮现蒙娜·丽莎式的微笑。不用任何制造欢乐气氛的办法，不论站在什么人面前，她们的嘴角都那样微微地挑着。"同志你买什么？"她们用这样的微笑问你。你若是指指某种货物或说想看某种货，她们便这样微笑着拿给你看；你买也好，不买也好，她们又用这样的微笑目送你离去。不用回头你也能感到一股春风送爽。

达·芬奇画《蒙娜·丽莎》时，看见微风吹起涟漪，便引发他去修改这幅画。有趣的是，我所认识的这几位"蒙娜·丽莎"，也有过类似的过程。当时还是普通营业员的邢茂英，把她那迷人的微笑从学校、从家庭带到柜台时，湖面也不平静了：

"你买我卖，笑个啥劲儿？虚伪！"

微笑是虚伪，板脸是诚实质朴吗？

百货大楼党委发现了微笑服务的魅力。一个青年工人的自行车被人偷了一个零件，气得要偷别人一个顶上。家里人领他来到百货大楼自行车零件柜台。邢茂英微笑着接待了他。她这里没有他要买的零件，邢茂英就跑了好几家商店，为他买到了丢失的零件。他感动了，写信给邢茂英："你改变了我对人生的看法，我要向你学习，做一个好人，不干损人利己的事。"微笑对覆冰盖雪的角落不是一缕和煦的春风吗？在邢茂英收到的一千五六百封表扬信、感谢信中，有这样一封："你微笑着，那么热情地招呼我，我感到奇怪，以为你认识我，或者对我……后来，看你对谁都是这样，我明白了，这是你的美德。我对不起你，请原谅我曾经想入非非——咳！我在商店里见的笑脸太少了。"微笑对阴暗的一隅，岂止是一束明媚的阳光！一个人在柜台前站一站，不想买什么，看见她那迷人的微笑，竟买了一件现在不缺将来也许不会缺的零件。难道微笑对顾客不是最高明的广告吗?

微笑是美的,美是有感召力的。

达·芬奇用了四年时间塑造了一个《蒙娜·丽莎》。长春百货大楼只用了这个日子百分之一的时间便塑造了一群蒙娜·丽莎。现在,我不仅在省特等劳模、全国商业系统劳模邢茂英、朱淑英,在省劳模牛玉霞、王连梅,市服务标兵阎松……那儿看见蒙娜·丽莎式的微笑,在男营业员的脸上也看见这一迷人的微笑了。青年营业员马广义脸上常带着冷漠和严肃,难能见他一笑。党支部让他拜牛玉霞为师学习微笑服务,于是,他的脸上也挂上了蒙娜·丽莎式的微笑。蒙娜·丽莎式的微笑不独为女性所专有了。

微笑是最美的。美就美在这微笑表现了许许多多难以言传的感情,任何一种笑都不能与之相媲美。对狂笑它含蓄,对要笑它友好,对媚笑它率真,对奸笑它鄙视,对窃笑它坦荡,对假笑它真诚。微笑是笑之国度里的国王,笑之花海中的牡丹。人是会笑的,但要笑得得体,笑得适度,笑得大方,笑得优美才好。

让我们都笑一笑吧,多一些微笑,像蒙娜·丽莎那样的微笑。

(原载《人民日报》《散文选刊》 选载曾入选《中学生语文课外读本》和《中国散文家代表作选》)

一筒牙膏

　　没有远离过家门，又没有离家多年，就体会不到游子重归时的心境。当时我在旅大警备区当新闻干事，从进入新兵连集训到穿上四个兜军服，没有一天不梦想回家看看年迈的双亲，尤其是母亲体弱多病不能远行，只能守家待地盼子速归，因而看望母亲的心情格外迫切。尽管首长还交代一个任务——找一个未来的军人家属，可在没见到母亲之前什么都顾不上了。想到能很快地见到母亲，梦想变成现实，在久别的喜悦中，竟有几分莫名的忐忑。

　　我刚从津贴转为薪金不久，攒钱不多，还是倾其所有买了不少辽东土特产，除此之外我觉得还应该给母亲单买点什么。那时在农村除了挣工资的人之外，极少有刷牙的，而母亲有刷牙的习惯。因为家庭生活拮据，她只能买不足一角钱的牙粉。牙膏被看作难得的奢侈品。我上学交的杂费都要靠卖鸡蛋换取，母亲哪能舍得花大价钱买牙膏呢？

　　想起那些年头，真让人伤心。

　　我决定给母亲买筒牙膏。在丹东市转火车之前，到市里最大的百货商店买了一筒大号的中华牌牙膏。

　　这牙膏一直兴奋着我，总在想象着母亲见到牙膏时的惊喜。我想：到家一定先拿出牙膏，还要亲手给母亲挤到牙刷上，看着母亲刷牙。这念头在我脑海里像演电影似的形象而又逼真，连想点别的都办不到。回到家里，看着母亲笑成满脸皱纹的面庞，看着母亲凹陷的两腮，我的心倏地一紧，鼻子一阵发酸，眼泪在眼圈里直打转，看什么都如同蒙上了雾。

　　于是，我什么什么礼物都掏出来了，独独没敢掏出专门为母亲买的大号牙膏。妈妈在说话的时候，口里除了舌头，已经空空洞洞，父亲说：你妈想你想掉了一口牙。

　　眼里的泪水顿时冲破堤防再也抑制不住了。可怜天下父母心，儿行千里母担忧。我们当儿女的能体会到为人母的一颗慈爱的心吗？若干年后，我的女儿十多岁了。每每见到她的妈妈整天围着她转的样子，才更深切地理解母爱是怎么一回事，才更相信父亲说的话绝不是夸大其词。

　　我央求母亲镶牙。不论我怎么说母亲就是不肯去。我家住在乡下，镶牙须到县城，得挤长途汽车，还要住店，那得多大开销？她却说：镶了牙吃饭不香。我说妈你怕花钱吗？儿子有钱了。母亲还是笑着摇头，说有钱也不找那个罪受。

　　我从挎包里取出那筒亮灿灿的大号牙膏，说起了我买牙膏的事，母亲才知道我还带回一筒让我伤心的牙膏，泪光闪了一下说：牙膏放家吧，等以后有工夫去把牙镶上。我返回部队前叮嘱又叮嘱，还留下一笔专款告诉父亲和弟弟不可挪作他用。

母亲说你放心走吧。

我这一走便是两年。在部队有媳妇的一年一次探亲假，一个月；没媳妇的两年一次探亲假才二十天。我想：制定这政策条文的人一定是个娶了妻的人，饱汉不知饿汉饥。我第一次探亲没解决的"个人问题"，这一次该解决了。除此之外我还惦着母亲的牙。在此之前，家里来信说，妈妈镶了一口牙。我想那中华牌牙膏一定用光了，便到商店买了最新研制的药物牙膏。

这东西既当牙膏又当牙药，母亲一定特别喜欢。

当我推开家门，我看见母亲躺在炕上。见我到家，她让妹妹扶着坐起来。父亲说：你妈病挺长日子了，怕耽误你工作，不让告诉你。

我看见母亲幸福地笑着，干涩的双唇张开，果然露出两排整齐的银色的闪着光泽的牙。她老人家比以前更瘦弱，只是面颊却比我第一次探亲时显得丰满了，因为嘴里有了牙。我声音哽咽着说：妈，我又给你买了筒牙膏，是药物牙膏。母亲说，我刷不动牙了。我流下泪来，说：妈，我给你刷。

我脱了上衣，用我的军用牙缸舀满水。妹妹又把水兑得不凉不热。我把淡绿色的牙膏挤到牙刷上，然后跪在炕上一手扶着母亲，一手把牙刷送进母亲的口腔里，一下一下地刷。母亲见我笨手笨脚的样子，说还是我自个儿刷吧。她很虚弱，说话都没力气，刷牙更费劲了。不过，母亲总算刷完了牙，看着我欣慰地笑了。

可我看着母亲，哭了。

母亲说：哭什么？你买的牙膏不是用上了吗？

不久，母亲就去世了……

（原载《吉林日报 东北风》）

最后一面

　　老人即将过世，大约都是有预感的。他们平常喜欢吃的东西想再尝尝；他们觉得亲近的人想再见见。往往他们最想见的，又是离得最远的人。

　　岳母病故前，家里两个儿子守护在病床前后。老太太生有四子二女。长子在哈尔滨，长女在长春，次子在新疆，老姑娘在大庆。得到母亲病重入院的消息，离得近的都通知了，赶回去伺候老人。老太太知道新疆太远，回不来，就说让你大姐回来吧。于是，一个长途电话打过来，我的妻子向单位请了假，连夜赶回三百多公里之外的娘家，下车直奔医院。长女归来仿佛给老太太吃了灵丹妙药，病情见好，气色也由暗黄转为红润。饭量增加了，话也多了。她邻床也是一位老太太，说你怎么把两个闺女都嫁那么远？有个三长两短的回来一趟都不容易。岳母长叹一口气说，还不是为孩子好。

　　妻听了老娘这话眼睛一阵阵发潮，心里涌出甜酸苦辣。妻在结婚前随父母住在黑龙江省一个小村子，本是城市人，因为父亲在工作上得罪了人，便以历史问题为由，借着一个运动的机会把他开了出去，不得已迁往农村，一住二十年，直到80年代初期才得以平反返回原单位。妻在当嫁未嫁时正是在农村比较困难阶段。没有洗发精之类，全用淘米水、酸菜水洗头，竟也把头发养得乌黑，两条长长的大辫子便极引人注目，加之有些文化，人也文静，在当地便极为突出，前来求婚保媒的人踏平了门槛子，并不计较她家的政治背景和经济状况。其中有掌权者之子，有政坛新贵，也有掌握着一技之长谋生有术之人。我岳父还属于内控的"黑五类"，帽子在空中放着。在这种情况下，女儿不论嫁给谁，都会改变家庭的地位，最起码也可以让钱多一些日子过得舒心一些。然而，妻对于上门求亲的一概看不中。媒人介绍的也不如她意。别看岳父又穷又有"政治问题"，腰杆子却很硬，决不以女儿的终身做交易，女儿不同意他们便一概不予考虑，谢绝一切前来求亲说媒的人。为此他还得罪了当权者，招来"反击右倾翻案风"时一场被拘禁的大祸。

妻在家伺候了一周母亲，想到学校还有数十名学生已经面临考试，再说老太太病已见好，并不知道那见好实际上是回光返照，就和妈商量要回去，等过几天学校放假再回来。老太太当时就流泪了，说你走了我也该走了。妻连忙说我不走了。老太太又说你走吧你有工作，我不能拖累你。

岳母病到这个份上还不想拖累儿女。妻思量再三，还是决定回长春。她以为妈说的你走了我就该走了是妈舍不得女儿离开的话。岂不知老太太对自己的大限已有预感。果然，妻坐一天火车回到家里，被窝还没焐热，又一个长途电话打过来，说老太太快不行了。妻扔了电话坐在床上哭了起来。我安慰她，让她再回去，没准虚惊一场。妻便又请了假。这一次是我随她一起回去的。坐在火车上，妻闷闷地发呆，说起老太太说过的为孩子好的话，我心里感慨万分。

我和妻赶到她娘家，老太太已与世长辞。妻望着灵位上披着黑纱的母亲的照片，扑腾一下跪下去大叫一声妈啊妈，你咋不等等我呢？我要知道你要走了，说啥我也不能回去呀……

妻一直对自己未能在母亲临终前守候床前，为老人送终，让母亲看上一眼而抱憾。

（原载《吉林日报 东北风》）

父亲遗愿

老儿子大孙子，老爷子的命根子。我们弟兄相继成家之后，父亲一直住在老儿子那里。已经七十多岁了，还能干些零活儿。由于没有经济收入而从家长降为家属，户口簿的户主也易名给老儿子了。父亲对老儿媳妇很有成见。那么大院子不种菜去买菜吃；天天都有泔水扔掉也不养个猪。最让父亲看不惯的是化妆，成天描眉抹唇，是过日子的人吗？成见归成见，父亲当着老儿子面什么也不说，只有在我回家看望他老人家的时候，才磨叨给我听。磨叨完了就问我：还住那儿呢？什么时候分房子？我心里就不是滋味。我的房子问题也成了老人一块心病。

父亲一直想到我这儿度晚年，我也想接父亲来，总因为住处紧张不能如愿。有年深秋，父亲来小住，当时我住的是公寓式的宿舍。一室十二平方米，二层单人床，下床并条木板。刚开始住双层床时，女儿觉得新鲜，非要上去不可。可她睡觉不老实，一个跟斗跌下来，掉在我身上，以后再让她上去就不肯了。

这样的居室如何住得下祖孙三代人？幸好楼上同事家屋子空着，借给我与父亲住了几天。白天在自家，夜里去他家。父亲觉得太麻烦，说什么也不肯再住了，我挽留不住，心里酸酸的。说：爹，待我分到两间房子，我立刻去接你。爹问什么时候能分到，我说不出来，又不能不让老人有点希望，想着小学时学过的一篇课文《三五年是多久》，便说三两年吧？三两年是多久？三年？两年？五年？六年？以后父亲来信问我什么时候分到房子，我就说快了。

九十年代第一春，我终于如愿以偿。还没搬家就先给父亲报喜，说一旦搬完家就去接他老人家来住。就在我搬家时，突然接到电报，未看电文心里便直扑腾。老人一上年纪，远离父母的儿女就怕电报。果然是父亲病危的报告。我顾不上收拾新居，买了张没有座号的车票，上千里路一直站到下车。

弟弟和妹妹在门口等我。

见我回来都哭了。妹妹还呜呜咽咽地说：爹还让我拿棍子揍你呢。我心里说，揍吧，我知道他等急了。我把行囊交给弟弟，脱下落满风雪的外衣，等我身上和父亲屋里的温度相适应才怀着忐忑不安的心，推开父亲的屋门。

看见我，父亲的眼角立刻滚下一串浑浊的老泪。我心一酸也落下泪来。父亲面孔清瘦，寸长的花白头发扎撒着，老人斑因脸色苍白而愈发鲜明。"爹，我回来了。"我站在炕前俯身望着父亲。他伸出一只手在被外，我握住那皮包骨的苍老的手，心里更是难受。

"房子收拾好了？"爹已经有气无力。

"收拾好了，这就接你去。"

父亲的眼角便又滚下一串泪来，大约他也知道自己病得很重，他说："病好了，跟你去长春。"

我就说："爹，你要跟儿子上长春，你得好好治病呀。我听弟弟妹妹说你不吃饭，也不打针吃药，病能好吗？"爹就说："我吃饭，我打针。"

爹老实得像一个听话的孩子。我问爹想吃啥？爹想了一会儿说：吃苞面粥。妹妹说：我去馇点小米粥吧。爹摇摇头，我就说：爹想吃啥你就做啥。妹妹才说：爹你等着，我去给你熬苞面糊涂。父亲马上纠正道：不叫苞面糊涂。我心里忽悠一下。爹以前向来叫苞面糊涂，现在倒忌讳这两个字了。我连忙帮父亲说：不是苞面糊涂是苞面粥。

冬天的炉火常常是点着的。妹妹很快用小闷罐熬了一小碗苞面粥，黄黄的，稀稀的，散发着新粮的清香味儿。我端着碗，用匙舀起吹凉送到父亲嘴边，父亲欠起头，喝了一口。

病入膏肓的老人没有食欲。他只吃了一口就不想再吃了。之后，父亲又吃了两粒药，推了一支葡萄糖。父亲的身上很少肌肉，血管十分凸出地伏在皮下，针扎下去血管滚来滚去。妹妹是乡村医生，打针是很拿手的，可针扎在父亲身上手就发抖。父亲忍着疼让妹妹一针一针地扎。

父亲到底没有再好起来，不过在去长春的诱惑下，坚持吃药打针又强支撑着多活几天。我几乎一直守在他身边。一次，他在昏睡中突然抬起身子，说：那房子挺好的……说得我心里直发毛。我忙说挺好的。他便又躺下，他已处于弥留状态。

　　到长春住几天，这成了父亲的一个遗愿。未能让父亲到我这儿安享晚年，也成了我遗憾终生的事……

（原载《吉林日报　东北风》）

大　姐

　　有生以来我最不能原谅自己的一次过失，就是没有听出大姐的声音。

　　人的声音和相貌原本都是千差万别的，所以有闻其声如见其人之说。我的耳朵一向辨音力很差，可是再差，总不至于连大姐的声音都听不出来吧，可偏偏就没听出来。

　　本来是非常熟悉的声音，怎么就没听出来呢？

　　那天，春节第二天。我正在看春节联欢节目，看得忘乎所以，笑得十分开心，妻怕我笑岔了气就提醒说怎么笑呢！我不以为然，该怎么笑依然怎么笑下去。突然，电话铃响了，顺手拿起话筒，眼睛还盯在屏幕上。我以为这时候打来的都是拜年电话，而且多是本市电话，就先说了句过年好，然后问对方是哪一位。对方回说大姐。我一下子愣住了，心里猜着，在市里哪个人可以让我叫大姐呢？根本没想到会是远在家乡的大姐。因为大姐家一直没安电话，自然想不到她。想不起哪位大姐又不好问是哪位大姐，就小心翼翼地试探：你在哪儿？我想，只要她说出在哪儿就能确定是谁，可是对方却回答说我在家呢呗。口气是极亲切的，可我的疑惑也越发深了。如果她说了村名，我就知道她是我经常惦念，她也同样惦念我的大姐来，可她偏偏不说地名，只说在家呢。在大姐看来，她不在家能在哪儿呢？何况又是在过年的时候。

刹那间，我突然想起给我打电话的大姐，就是远在家乡的大姐了。顿时，眼窝一热，鼻梁一酸，忙说大姐……大姐你好吗？你什么时候安的电话？怎么也不告诉我一声。大姐说哪安电话了，是小雷回来了，我用他手机给你打的。

小雷是大姐的小儿子。在我的印象中，他鼻子两边总抹成黑蝴蝶，袄袖子也抹得亮晶晶的。这个老也长不大的小雷呀，要是通话前给我个知会儿，就不至于让我瞎猜了！

我的大姐呢，也许刚认识手机，就给远方的弟弟打个电话，可是我偏偏却没听出来。

放下电话，我心里颇为忐忑。没能一下子听出大姐的声音，大姐生气了吧？仔细回想通话时大姐的语声，絮叨中透露着亲切，像往常那样，我甚至可以想见大姐说话时笑眯眯的样子。我断定大姐没有怪我的意思。

大姐家住在黑龙江北部的一个小山村里，离娘家只有三十里地。父母在世时，在我离开老家之前，每年都要到大姐家住几天。大姐家的土炕，我睡得分外踏实，大姐家的玉米饭，我吃起来格外香甜。后来，我定居外省，回老家的次数也就少起来。自从母亲去世，我回去得更少了。因为日渐衰老的父亲还在，不忍看父亲依恋的目光，也不忍让父亲久久地盼望，隔三岔五的总要回去看看，回去了自然还要看看大姐。后来，父亲追母亲而去。仿佛父母没了，家也就没了，回去的愿望明显地淡了许多。殊不知，老家还有弟弟妹妹和年纪越来越大的大姐。可我那时候，总觉得大姐年龄还不够老。这样一想，加之家里家外的事多，一时离不开，也就没抽时间回去看看大姐。早些年，还时常给大姐写写信，后来年龄大了些，通信手段日臻先进，懒得动笔了。大姐家又一直没电话，互相的联系就少了起来。以至于大姐突然打来电话，我竟没能听出是大姐的声音。

可是万没想到还不到半年，大姐就……

接到大姐的三女儿小波的电话，声音带着哭腔。我慌了，忙问怎么了，她说二舅你给我妈打个电话吧，我妈病了，让她上医院她也不去。我说家里安电话了吗？她说，小雷回去了。她把小雷的漫游号告诉我，我把电话拨了过去。电话是小雷接的，我让他交给他妈妈，然后我说：姐，你病了，你一定要上医院去看看，可别硬挺着。她应一声嗯。我又说，你不去检查不知道得的什么病，病到什么程度，弄不好就把病耽误了。她仍嗯了一声。语调十分平淡好像同她说话的不是弟弟而是位陌生人，我心里就有些怪怪的，又嘱咐了几句，大姐仍一直嗯嗯地应着，并不说别的什么。

放下电话，奇怪的感觉马上被不安代替了。上次打电话的时候，大姐说了不少话，怎么今天她只是一味地应承？难道真的因为过年时没听出她的声音生气了？不！不！大姐不是那样小肚鸡肠的人。她一定是病得不轻，否则她小儿子不会春节刚回去，大老远的又回去。我忙把电话又打过去，让小雷带妈妈到哈尔滨看病。我还嘱咐说，到了医院马上给我打电话，我就过去。

可是大姐没去哈尔滨，她虚弱的身体经不起长途车的颠簸，在途中下车住进清河林业医院了。住了两天没见起色还有加重的趋势，小雷同老舅一商量决定到佳木斯去，毕竟比哈尔滨要近上许多。后来我知道，这个时候的大姐已经病入膏肓，完全身不由己了。动身前几天她曾拒绝去医院，大概已经知道自己的身体状况，来日无几，不想再花冤枉钱了。大姐一向清贫，几个子女相继大了，孙子又终日绕膝。生活的拮据使她十分珍惜钱，一分钱都能攥出水来。后来她同意到医院去，是听从了我的劝告，大约还抱着一线希望吧。

大姐住进了佳木斯同哈医大二院联营的医院，医疗条件据说是当地最好的。很快就确诊为病毒性脑炎，还伴有脑萎缩。我得知这一消息后，在网上查了一下，知道这种病尽管死亡率挺高，但有特效药可治。这让我对大姐治病充满了信心。我把这一情况告诉小雷，他说他妈已经不恶心、不呕吐了。我随之轻松下来，说如果缺什么药来电话，我在这边买了邮去，他说和医生商量一下。以后我就再也没和小雷联系上，他总是停机。

大姐同我一个属相，长我十二岁。在我三岁的时候，我又有了弟弟。妈妈为了侍候小的，只好把我交给大姐。在记忆中，我是在大姐背上长大的。小时候，我体质弱，经常闹毛病，尤其爱肚子疼，一疼起来就哭个不止。不论什么时候，我哭了，大姐只要在旁边总会把我放到她背上，在地上走来走去。她的后背成了我的摇篮，她哼哼呀呀的声音也就成了我的催眠曲，在她的背上睡着了。醒来时，有时是在炕上，有时仍在大姐的背上。

大姐又是我的启蒙老师。她把用过的课本留给我，把她学会的字教给我。大姐在小桌子上写作业，我就伏在她的后背上一遍遍读一遍遍写。每有忘了的字就把书往她眼前一递，她就会告诉我怎么发音，怎么下笔，从来没有烦的时候。后来妈妈很骄傲地告诉我，说我四五岁就已经认识三四百字了。妈妈的骄傲是有理由的，这在当时、当地，已经是一个奇迹了。我上学后成绩一直名列前茅。考中学保送，是我们校唯一的保送生。后来又读到高中、读到大学，写了一些让大姐引为自豪的文章，和大姐给我打下的基础不无关系。

大姐很早就结婚了，嫁给比她大十一岁的人。记得大姐并不想出嫁，因为家里人口多，妈没工作，为了减轻爹的负担不得不远嫁。大姐离家那天，抱着妈妈哭了许久，大姐哭，我也就跟着哭，以为大姐这一走再也不回来了。大姐不想走并不是对婆家不满意，一是觉得自己还小，二也舍不得离开亲人。可是婆家那边已经来人接亲了，不走是不可能的，大姐只好一狠心走了。

大姐是坐船走的，我跟着妈妈一直送到船站。大姐流着泪上了船，扶着船栏让我和妈妈回去。我不走，眼巴巴地看着大姐。船拉笛了，撤跳板了，离岸起锚了，大姐不动，我也不动。

直到看着大楼一般的轮船，在后轮子推动下渐渐远去，轮船搅起的波浪完全平静，白色的船影和水光云色融为一体，妈妈才拉着我的手，恋恋不舍地回去。那一天的饭吃得好没滋味。那几天差不多我天天都哭，哭着闹着找大姐。

大姐家开始住在离我家六十里路的依兰镇，后来搬到离我家三十里路的小古洞村。在我没上学的时候，每次大姐回来或者大姐夫来，都吵着闹着要跟去住些日子。每次都能如愿。虽说大了几岁，肚子疼起来照常哭个不止。大姐还像以前那样，把我放到她的背上，双手背过去托着我，白天也好，夜里也罢，就在地上走来走去的，有时嘴里还哼着调调，也没有什么词，就那么嗯——嗯——嗯，翻来覆去的，我就在这无言的曲调声中进入梦乡。以后，我上了学，每到寒暑假，我第一件事就张罗到大姐家去，没有船也没有车，我就一步步地走去，三十里地是要走上小半天的，我也走！

大姐在那个小村子里住了一辈子。实际上，大姐的三女儿和小儿子都在大连，一个弟弟在大庆，我在长春。我一直有个愿望，希望大姐能到我家住上些日子，领大姐逛逛商店，逛逛公园，享受一下家有卫生间的幸福生活。我想，我的外甥和弟弟也都像我一样，希望她到城市住上一些日子。可是，大姐除了为父亲祝七十大寿去一次大庆，匆匆去又匆匆走了之外，哪儿都没去过。她总说家里离不开，离不开……

不知为什么小雷的手机总是停机，又没有别的电话可以联络，我就只好在揪心的等待中期待着奇迹出现。想象着小雷突然告诉他妈妈病愈出院的好消息。那些天，我天天拨打小雷的手机，总是不通。忽然有一天通了，我问他怎么总是停机，他说手机欠费了，这次是用了别人的卡，我忙问你妈妈怎么样了，他哽咽地说，已经不行了。我心一沉说怎么就不行了呢？怎么不转院呢？他说，到哪都不行了。他还说，前些天有一个年轻的女人得了和我妈一样的病，坐飞机到北京去也没治好。我问，你们现在在哪儿？他说已经回家了。我的心越发地沉重，问，你妈还能说话吗？他说不能了，妈妈穿好了装老衣裳停在地上，就剩一口气了。我才知道上一次和大姐通话，问一句大姐哼一声，那时大姐就已经病得相当严重了。大姐生命走到了尽头，大姐的生命之光就要熄灭。在这个世界上再也见不到我的大姐了。眼泪顿时流了下来，我为不能为大姐送行而感到遗憾感到愧疚。工作就那么忙吗？你以为离开你单位就关门了吗？工作做不完还可以弥补，大姐这一走就永远不能见到她了。

我把电话放下来，坐在原处发呆。不大一会儿，电话骤响，接起一听，是大姐夫的侄子打来的。他也管我叫舅，他说，舅，我婶已经咽气了，小雷接到你的电话，说了一声我二舅来电话了，说完她就咽气了。

我的心一阵刺痛。

唉，人这一辈子，出生时要流一次泪，哇哇的哭声是在向世界报到；去世时，也要落一次泪，是因为对这个世界有太多的牵挂而不忍离去，故称辞亲泪。啊，啊，我的大姐，你在生命的最后时刻，还牵挂什么？是牵挂年迈的丈夫，还是年幼的孙子？是惦记尚未成亲的小儿子，还是挂念着我——你远方的弟弟？你久久地含着一口气不肯咽下，是因为没见到远方的弟弟而不肯离开你眷恋着的世界吗？在冥冥中，你听到了弟弟关切的声音，闻其声如见其面了，才恋恋不舍地离去，就像你当年不得不出嫁一样，是吗？

大姐啊我亲爱的大姐，我多么希望还能够像小时候那样，趴在你的背上，听你轻轻地哼着催眠曲，再做一个甜美的梦啊，可是，当我再回老家的时候，到哪儿去找我的大姐呢？

（2004 年 6 月　此文获首届真情人生纪实散文征文二等奖　载《春风》《北方文学》）

二姐和她的女儿

　　我已经十年没回故乡了，回去一次就像过年一样热闹。故乡还有我大姐、妹妹和老兄弟三家人。实际上还有二姐，只是因为二姐在三十年前故去，二姐夫常年流落在下江，音信皆无，他们的一儿一女也都各自成家，所以二姐家实际上已不存在。

　　二姐比我大三岁，矮墩墩的，脸呈圆形，头发淡黄，样子不像大姐也不像妈。人长得怎么样倒在其次，关键是笨。手脚笨心眼也不机灵。她比我年长，理应比我早上学。可实际上我们是同一天走进同一间小学教室的门。小的时候上学要考一下，不考别的，就考查数。我二姐第一年没过关，第二年也没过关，第三年就和我一起上学了。老师说查数吧，我从一数到一百，就像竹筒子倒黄豆那么痛快。轮到二姐时，就笨笨磕磕的，前十个数还行，一数到二十，就再也数不下去了。按当时的规矩，这样的智力是不能上学的，可是这已经是二姐的第三年了，再让她等一年呢，一是她年龄大了，二是她会不会照样给你查二十个数？几个老师一商量说那就让她上学吧。于是我和二姐成了同班同学。读到第三年，二姐到底因为学习吃力，跟不上，每次考试都"打狼"，连她自己都有点不好意思就退学了，先在家里帮妈妈干些家务活，大一点就到队里当"小半拉子"。

大概是因为二姐太笨吧，我很是看不上她，嫌她笨，常常和她吵架。我二姐也不让人，就和我吵。听见我们吵架妈妈就各打五十大板，有理没理都骂一通，直到我们闭嘴不再说话。

二姐结婚挺早。婆家是村里大户，姓贾，排行第七，人称贾老七。我的二姐夫就是他的大儿子。二姐婆家没有女人，婆婆生下女儿之后就过世了。贾老七把女儿送给姐姐抚养，自己带着两个儿子过日子。贾老七一直没再娶，一个跑腿子领着两个半大小子生活，那日子会过成什么样，谁都能想象出来。贾老七的二儿子还是我的同学，见了贾老七我也七叔七叔地叫着。有一天我放学回家，见村里老刘婆子盘腿大坐的在我家的炕头上，嘴里咬着二尺长的烟袋，不时地呲溜呲溜地往地上吐着唾沫。我就知道她是来给我二姐保媒来了，说的就是贾老七的大儿子。别看我和二姐常常闹别扭，可让她嫁到贾老七家，还有点不赞成，妈妈也不同意。我家穷吧，可还像个家，贾老七家哪，那就是个跑腿窝棚，外屋一口锅，里屋一铺炕，三床被子常年油渍麻花。可是二姐同意，老刘婆说，贾老七说了，要是他们结婚了，就让他们小两口迁到新建的西北河村去。我二姐就更没意见了。这是没有办法的事。二姐结婚后果然和二姐夫搬到离我家十八里路的西北河村去了。

二姐家我一直没去过。我一放假就往大姐家跑，哪有时间去二姐家呀，就是有时间我也不去。有时候二姐回娘家看见我就说，放假回家路过家门口到家坐一会儿，哪怕喝口水呢也是二姐家的，我就含含糊糊地答应着。

我在县城念高中，离家一百二十里路，途中经过西北河村。一天一趟公共汽车，票价才一块二。家里穷，一角钱也舍不得花，有时候就搭伴走回去。有一次，我正走在西北河村前的砂石路上，看着村里的一幢幢草房，想着不知哪一幢是二姐家的。这时候我听见有人叫我的名字，循声看去，只见二姐挎着一个元宝形柳条筐从庄稼地里出来，筐里装着灰菜什么的猪食菜。二姐说，我家就在前面路边上，到家坐一会儿吧。我说不了，我还赶着回家呢。说完，继续往前走。我不知道二姐当时是什么心情，我也不想知道，头也没回，大踏步地走着。

我万没想到，这次居然是我和二姐的最后一面。我至今都为那次路过二姐家却过门而不入谴责自己。

后来我当兵去了。当兵第三年，我接到家里的信，说二姐去世了。我脑子轰的一下，怎么那样健壮的一个人说没就没了呢？那年才二十五岁呀！这时，我忽然想起二姐来，想起和她吵架的事，想起路过她家门前却没有进屋看看，一定伤了她的心。想到处处和有些笨的姐姐较劲，自己也是很笨，最起码是不懂事。我不禁热泪模糊了眼睛。

当初的兄弟姐妹几个人，几十年后已然繁衍成几十口子人。在故乡我孙男嫡女一大帮，因为都有父母照料着，一个个小日子都过得不错。这些人我都不大惦着，只惦着二姐家的一个儿子小力一个女儿雪雁。儿子倒也在其次，我更惦着二姐的女儿雪雁。

说起来，雪雁的名字还是我给起的呢。孩子出生之后，我妈说，你二姐托人捎信让你给孩子起个名。我当时刚刚看过《红楼梦》，觉得雪雁这名好，说就叫雪雁吧。二姐也就没二话，雪雁就叫起来了，平时我们都叫她雁子。

二姐去世后，二姐夫无力抚养两个孩子，都送到我家。有一年我休探亲假，亲戚朋友请我吃饭。一次，作陪的有位医生，给我二姐看过病。我就问他，我二姐得的什么病说死就死了。他说是克山病。这是一种很厉害的地方病，发病快死亡率高。刚刚发现克山病时就和现在发现艾滋病一样，谈虎色变。到我二姐去世那时候这种病已经不那么可怕了。我说，不是说克山病能治好了吗？医生说，治了病治不了命呀。我没想到一个医生会说这种很宿命的话，于是哑然。联想到二姐小时就有气闷的毛病，我想大约有先天性心脏病吧。

每次回到故乡，都住到弟弟家，这次也不例外。安顿下来后，我就问起姐妹家的生活情况，当然也要问到雁子。弟弟就说，前些天小雁子来还问你什么时候回来呢，回来一定要告诉她一声。我说就告诉她一声吧，我也有十多年没见过雁子了。这天傍晚，小雁子就到了。现在的通讯便利，交通也方便，听说二舅回来了，匆忙地赶来了。实际上，她家离这儿有一百来里路呢。

小雁子活脱脱一个二姐的再生，也是矮墩墩的个子，圆圆的脸，微黄的齐耳短发。只是她说话伶牙俐齿，不像她妈妈话语迟钝。小雁子问候了舅母、小姐姐，便说到她自己的家，这时我才知道她的儿子都上小学六年级了，她的父亲也已经去世了。自从雁子妈去世后，他就一直在外面。直到他认为自己不久于人世了，才回来。他是死在女儿家的。

小雁子一直陪我到离家，我说雁子你家有事，你就先回去吧。她说没事，他们爷俩在家行。等你走了我再回去。我也不好再说什么。

在故乡住了五天，我一说走，雁子要和我一起走。我们乘的是小公共，坐在最后一排座位上。一上车我就把钱掏出来要为她买票，可她说什么也不让，撕撕巴巴的，非要为我买票不可。我想，她是小辈，又生活在农村，平常难得有进钱的地方，我不管怎么说是她舅，挣的钱也比她多些，怎么好让她为我花钱呢。可她就是不允，她说，按说应该为二舅、二舅母买些东西的，可这里也没什么买的，一点钱也不花心里也不好受。看她那副要哭的样子，我也就不再坚持了。她又说，二舅，我知道你很忙，回来一趟不容易，我家就在离通河不远的地方，下了车走一会儿就到了，不用多住，只住一宿行吧。我因为有公务要办，必须在通河小住一二天，一开始就没打算在途中停留。所以她一说，我马上就回答说，不行，我到通河还要办事，以后再来一定在你家住些日子。我知道这是张空头支票。因为什么时候再回来我自己也不知道。她看我话说得很坚决，也就不再勉强，只是眼睛有些湿漉漉的。她说，二舅，你不知道我这些年的日子是怎么过来的。我说我知道一点儿。她又说，我姥姥死后，我和小力回到我爷家，我十六岁就把我嫁出去了。结婚那天，婆家人来车把我接走了，对象比我大十多岁。我才十六岁，根本就不知道什么是结婚。婆家热热闹闹一大帮，娘家人谁都没去。

二舅你家远来不了，老舅大姨三姨都没来。

我想起来了，雁子结婚，好像没告诉我。我是后来才听说她出嫁了。娘家有人而不出席婚礼，这是一件很让她没面子的事。

雁子说到这，泪水就在眼眶里。我想起她的妈妈好像也是十六七岁就结婚了，心里也有些不好受。她说，这么多年娘家人很少到我家去，只有老舅去过一回，三姨去过一回。我明白，小雁子说的娘家人实际上指的就是姥家人。姥家人离她家近，却没有来，这让她很丢面子，让她感到孤独，也感到些许凄凉。如今二舅回来了，却也没到外甥女儿家看看，这让她的家人知道该怎么想？

说话工夫，汽车到了她下车的站。雁子恋恋不舍地站起来，说二舅不到家看看了？我说下一次吧。雁子就下了车。我看着她朝我招手时，泪水就在眼圈里转。我心里也是酸溜溜的，车开出很远了，她还站在原地，看着车在她的眼里消失踪影。

我又一次想到我的二姐。想到那一次我路过她的家门而不入；这一次和那次又有什么不同呢！我不知道雁子是不是听她妈说过我那次路过她家门而没有进屋的事。那一年，她还年幼，即使她妈说起了，她也未必记得。我想，她大概不知道，倘若知道了，她一定会提起，而且一定为这事伤心。

我知道我在同一条路上犯了同一个错误。

可当我想下车时，飞快的小公共已经开出去好远，我扭头看看后边，已经看不见雁子身影了。

第二天，我在同学帮助下，找了个车专程去了离县城挺远的外甥女家。

那是一幢二间的农村草房，房顶的苫房草已经发黑了，墙面用黄泥抹得光光溜溜，朝阳是两扇玻璃窗。有一个挺大的园子，夹着板障子，园子里种着青菜，都长得很是旺盛。我们的车停在她家门前，立刻有一只雪白的小狗跑过来，汪汪地吼着，接着雁子也跟出来，看见是我到了，脸都乐红了，说二舅我还以为你真不来了呢。我把我的同学介绍给她，她也舅、舅地叫着，叫得极亲。接着她就把我们让到屋里，又去找回她的男人。我们进了屋，坐在炕沿上，眼睛在屋子里转着。地上铺着红砖，墙壁贴着报纸和旧挂历的大美人，炕上粘着纸，天棚下吊着一个电灯泡。靠西墙摆着一溜油色暗淡的木箱，方方正正的镜框里镶着照片。我心里说，看来雁子家的日子还过得不差，最起码收拾得干净利索。

雁子的丈夫保金回来了，笑眯眯地叫着二舅。他中等个子，脸色黝黑，一身蓝布衣服。样子是显得苍老一些。他见过我的同学，也就张罗着买酒买菜，我说不在这吃了，有车也方便，回通河吃去。他们马上显出不高兴的样子说，到了家怎么能不吃饭就走呢。说着就动起手来。雁子边忙着边说，也不知道二舅来，也没有什么准备。我说准备什么，我突然来就是不让你们准备什么，有什么就吃什么。

家里有鸡蛋，保金到他妈家拿来蘑菇，是那种人工培育的蘑菇，村里还有一个小市场，惦兑惦兑就弄了四个菜，装满四大盘子摆在饭桌上。保金又去买来一些啤酒，一塑料桶白酒。在他回来时，把儿子也找回来了。孩子正上课听说舅姥爷来了，请了假就回来了。我说应该上完课再回来呀，孩子说是自习课，没事的。我问他学习怎么样，他说还行吧。我让他把作业拿出来看看，他就拿出让我看。

这一顿饭吃得很痛快，我也喝了不少酒，喝得红头涨脸，说话嘴直打摽。离开雁子家时，天空已经布满了晚霞。京吉普飞驰在两侧绿油油的稻田地里，我的心里感到从来没有过的轻松。我在心里说，二姐，雁子的日子过得还不错，我是替你来看她的，假如你在地下有知，应该放心了，也该原谅你的弟弟三十年前那次过你家门而不进的事了吧，我苦命的二姐！

（2001 年 8 月）

杨 叔

　　自从我离开家乡，回老家的时候就少了。可是不论什么时候回去，都要看看杨叔。我们兄弟姐妹之间一提杨叔都知道这个杨叔不是别人，就是杨光叔。上次我回老家，提出要去看望他时，妹妹劝阻我说，别去了。他因家失火被烧伤了，不让人去看他。她这一说，我更加要去看他了。别人他不让去，不去也就不去了。我是必须要去看他的。我在外地，千里迢迢，平常难得回来一次，每次回来都看他，这次不去，他要是知道了该怎么想？

　　他受伤之后，住在女儿家。我进了屋，杨婶说霆钧看你来了。他惊讶地"啊"了一声，挣扎着坐了起来，拥着被子，脸朝着门口的方向。我盯着他，一步步走近他。他的眼睛张开一条缝，已经浑浊的双眸里流出两行老泪来。我站在他身边，按着他的身子让他躺着，他不肯躺下，还是坐着把身子转向我，拉着我的手。我心里一阵阵刺痛。

　　那曾经是怎样明亮的双眼啊，现在视力极差，只能模糊地看到个影子。他告诉我，冬天，家里烧的火炉子失火把屋子烧了。他本来已经跑出屋外，忽然想起屋里还收藏着关于清河的文史资料，有的是发表过的有的是他正打算写的，便不顾一切地冲进火光冲天的屋子去抢救那些东西，结果被烧伤了，眼睛失明，双手被烧得疤疤瘌瘌地伸展不开。

他说：我现在生不如死啊，以后你要是听到我去世的消息，那不是噩耗，那是喜讯。

我心里又是一阵刺痛。我无法想象，他得受多么大的烧伤，忍受多么大的痛苦才会说出这样的话来呢？

这次我回家，我说去看看杨叔吧，妹妹告诉我，杨叔去世了。

我心里又是一沉，想起杨叔说过的话。他的离世对他是个解脱，可对我来说那是一个让我悲伤的信息，怎么能说不是噩耗呢？

我在微博上发布了悼念杨叔的文字，愿他在天国安息。

我和杨叔认识，是因为我们两家做了好几年的邻居。不是一般的邻居，是住三间草房的东西屋。他家住西屋我家住东屋。三间房居中一间是共用的，家家都有南北炕，也都有两个锅台。两家主妇在一个房间里做饭，要是谁家做了好吃的，就盛一碗送过去。两家人处得像一家人似的。一家做饭两家香。那时我还小，是小学生，和他大儿子是同学，同杨光交往是长辈间的事，我到他家去是找他儿子玩。

听长辈人讲，杨叔原名叫杨永茂。东北光复后，他当兵跟"四野"走了，一直走到广西柳州。入了伍当了兵，天天唱"我们的队伍向太阳"，觉得以前的名字不够有文化，于是便改了名，阳与杨同音，杨光就成了他的名字。

杨叔在家的时候念过几天书，有点文化。到部队一锻炼，文化也提高了不少，写过一些文章在军队和地方的报纸上发表。部队打到柳州停下来，同地方上的交往也就多起来。杨光经常去的地方是柳州日报，杨叔和我说，柳州日报一个女记者对他印象很好，那极好的印象里也暗含着另一层不便言明的意思。就在这时，杨婶找了过去，非要让他解甲归田回老家不可。杨叔经不住杨婶的软磨硬泡，只好要求复员，得到批准就回到了县城通河。据说刚回来的时候在县新华书店工作，干部下放那年，下放到清河，在乡里担任秘书。

杨叔和我说过他的这段光荣历史，说到这他总是埋怨杨婶，说她不该拖他的后腿。我想要是杨叔不回来，肯定会得到提拔，要是一直干下去，成为将军也未可知。可是他回来了，回来就只能当秘书了。不要说他遗憾，我也为他遗憾。杨叔在秘书岗位上退下来之后，到乡文化站工作，就开始写乡里的文史资料。县里的文史资料丛刊还发表过他的文章呢。

我家和杨叔只住了几年的邻居，杨叔就搬家了，我们不再住东西屋。可是他新家离我家也不远。再后来，他又接连搬家，还自己盖过房子。不论他搬到哪儿，我们一直没断了联系。我考入通河一中，后来又参军，从部队到吉林大学学习，每次回家，总要打听他，然后去看望他。我和杨叔的关系远远超过了和他儿子的关系。我和他是忘年交。

杨叔喜欢和有文化的人交往，我又有过军人经历，和他成为忘年交就是必然的了。有一次,我回老家他送我一件复绸内衣，白色带小格的，这在全是白衬衣的当年就有些非同寻常。我送他一套军装，不是冬天套棉袄的罩衣，是夏天穿的军外衣。草绿色的，四个兜，八成新。杨叔高兴地收下了，大冬天就穿了起来，套不进棉衣就套在绒衣外面。穿四个兜军装，脚上应该穿皮鞋，杨叔没有，就穿一双雨天才穿的我们叫胶皮罐的矮腰雨鞋，冻得他嘶嘶哈哈直跺脚。

我每次回老家，我们两家都会互相请客。除我和杨叔之外还请几位陪客。每当吃喝到高兴处，杨叔就从炕上站起来，唱几支歌。他最爱唱的就是《洪湖水浪打浪》和《红梅赞》。他的歌唱得说不上好，可是歌声高亢嘹亮，像军营的号声一样。他的歌很受欢迎，是我们酒席上的保留节目，喝到一定时候，他就会自动地站起来唱，如果他没唱，肯定会有人提醒他，唱一个唱一个。没有他的歌就像吃饭没酒一样，没滋没味，

杨叔走了，不知道他的心里是不是有什么遗憾，我却因为回老家而没有他感到遗憾。杨叔说他的离开不是噩耗是喜讯，可是我怎么能够当成喜讯呢？我心里沉甸甸地写上面一些文字权给做杨叔的祭文吧！

（原载《南方人物周刊》2013 年第一期 收入《活着……》）

是小草也是一棵树

下午，班上没有什么非我不可的事情，决定到医院看望挚友海南。

海南是诗人、作家和高级记者。今年都五十六七岁了，还像小伙子那样爱激动。他的脸好像寒暑表，喜怒都挂在上面。他喜爱运动尤其喜欢足球，你一和他谈球，马上就可以成为无话不谈的朋友；若是遇到不公的事，他还肯打抱不平。他做事很少深思熟虑，讲话也多是即兴。他常年担任《长春商报》体育记者并任文体版主任，每年都要出去跑几次采访；他也爱旅游，常常一个人出去了，到什么深山老林里，然后你就会在报刊上看到一些颇像历险记似的优美散文。去年报社考虑到他年龄大了，把他从文体部调了出来，让他到报社的书画苑去。他也想找一个闲差，写一点东西。可是国家决定开发大西北，报社领导决定派两位记者赴西北采访，在众多的文字记者中掂对来掂对去还是选中了他，一种使命感就油然而生，诗人的血管里又热血沸腾了，当即就打点行装和一个摄影记者登上了西去的客机，那时候他很有一点悲壮感。

他们把西安作为采访的第一站，沿着古丝绸之路，仿佛两匹不倦的骆驼，一直向西北采访开去。到兰州时，他那支勤奋的笔已经给报社发回七篇稿子了。海南太兴奋了，海南也太疲劳了。大口地吸烟，大碗的浓茶，常常让他在次日凌晨两三点钟才躺到床上。而这时，超负荷的心脏已经给他发出了五次警报而他全当作胃病给顶了过去。第六次，他昏倒了，在医院抢救时才发现他是大面积心肌梗死，幸好抢救及时才没有让我们的作家队伍在那一天减员。就这样，他还想把采访继续下去呢，报社派人把他从西北接了回来，就像迎接一位凯旋的英雄。

我到医院时，他正在打点滴，硝酸甘油伴着葡萄糖刻板而缓慢地滴着，海南仿佛被拴在槽头的千里马，百无聊赖地看着当天的报纸。我看见他面色红润，说话的声音也有一些底气，不像住院前那样有气无力让人揪心的样子。我去看他，他显然很高兴，给我讲他发病前后的事情。他说，为了采访，为了多向东北尤其是长春的读者介绍西北，他在西安那几天甚至连大雁塔和兵马俑都没来得及去看一眼。

我说，你跟着省里的代表团采访怎么能不累呢。他马上纠正我说，不是和省里的代表团一起，是我们自己去的，就我们两个人。

我一直顽固地以为他是随吉林省赴西北代表团采访累的。为紧跟中央开发大西北的战略部署，吉林省派了一个由副省长带队的庞大的考察团，跟随众多的记者。随着那样的团采访自然是要累一些的。殊不知在那个记者队伍中没有他，海南是和摄影记者先去的。他俩是东北记者到西北的先行者。我想，只有两个记者的采访完全可以把时间安排得从容一点，不要那么累，可他还是像百米冲刺一样，那么紧张，那么劳累，他怎么能不病呢！

不管怎么样，生命是一种奇迹，它有时很脆弱，有时又很顽强。脆弱时像一株小草，任什么一碰就折了；顽强时即使被踏在脚底被压在石下，还照样从石头缝中长出来。何况海南不是一株弱不禁风的小草，他是一棵树，可以抵抗风雨的树。

愿海南的生命之树长青。

（原载《长春日报》）

血色当年

　　她安详地坐在椅子上，长得有些像她的父亲——前中华人民共和国主席刘少奇；又有些不像，而像她的生母何保贞。她中等身材，面容丰满端庄，要不是那一头花白的头发，很难令人相信，她今年已经七十挂零了。

　　我来拜访她的目的很明确，她也知道了，就是要她讲讲她的父亲，讲讲她自己。她久久没有作声，就那么坐着，好像在回忆什么，又好像思考着该如何讲。

　　她还是那么看着我，没有说话，眼眶里浸着泪水……

　　她出生的那年正是革命的低潮。蒋介石背叛了革命，共产党人遭受残酷的屠杀，武汉笼罩在白色恐怖中。当时刘少奇是中华全国总工会执行委员会常务委员兼秘书长，又兼着湖北省总工会秘书长。革命形势发生逆转，中央为保存力量，决定立即撤退，带着孩子显然不行。哥哥允斌在一岁时就送到了湖南老家。爱琴才出生几个月，襁褓之中，也不能带着。革命转入地下，危机四伏，大人的安全都难以保障，孩子就更不敢带在身边了。父母一商量，就把她送到一个工人家代为抚养。小爱琴懂事的时候，只知道爸爸是个工人，失业了，没有工作，成天为吃的犯愁。她七岁那年，爸爸实在没办法了，送她到一个三轮车工人家当童养媳。她不想去，爸爸说你去吧，爸爸养不活你了，好歹给你找个吃饭地方，总还有条活路，你去了，我会常去看你。后来她才知道革命处于低潮，党的生存非常困难，本来说好按期给养父母家的生活补贴也发不了，给人家当童养媳也是养父母迫不得已。

童养媳实际上就是个小长工。爱琴在那家什么活都干，也什么苦都吃了。烧饭洗衣提水带孩子，这还不算，还要挨打受骂，稍一不高兴就不给饭吃，不让睡觉。身子瘦得像搓板，胳膊像麻秆，毫不夸张地说，一阵小风就能把她刮倒了。

就这么过了几年。有一天，小爱琴养母和两个年轻人找到她，说要领她走。她抱住养母哭起来，说妈呀妈，爸爸不是说常来看我吗，怎么一次都不来？养母也不说什么，光是掉眼泪。停了一会说，这回好了，你亲爸派人接你来了。她这么一说，小爱琴反倒不哭了，仰着泪眼看着她：什么？我的亲爸？难道她不是我亲妈吗？她家男人不是我亲爸吗？她是不是骗我，又要把我送到别人家？她害怕，不想跟她去，但不去也没有别的出路，就胆儿突突地跟着走。后来，那两个年轻人就领她到了一个地方，她才知道，她亲妈何保贞已经为革命牺牲了，亲爸叫刘少奇。她不懂什么是牺牲，反正童养媳妇当够够的了，只要离开，到什么地方都不在乎。

就这样，小爱琴和另外三个孩子一起到了延安。说是亲爸找她，可是过了好几天，也没见到亲爸的面，不知道亲爸是一个什么样子，也不知道亲爸爸和武汉的爸爸有什么不同。也就不急于见到亲爸。反正一天有吃有喝，没人打，没人骂，自由自在，让等就等呗，正好可以去爬宝塔山，去淌延河水。

有一天，一个士兵来到窑洞，说爸爸要见她，爱琴就跟着走了。来到一个窑洞门前，一个高个子男人出来了，灰布军装，戴着军帽，看着小爱琴走过去，在她面前站住，她也仰着脸看着陌生的爸爸。

爱琴，你来了，他说。然后蹲下把她揽到怀里用力地抱了抱，还用手拍拍她的头。他这一拍一抱，小爱琴眼泪哗地淌下来了，到底是亲爸爸，那感情和别人不同。跟前的人就说，爱琴，见到爸爸了，叫爸爸呀。可她看着爸爸，张了几次嘴想叫都没有叫出来。

有人问爱琴，你今年几岁了？她说，不知道。有的人就笑了。她心里很委屈，瞪了他们一眼，说，我真的不知道，我知道能不说吗！

爸爸就说，你看，都这么大了，连自己的岁数都不知道。你记住，你今年十二岁了，你是一九二七年出生的。爸爸还说，爸爸知道你受了不少的苦，这回好了，回到自己家来了。你知道吗，你是党用几十块大洋买回来的，是用人民的血汗钱赎回来的。等你长大了，要为千千万万的受苦人办事情。

爱琴从那天起才知道年龄。爸爸还说，这几年你受苦了，你看你多瘦呀。她就说，这几天在这吃得好，睡得好，都已经不那么瘦了。

爸爸把爱琴领到家里，认了谢妈妈。谢妈妈看着她也说，你怎么那么瘦啊。爸爸说找人给她看看，好好调养调养。第二天就领她到医院去检查，吃了一种药，排出那么多虫子，以后她的身体才逐渐地恢复起来。

小爱琴在延安上了学。那时，年龄要求不严格，班里有大有小，她都十多岁了才上一年级。住在学校里，学校在城外，只有周日才能回家。上课就在延河边，每人一个小马扎，坐在上面，腿上放一块木板，垫着写字。上学下学的路上，就大声地唱歌："大刀向鬼子的头上砍去。"爱琴从童养媳到无忧无虑的学生，心情特别舒畅。

别看爱琴待在延安，却难得见到爸爸，只知道他很忙。只有谢妈妈照顾她，谢妈妈给她做件有背带的蓝布裤子，配上白衬衣特别漂亮，是当时很流行也很漂亮的穿着。做好之后，爱琴舍不得多穿。有一天，谢妈妈把衣服拿走了，也不知道做什么，用完之后又还给她，爱琴生怕又被拿走，就挟在胳膊下，连上厕所都不放下，结果一不小心衣服掉到厕所里，心疼得直哭。跑回去告诉谢妈妈，谢妈妈说没事。第二天，谢妈妈把那件衣服洗干净又熨平整交给了她。原来是谢妈妈把衣服捞出来，到河边洗了又熨好的。这事她一辈子都没忘记。

在延安，小爱琴过了几年好日子。后来，大哥也来了，兄妹团聚之后，爸爸又要离开延安，爱琴兄妹被送到苏联，说是到那里学习本领，将来长大了回来建设我们的国家。想到又要和爸爸分开，心里有些不大愿意，可一想要去苏联又有些高兴，能到苏联，是件特别令人羡慕的事。

爱琴和哥哥先在莫斯科莫尼卡国际儿童院学习。那是一座国际学校，专门收养来自各国的共产党人后代和革命烈士子女。毛泽东的孩子，张太雷、瞿秋白、蔡和森的孩子都在这。后来爱琴又到通信技术专科学校学习。电影《红樱桃》反映的生活就是这些人的经历。爱琴从学俄语开始，等她再次见到父亲，差不多连中国话都不会说了。

一九四九年七月的一天，快放暑假了。刘爱琴也已经毕业，对于下一步的去向，处于矛盾之中。那时，她结婚了，丈夫是西班牙人，叫费尔南多，他的一个亲人是西班牙共产党的重要人物。结婚的时候他们商量，不论哪一个国家，谁先获得解放就先到哪个国家去。他们都很天真，根本没有想到社会制度、民族习惯等方面的差异，对各自国内的情况也都缺乏了解。就在这时，一位负责联络的同学，开着胜利牌小轿车来找到她，说爱琴你快跟我走。她说，干吗跟你走呀，我还有事呢。他说快走吧，我还要去接允斌呢。她问什么事，他说你父亲来了。她说不大可能吧。他说是真的。她半信半疑地到了大哥那儿，他正在列宁山上筹建莫斯科大学。大哥也不相信父亲会来，可是还是跟着同学到了父亲的住地。

父亲不在，他们就在那儿等，过了好久，父亲才回来。这是她和父亲分别十年之后的第一次见面，很高兴。父亲告诉说，国内解放战争已经快要结束，很快就要建立新中国了，他说这一次是应毛主席之命，来和斯大林会谈，向老大哥学习有关国家政权建设方面的经验。

在苏联难能见到国内的亲人，能见到父亲，大家都特别亲切、特别高兴。父亲还接见了中国留学生，一一问学的是什么，又给讲国内的形势，希望大家学成之后回国报效祖国。

父亲在苏联参观了许多地方，有时也让爱琴跟着。父亲对她在苏联的学习和个人的生活情况已经了解，就关心地问她下一步怎么办。爱琴说想回国，可是她已经怀孕。父亲说，你不要留下来，你一个人回去。爱琴不肯，说我一个人回去，费尔南多怎么办？父亲就说，你现在连中国话都说不好了，你一个人回去困难都不少，再带上他不是困难更多吗！父亲态度很明确，她也不好拧着，就说我回去后可以和他继续保持联系吗？父亲说可以。爱琴的想法很简单，以为既然允许保持联系，以后就不能不管吧！等回去后有了条件，再让他到中国去也不迟。哪想到她一回了国，国内的形势千变万化，国际形势也是风云变幻，哪还有再见的机会！

就这样，在跟父亲回国的时候，也跟丈夫分手了。从此天各一方，再也没见面。她的回国也是她第一次婚姻的结束。

再后来，中央发出了干部下放劳动和支援边疆的号召，爱琴在父亲的支持下去了内蒙古，"文革"当中被开除党籍开除公职，直到"文革"结束才调回北京，分配到国家计委工作，按规定她的工资上调了一级，调到二十一级。刘爱琴不明白，问同事说，二十二级不是比二十一级高吗？问得同事哭笑不得。

一九八二年，经过帅孟奇老人介绍，刘爱琴到中国警官大学任教。

回忆起父亲，刘爱琴感慨说，父亲这个人呀，一辈子任劳任怨，从不考虑个人、家庭和孩子。她在内蒙古的时候，国家正处于困难时期，父亲主动要求降低工资，他和光美妈妈的粮食定量每月才三十五斤。出差自带烟茶，不领补助，有一次工作人员领了，父亲让他退了回去。就在那些日子里，不巧的是刘爱琴的一个孩子得了急性黄疸肝炎，病得很重，危在旦夕。在物资十分匮乏的时代，买不到营养品也买不到好的药品。眼看孩子就不行了，她实在没办法了，才用长途电话向千里之外的父亲求援，父亲只有一句话，自己想办法。父亲讲一辈子修养，他要求别人做到的，自己先做到了……

刘爱琴平常不爱说那些让她伤心的事，但她知道，为纪念父亲采访她，她又不能不说。那天，她说得很细，说到动情处，不仅她自己双泪长流，连坐在一边的旁听者也为之动容。

去年十一月二十四日，是刘少奇同志诞辰九十九周年纪念日，中共中央文献研究室在刘少奇同志的故居花明楼，召开纪念刘少奇一百周年诞辰的筹备会。在会上，我见到了刘爱琴的丈夫沃保田同志。我问老沃刘爱琴近况如何，他告诉我，刘爱琴于一九九一年荣获公安部颁发的金盾荣誉章；一九九五年荣获俄罗斯联邦主席团颁发的"卫国战争纪念章"。她已经离休，现正应一家出版社之约，写一本关于她和父亲的书。

（此文写于 1998 年 7 月　原载《吉林日报》）

我的同学

　　罗震有诗集出版，请著名女诗人刘畅园为之作序，罗震嘱咐我也写几句。我想，诗人作序谈的是诗，那么我就谈谈作者吧。

　　我从小学、中学到大学再到一座著名电影学府的进修班，同学可谓多矣。同居一座城市保持联系的并不算多，分属两个省而又能经常联系的就更少了。罗震就是我的同学中，虽然相距遥远却又能经常保持联系的一位。

　　罗震是我高中同学。高中学制三年，我们那一届在校四年。不是我们学习成绩不好集体留级而是因为"文革"没有及时离校；也不是不想走，而是因为同样原因，都没离校。我们这一届在校四年而上一届在校五年，后来被罗震戏称为高中本科。直到一九六八年初，我应征入伍远离家乡，也和他分了手。我离校半年后罗震也上山下乡了，严格说是回乡了。从那以后，罗震在黑龙江，我先在辽宁后到吉林，尽管离得远了些却一直保持密切的联系。开始那几年，每到二月十八日那天，我们都互相通信。因为那天是我离家的日子，又因为一年前的这天在我们母校的"文革"史中算得上个比较热闹的日子。这种带有小资情调的通信进行了几年就中断了，缘由是我和他都有更为重要的事要办吧。信是不大写了，然而我们的联系没有间断，每次探亲回家，他家是我必去之处，而且吃在他家住在他家，他也是我和其他同学聚会的召集人。

在校时间长，绝非是我和罗震友谊深厚的原因。我们有相似的性格和相同的兴趣。罗震喜欢打乒乓球；罗震喜欢诗歌，尤其喜欢贺敬之、郭小川。他的诗写得好，经常在《满庭芳》板报上出现。学生办的广播，也常常听到他的名字。他写的马雅可夫斯基式的阶梯诗还在全校师生大会上朗诵过；他的箫也吹得很棒。罗震出身于农民家庭，家离县城近，我家到县城有六十公里。在校时我们都住宿，睡在一张大铺上。星期天节假日罗震有家可回，充实一下饥饿的肚肠，而我只好望家兴叹。有一次把我带到他家，饱吃一顿，煮得烂熟的大芸豆苞米馇，比山珍海味还令人难忘。

多才多艺的罗震却很自卑。他的姥爷曾当过县地方武装的大队长，在讲究出身的年代，这是他的致命伤。他原名本写镇，因为怕有人怀疑是否对政府镇压姥爷耿耿于怀而改成震。罗震毕竟是受过教育积极向上的青年，没有被那一块阴影笼罩住，在回乡的几年里便由于出色的表现而成为县一级的"学习毛主席著作积极分子"。不久便被提拔为干部，从此走入仕途，由乡党委书记到县科委秘书，县委宣传部副部长再到县里的党校校长兼书记，当宣传部副部长时也还兼县文联主席，为培养本地作者干过几件大事，比如请省城文艺名人来县城讲学，办写作学习班。在他的努力和支持下，在那一片并不算肥沃的文艺土壤里，长出几棵鲜艳的艺术之花来。他自己也是一边从事领导工作，一边进行业余创作。他搞过艺术摄影、发表过颇有见地的杂文。当然，他没有忘记写诗，也发表过一些诗歌。他对诗歌的感情比我专注。我从写诗迈入文坛，当诗歌发展到朦胧阶段，我便改弦更张学写小说散文剧本什么的了。

罗震有很好的天赋，不论干什么只要想干，都是可以干好的。在校读书时，他是县里颇有名气的篮球裁判员，而且还获得了级别。学校或者县里有篮球赛事，他是必到的人物，一身黑色的学生装，风纪像军人似的扣得很严，脖子挂着铜口哨，而那口哨经常含在嘴里，一双眼睛盯牢球场上每一双奔跑的腿和运球的手。他呢，也在球场上随着运动员来回地跑着，手里做着标准的裁判动作。在球场周围密密实实的观众里，除了一些真正的球迷之外，也还有几位女孩子火辣辣的目光盯着年轻的帅气十足的裁判。我想，如果罗震在裁判事业上求发展，或许可以成为国家级的裁判，以后能否在奥运会占一席之地，也未可知；倘若他在诗歌创作上锲而不舍，说不定也会成为我国诗歌领域的一颗新星。他确实一直钟情于诗歌的。在那个多梦的季节做的美梦，大多是戴上了诗人的桂冠吧。然而命运却阴差阳错让他走上仕途，在乡、县当了二十多年的干部。这是读书时万万没有想到的。

时代发展到市场经济这天，罗震一扫书生气，在县委党校给县里的科级干部讲述邓小平理论，也在用自己的行动实践这一理论。他变得潇洒起来，一身数职，当党校书记又当公司经理，兜里有了手机。生意还做到了国外，在哈尔滨有办事处，经常抛家舍业地住到处里。我出差到哈尔滨十有八九能找到他，我们见了面，如有可能还是要住到一起。话题自然比过去多了许多。有一次他给我一本他写的《浸血的汇报》打印稿。这是一份年终工作总结。没人让他写，是他憋不住要写的冲动，仿佛来了灵感不能不写诗一样，字里行间洋溢着诗人的激情和一个算不上书生又充满书生气的人，在商海中搏击风浪所有的酸甜苦辣。让我感到惊奇的是，在我们神侃胡扯中仍不时地说起诗歌，而引导到这个话题的总是他。我不能不钦佩他对诗歌的执着。

诗集由著名女诗人刘畅园作序，这很让我的同学受宠若惊。他并不奢望女诗人为他的诗作说多少好话，真的。他不想拉大旗做虎皮，借助名人效应抬高自己的诗名。他对我说，能够得到刘老师的指教，多提些意见，真正明白怎么写诗就足够了。我想他的这份心愿是真诚的。

五十左右是令人尴尬的年龄，倘若是在高级领导机关，这个年龄的人还算得上是年轻干部；可是在基层就算得上老干部了；在作家队伍这个年龄按说应该是中年作家吧，可对于刚刚出版一本诗集的罗震来说，还只是新作者。犹如老年得子，不论孩子怎么样，毕竟值得庆贺一番。

（1988 年 载于罗震诗集《真情集》）

打 井 人

我老家清河五队在村的东南方。那是一个大院套，中间五间正房是队部和仓库，两侧的厢房是牲口棚。我家住在紧靠马圈的东侧。院子东南角有一口井，井上架着辘轳把，一摇起来嘎吱直响。五队附近的人家都吃这井水，队里的牛马也吃这井水，井边放着木板钉的水槽。一条长长的井绳底拴着个铁钩子吊在井里。谁要是打水，将水桶穿过铁钩的舌头挂到钩上，吱吱放下去再吱吱摇上来就是满满一桶水，不用担心水桶会掉出来。

在我们兄弟都小的时候，挑水的自然是父亲。等我长大了就把扁担接过来。夏天水好挑。一到冬天，井台上积满厚厚的冰，又高又滑，挑水就是一件挺危险的事，得有人刨去冰才能走到井口，即使刨平了冰也还有人摔倒。等我到县城上高中后来又去当兵了，我二弟就把挑水扁担接过来。不久，二弟到江南的沙河子煤矿当工人，也离开了家。可是在冬天的时候，他经常一个人早早地起来，越过冰冻的江面到家里挑水，把水缸挑满了再回去。从煤矿到家往返三十多里路，得走三个多钟头，还要过冰冰的松花江，即使严冬江里也有没封死的"青沟"，一不小心就会掉进去。开江和封江的时候过江也很危险。那时，小弟还小，二弟不放心让他去挑水，自己就冒着危险过江回去挑水。

再后来，二弟到大庆了，小弟成为家里的顶梁柱。他在村北盖了一座新房，打了一口机井，不用挑水了，只要一上一下地压铁柄，水就从地下流出来，只是水质不大好，锈大。

听说有一位打井人到了清河，从此可以结束挑水的日子，我就在清河北山前的打井工地找到了他。

他长得高高大大，手大脚也大，整个就像一个打井的钻塔。我说，你还用钻塔吗？一只脚也能踹出井来。他笑了。后来我才知道他在家乡是名人。提起他二百块钱创业的事，人们就像说当年白手起家的猗顿一样。

那年，他所在的地质队要实行承包制，就觉得施展自己的机会来了，摩拳擦掌地要试巴试巴。可是队头儿的孙男弟女一大帮，再大的雨点也落不到外人头上，他就没能包上。有人说他管后勤有贪污行为。对这种事，上边宁信其有不信其无，派人来查他，一查就是几年。问题没查出来，他也失业了。

五大三粗的汉子让老婆养活着那滋味可不好受。他就跟老婆借钱。老婆正蹲市场卖菜，维持家用，问他干什么。他说，不能总让你养活这个家，我得找点事干。老婆一想也对，那么大一个男人不让他干点什么能憋出病来，就把全部积蓄拿出来。

他攥着二百块钱找个同伴到外面考察去了。

　　这个时候,要干什么他心里已经有谱了。通河县名带个河字,各乡镇也大多有个河字,清河、浓河、岔林河、蚂蟥河……县境内大河小河七沟八岔也不少,一条浩浩荡荡奔腾不息的松花江就在县城前流过。在地上戳个窟窿就能出水,也不管水质好不好,出水就吃。靠江的水尚好,山区的水就成问题了。山里人大多是黄牙,还"大脚跟,厚掌心,挎筐的胳膊拧腚锤"。为什么?大骨节呀。胳膊伸不直,走路也都一扭一扭的。这就是长期吃地表水的结果。在人们温饱问题没有解决之前,人们不在乎水质。有了钱,就要吃合乎标准的水了。他在地质队多年,看准了这个潜在的市场。

　　朋友也是生产力。依靠哥们,他在清河镇贷些钱,到大庆买了几台淘汰的钻机,领着几个人就把打井队成立起来了。他把打井队带到蚂蟥河的水源村。水源,枉叫了个好名字,常年缺水,靠天吃饭,夏天靠雨水,冬天靠雪水。这里有一个营林所,有钱,就想解决吃水的困难。请了好几个打井队在村里钻了好几个窟窿,钱没少花,水没找出来。他到的时候,人家就不想花冤枉钱了。钱再多也不能打水漂吧!他就说,这样吧,我们先在这打着试试,打出水来你们给钱,打不出水来一分钱不要。营林所的人一看还有这等好事,就答应了。

　　他和队友把井架支把起来,在专家指定的地方开了钻。结果是在钻第三眼井时把水找出来了,当清凌凌凉哇哇甜*丝丝*的井水流出来时,水源村沸腾了。以后他还愁找不到活吗?想打井找水的人在他那排上了队。

　　打井队刚成立，需要人手，一个队友却没来上班。他知道准有事，一打听说病了，就急了，骑上破车子跑去了。一进家门看见队友正躺在炕上，脸烧得火炭似的，手往脑门上一搭，直烫，烧得迷迷糊糊，说话有气无力。忙问，怎么不上医院？队友也没说什么。他就知道是罗锅上山——前（钱）紧，二话没说，背起他就往医院跑。好在他个大力不亏，腿长跑得快，硬是一步一步地跑到县医院，送到急诊。大夫一量体温，说怎么才送来。他说，大夫你千万千万治好他，我们处得亲哥们儿似的，说着那眼睛就不由自主地涌出泪水来，然后头一扭就回去张罗治病钱。就连队友的弟弟有病都是他张罗钱给治好的。一次他到哈尔滨，有人请他吃涮羊肉。他吃了几筷子，说以后让队里的弟兄们也来吃吃涮羊肉，井队的生活太苦了。他是自言自语说的，话不知怎么就传到井队里去了，弟兄们心里都热乎乎的。吃不吃倒不是要紧的事，心里想着大家，就满足了。他不光关心队里的小兄弟，别的事求到他头上也上心去办。

　　有一年，大年三十，机关放了假。有一个村干部着急忙慌地跑到他这，说村里水泵坏了，没有水了，村里人过不去年了，急的村干部要给他下跪。这个村干部他不认识，村里的机井也不是他们打的。可是他说，你放心我马上安排人去给你们修井。那天，嘎嘎冷，大风刮得漫天是雪沫子，走在路上眼睁不开，头抬不起来。有电话的他电话通知，没有的就一户一户地找人，开上钻井车，到那个村子连夜苦战，把掉下去的水泵捞上来，把断了的泵轴换下来。村里没钱，他们也就一分没拿回来了，感动得乡亲们无可无可的。

这样一个人带领大家打井，还有啥说的！由于打井队效益显著，这几年他连续被哈尔滨市授予市优秀管理者，市模范厂长、经理等光荣称号；县里给的光荣称号更多了。县里要抗旱了，就找他去打井，没有钱，又必须干活，就评他一个抗旱先进个人。当然，不仅仅精神鼓励，也有奖金。如今的领导是越来越精明了，给下级发奖金自己又不掏腰包。把一个盖有发奖部门的大红印章和奖励数额的条子奖给你，有的是三个月的工资；有的是一千元钱。这些钱都由本单位支付。他回去把那些条子塞进桌子里了。上级的美意心领了，钱一分都没拿。其实他拿了，也合理合法，没有谁能说三道四，可他就是不拿。队里的钱是大家一个汗珠掉地摔八瓣挣下的，他凭上级的一张条子就多拿了，于心不忍。

也许是工作出色的缘故吧，县里给他安排了一个角色，当什么局的副局长。对县里的信任他由衷地感激，可是他不大想干。钻井公司刚见效益，就当副局长，不会影响工作吗？公司受到影响，收入也要受影响。县里的领导就和他说，县里不缺干部，但干实事能为老百姓干点好事的干部就很不够了。后来他想，既然这样，自己吃点亏就吃点吧，就接受了县里的任命。

靠二百元钱起家，十多年，从一穷二白发展成初具规模的企业，靠的是什么？能在激烈的竞争中一步步向前发展，靠的又是什么？如果不是一个敢想敢干的人，重情重义的人和不贪不占的人，能够有今天这样的成果？我看未必！

后来我回老家，果然不再挑水吃了，家家都安上了自来水。

水龙头一拧那清亮亮的水就哗哗地流出来。不再为水桶落井也不必为冬天去溜滑的井台挑水而担心。老话说，吃水不忘打井人。他就是打井人。

（1995 年 8 月《大通河文苑》）

兄妹里最年轻的先走了……

　　我们这一辈人几乎都是多子女家庭，一家人兄弟姐妹五六个非常普遍。我爱人兄弟姐妹六人，哥四个，姐两个，她是小妹，不仅是我爱人的小妹，也是哥四个的小妹。大哥六十有八，小妹才刚刚五十。谁都没想到，就是这个最小的妹妹，先走了，到另一个世界去了。这应了一句老话：黄泉路上无老少。

　　噩耗来得说突然也不突然。说不突然，因为我们都知道她检查出胰头癌已是晚期。说突然，是因为我和她姐姐知道她的病情控制得还不错，她从上海治疗之后都已经回单位上班了。于是，我们按事先的计划去欧洲旅游了。一路十多天，一直都没事。在返回的前两天，在维也纳机场我爱人和外甥女通话，回话还说妈妈很好大姨放心。然而就在第二天，我们的女儿女婿突然在电话中说，他们已经到了大庆并且给我们预订好了到大庆的机票。我爱人预感不好就有些惊慌，问咋回事，女儿吞吞吐吐地说没啥大事，就是去看看老姨，她又住院了。我爱人惴惴不安，如果仅仅是住院还用得着他们千里迢迢地赶去吗？当我们从维也纳飞到北京的航班下来，回到家里放下行囊，匆忙赶到机场飞往大庆。到地儿才知道，她可爱的小妹妹已经安然去世了。

我爱人无论如何也接受不了这个现实。不是一直说是好好的吗，怎么突然之间人就没了？到底发生了什么？小妹生前在大庆采油五厂医院，担任支部书记和其他一些重要工作。我和爱人到了外甥女家之后，左邻右舍，亲戚朋友和小妹单位的领导及生前友好，纷纷前来吊唁，同时也回答了我爱人百思不得其解的问题。原来，小妹去上海做一段放疗之后，生理指标恢复到正常范围，以为没事就上班了。她的同学特意从外地赶来陪住了几天，见她状况不错，又能上班，就要回家去。行前，她又陪同学去洗浴中心，蒸了桑拿。第二天，同学走了，她开始觉得不适，经检查病灶部位出血。她马上住院治疗，这个时候已经为时已晚。

我爱人庆幸她在小妹去上海治疗时，和女儿前往上海陪她住了几天。小妹对大她十多岁的姐姐有如母亲一般的依恋。姐妹俩有说不完的话。妹妹放疗体弱，食欲不振吃不下东西。姐姐从北京带去那种特别炼汤的小米给她熬粥喝。妹妹说大姐给我揉揉肚子吧。大姐就把手放在她的肚子上一下一下地揉。在上海期间，在新疆工作的二哥二嫂仿佛得到神谕一样，也赶到了上海。他们本来是看望儿子的，没想到居然看到了正在放疗的小妹。他们夫妇也精心地护理了一些日子。后来，她刚刚工作的女儿也从大庆赶到上海护理。我爱人跟小妹说，出院之后别上班了，我们到海南去住些日子，我给你做好吃的，好好养养。她们姐俩在海南都有房子。小妹说，不行，我还得上班呢。她还不满五十岁，觉得她的工作多，离开她不行。她看放疗效果不错，真的回到大庆就上班了。没想到才干不长时间，就不行了。

小妹去世，更加突显了亲情的难得和珍贵。兄弟姐妹见面的话题自然离不开小妹。大家七嘴八舌地说，都有点替她总结教训的意思。本来嘛，才五十岁，不到走的年龄吗怎么突然间就化为一缕青烟？说来说去，大家为她总结了几条，仿佛总结出来，妹妹就能起死回生似的。

小妹在孩子十几岁的时候离婚了，一个人带着孩子，把孩子抚养成人并送她上了大学。孩子在身边的时候，为了孩子还好好地做饭吃饭。等孩子离开她，她自由了，在吃饭这个问题上就随意了。东一顿西一顿，早一餐迟一餐的没个规律。她爱吃烧烤，也爱喝啤酒。她还有糖尿病，往往吃得兴起也就忘了注射胰岛素。病从口入，在贪图口腹之欲就着啤酒大吃特吃的时候，想不到也吃喝下了烟熏火燎的致病因子。据医生说吃烧烤喝啤酒容易诱发胰腺方面的疾病，而小妹罹患的恰恰是胰头癌，这不能说和她的生活习惯无关。

上海就医放疗之后，本应好好休养。然而工作责任心极强的她自以为没事了，不但上班了还去洗澡，洗澡不算还去蒸桑拿。也许正是高热的桑拿，让她本已脆弱的病灶不堪重负，引起血管破裂出血不止以致要了她的命。如果她……还有什么如果呢！

我爱人同她的哥哥弟弟们以及和表姐表妹们说起这些，都为小妹叹息不止。大家总结的这些对逝去的妹妹无益，可是对生者或许有所裨益吧。

人生苦短，珍惜生命。

中国的月饼

　　这件事已经过去八年了。八年来，每每想起，我心里都一阵阵发烫，没因事过境迁而使分量减轻分毫，反而随着时光的流逝让我越发地感觉友情的珍贵。

　　那一年的九月末，我应俄罗斯"阿穆尔之秋"电影节的邀请，带着长影出品的两部新影片《灿烂的季节》《大东巴的女儿》和二位成员，前往黑龙江边境城市黑河参加俄罗斯远东城市布拉戈维申斯科市举办的"阿穆尔之秋"电影节。

　　浩荡千里奔腾汹涌的黑龙江，也许流经的是黑土地吧，江水墨黑犹如一匹被风吹皱的黑绸缎。在黑龙江中游有一对隔江相望的城市，右岸的中国城市是因江命名的黑河，左岸就是布拉戈维申斯科，曾叫海兰泡。19 世纪中叶，黑龙江是中国内河，后来才成为界河，俄国人称之为阿穆尔河，那是霸占这片土地的俄首领的名字，包括这座城市在内的行政州也名为阿穆尔州，布拉戈维申斯科就是州的首府。

　　黑河与布拉戈维申斯科仅一江之隔。在黑河通关边检之后，我们搭乘轮船过江。在渡江的轮船上，我认识了几位来自黑河的朋友王彦彬、刘明秀和于宝刚。

中等个圆脸膛的刘明秀，原是黑河市文化部门职员。改革开放之后他下海经商，基于和对岸俄国城市来往的便利条件，他多次过去寻觅并收藏流散民间的俄罗斯油画。为收藏，他足迹遍布俄国各地，成为收藏俄国油画最多的中国人。在他的收藏足够多之后，便自费在家乡创建了俄罗斯民间艺术展览馆，为了扩大影响，又将展馆迁到哈尔滨太阳岛上。高个清秀的于宝刚是黑河地税局干部，喜欢摄影艺术，一个业余摄影发烧友把风光照片拍得十分专业。而年龄和前二位相仿却活跃得像个大学生似的王彦彬，也是黑河商界大老板。他的俄语说得十分地道，边贸生意也做得风风火火。这次他们结伴到对岸去，是应邀参加电影节为刘明秀、于宝刚举办的作品展，王彦彬是他们的翻译。

我正为此去俄罗斯没有翻译而发愁，和他们认识并同行之后就没了后顾之忧。在之后的几天里，我们电影代表团和他们同住一宾馆，同吃一餐厅，一起参加电影开幕式、参观刘明秀的收藏和于宝刚的摄影作品展；一起参加俄国艺术家的下乡活动；一起观摩参展参赛影片。在不能同时参加的活动中，如果需要翻译，王彦彬就通过他广泛的人脉关系找一个译员配合我们。

愉快而忙碌的日子特别快，转眼间电影节结束了。在电影节闭幕式后举办的大型欢庆晚宴上，我们团和俄国艺术家合坐一张大圆餐桌。我没看见王彦彬和他的同伴，一扭头却看见窗外圆圆的明晃晃的月亮，这才突然想起，今天是我们的中秋节。我想，他们一定是回家过节去了。这个本该和家人团聚的日子，我和我的团员们只好在异国他乡度过了。俄罗斯没有月饼，我们也无以寄托思乡之情。我遗憾地对我的两个成员说，真对不起，我忘了在离家的时候买些月饼带来。我的团员也理解说，没关系……说也巧，就在这时，我的手机响起来，一看来电显示正是王彦彬。他问我在哪儿，我告诉了他。说着，他进入宴会厅，很快找到我们的餐桌，在狭窄的过道间挤过来，把两包食品放到我面前，我一看就知道那是月饼，是来自中国的月饼。

我眼睛一热说，彦彬，你是特意回去买的吗？大老远的让你跑一趟。

他微微一笑，说，不远，不就隔着一条江吗，很方便的。

我知道，他说的一条江，在我看来那是界江，来往一次也要通关也要边检，也是出一次国呀，并不像他说的那样容易。

我说，彦彬，今天是中秋节呀！

他说，正是中秋节才给你们送月饼的。

在这个一年一度的与家人团聚的日子里，王彦彬本该待在家里，同父母同妻子儿女在一起，可他却到这儿来。他当然明白我要说的意思，补充说，今天这个日子和中俄艺术家朋友在一起才更有意义！何况还有明秀和宝刚的心意呢。

我顿时眼帘一热，泪水几乎溢出。我和王彦彬几位萍水相逢，电影节结束了，分道扬镳也顺理成章。可是他们重情重义，过江了却还惦记着同胞吃月饼的事。

我把包装打开，用桌上摆好的餐刀，将月饼切成若干小份，分装在几个大瓷盘里，然后我对宴会主持人表示要发言，嘈杂的宴会大厅安静下来，数百双淡蓝色眼睛看着我。王彦彬站在我身边主动充当翻译。于是，我指着窗外那个又圆又大的月亮，说起了中国人人皆知的关于月亮关于月饼的故事。在王彦彬翻译过之后，整个宴会大厅响起热烈的掌声和一片唏嘘之声，他们想不到天上那个每月都高高升起的月亮，在中国居然还有如此美丽的传说。

发言之后，我和王彦彬一起把盘里的月饼分送给邻近餐桌的俄罗斯艺术家们，一人一份，分的连我们都没有吃的了，那些离得远的俄国艺术家只好眼巴巴地看着，我只好向他们表示遗憾，一是没能让他们都品尝到中国的月饼，二是没能让那些吃到中国月饼的人看看月饼上漂亮的图案。

有这样热心的朋友，有中秋出国送月饼的情谊，我怎能不想起此事就心里发烫呢！

一首电影插曲的爱情故事

　　一九九一年秋天，我应重庆《红岩》编辑部之邀，随笔会到长江小三峡采风。一天晚上，同伴们逛街去了，我坐在宾馆的木板床上整理采访笔记。门"吱"的一声响了，抬头看去，一位长发披肩的小伙子走了进来。他是我新结识的旅伴，万县地区一个县文化馆的创作员，毕业于四川音乐学院，却写得一手好诗。他也是这次笔会成员之一。

　　小伙子挺拔的个子，浓眉大眼，面目清秀。在我们之间，一只昏黄的电灯泡垂在头顶上。

　　他没出去逛街，到我这儿来显然有事。"坐。"我站起来指指对面的床。

　　他坐下了，说："我给你讲一个电影插曲的故事。"

　　我是一个电影工作者，凭直觉断定,他要说的这个电影插曲，一定出在我所在电影厂出品的影片里。我立刻表示出极大的兴趣，放下笔记本做出倾听的样子。

　　于是，他给我讲述了一个故事……

　　我在我们县里是颇有名气的青年诗人，自然就引人瞩目。一天，有位很漂亮的姑娘找上门来说要认识认识我。我看了她一眼，直截了当地说，我不喜欢化妆的姑娘。这姑娘倒干脆，马上去卫生间把妆洗掉了。重新打量这个素面朝天的姑娘，我发现她不仅漂亮而且清纯可爱。我们一见钟情，很快就坠入情网。只见过一面就如胶似漆似乎有些不可思议，可我俩都感到非常正常。爱，需要漫长的考验吗，爱和时间无关。我和她分手便觉度日如年。第二天见面我们就决定结婚，当夜就结合了，第三天去补办结婚手续。

　　过了一段时间，妻说我们应该去见见我的父母。我说是的，应该。准备上路的时候，我有些忐忑不安。已经和人家女儿结婚了，却没见过她父母，他们能接纳我这个夺走了他们女儿的男人当女婿吗？

　　妻看出我的心事安慰我说，怕什么？有我呢。我喜欢的我爸妈自然就喜欢。话是这么说，可我心里仍是没底，不踏实。

　　妻的娘家住在长江边上一个小城里，有一座风格独特的宝塔倚山而立。我们坐长途汽车赶往她家，越是离她家近我的心里越是惶恐不安。妻就不断地鼓励我。一到她家，我的预感得到证实。岳父母并没有因为我们带了足够多的礼物而表现出丝毫的热情。他们不高兴我这个突然而至的女婿，也很不高兴女儿突然就领回一个丈夫。我的心就沉甸甸的。但我装一副很愉快的样子，脸上挂着笑，嘴里一口一个爸妈地叫着。她家吃江水，岳父挑水时，我就抢下扁担去争着挑。我从没挑过水，加之上山下山的路挺远，那水桶就显得格外沉重，压得我的肩膀又红又肿。

我岳父母还是没有一个笑脸。我有些沉不住气了，问妻怎么才能讨岳父母的欢心。她想了想说，你不是会拉二胡吗？你拉一支曲子给他们。

说到这，小伙子停了一下，看着我。

拉一支曲子？什么曲子？我好奇地问。

一条大河，他说。

一条大河？是电影《上甘岭》插曲《我的祖国》吗？

他说是，他说我们都叫它一条大河。接着，他继续讲下去。

我觉得妻的提议有些不可理解。这曲子我熟而又熟，还在学唱歌的时候，妈妈就教我唱这歌了。可这歌和岳父母有什么关系呢？拉了这首歌就能让她的父母高兴吗？

妻看我疑惑的样子，就告诉我说，她爸爸原是深山里面的一名邮递员，长年累月翻山越岭地在山沟沟里转。有一次村里放电影，就是《上甘岭》。她爸爸看了电影，看过就迷上了这部影片，也忘了自己的邮递员身份，天天跟着电影放映员，电影放到哪，他就跟到哪，直到学会了女护士王兰唱的那首歌……

她爸爸学会了唱那首歌，也就不再跟着电影放映员走了。

由于她爸爸沉迷于电影而怠慢了工作，挨了领导批评不说还受到了处分。他索性辞职不干了，他要找到电影中的那条大河，那条大河波浪宽，风吹稻花香两岸。那条大河会响起船工的号子，还有白鸥一样美丽的白帆，当然还有花一样的姑娘和胸怀宽广的小伙。

她爸爸也喜欢拉二胡，是自学的，还拉得不错。他带上几件衣服，挟着二胡上路了。他走啊走，渴了喝口山溪水，饿了找到哪个村子拉上一曲二胡，乡亲们听了就给他碗饭吃。有一天，他突然看见面前流淌着一条大河，他跑过去，扑过去，好像看见久别重逢的亲人，看不够。这条大河啊，水上有船，船上有帆，船工喊着响亮的号子，岸上还有花一样的姑娘。这不就是电影中的一条大河吗！她爸决定不再走了，在这租间房子住了下来。白天找活儿干挣钱，傍晚就坐在江边的石头上，伴着江风和涛声拉他的二胡。她爸会拉的曲子不少，可是他更多的是拉"一条大河"。有时他还边拉边唱。每次拉二胡，他身边都围着一群人，有小伙子也有姑娘。有一次，大家都陆续散去了，有一位姑娘留了下来，这个姑娘后来就成了她的母亲。

我顿时明白妻为什么让我拉"一条大河"了。这一天我从江里挑水回来，取下在墙上挂着的二胡，来到小院子里，坐在竹凳上，拉了起来。我在音乐学院学的是民族器乐，专攻二胡，拉的自然没挑。我刚拉完第一乐句，岳父出来了，多云的脸已转晴；又拉了一乐句，岳母也出来了，脸上挂着笑。妻搬来两把竹椅放在父母身后，她父母就坐下了，定定地看着，好像第一次见到我似的目不转睛地看着。

我心里有数了，不动声色地又唱了起来，随着曲子唱着这支歌，边拉边唱，直拉得岳父岳母也随着琴声唱起歌来。我发现他们的眼里都是晶光莹莹，还互相深情地注视着。他们也都想起了和这支歌有关的初恋时光吧？

不消说，第二天，岳父母对我的态度大为转变，又做好吃的又给我们买衣服，我们都感到受宠若惊了……

小伙子的故事讲完了，不再说话，好像还沉浸在故事当中。我也被感动了。我没想到一支电影插曲居然有这么大的魅力。

一九九四年夏天，我到哈尔滨组稿，专程赶到在影片《上甘岭》中扮演女护士王兰的刘玉茹家里。一见面我就说，刘姐，我给你讲个故事。

于是我就讲了这个故事，一支电影插曲的故事。

她，还没听完就已经泪眼迷离了……

我忘了问她，她和她丈夫恋爱结婚是不是也和这首歌有关。

（原载《长春晚报》获得全国最浪漫感人的爱情故事征文优秀奖）

影迷小崔

我干电影这一行差不多三十年了，以为自己是个影迷，也见识过大大小小不少的影迷，可是和崔永元比起来，我们这等所谓的影迷就小巫见大巫了，人家崔永元那才是真正的影迷呢！

他有两千多本电影连环画，有的电影连环画好几个版本，他一一收藏，有的还有明星亲笔签名。他有一台十六毫米电影放映机，收藏多个拷贝。他不仅是影迷而且够得上超级影迷。

关于崔永元迷电影的事，我基本都是从有关他的报道中得知的。我想人家小崔是名人，要想炒作，什么新鲜就说什么呗！也就不以为然。后来有一天，小崔突然出现在我的办公室里，问哪位是王处长。嘿！我认识他，他不认识我。恍惚间竟不知道是我走进了他的"实话实说"直播间，还是他到长影来了。直到他开宗明义地说，此行是想做一个叫《电影传奇》的节目，并且把刚完成的《小兵张嘎》的光碟拿出来，在我办公桌上的电脑里看，他也兴趣盎然地跟着看，边看边告诉我节目是怎么做出来的。心想，这才是真正的影迷呢，他能利用自己工作的条件宣传、弘扬电影，让那些对老影片已经淡忘了的人回忆一下老电影的辉煌，让那些对老电影十分陌生的年轻人知道在二十世纪五六十年代，还有比当今《还珠格格》更为辉煌的老电影。

小崔这点子好！

按照小崔的想法，他要在全国选出当时很有影响的一百五十部影片，做二百〇八期节目，告诉关心电影的观众，这些电影是如何拍出来的，在拍这些电影时发生了哪些有趣的事。一些经典场面还要重现，就是用电视重拍一次，再现在他的节目里。为此，他要采访拍电影的当事人，要请他们回忆往事；他还要一个一个地扮演该片的男主角。比如做《智取威虎山》他就演杨子荣；做《五朵金花》他就演阿鹏；做《平原游击队》他就演李向阳。这家伙可过足电影瘾了，他一个人居然要演一百五十个男主角，十足的"百面人"。至于他像不像老观众熟悉的剧中的那个人物形象，他不奢望，也不让观众有太高的期望值。他毕竟不是演员，观众也不会对他苛求。他是借这个说事，说电影的事。观众是借他看事，看电影的事。如此而已。

在这次采访中，他拜访了心仪许久的老艺术家浦克、苏里、刘世龙、梁音、王润身等人。他以十足的小学生的谦虚态度向他们请教。在采访当中，他发现第四摄影棚里有《五朵金花》的景，供旅游观光用。他就有点迫不及待地请来化妆师、摄影师，又让忙里偷闲的王小丫飞来和他配戏演女社长，还请著名导演苏里坐镇给他当顾问。拍戏那天我去了。看他穿上白族的服装，头扎白带，肩背小包的样子，别说，还真有点像阿鹏呢。只是有些胖，年龄也有些大。用他的玩笑话说，他是阿鹏的爹。我想，要是当初他在主持"实话实说"时做这个节目演阿鹏就更像了。小崔在灯光师布光、美术师调整布景时就在"蝴蝶泉"边走来走去地体会着阿鹏的情绪，嘴里叨叨咕咕地念着台词。如果有人要求与他合影，他也不拒绝。拍了照又继续温习他的功课。看他那用功的样子，我想，这小崔当年学的是主持，若是学表演当演员准是当红影星，还得是喜剧的。

导演一声令下开始，音乐起。小崔从小道朝坐在"蝴蝶泉"边的女社长金花走去。此时，偌大摄影棚除了二人对唱，静得可以让旁观者听见自己的呼吸。我看着小崔在镜头前有些拘谨的样子，想起他在电视摄像镜头前谈笑风生的形象，就有些忍俊不禁。

小崔初来长影，情之所至，一连气做了好几期的节目。做《冰山上的来客》时，他把接替他实话实说的和晶请来演古兰丹姆。他还设想让小香玉演李双双。总之和他配戏的女角也都是腕儿。他还计划着让水均益、白岩松等好哥们都来过过电影的瘾。

小崔和长影的老艺术家相见恨晚。为表达尊敬爱戴之情，特意把他们请到云南的西双版纳，让他们好好地玩个痛快。上街时，警车前呼后拥。当地人说就是国家元首到这儿来也不过如此呗。这些老艺术家在晚年，在银幕外过了一次神仙日子，高兴地说，小崔这小子够意思！

还有哪个影迷能迷到小崔这个样子！而且他至今还保留着

到电影院看电影的习惯。

　　小崔说得好，中国的老电影影响了几代人，我，我父母甚至我父母的父母都受了老电影影响。

　　他说得不错！他做这些，就是要用自己的能力回报老电影。

原载《吉林日报　东北风》

长影旧址博物馆的前世与今生

　　每次路过长影，看见长影旧址博物馆，看见大门上郭沫若手书"长春电影制片厂"七个大字和院内楼房上"长影旧址博物馆"一行字，再看见络绎出入的游人，心里总是感慨万千。

　　1975年8月，我从吉林大学毕业，分配到长影总编室担任剧本编辑。那个时候，长影对面是大片水稻田，春夏之交禾苗翠绿，金秋时节稻子成熟了，稻穗耷拉着沉重的头。长影的东侧是一片菜地，一棵大白菜七八斤重。长影的南边是一条水沟，过了水沟是一片厂区存放着废旧钢管。在长影大院里，1939年之后的建筑，锅炉房、车库、作为演员宿舍修建的好几排砖房、大食堂就在路边，每天中午吃饭的人都排成长队，可以在这见到许多在银幕上经常见到的明星。高大的一暖房烟筒上有一圈平台，人可以上去。我在采访浦克时，他告诉我，"满映"的时候，他在这拍过电影，导演让他上去，沿着那上面的铁围栏跑，后面有人追他。可是浦克看一眼就头晕不敢爬上去。后来是导演上去跑，拍了全景之后，在地上搭个高台让他上去往下跳，结果还是摔伤了……

长影大院有 28 公顷土地,呈方形位于红旗街一千多米处的南侧,高大的杨树或婀娜的柳树绕院环围着,树下是一人多高的砖墙,墙内拉着电网。长影主楼坐北朝南。墙面贴着青黄色小块瓷砖,墙底是花岗岩。迎面是高达二层的玄观,砌着黑色大理石,显得庄严厚重,两边坡路可以行车到门口。楼内地面铺着乳白色小瓷砖,又有黑色小瓷砖拼成张牙舞爪的两条龙。龙口相对处是这幢大楼缩小若干倍的也是瓷砖砌的平面图。

大楼面朝大街的主体三层余为二层。整体呈回字形。外面的口字,是厂长办公室、厂办系统各处室及与创作、生产相关的各部门;中间的口字是洗印厂。两边有天桥相连,与外面的口字连成一体。党团机关在三楼。进入大楼,迎面是大接待室,有四扇紫色木门,玻璃衬着白纱。室内大约三百左右平方米的样子,沿着三面墙壁摆放着套有白色布套的沙发。白布洗得干干净净。地上铺着巨大的绣花红地毯,颜色虽不新鲜却清洁如初。东南角有一个小巧的吧台。凡是中央和省里领导或者外宾及重要宾客来厂,均在此接待。紧挨着大接待室的是第八放映室,是贵宾电影厅,摆放着白套蒙着的沙发。首长来长影视察,厂里就在这里招待他们观摩影片。除了"八放",其余的几个小放映室,都是固定在地板上的铁座椅,座板可以翻动。这里从上班到下班总在放电影,没有观众,只有一两个质检员,穿着白大褂,坐在亮着的台灯下看片子。厂里生产的每部影片的每一个拷贝,都要经过他们的质检把关,每一个画面都符合标准才可以装箱出厂。

长影有七个摄影棚，在电影厂中是棚最多的，这是衡量一个制片厂大小的标志。三棚专门用来拍摄特技镜头；七棚最大，约一千二百多平方米，是20世纪50年代扩建的。挨着第四摄影棚是小礼堂，也叫第十二放映室，是"满映"时期的礼堂。七个摄影棚每一个每天都忙碌着电影人。在生产任务多的时候，连厂里的大食堂都装上了景片充当影棚用。90年代，为拍摄《两宫皇太后》，在厂西南角搭建了故宫养心殿，保留多年，成为一个景点，也专门用来拍清宫戏。

二楼两侧都是鸽子窝一样的一间间办公室，录音室、剪接室、化妆室或者摄制组办公室等。

厂房形成的回字形，顶端是机关办公处，回字形底端是美术置景间。加工完成的景片，从这里搬出去，再到摄影棚里安装成一堂堂用于拍摄的内景。厂里所有的办公室都在回字形的大楼里。也就是说，一部影片从剧本开始，到洗印出片，完全可以足不出楼。

长影大院也很大，一大片树林。"文革"后期，重拍《平原游击队》，在院子里搭了一个小李庄外景地。在游泳池里搭建了水淹城市街道的景，拍了《大城市1990》。后来，这里修建了一个洗印厂，长影动画片厂也曾在这里。80年代，在大院里搭建了仿北京前门的两条街和与天安门相对的正阳门，在这拍了著名的影片《谭嗣同》和多部明清时代戏。其中有我参与编剧的《黑旗特使》。那时，长影是前院生产，后院旅游，一张票价两元钱，来长影的人也是缕缕行行啊！

　　长影东南角，有一座通体白色的二层小楼，大家都叫它小白楼。那是一座和"满映"大楼差不多的老建筑，原是伪满洲国军事部大臣绰号于大头的于琛徵的别墅，"满映"花了四十多万买下来做俱乐部。职工可到小白楼听音乐、弹钢琴。小白楼还设小卖部卖咖啡及"米之阿妹"一种类似凉粉似的小吃。"满映"垮台之后，它成为东影财产。后来，小白楼曾经是编剧招待所，凡是来厂改本的编剧、分镜头的导演或者作曲，再就是来厂拍戏的大明星都可以住进来。贺敬之曾在这改《白毛女》；白杨拍《冬梅》住在这里；林青霞和秦汉拍《滚滚红尘》也住在这里。这里曾经是我的办公室。《创业》编剧张天民、导演彭宁，家在北京，他们到厂里来，总是住在这里。

　　后来，我在阅读一些伪满资料知道，那时，长春只有大约十三万人口，是个中等城市。吉林省首府在松花江畔的吉林市。日本发动"九·一八事变"之后，"满洲国"首都建在何处，让关东军颇费脑筋。沈阳和哈尔滨都是五十多万人口的大城市。哈尔滨是苏俄的势力范围，沈阳虽是东北的经济中心，但离山海关近，反日势力容易渗透进来。而长春在沈阳和哈尔滨之间，且土地价格便宜，每平方公里才五万元。主持关东军特务机关部的板垣征四郎大佐派濑川安彦和是安正利二位"嘱托"，到长春调查街区主要建筑和设施。"嘱托"是日伪的一种职务，按部门主管之嘱托办事的意思。调查之后，他俩奉命约见吉林省省长熙洽，拿着板垣征四郎的名片，谈买地的事。关东军要在长春购置土地，熙洽岂敢不应。于是，吉林省政府发布了以长春区为中心包括近郊在内的四百平方公里的区域禁止进行土地买卖的命令。布告一公布，日本驻长春的所谓领事馆领事和"满铁"驻长春办事处头头非常愤怒，纷纷指责关东军这一越权行为。指责归指责，他们也只能指责而已，对关东军为所欲为却无可奈何。

关东军划定的土地就包括建设"满映"这片当时是一片乱葬岗子的地方。

在这片建筑成为人民电影基地之前，"满映"已经在这六年，生产了一百多部故事片和若干辑纪录片，那些都成为"满映"配合日本军国主义侵略中国的铁证而留存世间。

进入 21 世纪之后，在一波又一波改革名义下，除了长影办公大楼之外，一切的一切都在推土机的轰鸣中化为瓦砾和烟尘。长影大院变成了长影世纪村那一大片商业民居的高楼大厦。

小白楼也险遭到厄运，幸亏《电影文学》发表了许多关于小白楼的回忆，说明它的作用，让人知道，如果长影是中国电影的摇篮，那么这小白楼就是摇篮的摇篮了，小白楼才幸存于今。现在，它已被楼群包围，成为长春市文物保护单位。

如今的长影办公大楼，是国家级文物保护单位。大楼里的所有结构，都按照博物馆的设计重新改造了。游人进来，从"满映"开始，了解了接收"满映"之后建立的东影，从知道东影的第一部影片开始，也知道那些为观众耳熟能详的影片。长影七十年的历史在两三个小时的游览中一一走过。只是，不了解长影旧址博物馆前世的人，也许以为以前就是这个样子吧。只有我们这些在长影工作若干年的人，才会想起来，哪些地方是哪些……才会引起永远的回忆，只是在这工作的时间越长，回忆也就越多……

真的是人生苦短，沧海桑田啊！

（原载 2017 年 11 月 16 日《吉林日报副刊》）

外孙女的腰凳

外孙女叫小奈，在她离一周岁还差个把月的时候，跟我们到了海南五指山。她只会说"爸爸""妈妈"，有时会两手一摊说："没"。表达愿望她手指着想要的，发出一种声音，像似嗯嗯又像是哼哼，如果不愿做的事或者没满足她的愿望，她就哭。

她有一个腰凳，一条长而厚实的淡绿色布带，中间有个半月形小座儿，大人把带子卡在腰间，她坐在凳上，于是就很惬意两条腿悠闲地踢打着。自从她能坐了，我就经常让她坐在腰凳上出去"溜溜"。每天，她都会指着腰凳发出哼哼的声音，我把腰凳拿给她，她就拎着一头儿交给我，意思让我带着她出去"蹓蹓"。

五指山纯净的空气，优美的自然环境，让小奈十分兴奋。我天天抱着她在小区内绕圈走，看蓝天白云，看红花绿叶，看不时飞过的白蝴蝶和偶尔翩翩飞过的黑蝴蝶。边走，我边问她，蓝天白云呢？她就指指头上，嗯嗯着；我又问：红花绿叶呢？她就指着路边的三角梅和火焰树。天热时，我会捡起地上的一枚蒲扇大的无花果树叶当扇子，她高兴地抓在手里摇啊摇，摇几下就掉在地上。

有一天傍晚，我们一家人沿着南圣河新修起的河滨路散步。小奈坐着的腰凳系在爸爸身上。我们跟在一边向东走去。几个人在一起散步，老的老少的少，走得就较慢。小奈姥姥对我说，你要想快走，就在前面走，走到转弯处回来迎我们。我答应一声就大步流星地朝前走去，走得很快。走了二十多分钟，我折身回来，就看见小奈依然坐在腰凳上。我想，小奈见到我一定要叫我抱，因为我抱她最多，看见我都不让爸妈抱。可是没想到，她漠然地看着我，好像不认识一样。

我说："小奈，小奈。"

她不理我，眼睛也不看我。我以为她因为我不抱她而生气。

"小奈，不认识姥爷了？来，姥爷抱。"

我伸手去抱她，她躲开，"哇"的一声哭了，哭得十分伤心。她妈连忙把她从腰凳上抱过去，她趴在妈妈的肩膀上号啕大哭。我要抱她，她从左面躲到右面，我从右面抱她，她又躲到左面，就是不让我抱。我索性不抱她自己走了，这一来她哭得更厉害了。还是姥姥了解她，说姥爷快点抱过来吧。我急忙把她抱过来。她把身子伏在我的肩头上，我轻轻地拍打着她的后背，叫着她的名字安抚她，过了好一会儿，才抽抽搭搭地不哭了。我在当天的微信里叙述这件事并发出疑问：她不满周岁的小脑瓜里想些什么呢？有人回应我说，她是受委屈了。姥爷不抱她，还说不认识姥爷了。小奈怎么能不认识姥爷呢！

我想也许是这样。以后，我当着小奈的面不再自己一个人往前走。只是抱她出去得更勤了，因为离开海南的日子要到了。我不知道回到北京，面对着阴霾我怎么抱小奈出去。我希望让孩子多呼吸清新纯净的空气，多希望这空气能在孩子稚嫩的肺里多多地储存一些呀……

在海南过了一段时间，小奈一周岁前，我们回到了北京。小奈的腰凳也带了回来。第二天，她依然指着腰凳，嗯嗯地让我抱她出去"溜溜"。可那些天北京的霾十分严重，天是浑黄的，像是一块大大的脏布还带着一股煤烟味。这样的天，谁敢抱着这么小的孩子出去！小奈不解地催促我，指着腰凳，嗯嗯着。我只好系上腰凳，抱着她到门前，透过大玻璃窗户，让她看着灰突突的天，说，蓝天白云呢？她看着外面，两手一摊，说：没呀……

我看着外孙女天真的黑亮亮的大眼睛，心里暗自祈祷着：天啊！快快好起来吧，霾呀快散去吧，永远不再有……

那样，我就可以经常抱着小奈出去"蹓蹓"了。

（2015 年 3 月原载《吉林日报 东北风》）

基奎特总统的两次接见

　　沿着李松山和韩蓉夫妇在坦桑尼亚创业的足迹采访，到达累斯萨拉姆第二天，就得知总统基奎特先生要接见我们，这令我很是兴奋。

　　作为坦桑尼亚建国以来的第四位总统，基奎特刚刚届满卸任，可他还是执政的革命党主席、还是非洲联盟轮值主席，要处理很多党内和国际的重要事务。从国家层面上说，基奎特是中国人民的老朋友，多次访问中国，今年四月下旬，还访华并重点考察了福建农林大学。从私人层面上说，李松山曾担任过基奎特总统的经济顾问，为振兴坦桑尼亚经济，松山夫妇陪同坦桑高官考察中国经济，南到海南岛北至长春。基奎特总统与李松山韩蓉夫妇有着深厚的个人友谊。他每次来华都要约见松山韩蓉夫妇。北京宋庄的非洲艺术小镇建成，基奎特总统在应习近平主席之邀出访中国时，还曾以私人名义参加了竣工剪彩仪式，让北京那个初秋的傍晚大放异彩。

　　我们下榻的酒店离基奎特总统的官邸并不很远。穿过一段低洼不平的砂石路，爬上柏油路面，我们的汽车在一扇大铁门前停下，我们进入院内。一道白色院墙，一座门卫房，紧挨着一个棉帐篷。韩蓉女士告诉我，坦桑尼亚开国领袖尼雷尔总统的院子里也有这样一个帐篷，住着来自乡下的亲戚。基奎特总统的小院不大，一座二层小白楼，门前的玄关由两根立柱直达二层楼顶。院墙角有一株椰子树，一株呈扇面形的旅人蕉，在淡蓝天空映衬下很是漂亮。门前有一个砌着白边的圆形花坛，长着一株塔形杉树。

按照要求我们五人分二批进入，韩蓉、邢文和我在坦中友好协会秘书长约瑟夫的带领下先入客厅静候。客厅很高，呈圆筒状，一直到二楼顶，布置简洁。基奎特总统出来了，我们从粗布沙发上站起来。总统微笑着同我们一一握手。然后，让韩蓉坐到他那边的沙发上。韩蓉把带来的礼物交给他，其中有一件是市政协文史办带来的国画《国色天香》。在邢文和韩蓉展开画轴之后，约瑟夫示意邢文拍照，我就接过画轴和韩蓉一起举过头顶，把装裱好的国画让总统欣赏。邢文拍了照片，大家落座，韩蓉和总统交谈。他们说的都是斯瓦希里语，我们听不懂。谈了十几分钟吧，约瑟夫让我们的随行人员宋宏宴和范恩超进来拍照和录像。基奎特说他马上要到机场，已经没有时间多说了，等周四回来再谈。他亲自把我们送到门口并提议和来访的所有人员合影。分手时我们握手再见，别人用英语，我用汉语说谢谢，他也用汉语说："谢谢。"

这次接见因为时间仓促，大家都感到意犹未尽。第二天，身在南非的约瑟夫传过话来，说基奎特周三返回，周四再接着谈。

韩蓉问是不是总统客气，约瑟夫说不是，他很期待你们这本书，他的确有话要说。这样，在我们紧张的采访过几天之后，就又迎来了基奎特先生的第二次接见。

那是一次真正意义上的采访。

因为基奎特和松山夫妇的不平常的关系，他在未来的书中是一位注定要写到的人物。因此我事先和韩蓉女士商定了三方面采访内容，一是谈谈他和松山夫妇的交往；二是谈谈他对北京非洲小镇的印象；三是如何评价松山夫妇致力于研究马孔德艺术并在长春建立博物馆一事。

周四晚上，星光满天，我们按约定来到基奎特家门前。这次，他是在办公室接见我们的。警卫人员把我们引进办公室外等候。那是一间大约有四平方米的候见室，普通木板门，门上的两扇窗户的玻璃是用细木条压着镶上去的，墙壁似乎刚刚粉刷过还散发着淡淡的石灰味。警卫人员把我们送进去关上门出去了，随后又开门问了一句话，韩蓉女士微微一愣，随后解释了一句。当那位警卫出去之后，韩蓉说，他问咱们带没带武器。我暗自一笑。在达累斯萨拉姆居住期间，我们住过两家酒店。无论乘车进入哪一酒店，都有安保人员持带反光镜的检查器在车周围检查；还有一家酒店不但车要检查，人也要过安检门。可是我们到总统家，警卫人员只问问带没带武器。第一次来的时候，我拿着录音笔，警卫人员问那是什么，得知用途之后便也放行。我觉得，警卫人员并非粗心大意，而是出于对总统的朋友韩蓉女士和随她来访者的极大信任。

基奎特的办公室不大，十多个平方的样子。一张普通办公桌和几个沙发和扶手椅而已。今天他穿了一件黑色的民族服装，立领的领口和大襟有黑白相间的条纹装饰，朴素而不失庄重。他自己坐在办公桌对面的沙发上，让我们坐他对面的扶手椅上。总统先生一一回答了我提出的问题。整个采访大约半小时，后来据韩蓉女士说，他谈得非常好。在我说到，坦桑尼亚人民通过坦赞铁路了解中国，中国通过马孔德博物馆了解坦桑尼亚时，他还强调说，不仅是坦赞铁路还有许多，他几乎提到了所有的中国当年援建项目。

值得一提的是，当结束采访时，我问是不是可以再次合影，他欣然同意。用正规相机拍完之后，韩蓉女士拿过手机，让小范拍照。我也拿出手机来，韩蓉女士说她给我转发，我说行。可是总统听明白了我意思，同意用我手机又拍了一次，就是我发在朋友圈那一张珍贵的照片。

结束采访，基奎特总统一直把我们送到楼门前，看着我们上车，直到我们的车即将驶出院门，我扭头看去，他还站在那里招着手……

（原载 2016 年 7 月 8 日《长春日报》）

采访萨利姆

　　跟随韩蓉女士采访坦桑政要，除基奎特总统之外，萨利姆是给我留下印象最深的人。他大个子，长脸，身体健壮、腰板挺拔。花白的头发，浓密的络腮胡，修剪得整洁利落。陪同我们采访的长春电视台记者范恩超不断地拍照，有摄像机，也有照相机，镜头拍了不少。可是，就在采访结束，萨利姆和我们握手道别，并把我们送到门外就要离开时，他突然把我们叫住，说还没用他的手机拍照呢。于是，我们停下脚步，他把手机递给女秘书，让她为我们合影。我们采访组一行一一和他合影，先用他的手机后用我们的手机，直到拍完，他才尽兴地又一次跟我们道别。用他的手机拍照，一下子拉近了我们之间的距离。

　　我想，像萨利姆这样的高官，也在玩微信呢，也许很快就会在他的朋友圈里发出，他会见中国朋友韩蓉女士，接受中国作家采访的消息和照片吧。

　　萨利姆可不是普通的坦桑政要，他在非洲国家中享有非常高的声望，在国际上也是名声显赫。一九六九年才二十七岁，他就出任中国大使，在天安门城楼上，向毛泽东主席递交国书。这是他第一次见到毛泽东，也是他一生中非常难忘的回忆。之后，他成为坦桑尼亚政府驻联合国代表，成为联合国中最年轻的代表。中国对坦桑尼亚的支持，对坦赞铁路和许多建设项目的无私援助，让他认识到中国是好朋友。他积极支持恢复我们在联合国合法席位。一九七一年，这一愿望实现，就是他高兴得在现场跳起了非洲舞。这一率性举动惹恼了美国代表，大声指责他。萨利姆不以为然地说，要是可能我还想敲响非洲鼓呢。他的话差一点把美国代表的鼻子气歪。因此，他也得罪了以美国为首的一部分反对恢复我们合法席位的国家。

萨利姆多年担任联合国代表。到一九八一年的时候，五年一个任期的第四任秘书长，奥地利的库尔特·瓦尔德海姆已经担任了两届，在寻求连任。换届这一年，非洲统一组织推荐萨利姆参加竞选。如果萨利姆在中国恢复合法席位的时候，没有欣喜欲狂的举动，让美国代表特别不高兴，他当选新任秘书长是可能的。如果当选，他会成为联合国历史上最年轻的秘书长。中国自然希望他当选，不仅因为他年轻而是因为支持他也就是支持非洲。而对他一肚子不高兴的美国则希望瓦尔德海姆连任。为此，联合国在一天内共进行了八轮投票。

按照规定，常任理事国有否决权。这二位候选人，一位中国支持、一位美国支持，两位提名都没有通过。接下来又进行了多轮的较量。许多国家的代表都以为，在萨利姆提名无望后，中国会见机行事。但十六轮投票，中国坚定不移地一直支持萨利姆。全世界都被中国的态度震惊了。发展中国家的代表和媒体称赞中国的态度，西方媒体也惊呼：中国开始了一个对外政策活跃的阶段。就是在这种胶着的情况下，有的国家提出第三方案，另找候选人。于是，瓦尔德海姆宣布退出竞选，萨利姆也退出选举。在两个实力派候选人退出后，来自秘鲁的佩雷斯德奎利亚尔当选了。

萨利姆虽没有被选上秘书长，对此，他并不后悔，他说："我一刻也没有后悔过，因为当时我确实为中国重返联合国而感到非常高兴，那种狂喜是努力争取换来的。很多国家都支持新中国重返联合国，这些国家用了许多年的时间争取到中国的重返。作为中国的朋友，高兴是不言而喻的。中国重返联合国不仅是中国的胜利，而且是第三世界国家的胜利，也是联合国自身的胜利。"

萨利姆离开联合国，回国出任外交部部长，一九八四年他担任了总理一职。之后，萨利姆担任了非洲统一组织的秘书长。他始终重视同中国的关系，他说："我们钦佩中国在发展经济方面取得的巨大成就。中国的强大不仅对中国有利，也符合非洲国家的利益。中国的繁荣和稳定是世界和平的重要因素。"

在我们采访他的时候，他已经退休多年，但他高兴地接受来自中国作家的采访。

我们在一扇黑色的铁门前等候，持枪的军人警卫为我们拉开了门。一间不大的秘书室，墙上挂着照片，一张电子石英钟的表盘是主人从年轻到现在的各个时期的照片。靠墙的柜里展示着他获得的多种荣誉和勋章。另一面墙上是他在联合国时期同联合国及各国政要的合影。

一位中年女秘书让我们一一登记，我们要拍照，韩蓉告诉大家，在拍照前要经过主人允许。

萨利姆在他的宽大办公室里接待了我们。一张办公桌，背后的墙上是两幅家人的彩色照片，一张是他夫人和两个孩子的，一张是他们夫妇和两个孩子的。还有一张抽象的油画。桌对面是四张沙发，分四面摆设。我们落座后，韩蓉女士和长春市政协文史委员会主任邢文分别向他赠送了礼物，然后开始了采访。

结束采访，萨利姆高兴地和我们握手道别，并亲自把我们送出门外，依依惜别中才发生了我们出了门，他又把我们叫住并和他合影留念，直到他看了手机里的照片满意了才送我们出门的一幕。

（2018 年 9 月原载《吉林老记者报》）

园　中　馆

　　如今的长春，不单单是电影城、汽车城、森林城，又一个雅号让美丽的长春声名鹊起饮誉世界：雕塑城。这是因为有了建园 20 年就获得 5A 级国家著名园林的长春世界雕塑公园。在让全世界为之瞩目的雕塑园之东，有一幢宏伟建筑矗立起来，那就是李松山韩蓉非洲艺术收藏博物馆。

　　说它矗立也许有些夸张。从雕塑公园西面的正门进来，我一点都没看见它。走过一片湖水，再走过一道慢坡，才见一块米黄色的山墙，接着看见一片暗红色的墙板和不规则的造型。然而，当我绕到建筑物前面，心中却为之一震，大有"山重水复疑无路，柳暗花明又一村"之感。那暗红色的建筑仿佛扑面而来，门两侧的巨大墙体，形成大大的夹角，如同伸开的两条臂膀，欢迎我也欢迎每一位观众的到来。

　　难怪看不见它，博物馆后面是一个山岗。山坡上，路两边，相隔不远就有一件来自世界各地的雕塑作品。这些作品有的明白易懂，有的看不明白。但这并不妨碍你欣赏它，它会让游人放慢脚步，感觉不到疲劳。而这座由著名大建筑家、工程院士何镜堂领衔设计的博物馆，仿佛也是一件雕塑矗立其间。

这是一座专门收藏并展出非洲艺术品，尤其是马孔德乌木雕的博物馆。在馆东侧还有一座与它匹配的墙，米色大理石墙面上，是大画家黄永玉先生亲笔题写的馆名，已近九十高龄笔力依然苍劲为馆增辉。

李松山是长春人，在 20 世纪 60 年代初应征入伍，后有幸学习斯瓦希里语并成为翻译，传播中非友谊。中国实行改革开放，他如虎添翼。改革开放，国门大开，即将步入中年的李松山和韩蓉辞去公职，双双到坦桑尼亚创业，一步一个脚印地谋求发展，成为当地著名侨领，收藏了丰富的非洲艺术品，很大一部分是马孔德木雕。在他们迈入老年的时候，又义无反顾地回到祖国，把收藏捐给了国家，其中一部分捐给了长春。为此，长春市政府为他们建了博物馆。

让我震惊和震撼的不仅是这座博物馆，更有里面的收藏。

开阔的大厅里，门旁站立着两尊高大的木雕。一个憨厚的黑人渔民，厚厚的嘴唇，大大的眼睛，旁边是他丰乳肥臀的妻子。隔不远站着高高的长颈鹿。米色大理石墙壁上用英汉两种文字刻着坦桑尼亚总统姆卡帕写的前言。

进入展馆，由三个缓台形成的五十一级阶梯直通二层大展厅。685 块方形的汀嘎汀嘎漆画，挂在大理石墙面上，上端水平，下面随着通长的阶梯，呈倒梯形依次向上。色彩斑斓，叹为观止，让人震撼不已。

宽阔的走廊则是汀嘎汀嘎大画的天地。一幅长达十米的《塞伦盖蒂大草原交响曲》，是松山韩蓉夫妇请黑人画家为长春馆画的。还有《乞力马扎罗的早晨》《黄昏——乞力马扎罗山区》等等。即便是长廊里方形的立柱上，也挂着坦桑尼亚自学成才的大画家汀嘎汀嘎风格独特的画。这些画，色彩艳丽，造型奇特，有的有标题，有题的会让你通过标题增加对画的理解；没有标题的呢，也可以让你充分展开想象。

在展出大厅里，更是另一番景象。那些或者大型的，或者小型的乌木雕，威武地立在白色的展墩上，如同集结完毕准备出征的士兵。高高的墙面也充分利用起来，参差不齐地钉有长短不一的木条，也有凹进去的形成龛，一些小乌木雕就三三五五地安置其间。远远看去，这些乌木雕仿佛站在木筏上远行，或者伫立门前，眺望着远方……

来这里参观游览的人们啊，当你们走进博物馆，务必放慢脚步静下心来仔细观察，你会看见不仔细看就看不到的东西。假如你走马观花，你的遗憾就太多了，你就白来了。站在长颈鹿前，你看见的不光是母子亲昵状，你甚至可以听见它们的喃喃低语。站在马孔德"群雕"前，看看那些小人是多么精致啊，木雕家们是怎样让他们一个个上上下下联结起来？他们的手里拿着工具，头上顶着物品，面部神态各异！有的十几层，有的二十几层，塔一样高高地耸立着。表面的雕像是精致的，木雕空心处也绝不粗糙。还有"云形"雕塑。你说你看不懂。哦，看不懂没有关系。看不懂可以促使我们去琢磨。现在，你只需知道，这些云形是怎么雕刻出来的就可以了。黑人木雕家们面对着乌木进行创作的时候，他们会看着蓝天上的云彩。非洲那湛蓝色天空上的云彩，在海风的吹拂下变幻出千姿百态，它们不是飘在天空而仿佛是挂在空中，沉甸甸的离人很近。云彩让他们产生灵感。他们创作出来的云形，也许是云彩形状的再现，也许是其他，至于究竟是什么，那就是见仁见智地理解了。还有"神灵形雕塑"。谁见过神灵呢？谁知道神灵是什么形态呢？没有人见过，也没有人知道。可是非洲的乌木雕刻家们，雕刻出了神灵的样子，形形色色五花八门千奇百怪匪夷所思。不管怎样，木雕家们把神灵的样子再现出来，也许那是他们想象中的样子。艺术需要想象。没有想象无以成艺术。黑人木雕艺术家的想象力让人叹为观止。难怪有人说黑人艺术家是法国大画家毕加索的老师。

鉴于李松山韩蓉夫妇对长春的特殊贡献，长春市政府授予松山韩蓉夫妇长春市荣誉市民称号。李松山从20世纪60年代从军离开长春，因为学习斯瓦希里语而成为北京市民。五十年后，李松山夫妻双双成为长春荣誉市民，这是他们莫大的荣耀。

时任长春市市长的崔杰亲自把荣誉市民证书颁发给他们，之后说："松山先生夫妇几乎用了毕生的精力和财力来组织创造马孔德艺术，来收藏马孔德艺术。松山先生分若干批次，几乎把他毕生收集的藏品全部捐给了长春。使长春这样一个远离非洲的城市有了非洲最灿烂的民族雕刻艺术的瑰宝，成为我们城市文化的丰富内涵之一。"

数千年悠久的中国文明，创造了灿如星河的艺术作品。这些美术珍宝，有的画在山崖上，有的刻在山洞里，有的雕在寺庙中，有的塑在园林内，有的被当成陪葬品深埋入墓，有的被个人收藏难见世面。这些美轮美奂的艺术品，有多少能够保存到现在，留存在我国？又有多少艺术珍品，在一次又一次的侵略战争中，被外国侵略者劫掠一去不还；我们流失了那么多，又有多少外国艺术品流向并留到中国呢？即使有，也是微乎其微。

松山韩蓉夫妇开了一个先例。他们通过自我拼搏，不断收藏，经过数十年努力，耗尽精力财力，把他们的全部收藏，蚂蚁搬家一样，一批批地带回他们眷恋的祖国，又捐献给他们无比热爱的祖国！

其中一部分就收藏在长春的这座馆内。

（2017 年原载《吉林日报　东北风》）

来自非洲的黑精灵

那些集结在长春李松山韩蓉非洲艺术收藏博物馆里的黑精灵啊，你们都好吗？你们从印度洋西海岸那炎热却又潮湿的非洲，跟随一对中国夫妇回归的脚步，不远万里，漂洋过海，来到中国东北这干燥而又寒冷的长春，一切的一切都适应了吧？

黑精灵是李松山韩蓉夫妇对你们的爱称，大多人称你们为马孔德乌木雕。最初，我以为马孔德是一个人，后来知道，那是一个勤劳智慧的民族，世世代代生活在坦桑尼亚和莫桑比克之间的鲁伏马河流域，那是一片田园诗般的天地，充满了欢乐与祥和，这些人便以田园命名自己的民族。马孔德，在斯瓦希里语汇中就是田园的意思。

这片田园算不上茂密的山林间生长着一种树，稀稀落落地散布着，不成林；枝干疏散，树叶小，也不成荫；树心多孔洞缝隙，更难以成材。它矮且不直，不能委以重任，不能造房子，不能架桥梁，不能做枕木。然而它却是马孔德人心中的"神树"。说它神，是因为它坚如铁硬似石，扔进水里沉下去。它的树皮灰白，靠近树心呈黄褐，树心则是墨黑如炭，锯它，会发出痛苦的呻吟，流出很细的末子，像流出了血。倘若人身哪儿破了，流血了，把黑末子抹在伤处，血就被止住了，这就像中国神奇的白药。

这种树，从小树苗到长大成树，要经过许多磨难。风吹雨淋是再自然不过的事了，还有雷电轰击、大火焚烧、洪水浸泡。它们全然不在意，全都挺过去了，什么也不能让它们死去。正因为经过了太多的磨难，才长得结结实实，材心经得起打磨，越是打磨就越发光亮如漆，如同乌金，让人爱不释手。后来，马孔德人发现了它们的另类价值，予以雕刻，打磨成品，赋予生命。每一棵乌木都是不同的，因而，每一个木雕也都有它的个性。这种"乌木雕"，就是你们的前生啊，黑精灵，李松山韩蓉夫妇心目中的黑精灵……

李松山和韩蓉，一个是小实业主之子，一个是将门之女。二人在不同学校学习东非的斯瓦希里语，学业结束后分配到外文出版社工作。共同的追求和爱好，使他们相识并相恋，最后成为相敬如宾的爱人。20 世纪的 90 年代初，两个外交战士，一对斯语学者，辞去公职到坦桑尼亚创业。他们不会做生意，但他们知道怎么做人。凭着智慧、善良、勤劳和坦诚，他们一步步谋发展，一分分搞积累，淘到了商业发展的第一桶金，他们的生意越做越大，根基也就越来越扎实。于是，在坦桑尼亚也像中国那样实行改革开放，拍卖已经倒闭的工厂时，他们参加竞拍，靠雄厚的实力拿下了一个木材加工厂，这一举动使他们成为有资源的收藏家。

以前的收藏都是在马孔德乌木雕市场上买的，他们喜欢，便经常光顾，看见喜欢的便买了。如果说以前的收藏有了数量的积累的话，那么有了资源，就让他们的收藏有了质的飞跃。

因为有经营许可证又有采伐证，当地政府按计划批准他们采伐木材，李松山韩蓉在完成木制品加工的同时，也有计划地采伐了一些乌木。然后，把坦桑尼亚著名的木雕家们请到家中，和他们签订合同。李松山韩蓉提供乌木，木雕家们不用到处为寻找材料而操心劳神，可以安心雕刻精心创作，最大程度地发挥聪明才智。因此，李松山韩蓉的家就成了乌木雕加工场，也成为那些木雕艺术创作者之家。中午，还为他们提供一顿免费午餐。热爱黑精灵的夫妇在安排好生产之后，也会坐下来和木雕家们一同谈创作，面对乌木，共同构思，那些木雕就被赋予了新的灵魂。

李松山韩蓉夫妇并不仅仅满足于收藏，他们还潜心研究。他们办起第一家马孔德研究协会，是世界上唯一具有研究性质的组织。在别人零散的关于马孔德介绍的基础上，他们把乌木雕划分为四大类：一是用器，二是神灵，三是云形，四是群雕，并且分门别类地加以阐述分析。他们的研究填补了这一领域的空白，使之理论化、系统化，研究成果受到坦桑尼亚政府的称赞，夫妇双双被授予"非洲文化艺术博士"称号。

李松山韩蓉夫妇在非洲的创业和收藏，并不总是一帆风顺诗情画意，而是充满了艰辛和困苦，疾病、盗窃、火灾像蚊虫一样时时相伴。然而，当他们回顾这段艰难困苦的异国跋涉时，一切都变得那么美好，说那是一次奇特快乐的文化苦旅，说他们几十年漫长的寻觅探究，仅仅渴望能够靠近它的源流，能抚摸它的质地，感悟它的神秘内涵，欣赏它的另类魅力。因为它——是人类文明的艺术宝藏。

他们的目的达到了。他们为能够拥有众多的乌木雕而自豪，仿佛一个家庭拥有那么多可爱的孩子——他们心中的黑精灵。

十几年的拼搏奋斗，让李松山韩蓉夫妇成为著名的华人侨领，李松山还是基奎特总统的经济顾问，当然，他们更是著名的马孔德艺术收藏大家。

别人的收藏可能会据为私有，或成为儿孙的遗产。可是，李松山韩蓉夫妇的收藏却想捐献给社会。他们一直为实现这个目标而努力。为此，当他们在南京参加世界华商大会，通过吉林省政协副主席兼统战部部长赵家治，了解到长春正在建设雕塑公园的时候，就下定决心，把他们收藏的一部分捐献给家乡长春。当他们感到收藏足够丰富的时候，他们像当初辞去公职走向异国他乡一样，在即将步入老年的时候，选择了叶落归根，放弃在坦桑尼亚的一切名誉地位和继续发展以及一些人请他们到欧美发达国家定居的诱惑，把他们心目中的黑精灵，精心地打包装箱，分批地海运回国。当他们把黑精灵交到海关，交到货运码头,他们像送别子女即将上路的父母一样,心里满是牵挂。直到他们接到货物，把黑精灵领回家中，那一颗悬着的心才踏实下来。有一幅大画，长达十几米，不便海运，韩蓉就一个人坐飞机托运回国。下了飞机，她用了两个手推车，前一个后一个，大画放在上面，她在后面推着，还带着随身行李。一个已经并不年轻的女人，推着两个手推车，扭来扭去，每前进一步都要付出巨大努力。可她硬是克服难以想象的困难，把大画弄到家里。其中的酸甜苦辣谁能体会得到！

鉴于李松山韩蓉夫妇对长春的特殊贡献，长春市政府授予他们为荣誉市民，并请著名建筑大师，曾为上海世博会设计中国馆的何镜堂先生和团体设计博物馆，著名画家黄永玉先生题写馆名。

得知马孔德木雕在长春建馆珍藏，时任坦桑尼亚总统的姆卡帕先生亲自撰写前言。一个总统为一座外国博物馆写前言，在坦桑尼亚是第一次。作为总统，他为国家艺术瑰宝能够走进中国而高兴；作为马孔德民族中的一员，他也为本民族艺术能够在亚洲、在中国展出而欣慰、骄傲和自豪。诚然，马孔德乌木雕早已走出非洲，进入欧美，进入亚洲的个别国家。但是，这样大规模地来到长春，建如此庞大的博物馆，这在世界尚属首次。

2016年6月，我受命赴坦桑尼亚沿着李松山韩蓉夫妇的足迹采访，到达首都达累斯萨拉姆第二天，就受到基奎特总统的接见。因为公务紧急，总统要马上去机场，约定在他返回时再接受采访。一个总统连续接见两次，期间坦桑尼亚前总理萨利姆也接见了我们。一周时间二位政要接见，畅谈他们夫妇的成就和为发展中非友谊付出的心血，这是非常罕见的，足以说明松山韩蓉夫妇在坦桑尼亚的影响非同小可。

如今，来自非洲的黑精灵啊，你们已经成为长春雕塑公园的一部分，成为长春一道亮丽的风景。

（2018 年 10 月《发现长春之美》）

情人的聚会和爱情的缺席

2000 年 12 月 31 日，是 20 世纪最后一天，倘若把这一年比作一条河的话，那么这一天就是入海口了。原以为我的这一天会像昨天一样，波澜不惊，平静地流入大海。没有想到，当我像旅人似的走到千年的终点时，却发现这里有独特的风景。

这天早上，朋友 A 君打电话来说是聚一聚吧，也算是迎接新世纪了。我说好吧。我建议说今晚我来请客你带上家人。他说不必你来就行了。他当然明白我的意思，我让他带上家人，我也是要带家人的。他没有响应我的建议，我也就不好自作主张了。我找到他订的饭店指定的房间发现一男一女两个陌生人已经捷足先登。A 君给我们做了介绍，我知道男的是 B 君，女的是 C 君，并没有介绍他们之间的关系，就以为他们是夫妻了。他们挨着坐，靠得很近，不时地说着悄悄话，关系显然是很亲密的。过了一会，又来一个女士，高高的个子，很是清秀，来了之后就坐在 A 君的身边。A 君没有给我介绍她是谁，但看那一副女主人似的神态，两个人的关系也就不言而喻了。我就称她为 D 君吧。

菜上齐，酒斟满。我们就开吃了。祝酒词大都是迎接新世纪之类。酒真是好东西，一杯酒下肚，话就自然而然地多了起来。除了新世纪之外还谈人和人的关系。A 君一口一个嫂子的叫 C 君，可我听明白了，B 君和 C 君并不是一对夫妻，他和她是一个单位的同事，再早一些年他们曾是同学。现在流行一句话说是同学会同学，先要找感觉。D 君开玩笑说许多爱情故事都是从同学开始的。我这时看出了名堂，她和 A 君也不是夫妻，她是他的秘书。我就说也有许多爱情故事是从首长和秘书开始的呀。那两对人就心领神会地哈哈笑了。朋友对我说，今天辞旧迎新，要和情人一起过，我以为你也能领一个来呢，要知道没领来现给你找一个呀！朋友的话当然是笑话。临时找来的那是情人吗？

离开酒店我一路走回家去。途经人民广场，迎接新世纪的焰火放得热火朝天。街上的积雪已经结成冰面，路很滑，行人却不少，多是年轻的男男女女。一勾上弦月斜斜地挂在深蓝色的天空上。我想这个时候飘些小清雪该有多好。我就那么走着，想着餐桌上的事情。其实，这次迎新世纪的聚会成了那两对情人的约会。

回到家里我接到远在南方的朋友的问候电话，话题自然也是迎接新世纪。我的这位朋友在两年前不幸失偶，一直独居。我就问他是不是还在一个人过。他说是。我又问想不想再找一个？人近老年是须有个伴的。他很坦率地说也不是没有。但他奉行的是三不主义。我问什么三不主义。他说："不主动，不拒绝，不负责"。然后，他就给我解释了什么是三不主义。实际上是无须做何解释的。他说市场经济把什么什么都搞得很实用了，包括男人和女人的关系也都不像以前那样注重感情。现在还讲什么爱情啊，看重的是金钱，看轻的是感情。在这种大背景下，很难找到真正的爱情。你要和我好，我不拒绝，该做什么做什么；做完各奔东西。处好了，再联系，约定时间再见面，不好就当没那么回事，但我不主动；也不谈婚姻，都这么大年龄了，结婚只会带来越来越多的麻烦，不结婚也就各自不负责任。我的这位朋友受过高等教育，自小喜爱苏俄文学。在爱情观上也深受文学影响。他和妻子就是恋爱结婚的，一直恩爱得够得上模范夫妻。可惜的是妻子过早地故去了。当初我听到这个噩耗，为他悲伤，直骂老天不公。因为他特别看重情感，所以也就难以忘掉和妻子相濡以沫的岁月。他的"三不主义"大约是对爱情的失望而不得已为之的权宜之计吧。

二十世纪最后一天这两件事让我想到了许多许多。在我们中国，尤其是儒文化根深蒂固的汉族，性，历来讳莫如深。在二十世纪的初期还是三从四德，三纲五常，等等等等。后来随着思想观念的一步步解放，性的问题也在逐渐地走向开放。然而，直到二十世纪中叶，还是谈性色变的。未婚男女不能自由恋爱，要父母之命媒妁之言。不论婚否，发生性接触，就属于"男女关系问题"，被认为是大逆不道的。五十年代那是"生活作风问题"；六十年代说成是"生活腐化堕落"；七十年代是资产阶级思想。犯有这样的错误是最见不得人的，是"搞破鞋"，是比贪污盗窃还丢人现眼的，有的甚至为此丧失了性命。到了八十年代开始松动，有了"性解放"一说；据说那时候朋友见面不再问"吃了没有"，而是问"离了没有"；未婚青年有的"试婚"；已婚男女开始背着配偶找情人；有些大款居然"包二奶""养小秘"；这似乎成了一种时尚。物欲横流使人的原欲膨胀、赤裸起来。

　　有人曾经把这些说成是世纪末情绪。其实这和世纪末有什么关系呢？须知，一个世纪的结束也就是新世纪的开始呀！应该说，关于性的话题，从禁锢到解放，是一种进步。但进步的大潮流下也有暗流涌动，不要把暗流误成主流。纯洁的，真正的爱情实际上是有的，只是要耐心地寻求。在对待性这个问题上，更应该讲究一点爱情、健康、明朗和含蓄！不管怎么样，新世纪是美好的，在性的问题上也应该是美好的。

（2001 年 3 月 21 日载于《吉林工人报》）

海南速写

在海南的东北汉子

来海南不能不到三亚，来三亚不能不看望洪乃生，一个来自长春的汉子。他是海南的朋友，后来也成为我的朋友。我和他相识因为有海南介绍；而我们增进友情是因为我和他都到了海南。

海南是地域名也是一个作家的名字。

我们和海南有缘分。

2005 年 11 月下旬，第十四届金鸡百花电影节在三亚举办。海南听说我要去赴会，嘱咐说乃生在三亚，你要去看看他。会后，我从亚龙湾五星级酒店出来，就住到洪乃生那里。那时，他刚从云南大理迁来不久，租了二处房子，开着一个叫"岳港"的家庭旅店。五年前的三亚刚开发不久，游人不多，车也不多。小城悠闲而清静。要把几十个床位的家庭旅店经营好，要付出许多辛苦，夫妇俩轮流着到车站接客人招揽生意。痴迷于写魔幻小说的儿子也跟着跑跑颠颠忙前忙后。平常的生意虽然不够好，可是一到春节前后，客人就接二连三络绎不绝，房价也跟着水涨船高，差不多是平时的十倍，正是三亚人挣钱的好机会。

洪乃生看重的不是这一点，而是这里天天是夏天的气候。老母亲八十多岁了，在寒冷的东北生活了几十年，落下不少毛病，心脏病是少不了的，还有关节炎。听说这病一到南方就好，洪乃生扔下长春的新房子，举家南迁。先是到云南大理，住了几年，妈妈的病不见好。洪乃生又听说海南天热，就又冒蒙来到热带小城三亚。赤日当头，热风如火。开始他还担心妈妈怕热受不了，没想到妈妈十分适应，病不犯了，精神也好了许多，眼睛不好还能摸索着帮着做些家务，洪乃生决意在这住下来。

洪乃生是一个孝子。

五年后再来海南，我已成为五指山某小区一套房的业主。不用海南关照也是要去三亚看看洪乃生的。大年初一是在五指山新居过的，初二就和家人一起到三亚去了。途中我给洪乃生挂了一个电话，电话响了好久他才接，声音沙哑显得十分疲惫。我说要去看看他，他问我今天怎么安排，我说先去看看他，然后到西岛游泳。他就说，你先到西岛吧等回来再联系，然后就把电话挂了。我知道过年正是他最忙的时候也就不忍打扰。当我们离开西岛天已向晚，出租车司机担心回五指山太晚夜路不好走，急着赶路。我正想着怎么和洪乃生联系，他的电话来了，声音有了底气。他连连道歉，说对不起，你打电话的时候，我们正睡觉，这些天日夜颠倒，累得一塌糊涂。我说我想的到，你先忙过几天我再来。

过了初十，我和家人又到三亚。车刚进市区，他的电话就打了过来，问我到了什么地方什么时候下车，并指定在一个地点见面。本来客运站离他说的光明街"岳港旅店"不远，可我离开几年，三亚已然由一个身板扁平的小丫头变成身姿绰约的少女，让我认不出来了。阴云笼罩，阵雨不期而至，只好钻进一辆出租车里。说到要去的地方，那司机问是不是一个个子不太高的东北人，我说是的。看来乃生已经在这里有了名气和人气。

洪乃生果然在他说的地方等着，一件红色的 T 恤分外抢眼，长裤子。拄着一根拐杖，一条带子拴着手机，正在接电话，看见我们下了车，把手机装在红衫口袋里。寒暄几句就一瘸一拐地领我们到一家饭店。前几天他骑自行车出去办事，被一辆摩托车刮了一下，倒地擦伤了膝盖，好在没伤到筋骨。春节正是最忙的时候，也顾不上好好休息。

几分钟就上了一桌菜，有东北酱肘子和哈尔滨啤酒。刚要动筷，又有电话打进来，他接了之后说要出去接一个客人。他站起来满怀歉意地说，让你们笑话了，小商人为了一个生意就把朋友扔在这里，理解吧。我说理解，商人对朋友讲情意对客人也要讲信义呀！他就拄着拐出去了。十多分钟才回来，我们围坐在一起谈天说地。比起五年前，他的生意做大了，买了一百六十平方米的房子，改成八个房间的旅店，类似这样的客房已经四处了，也买了车接客人用。床位增加到近百，小有规模了，只是还像以前那样辛苦。

提到他的妈妈，他露出笑意，说老太太八十八岁了，身体很好。他又说，如果不是这里的气候，说不定人早就没了。他的意思我明白，为了母亲，哪怕再辛苦心里也是甜的。

说着他又来了电话，也许是心灵感应，我听出那是海南打过来的。乃生说了几句把手机交给我，我也说了几句。老话说见字如面，听声也如见其人吧，海南来了电话，我们三个就齐了。

我和海南有缘分，这个海南，一个是地名，一个是作家的名字。

东北人常相聚

在五指山市客运站汽车出入口处，有一间与客运站紧紧相连的平房，门上方写着六个大字：东北人常相聚。敞开的门厅里摆着几张方桌和木椅子。这是一个东北人开的饭店，那六个字就是饭店的名字。店名虽说长了点，可是实在。我到五指山的第一顿饭就是在这吃的。那天，夜幕初降，细雨纷飞。高大的椰子树和肥硕的芭蕉树，在亮晶晶的雨丝中别有一种风韵。从寒冷的东北家乡来到炎热陌生的海南，心中未免忐忑。幸好中学时代的校友丁君前来接站，心中才稍许安定下来。

就在这家饭店门旁，一个东北女子叫住他，说起了在海南买房子的事。话头很长，一时半会说不完，且天降小雨，丁君就把我等领进饭店，寻个无人的桌子围着坐下。老板随即递过菜单来。丁君是大庆最早来此地买房的人，市里的一个小区到大庆开售房办事处，就是他给联系的。在这里房地产界的熟人多，老家的亲戚朋友前来买房找他也在情理之中。这个女人甫一落座，就滔滔不绝地说起了这一两天买房的遭遇。她说在海口买房已不论平方米，一套多少多少钱。昨天没交钱今天就涨了五万。你说这房买不买吧？买吧实在是心疼，不买吧说不定过两天又涨。在她说话的工夫，丁君就接二连三地接了好几个电话，都是谈房的，已交款的要前来装修，没交款的急于把钱交上来。听那口气，生怕交款晚了签订的合同作废。我边喝啤酒边听他们说话，庆幸我买房买得及时。

2010的春节我是在五指山过的，穿着短袖衣，听着蛙声过年，使我恍如梦中。热风吹得北人醉，误把春节当中秋。长春市文联的王丽君女士同夫君到三亚陪老人欢度春节，听说我在五指山，就在初九那天来到我这里。有朋自远方来不亦乐乎，吾妻切好刚买来的木瓜端上，又兴致勃勃地说起了到这儿的见闻。听说吃南瓜花、南瓜叶和地瓜秧等，王丽君就觉得十分新鲜有趣。在我新居稍坐片刻，就急着要上街去转转。我和妻陪着转到了农贸市场，果然有地瓜秧和南瓜叶出售，还有在东北叫田星星而在这里叫白花菜的，可惜没有黄灿灿的南瓜花，有的就一样买一把，要到三亚孝敬想吃海南山野菜的公婆。

在街上又看见用卡车拉着的青香蕉，本来是要包销给当地水果摊贩的，不零售，在我们的央求下破例卖给我们几挂，王丽君就有了满载而归的感觉。带着许多东西逛商店就不方便了，且五指山市并不比三亚更有逛头，就急着要回去。我们就打了两个摩的到了客运站，到了东北人常相聚的饭店，打算吃了饭回三亚。

就在我们点菜等菜的时候，我忽然看见一个熟悉的身影，从候车室那边踱过来，仰着头看着饭店上方那六个字，大约在琢磨那名字叫得有意思吧。这个人高高的身条，满头的白发上残留着些许染过的褐色。他不是著名作家乔迈老师吗！当年他凭一篇报告文学获全国报告文学奖；根据此作改编的电影也风靡全国。他怎么也到这儿来了？我迎过去叫一声乔老师，拉他入座。乔老师看见我和王丽君在这，也很惊讶，就在桌边坐了下来。聊起来知道，他几年前就有先见之明地在三亚买了房子，而他的亲属在五指山买了房子。今天，是他在亲属家小住几日要回三亚在这等车才与我们相遇的。

当前的海南热点是房价，我们自然而然说起了这事。乔老师说，他的房子如果出手一下子就增值一百多万。我说如果你卖了说不定就买不到同样的房子。于是大家哑然。

送走客人，我又看见饭店门上的六个字，想，这个老板怎么那么有远见，知道东北人在这里常相聚呢！

酸　豆

我住的小城以前叫通什，现在叫五指山，坐落在一条狭长的山沟里。既然叫五指山市，那两侧连绵不断的群山大约就有五指山了吧，可我左看右看也看不出哪儿形如五指。后来才知道五指山距离这里将近三十公里呢。

从我的住处往前二百多米是山，往后二百多米也是山，每天早晨都是云雾缭绕。我就想着到上边去看看。一天午后，天高气爽，影视剧作家余飞大年初一还在改编《永不消逝的电波》，写得有些累了说咱们爬山去吧，我说好，就向近一些的大山走去。

经过一排高高的槟榔树，经过一片肥大的芭蕉树，穿过一个农舍错落的村寨，沿着经村人指点的路上山了。说是路实际上那不是路，或者说那是水路，是水流下时经过的路。不大宽的沟，有卵石也有棱角分明的石块，水已经断流，石头上还留着水迹。没有石头的地方都是砂石，村人从这上山，生生踩出路来，于是，我们沿着长长的水沟形成一条蜿蜒的羊肠小道向上爬去。

忽然背后传来脚步声，我回头看去，一长一少两个人健步跟着我们走上山来。长者大约三十多岁，小个子，精瘦的身材，眼睛却分外有神，穿一件迷彩服，肩膀袒露在外面；年少者，十来岁的样子，圆脸，眼睛亮亮的，穿一套运动服。两个人都穿着卡脚趾的拖鞋，山羊一样，很快越过我们走到了前头。我看见年长者腰缠带子，挂着一个小竹筒，里边插把砍刀。这二人大约是父子吧，我想。在他们与我们擦肩而过的时候，我问从这条小道能上山吗？年长者说能。我又问山上有狼吗？没有。有蛇吗？没有。有草爬子吗？他笑笑说没有。大约觉得我们胆小吧。

前面是一个缓坡，有几块黑色大石头。年长者回头看少年没跟上来，就在石头上坐下。我们也跟着坐在一边，趁机歇歇脚。我问他姓什么，他说姓王，叫王健，后面的孩子是他儿子叫王壮。我笑了，父子健壮，这名叫得真好！刚说到王壮，小家伙就跑了上来，手里拿着几个类似豆角的东西，到父亲旁边坐下。我把手中的瓶装水递给他，他摇摇头，说不喝。手里扒着拿着的东西。我问那是什么，他说是酸豆，好吃，说着就扔过来两个。我没见过酸豆，就好奇地接过来，把另一个给了余飞。酸豆有点像东北的豆角，鼓鼓溜溜的，一个荚装两三个豆，豆挺大。我按着王壮指点，扒去灰褐色的硬壳，啃着荚和豆之间的白色又有点绿的薄薄的肉，酸酸的，酸得我直咧嘴，我说好吃好吃。我问哪还有这酸豆？他说前边有后边也有。

王健是黎族人，只有这一个儿子，是小学四年级学生，祖辈生活在海南岛上。我问他儿子长大了做什么？他说打工呀！我问王壮，想读中学吗？他说想；想读大学吗？他说想！长大以后干什么？他笑笑说还没想过。王壮的右嘴角有一黑痣，笑起来的样子很可爱的。

王健站起来继续向山上走，王壮也跟着走了。他们走得快，我们跟不上，很快树丛就遮住了身影。我们上山没有明确目的，也不急于上去，仍不紧不慢地爬着。到处都是热带树木，对我们来说每处都是风景。大朵的木棉花落了，红红的躺在小径上，让我们不忍心下脚；挂着胶碗的橡胶树长在梯田上；宽大的香蕉叶间挂着沉甸甸的香蕉；也有青青的木瓜在树上等待成熟。

眼看天色渐晚，我们没到山顶就下山了。正走着，又听见背后有脚步声，回头一看却是那对父子，一人拿着一个木瓜下山来。好像他们上山就是为了摘这两个木瓜。王健的金黄灿灿，王壮的半青半黄。王健把木瓜递给我，要我收下。我推辞几下，他执意要给，我就收下了，拿着黄黄的木瓜心里也热乎乎的，连连道谢，就紧跟着他们下山。

又走了一段，王壮从小道上岔开，钻进芳草萋萋的山坡，跳过一道由树枝拦成的围栏。我问他去干什么去了，王健说去摘酸豆了。我就跟着走过去，只见王壮像只猴子，只几步就钻进一棵枝繁叶茂的大树中，又攀着枝杈迅速上到树顶。原来那是一棵酸豆树。

我仰着脸看着王壮站在颤颤直抖的树枝上，生怕那枝一断将他摔下来。王壮摘了一把酸豆，从树杈间扔下来，我和余飞连忙捡起，催促着让他快下来。王壮踩着树枝下来，没事似的跑上小路，跟着他父亲走了，很快又消失在树丛中。

回家在网上查了一下，网上说：酸豆树是热带分布最广的树种，可用观赏，也可防风。酸豆果肉可食用且广受喜爱，也可做调味料还有药用价值，用于治疗胃和消化道不适。

一看见酸豆，我就想起五指山黎家那对健壮父子。

椰 芽

农历二月，一株株高大的椰子树依然在热风中摇摆着婀娜的身姿，一片片美丽的三角梅在路边展现着灿烂的笑容。海南那无处不在、独具特色的翠绿，不声不响地展示着她迷人的风采。月末的一天早上，在海南种菜的小向问我是否愿意到他的菜地看看。我欣然允诺。于是就坐着他送菜卖菜用的带车厢的三轮摩托车跟随而去。同他一起来的还有他的妻子小兰。

出生于 20 世纪 80 年代的小向，湖北恩施人，土家族，却娶了一个海南的黎族姑娘，姓兰。那时，他们在昆山的一家娱乐中心打工，同在一个食堂用餐。彼此就相识了。聊起来才知道，他们是同一天到达上海，同一天到达昆山又同一天来到这儿的。

只不过是，一个从天上飞来，一个坐火车赶来，冥冥中仿佛商量好了要到这里赴个约会。他们都心动了。也许这就是所谓的缘分吧。他们相爱并结婚了。

　　那个时候，小向还没有到过海南，对海南没有一点印象。后来，他同妻子到海南过年，并参加小兰大弟的婚礼。那黎寨连吃几天的流水席；那拥在一起挤在一处争相长大的椰子；那高高的细细的直直的槟榔树，都让初到海南的小向神往。当然让他更加关注的是晚稻收割之后闲置的土地。小向年轻，没当过农民，可他是农民的儿子，知道珍惜土地，就问为什么这么多的地，这么好的天，地闲着不种菜？小兰告诉他，当地黎家人是不种菜的。小兰说，黎族人生活在山区，出门就是山，山上遍布野菜，到山上随处都能采到他们想吃的野菜来。在海南大面积种菜的，都是来自大陆的农民。突然的，在老家都没种过菜的小向，萌生出到这儿来种菜的念头。为把这个念头变成现实，他们还在海南考察了两个多月，从种什么怎么种到种了之后怎么卖。直到心里有底了，他们夫妻才回去辞工。

　　我们的车驶近一处椰林怀抱的黎寨，村口立着一块大石头，上面刻着"加乍生态文明村"几个字。一群猪和鸡悠闲地在村头觅食。在一株椰子树前，小向停车，小兰跳下去，从一家房后拿过一个带钩的长竹竿，举着竿把铁钩搭在椰子顶上用力一钩，一个椰子就掉下，呼的一声落在地上，摔裂了，汁从裂缝处喷溅出来。小兰心疼地说太嫩了。她就又看准一个，钩下来也摔裂了。慌得她连忙跑到家里，拿出一个塑料水舀子，把椰子的裂缝朝下，汁便流进水舀子里，递给我。我仿佛接受贵重礼品一样接过来，捧着，大口大口地喝着。啊，好爽！

小向和小兰的新家就在加乍村边的地头上。十数根竹子搭就的起脊的房架，没有砌砖也没有铺瓦，用条纹塑料编织布包裹起来。反正天又不冷，只要不漏雨就成了。这个小房既是他们的起居室也是看守菜地的工棚。没有像样的家具却有一台笔记本电脑和一个无线上网卡。这是他们联系外部世界的一条通道。海南建设国际旅游岛之后，小向料定以后到海南的游人会越来越多，对蔬菜的需求量会越来越大，也就越加庆幸自己当初的选择。

小向在这租了二十五亩地，分成三片，种着茄子苦瓜豆角辣椒等时令菜蔬。齐腰深的茄秧挂着尺把长的紫茄子；苦瓜秧攀扶在棚架上，黄色小花如同满天的星星。秧子有的已经枯黄，有的又发出新的嫩绿的枝蔓。我跟着小向走在棚架里，腰弯着头抬着，把苦瓜的干叶摘掉，把长在棚顶上的瓜，透过枝叶顺到棚下来，把长裂了的长歪了的瓜，摘下扔掉以免它们和好瓜争夺养分。小向告诉我，在海南，苦瓜被称为菜王。南方天热，人们喜欢吃清凉去火的苦瓜，种植面积大产量多自然销量也大。他向我介绍了苦瓜从育苗到移栽再到搭架，用小绳把蔓牵引到棚架上和灌水施肥等事，看着他熟练的动作和珍爱的目光，多像一个久经田园生活的老菜农啊！

天色向晚，我要告辞，向兰夫妇送我一些刚刚摘下的苦瓜、茄子和杧果，当然还有几个剥得干净的椰子，有一个椰子长着幼芽芽，尖尖的椰芽从椰子顶冒出来，好像在向我招手。我看着这椰芽突发奇想，把这椰芽栽到地里，是不是可以长成一棵椰子树呢?

问到小向的名字,他说叫志佳,不是治理家业那个治家,而是志气的志,可佳的佳。

离开他们的家,看着那个椰子的芽,我想,这椰芽也许是一个预兆吧。他今天也许是一株椰树的幼芽,说不定若干年后,他就能长成一棵参天的椰子树。凭着小向那么一股干劲,谁能说他不会成为海南种菜的菜王呢?

(此文获 2010 全国散文作家论坛征文大赛一等奖,原载《椰城》)

祝　福

　　每年岁月交替的当口，我都要买上一些贺卡，送给亲朋好友。贺卡上自然都是祝福的话。

　　人一上中年日子就过得特别快。好像去年的贺卡才刚刚寄出，就又该写新贺卡了。是的，该写新贺卡了。

　　祝福的话和去年差不了许多，还是祝你好运了，祝你心想事成了，祝你幸福了等等。

　　唐人诗云：年年岁岁花相似，岁岁年年人不同。其实人还是那个人，只是过了一年了，经过的事不同了，心境也就不一样了。

　　比如，你是一个球迷，你曾经为之喊过哭过甚至骂过的足球，已经出线了，沈阳五里河体育场你的吼声尚在回荡；

　　比如你是一个经贸人士，你期望多年思过想过为之奋斗过的中国入世，那惊天地泣鬼神的一记木槌声，已经在卡塔尔首都多哈敲响，伴着中国人的笑声响彻云霄；

　　比如我们每一个国人都企盼过的，曾经让我们失望，也曾经让我们焦虑的 2008 年奥运会，随着奥委会前主席萨马兰奇先生的一声宣告，业已成为现实……

当然，还有好多个可喜可贺却琐碎的比如：比如你曾是个缺房户，现在你已经迁入了新居；比如你是一个考生，现在你如愿以偿地考上了大学；比如你曾经下岗待业，可你找到了可心的工作；比如你是一个身有顽疾的患者，突然一天你在报纸上发现你的对症良药……

2001 年，新世纪一开端，中国就闹个满堂彩，开门红。美国《时代周刊》热热闹闹地选时代人物，如果让我投票，我就写：中国！

晴朗的天空也会有乌云，优质田里也能长出毒草。

我们祝福过，无须讳言，有时我们也曾失望过。

我们渴望和平,希望世界上每一个角落的人,无论是黄种人,白种人，黑种人，都有饭吃，有水喝，有一个可以供他们安歇的床榻。可是局部的战争就从来没有停止过。恐怖主义好像一个无孔不入的毒菌在侵蚀人类本来就不够健康的肌体；

我们希望每一个贫困学生都能在不是危房的教室里上课。让每一个孩子都有学上,有书读。可是仍有许多的儿童无学可上，连希望工程的款都因为说不出口的缘由发不到位；

我希望我们的天更蓝，水更清，地上没有尘土，当然更别有沙尘暴，可就偏偏有人为了一己的私利目无法律，肆无忌惮地排放污水，盗砍山林，制造污染，使我不得开心颜；

我渴望我们的党我们的政府少一些贪污腐败，让每一个公务员都能够毫无愧色地面对他们的衣食父母，真正地使自己成为人民的公仆。可是就偏偏有人见钱眼开贪心无度中饱私囊，视百姓为奴仆，看上级如爹妈；

我们可能有过这样那样的希望，也许因为这样那样的原因没有实现……

乌云总会散去，毒草也一定能够拔除。

唐诗有云：年年点检人间事，惟有春风不世情。

春风固然有情，然而春风不是任凭谁都可以呼来唤去的工具，她有她的规律。冬天过去了，她就会来了。

我们不可以因为一些小小的失望，而对生活彻底的绝望。

河流能够因为打了一个两个弯就不朝前流淌了吗？

大山可以因为一次两次滑坡就不挺起他高傲的脊梁了吗？

面包会有的，牛奶会有的，希望会有的。只要我们奋斗，生生不息地，前仆后继地奋斗！

你看，我们的足球不是出线了吗？我们要求举办奥运会的愿望不是实现了吗？我们不是也加入 WTO 了吗？

实现了一个愿望还会产生新的愿望。愿我们的足球在 2002 年的世界杯中比出好成绩；愿加入世界贸易组织后，我们的社会环境会更好，我们的生活水平会更高；愿我们的不如意一天比一天少，而开心事却一天比一天多！

所有这些都包括在贺卡的简短的几句祝福的话里：

祝你好运！祝你心想事成！祝你幸福！

（2001 年 12 月原载《吉林日报 东北风》）

放　假

　　元旦也称新年或阳历年。在中国人的心目中，那算什么年呢？阴历年那才叫年。新年不过是有法定假日的一天罢了，与往天也没有什么大的区别，平常得仿佛过了一个星期天。今年的新年却不同，媒体将迎接新千年的到来炒得热火朝天，许多家晚报用套红通栏标题，把新千年第一缕阳光光临本市的时间告诉读者。元旦就有些不同寻常了。

　　新千年的第一天，我没有像往天那样起得很早，原因是昨晚看中央电视台的特别节目，看世界人民如何迎接新千年，一看就是半夜，直到中华世纪坛前圣火点燃后才睡去，那劲头颇有点春节守岁的样子。虽说起床稍嫌迟了一些，可迎接新千年的第一缕阳光是没有问题的。当我站到结着半扇窗花的窗前往外看时，见到的只是层层叠叠的楼房，所以我就和新千年的第一缕阳光失之交臂了。

　　新千年公休三天，这是第二天，别人放假我不能放假。我的新房子里堆着装修用的细木工板、高密板、地板和石膏板以及各种规格的木方。木工正按我们的要求把木料大的锯成小的，长的锯成短的，厚的刨成薄的，然后变成天花板、壁橱、书柜等当代生活需要的家具。我雇的木工都是农村人，家都在本市郊区。个别离得太远的在市里租了房子，隔三岔五也要回到家里住一宿。这几位木工都是家具厂的合同工，厂里效益不好，不干了，出来搞装修。一个个腰挎 BP 机，骑着摩托车。每天像工人一样早八点上班，晚五点下班。你就是再急想早一天住上新房子也没用，你急他们不急。

木工没有新房子的钥匙，我必须在他们到来之前把房门打开，好让他们进来干活。所以新千年的第一天我尽可能地早起了一点儿，洗漱完毕，穿好外衣正要出去，电话铃响了起来。我以为是朋友打来祝贺新年的，万没有想到打电话的是木工头小邹。他说，今天不是新千年第一天吗，我们放假你也放假吧。我说好吧。放下电话心里很是感慨。今天的农民就是不同了。或者说进了城的农民就是不同了，他们也把阳历年当成年过了。也许今年的新年的确不同寻常，他们也要过新千年的新年了。我想，都说时间就是金钱，对于从农村出来的打工者，更应该明白时间和金钱的关系，多干一天，就可以早一天结束我家的活儿，也就好早一天进入下一个装修之家，这不是可以多挣一天的钱吗？可是，他们要过年了，宁可不挣这一天的钱，也要过年了。

木工不来了，我也就没有了早去新房子的必要。我坐下来，打开电视机，调到中央电视台的特别节目，继续收看世界各地人民如何迎接新千年。中午过后，按木工的要求买了应该买的东西，送到新房子，然后坐在木堆上畅想住上新房子的感觉，透过塑钢窗的不结霜玻璃望着外面雪花飘飞。心想，要是木工今天来，我不可以早一天住上新房子吗？

第三天，木工们在我开了屋门不久就陆续到了。我问他们新千年是怎么过的。木工头小邹扔下摩托车的头盔，说，领着儿子洗了一个澡。干干净净壮实敦厚的小于说他已经走出好几里了，接到小邹的传呼，说今天不来了放假，就买了点好吃的回家了。年龄最大的老岳没来，我问老岳师博呢？小邹说，在家杀年猪呢今天不来了。我心里热了一下。我知道农村有杀年猪的习惯，但大多都是靠近阴历年的时候才动刀子。阳历年是不大杀猪的，可昨天老岳师傅把猪杀了。可见农村对新千年的新年也不是漠然置之的。

屋里的电刨声和电锯声响了起来，但因心情好的关系吧，那往日听上去很是刺耳的电刨电锯声，今天听起来也好像高昂的进行曲了。

（2000 年 1 月载于《长春晚报》收入《历史的回声》）

贴 春 联

过年就得有个过年的样子。在所有过年的象征性活动中，最能象征过年的大约就是贴春联俗称贴对子了。春节将至，家家户户，士农工商、五行八作，大门小门都要贴上新春联。对联一贴，红红火火，把个新年也烘托得红红火火。

据说，汉字是世界上所有文字当中唯一可以书写对联的，这是因为汉字具有一字一音、一音一意的特点。春联是对联的一种，因为贴在春节之时故称春联。

最初的春联由桃符演变而来，那时大约还没有文字。自从有"年"这一说之后，人们在祈福新年的时候，就用桃木刻上驱鬼避邪的符号挂在门的两侧。纸的发明和推广，才有了真正意义上的春联。正因为春联寄托着人们的若干心愿，所以在新年到来的时候，家家都要贴春联。即使再穷也要买上一张红纸，求文化人给写几副对子；即使不识字又没人求，宁可用碗在红纸上扣几个黑圈圈，也要贴到门旁。这黑圈虽不同于文字，但在人们心目中所表达的含义是相同的。

日月轮回，春风又度。新年年年都过，每年各有不同。所以春联也是时代的一个印记，它能记录时代前进的步伐。比如有这样一个农家，留下这样三副对联：

"吃一斤借一斤斤斤不断；借新账还旧账账账不清。"

"吃陈粮烧陈草致富政策好；迎新春迈新步更上一层楼。"

"穿新衣住新房人均吨粮；忙生产干四化实现翻番。"

看了这三副对联，不难看出发生在这个家庭的变化和这个农民的喜悦，也不难看出这个家庭是在什么年代写下的春联。

春联不仅仅表达人们辞旧迎新的心情，春联也是集书法与诗词功力于一体的具有欣赏价值的一种艺术作品。所以新年将至时，有诗词功底的人便遣词弄句在平仄对仗的文字游戏中以求自乐又乐别人；擅长书法的人便浓墨重彩在草篆棣楷中一展身手愉悦身心亦装扮门面。

我家曾长期与著名导演宋江波上下为邻。在他女儿年幼时，他家的春联多是从街上买来那种机印的，后来他家的春联出现手书，开始还有些稚嫩，慢慢地几年过去就有了几分成色，一年一个样子。再过几年那春联的笔法笔力就颇见功夫了。随着他家春联的长进，他的女儿也日渐长成，原来那春联都是出自他女儿的手笔。

既然春联有这些功能，聪明的一家之主，总会通过一年一度的春联，把自己的想法巧妙地告诉家人，让春联做些耳濡目染的润物细无声的思想工作，使好的家庭好上加好更上一层楼；使面临困境的家庭励精图治发奋图强以求振兴。

家庭如此，社会不也如此吗？

（2002 年 2 月 26 日载于《吉林日报》）

过　年

我小的时候最盼望什么？过年。不只我盼，家家的小孩子都盼过年。

年有三个，阳历年阴历年还有一个小年。可是在我们的心中，只有阴历年才算得上年。阳历年还叫元旦，那是城里人过的，他们能够放假，如果串休一天就可以休两天，做点好吃的，把阳历年也当成年来过。可在我们乡下那不过是一年中普通的一天罢了。没有人给你放假自然也没有好吃的，平常怎么过那天还怎么过。要是听说谁家过阳历年了，大家都当笑话讲。就连小年都比阳历年更像年。因为在过大年的日程表中，小年是排在第一天的。

一进腊月，盼年的孩子们就把几句嗑挂在嘴上了：二十三，过小年；二十四，写大字；二十五，做豆腐；二十六，买猪肉；二十七，杀年鸡；二十八，把面发；二十九，蒸馒头；三十晚上熬一宿，欢欢喜喜玩个够。听我们这么念叨妈就说，说得比唱得好听，三十晚吃了饺子你们都别睡。我连忙说今年保证熬一宿。

小年家里要做点好吃的。这天还要请回个灶王爷来，再写上一副对子：上天言好事，下界保平安。横批是一家之主。我不明白为什么灶王爷是一家之主，一家之主不是爹吗？我问爹爹就告诉我，爹是户主不是一家之主。我又问为什么？爹说，灶王爷主管一家吃饭的大事。开门七件事柴米油盐酱醋茶他管前两件呢。我仍似懂非懂。爹就说一家人要吃饭先得有米有柴。有米有柴日子才像日子。俗话说民以食为天。既然灶王爷管着一家人的吃饭问题它不是一家之主谁敢称一家之主？过年了，你们都做了新衣裳，爷母不做新衣也要把旧衣裳缝补浆洗一番，一家之主当然也要换换新。我说明白了。小年还要吃灶糖，那灶糖外表看上去脆脆的，嚼几口才知道厉害，粘得住牙，妈妈说，粘点好，粘住灶王爷的嘴省得到了天上说三道四。说是粘灶王爷的嘴却让我们给吃了，我就感到好笑。这天夜里还有个重要的仪式。妈把灶王爷请下来，在灶炕前化掉。我们蹲在灶前，听妈嘴里念念有词：灶王爷本姓张，骑着马挎着枪，上天庭见玉皇，好话多说坏话少讲。嗑念完灶王爷也化完了，老灶王随着轻烟袅袅上升到上天复命去了。妈再把新的灶王像恭恭敬敬地贴到灶上方的位置上，烧上三炷香。小年过去了也就拉开了大年的序幕。

二十四这天一早，妈妈就领着我们兄弟姐妹出去了。村里只有一家商店叫合作社，挤满了办年货的人。妈就紧拉着我们生怕给挤丢了。一到这我们的眼睛就都不够使唤了。要买这个要买那个。妈妈口头上答应着心里在琢磨着该买什么不该买什么。一年到头了，家里再穷也要攒下几个钱。爹妈再节省，这一天也显得格外大方。除了给孩子买几件新衣服之外，还要给男孩子买几挂鞭炮；给女孩子买扎头发的绫子。这些都买完了，还要买年画，买挂签儿，买红纸，也还买点香烛。蜡要买红的，有粗长像擀面杖的也有短小如手指的。长的上供用照明用；小的给我们放在灯笼里玩。买了红纸回家让爹写上对联、春条、祖宗牌位什么的，词都在爹的脑袋里装着年年写也不费劲。写好了放在一边。我就天天问爹啥时候贴对子呀。爹就说别着急到贴的时候就让你去贴。于是我就盼望着那一天早早到来。二十五这天家家都准备豆腐。乡下人喜欢吃豆腐，豆腐和肉一样重要，有肉没肉的都要准备豆腐。豆腐房就比平常更加忙了。手头宽绰的去定做一包，日子紧巴的拿豆子去换。我们家几乎年年用豆子换。换回来放在小仓房里冻上。等冻实了再把它用刀子锯下来，放到专门存放黏豆包和冻柿子秋子梨的地方。二十六这天，养猪的要把猪宰了；没有猪的就要去买肉。二十七要杀一只鸡预备着。二十八，妈妈把白面和好，放到炕头上，用被子一蒙。因为要过年了，家里的炕头都热得可以烙饼。和好的面一焐第二天就发得直冒泡，二十九就能用来蒸馒头了。白白的馒头又大又暄，散发着诱人的香味。

三十这天终于来到了。我们一大早就起来。手痒了出去放几个小鞭，吃过饭开始贴春联。房门屋门自然要先贴上，屋子里还要贴上倒着的福字，弟弟说哥哥贴反了，妈妈就纠正说，话也不会说，那是福到了。在挨着炕沿的地方贴上春条，从天棚一直到炕沿。这一天数妈最忙了。一切过年要吃的都得在这一天准备好。屋子里洋溢着喜庆气氛。这时的小村庄，家家户户都贴出了对联。在冬雪的映衬下显得格外醒目。晚饭就比较隆重了。要给祖宗牌上供。供果是点着红点的馒头和刚炖好的鸡。然后让我们兄弟几个挨个磕头上香。祖宗牌两侧写的是"晨昏三叩首，早晚一炉香"。这是心愿也是供奉者的规矩。不做完这个仪式是不能吃饭的。

晚上，妈从大缸里取出石蛋子似的冻梨冻柿子放在凉水里"缓"上。我们都出去玩了，爹和妈在家包饺子。我们出去玩一会就回来看看，冻梨冻柿子软了，就大吃一通，然后又出去玩。等包好了饺子，年夜也到了。我们出去放鞭炮。这时你就听吧，村里的鞭炮声响成一片。我们出出入入，小脸冻得通红，小手冻得像水萝卜也不嫌冷。小鞭放得多了，妈也该叫我们吃饺子。吃了饺子我们也困了。眼皮直打架。妈说别睡，三十晚上熬一宿，熬一宿精神一年。不管妈妈怎么说我们还是像吃了瞌睡虫一样身子一栽歪就不知天南地北了。

早也盼晚也盼的年就这么轰轰烈烈地来了。大年初一街上有秧歌，我们就跟着看。一天看不够就看两天，反正什么时候不扭了我们什么时候回家。爹和妈不出去看就在家里玩纸牌打扑克。妹妹呢找几个女孩子玩嘎拉哈，地上满是瓜子皮，屋子里呢，满是关不住的笑声。

就这么天天玩。老话说，闹正月耍二月哩哩啦啦到三月。

大年过得这么久远这么热闹这么好玩，难怪人们这么重视，只把这春节当作年了。

我们也在一个个过年的热盼中长大了。

（1998 年 1 月原载《长春日报》）

校 庆

对于吉林大学众多的学子来说，校庆这一天无疑是他们最盛大的节日。年节年年都可以过，校庆不能年年都过，何况又是五十年校庆，一个人能赶上几个五十年呢？一个顶多了。而这个校庆就比任何一年的校庆都更显得重要。当初，我们从五湖四海聚到一个校园，同班的是同学，不同班的是校友。毕业之后又像一只只小鸟，飞向祖国的天南地北。同学遍布大江南北，平常难得相见。就是在一个城市里，各有各的事业，各有各的家庭，一个个都忙得好像地球离开他就不转了，想要见一面也是不大容易。

还有老师呢，给我讲过毛主席诗词的公木先生，身体好吗？给我讲过写作课的于老师、韩老师，给我讲过古汉语的余老师，讲现代文学的刘老师，讲文艺理论的薛老师，当时的系领导金老师、程老师，以及给我讲过课和未讲过课，在系的和离开中文系的各位老师，因为我们都住在一个城市，刚毕业的时候还能给他们拜拜年，毕业久了，由于种种原因也都疏于联系了，他们都好吗？

学校一旦和母亲联系起来，组成一个词，那意义就非同一般了。母亲给我们身体，母校给我们知识。母亲那里是我们日思夜想的家乡，母校那里则是我们魂牵梦绕的精神家园。家乡的变化牵动着我们的心，母亲的身体很健康了，家乡越来越富足了，这些消息都让我久久地兴奋不已；同样，母校的些微变化也让我牵肠挂肚。我为母校的发展，为母校所取得的每一项科研成果，为母校出现的人才而高兴得夜不能寐。每当我路过母校那座雄伟的教学楼，我都向她投去深情的一瞥，都会让我想起短短几年的难忘的大学生活。

今天，母校要庆祝建校五十周年华诞，这就好比我们要为母亲祝贺她的五十周年大寿。母亲的大寿，她的儿女会从四面八方赶回来，母校的华诞不是也应该回来吗？母亲的儿女是兄弟姐妹，母校的众多学子也都是我们学兄学妹啊。于是，校庆这一天，我穿上了平常极少穿的西装，一大早就赶到母校校庆的会场。那块我们曾经跑过步踢过足球滑过冰的体育场就变成了无数条小溪流汇聚涌来的海洋。

谁能想象和二十年未见的老师与同学见面是什么样子？虽然说，由于眼角增添了些许鱼尾纹，两鬓也增加了不少银发，但是那模样那一举手一投足的样子，是忘也忘不了的。在校时的活跃分子现在仍然活跃，读书时不苟言笑的人，这时也都口若悬河滔滔不绝。是毕业这些年的社会实践改变了他们的性格还是校庆让他们兴奋？管你是社会名流或是身居要职，管你是腰缠百万的大款富翁还是依靠工资生活的平民百姓，在这里都是平等的，在老师面前你是学生，在同窗面前你是同学。你牛什么呢！你有什么牛的呢？要牛回去牛。

老师，给您敬个礼，就像回家给老妈妈磕个头一样。儿行千里母担忧。学子毕业在外老师怕是也牵挂在怀吧。望着老师的满头华发，我顿生感慨。虽然我们久未联系，但我们心心相通。我们会为彼此取得的成绩而高兴。当我看见你的作品问世，我会说这是我的老师写的并且转告同学；当你看见我的作品时，你也会想到我曾经是你的学生吧。

校庆一天就过去了，可是校庆留下的余波却久久地翻腾在我的心中，难以忘怀。

（1996 年原载《时代文学》）

陪 考

女儿要考大学了，而且还要考艺术院校，考点设在北京。她妈对我说你陪她去吧；同伴们也对我说，你得陪孩子去。女儿上大学确实是件关系到终身前途的事，我不能不去。于是我就带女儿进京了。找到考点并在附近住下后，我才发现来陪考的家长几乎和考生一般多。

人们就说，纯粹是考家长。

这话说得一点也不错。

不仅考家长的学识水平，还考家长的活动能力和生活能力。

和学校有关系的家长，悄悄带上礼物领上孩子前往拜访，向认识的人说些请多关照的话。倘若关系一般，说话的口气就带着请求的意思；如果关系极铁，那口气就硬一些，说孩子交给你了，考不上找你算账。至于礼物，见熟人推脱不收。就说见老朋友哪有不带礼物的，然后扔下礼物就走。有些家长和学校不熟，就挖门盗洞找关系，住处的电话就成了热线。没有十分的耐心，电话别想打进来或者打出去。学校为了保证招生质量，杜绝不正之风，三令五申不准招生教师见考生。为了避嫌，有些教师采取回避态度，就让一些家长吃了闭门羹。

考试开始后，家长又像情报人员一样，到处探听消息，了解考题。然后根据自己的知识水平对孩子进行辅导或找教师辅导。当然在考试期间还要照料孩子的生活。早上要叫孩子起床，夜里要催孩子入睡。更主要的是如何加强营养，每天都要到饭店琢磨如何吃好。倘若孩子闹了情绪，还要做思想工作，当然这个工作还要和风细雨，循循善诱。否则孩子考不好，做家长的就吃不了兜着走了。

你说这当家长的有多不容易！

我认识天津一位家长，是位脑神经科医生。他的三个孩子有两个子承父业，只有小女儿立志从文而且非学艺术不可。听说北京有考点就要参加考试。父亲尊重女儿的选择，请了假陪女儿进京赶考，刚好和我住在一座招待所里。这位医生对他的专业可能很内行，辅导艺术却有点力不从心。他在北京又没有艺术界的朋友。万般无奈中，通过招待所的服务员找到我的头上，领着女孩来到我的房间，请我给他的女儿辅导辅导。尽管我的女儿也在考这个大学，我也知道多一个考生，我女儿就多一个竞争对手。然而我无法拒绝一位慈爱的父亲，也无法拒绝考生充满希望的目光。于是，我就我所知道的尽可能详细地给她讲了讲。

考试开始了。一试，我女儿通过了，天津那位女孩也通过了。我很高兴。天津那位医生也很高兴。二试，我女儿顺利通过，那位女孩也通过了。最后一试，我女儿过了关，天津那位女孩也通过了。我松了一口气，那位医生也高兴得一脸灿烂的笑容。看见墙上的红榜高兴得有些忘乎所以，大约是想留作纪念吧，竟然用刀子将那块写有女儿考号的一条刻了下来，给大红喜报开了天窗，搞得老师十分不高兴，把这位家长好一顿批评，也让他的女儿好不扫兴，噘着嘴生气，不肯理爸爸。做错了事的父亲后悔不迭，连连道歉。

我也上过大学，也曾当过兵离家远行，只是从来没有家长陪过。

如今这是怎么的了？

（1997 年 4 月载于《散文》）

生　命

　　一看见阳台上那一盆君子兰蔫头耷脑的样子，我心里就一阵阵难受。宽宽的叶片蒙上了一层灰尘，大约是受不了油漆味吧，叶子的边就像遭了霜打一样，蔫得犹如一张绿色的弃纸。这盆君子兰是朋友送的，拿到我家时可不是这个样子。淡绿色的叶片，挺拔硬朗，叶脉清晰，是君子兰家族中的佼佼者，倘若送到花市上，准能卖出个好价钱。这么珍贵的君子兰送给了我，我自是十分珍惜。妻子是生物教师，爱花如命，见了这上品君子兰自然视如珍宝。当时，我刚刚买了一处房子，正在装修。刚进初冬，天还不算冷。妻就对我说，趁着天不冷，把花搬过去吧。那时，我对装修进度比较乐观，以为有两个月怎么也竣工了，到搬家时正赶上隆冬季节，小北风吹到脸上像刀刮一样。人倒没什么，这花花草草可怎么办？我就听从了妻子的建议，在一个风和日暖的日子，同女儿一起借了个手推车把十几盆花草都搬到新居去了，其中就有这盆君子兰。

　　这十几盆花草成了新居的居民。没想到，妻的一番苦心却害了这些无辜的生命。装修房屋噪声很大,尘土飞扬。这还不算,油工一上来,满屋子是令人窒息的油漆味。我都被呛得直咳嗽,花草能够受得了吗? 它们一定是忍受不了这恶劣的环境,坚挺的变软了,绿色的变黄了。每每看见他们遭罪的样子,我们都感到内疚甚至有一种罪恶感。心想,爱护有时也可以变成祸害,好心也能办成不好的事。

直到结束装修,屋子还没有收拾利索,妻子就把关注的目光转向了花草。她知道装修期间一些有害物质落到叶片上,落到花盆的土上,花草就像中毒的病人一样,打不起精神了。妻子如同一个精心呵护病婴的母亲,弄来新土给她们换上,又小心地剪掉受伤的叶子。君子兰的大叶剪得只剩寸把高,和居中的新叶一般齐,然后搬到向阳的大窗台上。

有一天早上,我正在卫生间里洗漱,忽然听见妻子的叫声,让我快过去看。我不知出了什么事,带着一嘴巴牙膏沫来到妻身边,这时她指着君子兰说,你看君子兰窜箭了。窜箭是君子兰含苞的意思。我仔细一看,果然在她的叶片中间,有几个小小的淡绿色小棒槌一样的花骨朵兀立着。又过了几天,那小小的花蕾,就开出了五朵鲜艳无比的花,红中含金,金中带红,而在花心里挺立着几簇金黄色的花蕊,在一枝绿色中绽放,花的下面还有几个花蕾含苞待放。而窗户外面,春雪飘扬,对面的楼房上满是白色的冰雪,这就把君子兰的鲜嫩娇艳衬托得越发美丽可爱。另外的几盆花呢,也都恢复了生机,该长叶的长叶,该生蕾的生蕾,按照她们的愿望尽情地生长着。尽管她们在这受尽了委屈,还是用美丽回报了我们。

　　我突然想起妈妈说过的话，花有花命，草有草命。是呀，花呀草呀，她们也都有属于自己的生命。无论把她们置于什么环境，到了生长的时候，她们就生长，到了开花的时候呢，她们总会战胜恶劣环境的伤害，把自己的美丽贡献出来。

（2000 年 5 月 26 日载于《长春晚报》）

战友啊战友

什么是战友，按照字典的解释，就是一起战斗过的人。这话要说对也对；要说不对，也有毛病，在和平年代没有战火的日子，就没有战友了吗？依我说，一起走进军营一起穿上军装的人都是战友，广义地说凡是穿过军装的人都是战友。

我听说过这样一个故事：在抗美援朝的时候，两个老乡为了保家卫国当兵去了，一个死在战场上，另一个历经九死十伤活了过来。虽说青山处处埋忠骨，何必马革裹尸还，可他不忍战友的尸骨遗弃异国他乡。于是他偷偷地把战友的头颅割了下来，将尸体安葬了。他把战友的头颅经过特殊处理，然后悄悄保存起来，没让任何人知道。人在豁出去的时候是什么智慧都能产生的。终于有一天，等来了回国的机会，他把战友的头颅带回家乡，交给了战友的父母，让战友得以魂归故里。这就是战友！这是经过生死考验的战友。

我还听过这样一个故事。一个南方人，一个北方人，他们在同一天走进同一个营房，自然成了战友。后来那个北方人牺牲在训练场上，那个南方人在他复员可以回到南方的情况下，他放弃了自己熟悉热爱的家乡，到了他非常陌生，冬天比夏天还要漫长的北方，心甘情愿地以战友的父母为父母，为自己的战友尽一个儿子的义务。这就是战友。

我们在人的一生中最美好的岁月里参军入伍，也就是说我们把自己最美好的青春献给了军队。我们在部队的日子有的多些，十几年、二十几年、三十几年；有的少些，二三年，四五年；有的职务高些，是我们的首长；有的就光当兵了，连个小班长都没干过；有的甚至在部队期间一直养猪、做饭；有人在机关，有人在连队，可不论在哪，干多久，做什么，我们都毫无遗憾。我们可以毫无愧色地对祖国母亲说，在你最需要的时候，我们没有犹豫没有彷徨，把我们最美好的年华，献给了保卫祖国的神圣事业。有播种才有收获，有奉献才有甜美的回忆。所以当战友聚会的时候，尽管我们的话题千千万，军队生活永远有我们谈不完说不尽的故事；虽然祖国的名山胜水有千百万，我们生活过的老营房，永远是我们看不够，游不够的好去处。

部队生活是我们记忆中最珍贵的收藏，战友情是我们人生中最宝贵的财富。

大鹿岛守备营营部书记王东和是一个深沉内向不善于表达感情的人，在一次战友聚会时，他激动难抑，作诗道："部队的生活有苦也有甜。在夜晚，在佳节，我们有过思乡的眷恋和缠绵，也有过想念父老亲人的哭泣和梦幻；在和同乡共诉衷肠时，我们有过对理想的追求和对命运的挑战；在面对困难和挫折时，我们因幼稚和天真也有过迷惘和感叹。部队生活是人旅途的一次大转折，我在这里看到了人生的希望之光，驾驭命运之舟高高地扬起了理想的风帆。"他的诗也是战友共同的心声啊！

共产党人因一曲《国际歌》可以找到同志，我们也可以凭战友两字找到知音。长春的一位战友因工作不顺心，打电话给哈尔滨的战友，说战友我想你了。距长春数百里之遥的战友放下手头工作，好在工作也不太忙，扔下一天二天也无妨，打的赶到长途汽车站当天来到长春，给战友苦闷的心境带来了些许欢乐。就在这一次，他们听说还有一位战友，生活在双阳的乡村，日子过得十分窘迫，他们又风尘仆仆地赶到那里。当分手十多年战友重相聚的时候，他们眼含热泪，忘情地拥抱在一起。他们虽然不能给战友多少金钱的支持和援助，可在精神上的鼓励让战友一生难忘，也许这就是他改变以后生活的一个动力。

在又一个"八一"到来的时候，我向老首长和战友致上一个真诚的军礼。

（2001年7月载于《长春日报》）

首长送我上大学

一九七二年四月，当兵四年的我第一次回家探亲。家里的板凳还没坐热呢，突然接到部队让我归队的电报。珍宝岛中苏短兵相接边境日益吃紧，部队加强了战备训练。我想定是前方有战事，军令如山必须立即返回。于是我说服父母，坐长途汽车到哈尔滨转火车到丹东又乘汽车夜以继日赶到东沟县城，已是次日夕阳西下夜幕四合时分。从东沟到下岗子团部营房大约还有二十多里路，已经没车可乘，是住一夜等客车归队还是连夜赶路？军号已经响起，部队整装待命，我怎能耽误片刻！我略为思索就做出决定，背着挎包继续赶路了。风不大嗖嗖地吹着，星不多闪闪地亮着。我踩着砂石路急匆匆地走着，忽然听见背后有沙沙声，回头一看，是辆自行车，夜色中隐约可见骑车人帽子上的五角星在星光下闪耀。他停下来问我为什么赶夜路，我说了事情原因，他说我驮你一会吧正好顺路。素不相识我不想麻烦他。见我犹豫着他解释说，是军人就是战友，上来吧。我看他极为诚恳就坐到车后架上。他上了车弓着腰用力蹬起来。他告诉我，他也是回家探亲，出去串门看望亲戚朋友往家赶，家离下岗子不远。刚到粮库门前，只听嗞的一声，车子一沉，停了。我连忙跳下车，感到非常不好意思，如果不是我搭车，他的车胎也许不会漏气。他没事似的反倒安慰我说他认识粮库的人，借个气管子打足气就好了。他怕误我的路就催我快走，我就向他道过谢走了。边走边想，如果是内胎破了，光借气管子怕是不行，可是我已经顾不上他了，也忘了打听他的姓名和住址以便日后表达谢意。

回到部队我才知道，是让我参加上大学的考试。我喜出望外。当兵时我已经读过高二，离大学只有两步之遥，"文革"毁了我的大学梦。如今首长让我圆梦岂有不去之理。政治处主任王德说，吉林大学老师到警备区招生，必须明天到宣传部参加考试。王主任还说，原先打算让报道组的王仁大参加考试，可他不愿学中文，喜欢数学、外语，首长研究决定让我参加考试。

我赶到大连，在警备区宣传部办公室见到招生的老师。"文革"已经进行六年，大学也停课六年，上上下下很有意见，中央决定大学复课，招收工农兵学员。招生老师向我说明来意后就交给我几页稿纸，让我当即写篇文章，不拘内容和格式写什么都行。办公室报架子的《解放军报》《前进报》上就有我写的文章，虽然署名不是我，但警备区宣传部的同志会证明那是我写的。可我没那样找报纸，而是按要求写了文章。

一九七二年五月，我到长春报到，成为吉林大学中文系学生。进入校门那一刻，我激动得热泪盈眶。四年前的冬天，我和五个高中同学徒步串联，从家乡出发去北京，步行到长春时就住在吉林大学理化楼里，没想到今天我却成为吉林大学的学生。到校我知道，我的同学绝大部分都是军人，工农只占很少一部分；而军人中绝大部分是干部子女，平民子弟只占很少部分，而我是少数人之一。我们都被统一称为工农兵学员。待出早操时一看，队伍好像草原一样一片绿，穿便装的地方学员则像点缀草原的几株鲜花和狗尾巴草。在军人学员中，有战士有干部，战士居多；有高三生也有刚读完小学的，年龄差距十多岁，有人开玩笑说爹和儿子一起上大学。上了课我又知道，军人都会唱的《解放军进行曲》词作者公木就是我们的老师。他讲《毛主席诗词》和《诗经》，这让我这个喜欢诗歌的人尤其兴奋不已。

我的大学生活从此开始，担任了小组长和学生党支部委员。

这年冬天，团参谋长王连生到长春征兵，住在长春警备区招待所，我闻讯去看望他和跟他来的战友们。他见我瘦弱的样子担心地问我是不是吃不饱饭，是不是学习太重累病了。我向首长汇报了学习情况，他说他回去给我解决点粮票问题，又说步兵连的孙指导员在208医院，要是病了可以找他开点药。后来，首长回去后真给我寄来一百斤全国粮票。我也到208医院找孙指导员开了一些药。

这些粮票虽然没让我胖起来，却产生动力让我完成学业，在大学期间我成为吉林省小有名气的诗歌作者并有小说入选两本书中。两年的学习生活转眼即逝，眼看着就要毕业离校，我们都觉得没学够。"文化革命"许多都已改革。入党取消预备期，兵役制陆军三年改为二年，大学本科四年改为二年。虽然说大学被批为培养封资修黑苗子的温床，但我们自信根红苗壮，强烈要求延长学习时间。学校接受了我们的建议，又在校学习了一年零三个月。

没有不散的筵席。三年多的学习时间也即将结束，我们面临着何去何从的选择。当时的大趋势是"哪来哪去"，可是我们班统一分配十名。有三个去向：军事科学院《人民日报》和长影。辅导员贾老师找我谈，问我的想法，我说回部队去，部队送我上学，又给我寄粮票……贾老师说，军人早晚有复员转业的一天，早转业比晚转业好，又说如果想回去学校支持，如果服从分配，考虑到我的学业有两个选择供我挑选，一个是报社一个是长影。我说考虑一下吧。同学也都劝我留长影说机不可失。我经过短暂的犹豫决定服从分配到长影去。第二天我到长影去看了一部电影，写了一篇评论，然后就成为电影剧本编辑了。

到长影报到之后，我还是军人，参加影片《希望》摄制组去天津大港油田深入生活。从油田回到长影，我才返回部队去办理转业手续。王德主任看我回来了，挺高兴，听说我留地方了又非常遗憾，说：要知道你留下当初就不送你去上大学了。不过王主任还是很痛快地理解了我并愉快地支持我为地方建设多做贡献。那天晚上，政治处的同志为我送行，我喝醉了。那是我第一次醉酒。

再见了我的四团，再见了我的报道组！从此我结束了八年的军人生活，开始了文人生涯。

（2011 年 3 月 28 日载《红星闪耀》）

细听涛语

残阳隐去，夜幕低垂，大鹿岛笼罩在暮霭中。海滨大道的路灯仿佛听到了夜的召唤，齐刷刷地亮起。接着，坐落在山坡上、排列于街两旁的一扇扇窗户，也都陆续闪亮，宛若一颗颗星星与天上的星辰交相辉映。

远远看去，大鹿岛如同一颗飘浮在黄海波涛间的夜明珠。

此刻，午前远退的潮水已涨到了脚下。喧闹一天的海岛安静下来，再珍惜时光的游人也已倦鸟回巢。偶尔还有没尽兴的游人点燃焰火，于是那五颜六色的礼花就绽放在深邃的夜空。

我又一次来到海边，来到老连队的营房前，在新修起的水泥堤岸上坐下来，脱去鞋袜，垂下双腿，任由涌起的潮水亲吻我的脚趾，让飞扬的浪花抚平思念的疤痕。凉爽的海风伴着波涛扑面而来。万籁俱寂，唯有涛声响亮。一道一道波涛翻滚着从远方涌来，一浪一浪地汹涌着一直向前扑去，一副不到长城非好汉的劲头，直到冲到堤岸上，才心满意足地悄然退下，她那永不停息、永不疲倦、前仆后继的样子让人不由得生出许多敬意。

潮水涌来，哗——哗——；潮水退下，哗——哗——。大海用她独特的语言在和一个远乡的游子交流，我一动不动地坐着，静静地看潮起潮落，细细地听涛声涛语。

三十六年前的六月间，我结束了新兵集训，带着对未来生活的憧憬，随着接兵的首长来到大孤山码头。说是码头却没有任何建筑，只有一艘箱子似的灰色军用船停在岸边，船头不是犁头型的，而是一扇紧关的大门，仿佛古护城河上的吊桥。首长看我狐疑的神情，告诉我这是登陆艇。又说我们就乘这艇到连队去，我们的连队在黄海深处的大鹿岛上。

登陆艇启航了。天很蓝，顺着艇驶去的方向，可以望见朦胧的岛影。我想象着岛的模样和未来的军营生活，心就像面前的波涛一样起伏不定。一个小时后，抵达大鹿岛。我背着行囊，从东口踏上满是贝壳碎末的砂石路，又沿着蜿蜒的山道，登上通往一连的垭口。这时，眼前为之一亮，蓝天白云，碧涛万顷，长长的浪花成群结队地向我涌来，莫名的感动让我禁不住热泪盈眶。

浪花拍岸处有三排红砖房，那就是我的连队。

那天晚上，我坐在沙滩上，脱下鞋袜，一动不动地坐着，让涌上来的浪涛亲吻我的脚趾，静静地看潮起潮落，细细地听涛声涛语。那哗哗的响声仿佛一位老奶奶的絮语，是她永远也说不完的话，可是，我不了解她，也不理解她，更听不懂她在说什么，尽管我有一肚子话要说，可是我不知道如何同她——

大海对话。

这个地方，曾经放飞过我的梦想。

这个地方是我人生的第一个起点。

三十六年后的今天，我拿着客船票，乘坐的仍是登陆艇。只不过这艇的顶上搭上了橘黄色的篷布，坐的也不再是军用背包而是船员发给旅行者的马扎。驾艇的人更不是军人而是地方的海员；我身边的人呢，不是穿着军装的战友而是旅游者或曾在大鹿岛当过兵的人或者他们的子女。这时我的心境自然比当年多了些沧桑感。

看着艇周身略有些斑驳的银灰色漆面，我想，这艘退役的登陆艇会不会是我当年乘坐的那一艘呢？

实际上，从我调离开大鹿岛，到这次重返大鹿岛，其间还有一次回到大鹿岛的经历。那是十六年前的八月，是我离岛十八年的日子。我和已经十岁的女儿乘普通客船登上大鹿岛。从北口上了岸，沿一条砂石路爬上山脊。山坡上矗立着风力发电的风车，叶片在海风的吹拂下旋转着。我当兵时，岛上没有电力设施，每天天一黑，营部的柴油发电机就一阵山响，然后营房的、民房的、家家户户的灯泡都亮了起来。虽说是电灯，那亮度和油灯也差不了许多。两个小时以后，部队的就寝号响过，柴油机声停了，电灯光也就熄了，谁要是想有个亮做点什么就只好点蜡烛或者用油灯。我们大鹿岛守备营裁军时解散。没有部队的柴油发电机可以利用，是不是凭借着风力发电了呢？

那天，我从山路迤逦而下，走过高炮连，走过一二〇炮连，来到我曾当过书记的营部。十八年过去，老营房虽说有些破败，但还是当年的格局。房子依然熟悉，出入内外的却是百姓了。部队解散得匆忙，营房都以低廉的价格卖给地方，再由地方政府转卖给群众。当时，岛上没有招待所更没有宾馆，我只能在村干部于生春的家里借宿。改革开放的劲风从东南沿海吹过来，也吹到了大鹿岛。可是在我的印象中，除了草房变成了瓦房之外，似乎没有太大的变化。

是夜，我趁着月光来到海滩，拿着鞋子光着脚，走在海边松软的沙滩上，回想着军营时光。我在一连老营房前面的沙滩上坐下来，静静地看潮起潮落，细细地听涛声涛语。千百年来大海一如既往地涌来涌去，波涛仍像个老奶奶在絮絮叨叨地说着什么。可是，她在说什么？我依然听不懂。

我只想起一首歌，有一句词是涛声依旧。

这次回岛赶上了连阴天，天气预报说有大雨到暴雨。可是雨一直下不来，天就一直阴着，浓厚的乌云低得好像湿抹布罩在头顶上，伸手就能扯下拧出水来。因为阴云阻隔，大鹿岛迟迟不肯露面，直到看见北口码头了，岛子的上半部分还笼罩在阴云之中。

上岛的路口修起了牌楼，也有了候船楼，楼顶上竖有"大鹿岛欢迎您"的大字标牌。码头小广场上，停着中巴和双排座卡车，也有男人女人举着牌子揽客。没有了砂石道，双车道的柏油路随着山势蜿蜒通向岛前，印象中的红砖房不见了，路两侧全是二层楼房，墙面贴着马赛克。岛上也不再是荒山秃岭，高大的乔木、低矮的灌木和翠绿的青草，郁郁葱葱地覆盖了整个岛。饭店酒馆网吧超市——从我眼前闪过。我们住进了岛上最好的颇有欧陆风格的大鹿岛宾馆。

如果说上一次我回岛是大鹿岛认不出我的话，那么这一次是我认不出大鹿岛了。通向连队的砂石小路已经被荒草淹没；我当年值勤的哨所已修起了甲午海战的名将邓世昌的坟墓；我打靶的靶场，也矗立起了邓世昌的全身雕像。前滩上，穿着泳衣的游人正同波涛嬉戏，五彩斑斓的遮阳伞宛如盛开在草原上的鲜花。宽胶轮的沙滩车、二个人同骑的脚踏车，还有老爷车、逍遥车，在新修起的海滨大道上你来我往。美丽的公园里，高高喷出的水柱随着音乐翩翩起舞；而那个被称为独立坨子的岛前小岛，重新命名为金龟园，修起了栅栏和观涛亭；海滨大道和别墅群还在向西边延伸着。

大鹿岛正用实际行动实践着他们提出的口号：把甲午海战的古战场变成海上乐园。

我在海边看见一位正在出租老爷车的身体健壮的老人。趁着没有顾客的时候和他搭讪了几句。他听我谈大鹿岛像个熟人，就问我怎么知道那些，我就说，我曾于 1968 年在一连当过兵。他听了就很关切地说：和你一起当兵的有个黑龙江的小王在一队支过农……亏他还记得我。我心里忽地一热，忙说那就是我呀，他看了看我，无限感慨地说，认不出来了。是呀，我也看了看他，也认不出他了。

我坐在我曾多次坐过的地方，静静地看潮起潮落，细细地听涛声涛语。

三十六年过去，星移斗转，物是人非，沧海桑田。我觉得我应该和大海说些什么。

于是我说：今天，我拜访了十八年前曾借宿过的村干部于生春。我向他谈了两次回岛的观感。第一次回岛，村里的草房换了瓦房；第二次回岛，瓦房又变了成了楼房。

于生春笑了，告诉我，大鹿岛已由一个小渔村发展成为以捕捞、贝类养殖和旅游为主的海兴集团。去年人均收入六千多元钱。大鹿岛已经成为县、省和中央三级精神文明先进村。

我对他说：岛上的房子多了，树也多了。大鹿岛除了波涛之外，我什么都认不出来了。

他笑了。

这时，我依稀听到了一个声音在反驳我，说：你以为涛声依旧，对吗？错了，今天的涛声也不是当年的涛声了。

这是谁的声音？我茫然四顾，周围没有任何人，面前只有亘古不息的波涛和她的絮语。

（2004 年 6 月《西南军事文学》）

最值得珍惜的

都说时间是一位老人，可是谁见过这位老人的模样？只见到树在年轮一圈圈增加的时候，小苗变成大树，大树愈发苍劲挺拔；

都说时间步履匆匆，可是谁又见过时间脚步的长短大小？见的只是钟表的指针一圈圈划过，还有一天天日起日降，一年年花开花落。人呢，就在这一天天一年年的循环往复中，含苞待放的小女孩，变成了亭亭玉立的少女，青春勃发的小伙子变成了满头霜雪的老翁；

都说时间是一条江河，可是江河也有停水断流的时候，时间却永远永远地奔腾不息悄然流逝，没有起点也没有终点；

都说光阴易度岁月无情，可是光阴和岁月并没让那些辜负她的人度日如年，让珍惜她的人有丰厚的回报。时间对任何人都是公平的。

不管怎样，时间都在不知不觉中，迅速而又宁静地前进着，今天她又走进了自有纪元以来的 20 世纪的最后一道门槛，让我们去领略 20 世纪末的风景，去迎接新世纪的曙光。

小的时候，盼望自己快长大，常常数着日历上的纸页问妈妈怎么还不快过年，还天真地说如果把没扯下去的日历纸都扯下去，是不是就能快一点过年了？少年不知愁滋味，自然也不知道时间的内涵。后来，随着日历上的纸一页页减少，挂历一本本的替换，长大了，不再盼望过年；然而，盼望也好，不盼望也好，新年还是非常守时地来到面前，如同准时到达的列车，拉上每一位旅客向前驶去；而当我不再盼望过年的时候，却发现，日子过得特别快，那感觉就好像刚刚学会滑雪，只用雪杖撑了一下，就在光滑的坡道上疾驰而过一样。

儿时是度日如年，现在就是度年如日。这是一种对生命的感觉。一个人一旦有了这个感觉，就说明他对生命的认识有了质的飞跃。他也就知道珍惜时间了。实际上，一个人的生命是很有限的。尽管说人生七十古来稀已经成为过去；现在科学发达了，人的寿命延长了，可活个八九十岁也算长寿了，百岁只是生命中的个例，万岁仅仅是一种蒙昧状态下的美好祝愿。一次我和河北作家关仁山谈起生命这个话题，他很有感慨地说，一个人，一天写一个字，一辈子也就是一个小中篇，弄不好连一个中篇都不是，顶多是一个短篇。关仁山是作家，三句话不离本行，连比喻人生也用小说的篇幅。算起来也的确如此，一年三百六十五天，一天一个字，就是按一百岁计，也才三万六千多字，那还不是一个小中篇吗？时间对于人生是如此短暂，重要的是，生命对人来说只有一次，冷冻身体等待将来死而复生，还只是科学幻想，一时还解决不了；就是有朝一日变成现实了，也不是每一个人都能够做得到的。如此看来，我们还不应该特别珍惜吗？

一个人一旦知道生命的可贵，时间对于他就不是很富有了。生命这个矿绝不是开采不尽的。

一天我和一位虽然已经退休却依然忙碌的老同志聊天，我问他多大年龄了，他说，他已经进入生命倒计时了。我知道他是笑谈，可他却非常的认真。

倒计时在我们的生活中的使用率是越来越高了。火箭在倒计时中升入太空；香港在倒计时中回到祖国怀抱；澳门的回归也进入倒计时了。

我们使用生命是不是也可以运用倒计时呢？我想是可以的吧。

据说在缅甸南方几个海岛上的居民，就采用倒计时方法计算年龄，人一出生被定为六十岁，以后每过一个生日就减去一岁。那里炎热而潮湿，传染病频发，医疗条件不尽如人意，人的生命极少能过六十岁，活过六十就是长寿了，大家都为之祝寿并刻在石头上永远纪念。

我们不知道究竟能够活多少年多少天，但是我们可以规划一下生命，比如以八十岁为限；如果超过了这个时间，那是你偏得，多享受了几年人生；假如不到那也没有关系，在属于你的日子里你生活得十分充实；倘若你还没到退休的年龄，你总可以知道你退休的时间，那么你离退休还有多少日子。这样计划一下，是不是可以让你的时间利用得更充分更有价值呢!

　　是的，对于我们每一个具体的人来说，时间就是生命，生命就是时间。珍惜时间就是珍惜生命；珍惜生命就须珍惜时间。东西丢了可能找到，水流过去了也可能引回来，唯有这时间你毫无办法，只有珍惜珍惜再珍惜。

　　新年的钟声敲响了，新世纪的曙光露出了，让我们为了新世纪的到来珍惜我们的生命吧。

（1999 年 12 月《吉林日报》）

故乡情思

群蝶狂舞

回故乡去看望弟弟和妹妹，却不料在妈妈顶景区看见了大群大群的蝴蝶，那简直是群蝶狂舞啊！那景象令人震惊，久久难忘。

我的故乡在黑龙江省通河县清河镇，是依山傍水的鱼米之乡。开发妈妈顶旅游景区是近些年的事。接我们的朋友说，回老家了怎么也得去看看妈妈顶子啊。于是，就驾着越野车朝着西北方向疾驶而去，手机里播放的《妈妈顶子哟母亲山》的歌，愈发引起我对妈妈顶子的关注。

朋友边开车边介绍妈妈顶景区，说那是国家 4A 级风景区，说那是天然氧吧，还说在那儿可以看到原始森林。东道主兴致高，也让我们兴致勃勃起来，好像不去看看妈妈顶就等于没有回到故乡似的。

清河是我青少年生活过的地方，位于松花江中下游的左岸，离江大约五公里处是小兴安岭余脉，山不高，我们叫它北山，生长着繁茂低矮的灌木，高大的乔木也有，只是不多。20世纪60年代，清河还是一个大村子，沿江而建，清一色的草房，黄土抹的墙，洋草苫的顶。街道像棋盘一样规则方正。草房墙平角直，两面房顶呈三角形，房草铺得一丝不苟，平平展展，如同爱干净女人的头发。每条街道都有横向排列的两排房子，房与房之间就是两趟房主的前后院，种着时令菜蔬，有的还栽上一两棵果树，各自有用柞木杆或木条围成的院墙。清河村人都是农民，住在江沿的人家有双桨木船，如果带着网出去，注定有收获。这种半渔半农的人家，比那些纯粹种地的人日子过得滋润，餐桌丰富多样了，鱼虾换了钱也让钱包厚实起来。

进入六十年代之后，清河来了一些陌生人，在靠近北山的地方，先是挖地窨子建成两排一面坡的房子。接着就在房前盖了一座座的红砖房，有商店有学校还有医院，路面铺成砂石的，不再晴天满街土，雨天一街泥，就连"茅楼"都用砖瓦建，这让住着草房，走在土街上的清河人分外羡慕，都说还是"林大头"有钱。不错，黑龙江森工总局看中了山里的大片原始林，要在清河建局伐木了。同时，一条砂石公路从清河北山向西北方修去。有路的路段铺石重修；没路的地方，就砍树铲草修出一条路来。这条运材路直修到妈妈顶山下。再往前，山势陡了，"爬山虎"上不去，公路就到头了。自从这条路开通之后，那种加长的运材车轰隆隆地响个不停，把一棵棵笔直的红松，砍去枝丫锯成段，运出来，把江边的贮木场堆成山，用立在江边的大吊钩把木材装到拖船上，运到有火车的地方……

"林大头"很牛，可他们和清河村人友好相处。他们的中学也招收农村子弟，于是我有幸成为林业子弟中学的第二批初中生；他们的子弟也不歧视农村孩子，有的还成为好朋友。六十年代初期那场大饥荒，他们的饭盒会成为饥肠辘辘的我的一点营养补充。

就在运材车轰隆隆响过几十年之后，他们管辖的林区山头变成了和尚的脑袋——光秃秃了，即使还有树也是杂木林，或者是一些长得七歪八斜的不中看也不中用的树。只有妈妈顶还有好树，可是气吞万里如虎的"爬山虎"爬不上去奈何不了啦，那些百年红松才得以幸存下来。林业没有了好树，没有了木头，还有什么牛的呢？他们的日子变得拮据起来。

林业人的日子怎么过？吃木头是肯定不行了，于是，他们把目光转到林副产品的开发包括旅游上来，决定在生态保存完好的妈妈顶建景区。经过一番番勘测，选定了一条路线。局里已经没有多少资金投入，好在瘦死的骆驼比马大，还有一些木头，把木材加工成等长等宽的木板，把三角铁加工成骨架，动员干部义务劳动，从山下扛到山上去，三千多米的距离，一千多米的高度，坡陡且多弯，付出了许多血汗，苦干了两年，硬是把景区建成，加上其他设施配套成型，妈妈顶就像那几块巨大的板状石头一样叠加起了名气。

关于建设景区的故事，是朋友在开车的时候讲给我们的。

正是七月中旬，昨夜一场大雨，今天天空碧蓝。路面只有少许坑洼，尚积着没有晒干的水。两旁是树木，绿森森的仿佛两道墙，公路伸向远方，一眼看不到尽头。

突然间，一群蝴蝶迎面飞来，接着又是一群飞来，通体黑色，翅膀的边缘有绿色花斑，双翅煽动着，在阳光下，不断起伏的翅膀闪着微微的绿宝石样的光。有一只独舞，也有两只相依相伴，还有一伙一群地扑面而来。小的时候，我常在草甸子上看见它们，叫它大蚂莲，落在草梢或树枝上，会把双翅收起。我小心翼翼地上前，拇指和食指像小镊子，悄悄靠过去，手迅速一捏就抓住了。多半是抓住了，手一松，又放开了，看它在空中自由飞翔的样子，感到很开心。当初草甸子上的大蚂莲哪有今天看见的这么多，成群结队，络绎不绝，就好像这公路也是它们出入的要道，也要出去看看风景一样。在汽车驶过的时候，有的蝴蝶一闪而过，很少有躲闪不及撞挡风玻璃的。巧的是，一只大蝴蝶居然因为气流的作用，扑进车窗半开的车里，让我们为搭救它费不少力气，蝴蝶的双翅很脆弱，我们小心翼翼地逮住了它，又把它放了出去。

蝴蝶飞翔的样子很美，我想起那个美丽的传说来。这些漂亮的蝴蝶当中是不是有梁山伯与祝英台的后代呢？令人惊奇的是，在路上的水洼处，聚焦着小群的蝴蝶，对疾驰而过的汽车视而不见。在路边的溪边，也有一群蝴蝶沿水飞舞。它们在水边做什么？是渴了要喝水？是把水面当成镜子顾影自怜？还是为爱情在梳妆打扮？怕压着它们，我们的车小心地躲着驶过。

这里是蝴蝶的世界呀！除黑色的大蝴蝶之外，也有白色的稍小一些的蝴蝶，还有褐色的更小如指甲大小的蝴蝶，它们急急忙忙地飞着，争先恐后地飞着，跟我们进山的方向相反，在我的感觉中，似乎都在往山外飞。我不由得想起家乡农民诗人刘涛的几句诗来：村庄就要空了／越来越多的人涌入了县城／陪读，打工，租楼，买楼，举债，还贷／在城市里漂浮／过，没有根的生活。

这些蝴蝶，也是要进城去过那种没有根的生活吗？只是我不知道，在城里能不能看见它们。

妈妈顶子，离我们越来越近了……

火　炕

回老家是要睡睡火炕的，睡火炕是一种难得的享受。

20世纪60年代后，清河镇分为两部分。林区一块，农村一块，林区那边红砖红瓦；农村这边土墙草顶，中间隔着两三公里的空地，林农之间，一清二楚，泾渭分明。后来，林区那边盖起了二层楼，农村这边也有了砖瓦房，稀稀拉拉的几座，在成群的土房中，这些砖房，就像在一群穿大布衫子的村妇里，进来几个穿布拉吉的时髦女人那样扎眼。林区的房子向江边靠近，农村的房子向山延伸，中间的距离越来越小。

现在呢，林区那边已经是高楼大厦，普通的也是六层，最高的还有十六层，广告牌一样，巍巍然屹立在松花江边和十字街头。农村那边呢，不甘落后，也是大楼成排，只是没有高层。林区和农村已经浑然一体不再有距离。

林区盖了好多的楼，一是，山里不再砍伐木头，封山育林护林，住在山里的林业工人要搬到山外来，让他们迁有居处；二呢，房产市场对外开放，房价便宜，欢迎农民兄弟购房。于是，有些青年人或非农的清河原住民就搬到那边的楼房里去住了。

在大楼的后面，仍有一些不是楼的房子，间或还有一二座自己盖的小二层楼，同那些大楼相比，这些房子就显得破旧寒酸。有的草房年久失修，七扭八歪，房顶长满绿色的青苔，窗户钉着木条，显然已经不再住人；即使是砖瓦房，有的也是门窗紧闭，院里荒草萋萋。不知道房子的主人是进城打工了还是搬到大楼里去住了。

楼房有暖气，有卫生间，不再有火炕；不是楼的房子仍是火炕，厕所在屋外面，不大方便。

在清河，我有一个弟弟一个妹妹。弟弟家买了楼房，卧室安着床，做饭做菜全用电，人也搬到楼房里住了，河边的砖房空了下来，只有房后的一块地没闲着，栽种着茄子、芹菜、大葱、土豆和玉米，长势良好。妹妹家也买了楼房，没有搬进去住，仍住大楼后面的砖房里，家里有一铺火炕。妹妹说喜欢出门就是院子，菜园也是一片翠绿，南瓜的黄花开得很大，顶着花的瓜纽娇嫩可爱。

我在清河住了三夜，前两夜睡的是床；后一夜住在妹妹家，睡的是火炕。

我从小睡火炕。那时的火炕铺着用芦苇编的炕席。没有钱做褥子，身上烙出苇席印。后来有了褥子，再后来不再铺炕席，而是糊纸，糊上几层牛皮纸，如果买得起彩纸就再糊上一层，火炕就糊得花花绿绿。我睡火炕睡到十八岁，考上了高中，到通河一中读书，家远必须住宿，这才不睡火炕而住上了床。严格讲那也不是床，而是大通铺，十几个同学挤在一张大铺上，有稻草编的垫子，有的还在褥子下面铺张狍子皮隔凉，只有在放假的日子里才回家睡火炕。

火炕通过炕洞连接着灶坑，上面放着大铁锅，既做饭又烧菜，热气通过炕洞把炕面熏热。严寒的冬天，外面寒风刺骨，屋内暖意融融。到了夏天，天热，炕也热，人口少就睡炕梢；要是人口多，只好把炕头铺得厚些或者垫块木板什么的。至于烧柴，有什么就烧什么。我家烧过茅草，烧过收割后的苞米秆、高粱秆和脱粒之后被碾扁的豆秸。这些东西扔在地里没用，拉回家里当柴火，也是一种废物利用吧。小的时候，在秋天，我经常带根绳子，去野地里割草，将蒿草割倒晾晒着，到了干了可以烧的时候，再背回来烧火。到了冬天，经常拉着爬犁，鞋上套着冰扎子，领着弟弟去河套里割柳条回来。家家房前屋后都有一堆高高的柴垛。

睡火炕让我回到了以前的日子。

火炕让我很享受，睡不好也让我很受伤。六十年代中期一个初冬，我和五个同学，扛着印有"南征北战"四个大字的旗帜，越过冰冻的松花江外出串联，从通河一直走到辽宁境内昌图和开原之间的马仲河村，住在兽医站里。外面很冷，屋里很热。火炉连着炕，烧的是煤，炕头很热。同学们都不愿睡炕头，我说我睡炕头吧。于是，把棉袄叠成枕头睡了。我是被热烘醒的，坐起掀开棉衣，发现衣服火红一片，知道是被火炕烘着了，急忙把棉衣死死地按住，不让火着起来。待确信没事了，打开棉袄一看，傻眼了，棉衣背后有个碗大的窟窿。这可如何是好，棉衣没法穿了，不穿棉衣还怎么继续前行？我当时就哭了。后来，是村接待站的一个大嫂，借我布票、棉花票，帮我买了一两棉花一尺布把破洞缝补上了。那是一件蓝棉袄，她买的则是黑布。我的蓝棉袄背后就出现一个大大的黑补丁。后来我写了篇散文就叫《蓝棉袄黑补丁》。文章发表二十多年后，有位读者还说，他看了我写的那篇文章，看得直掉眼泪。

尽管火炕给我带来过不快，但我还是愿睡火炕。

在故乡的日子，在外面走累了，回来往热炕上一躺，那种惬意真是没法说，睡得踏实，做梦也香甜。在城市，常常听说某某得了腰椎盘突出病，大夫建议睡硬板床。我想，如果睡火炕，哪还会得那种腰间的病呢。

老船站

每次回故乡，我都看看江边的老船站，不是特意去看，它就在江边，从大堤上走过，那是必经之处。这座建于 1970 年的船站，当时是清河江边最为宏伟的建筑，周围植有松树。现在呢，已经破败得不成样子。门窗还有，已经被砖头堵死，松树超过了房顶，树下蒿草比人还高。红砖墙上一片深红一片白，房顶上也有绿苔和小草了。

大约是在清河靠江建村之后吧，黑龙江省航运局就在这设了船站。在公路不发达，又没有铁路的清河，航运成了当地人特别倚重的交通工具。上一站是通河，一百二十里，下一站是依兰，六十里，这儿成为承上启下的中间站。冬天松花江冰封雪冻，航运停了，外出就只能坐汽车。依兰镇是我的出生地，也是宋朝两个皇帝被金人掠来的囚禁之地，书上说他们坐井观天，其实，那井是一座四合院的天井。我想，金人为什么要把那些人从中原驱赶到千里迢迢的北国依兰呢？也许是借用江水的航运之便吧。

江边轮船停靠处，最初是一座草房，挂个白茬木牌，写着"清河航运站"，这儿就成了清河码头。虽是码头，却没个码头的样子，江岸没有砌石护堤，土岸裸露着，任江水冲来冲去。江里立着呈八字形的四腿木架，搭着跳板，船来了就停在跳板附近，在甲板和跳板之间，再放一块船上自备的跳板，供旅客下船上船踩踏之用。这些跳板都是二寸厚的上好松木板，两丈来长，半尺多宽，两条并在一起，每隔一尺就钉一木条，将它们固定成一体，人走在上面，忽悠忽悠直颤，胆子小的女人断然不敢走在上面。如果有货物要上下船，要把四条跳板并在一处，然后用大木夹子夹住拴牢，四条跳板就形成一个整体，减少了许多颤动。

草房不经用，后来就建了砖房，面向江的墙体上方，在水泥上雕出"清河航运站"及建成年份；在朝西的墙上则有"候船室"三个字。红砖红瓦的新船站，像刚刚嫁过来的新娘子一样，特别招人耳目。

这条航道往返于哈尔滨和佳木斯之间，也有开到松花江最下游富锦的。轮船很大，也很漂亮。客舱有三层，下有底舱装有发动机，上有驾驶舱，整条船一共五层，通体白色，只有船底和烟筒是黑色的，烟筒有呈波浪纹的三道装饰线。船头和船尾飘扬着国旗，行驶在大江中，非常壮观。船要靠近码头的时候，总要"哞——"地鸣一声长笛，开船离岸时也要鸣笛，是二短一长的笛声，那声音就像老牛在叫。

船一靠岸，有票没票都可以上去。船上有小卖部，卖些乡村少见的列巴、香肠、饼干及糖果之类。列巴是苏联人的叫法，实际上就是面包，发出甜酸的香味，很好闻，有钱的就可以上去买了再下来。轮船有客运，也有货运。往往是旅客下完了，上船的也都上去了，就开始卸货和装货了。码头上扛脚行的青壮汉子，把一块蓝色的方巾往肩膀上一搭，一二百斤的麻袋，或者箱包，悠地一下上了肩，然后就稳稳地走上走下，那跳板也就悠得更加厉害，不过他们习惯了走跳板，走得挺快如履平地。因为有货物，船停靠时间挺长，货物卸装完毕就开船了。

轮船也有名字，有一艘叫"开原"，巨大的轮子在船的尾部，我们叫它后蹬子；有一艘船叫"沈阳"，轮子在腰部，叫它腰轮子。我很奇怪，为什么松花江上的两艘轮船，要用辽宁省的两个地名做船名呢？开原号是慢船，沈阳号是快船。慢船也好，快船也罢，从清河到通河都得在船上住一宿。到了六十年代中期，船名改为"东方红"，只能用1号2号加以区分了。

看船，是那时候我们这些小孩子最喜欢的事。不光是我们，就是些大人吧，也愿意跑到江边去看船。每每到了来船的时候，或者听到船叫了，人们就三三两两地往船站走，齐刷刷地站在江边，大眼瞪小眼地看，船上的人看我们，我们也看船上的人，我们和他们成为彼此的风景。我读小学时，学校就在江边，教室离江顶多也就一百来米。船来了，我们都跑到江边去看，看那船头犁开波浪，看船尾泛起长长的白色航迹，奇怪那大大的船怎么在窗户顶上还有窗户，人头顶还站着人，每每船开过了还舍不得离开。当然这是不上课的时候，要是上课，只好听着船叫，眼巴巴地朝外看一眼，干着急。

我第一次坐船，是大约四五岁的时候。父亲带我去哈尔滨找他失散十多年的大儿子，也就是我大哥。在哈尔滨道外区的亲戚家住了几天。那是一座多家合住的大楼，阳台安着木栏杆，红漆掉没了，站在栏杆前，看着楼外的风景，不知道怎么就产生了坐船的感觉，我仰着脑袋问，爹，船怎么开到这儿来了？爹告诉我，这不是船，这是楼房。

我最后一次坐船，是八十年代初期。我家还没搬到长春来。黑龙江省召开全省青年作家代表大会，在全国约了几位风头正劲的中青年作家。我作为长影厂编辑被邀参会。会后和几个作家去宾县采访已经收监的王守信。采访结束，我坐船顺流而下回了一趟家。从那以后没有再回故乡，也就没有再坐船。当我再次回老家的时候，松花江已经不通航，曾经的轮船在江边成为招揽游客的水上餐厅，开往通河和清河的是汽车了。

这次回老家，如果有轮船，真想再坐一次，尽管很慢，却也悠闲，站在甲板上看看岸边的风光，是多美的事呀，可惜，坐船回老家已经成为一种奢望。

没有了航运，清河码头也就失去了功能，人去屋空，门庭冷落。这座近五十年的当时最宏伟建筑，曾经何等风光啊！现在已经无人光顾，只有那些外来的回乡人，才在路过的时候看上它一眼，本地人呢就像它不存在一样……

（2018 年 8 月原载《吉林老记者报》）

第 二 辑

山光水色

三 山 行

感悟登泰山

泰山，不论从远处看，还是从近处看，都算不上险峻，也算不上清秀。她更像一个老太太盘腿大坐泰然如佛，大约这就是泰山名字来历吧。登泰山的路，一开始坡不大，路也好走。长长的青石板条经年累月被游人踏得没了棱角。石阶上曾十分清晰的凹凸不平的纹络也已经变得模糊不清光滑如镜。中华始祖大舜曾到泰山祭祀。之后，从秦到清，十几个帝王或者亲自或者通过别的方式来此封禅，祭天祭地祭祖宗，以保国泰民安统治持久。于是，泰山留下了封建帝王的遗迹，也留下了诸多的庙宇道观。皇帝做过的事，下民大都愿意仿效，泰山就成了朝拜、祭祀、怀古、游览的好去处。游历过的文人骚客又都执着于"雁过留声，人过留名"，路边的巨石崖壁就成为他们题刻的好地方。这就给后人留下许多风景。从山下到山上，整个登山的路仿佛一条书法艺术的石刻长廊，目不暇接。

东张西望中，一个小时过去，我上到中天门。再往上就是泰山最难走的十八盘了，走过十八盘就是南天门。如果把登泰山比作一出戏剧的话，从中天门到南天门就是高潮，就是最为华美的篇章。到了南天门再登玉皇顶就轻而易举了。

正像任何获得都需要付出一样，你要想"会当凌绝顶，一览众山小"，你就必须付出汗水；要体验孔圣人"登东山而小鲁，登泰山而小天下"的心境，就要舍得流汗去进行艰难的攀登。当然，这是过去的事了。现在，在中天门到观月峰修了索道，世界上最先进的索道技术，拉近了你和泰山的时空距离。倘若从中天门徒步上山，慢者要小半天，快的也要两个小时左右；坐缆车只需十几分钟。只要买票坐进去，就会舒舒服服不费吹灰之力地到达望月峰，从那到南天门只有百步之遥了。可是，徒步也自有徒步的妙处。这就好比吃饭一样，咀嚼是吃饭的必要过程，你尽可以在这个过程当中享受丰富的美味；倘若仅仅为了果腹，把食物直接送到肚子里，倒是省事了，只是那叫吃饭吗？当然我也不排斥缆车，这次不坐不意味着下次不坐，上山不坐也不是说下山不坐。总之，我没有犹豫彷徨，拒绝了现代技术的诱惑，毅然决然地踏上登山之路，沿着已经被无数人踏得十分光滑的石条拾级而上。

上了云步桥，往上的路就越来越陡峭。远远地可以看见那赭红色的南天门了，可是那南天门仿佛悬在空中的一盏灯笼，让你可望而不可即。上山的游人不少，下山的游人也不少；有脚步矫健者，也有步履跟跄的老妪。她一步步地走上来，又一步步地走下去，为的是到玉皇顶上烧一炷香来表明她的虔诚。

山路越陡，走起来就越发吃力，腿很沉，仿佛绑了一个沙袋子，走上十几级二十几级就满身是汗，就得停下来喘口气，歇歇腿。十月末的这天，秋高气爽，昨天还阴雨连绵，今天云开雾散。在山下尚不觉得如何冷，到了山上，山风一吹，额头凉哇哇的，连贴身内衣都冷丝丝得如穿铁挂甲。我不敢久停，稍感轻松又抬腿攀登。往前走一步，南天门就和你近一步；如果站着不动，目的地就永远和你保持着距离。也不时有抬滑竿的山民从身边经过，问坐不坐。我咬咬牙摇摇头，埋头赶路。山高路陡，必须低头看路。当我抬起头朝上看去，一阵惊喜，南天门已经在头顶上了。先到一步的人，已经悠闲地坐在石阶上看着你了。我长舒一口气，奋力赶去，终于跨上南天门的最后一级台阶，心里顿时轻松无比。此时再回头看去，只见山路如一条从山头伸下去的飘带，还有许多人拉着带子往上攀着。

　　身边有两位游人的话引起了我的注意，原来他们已是二登泰山了。前一次是坐缆车上来的，上来之后觉得挺没意思的，这才又来一趟。他们的话让我深思，同时暗自庆幸没有坐缆车。陌生的道路处处皆风景。从中天门到南天门不要说自然风光，还有很多人文景观，诸如秦始皇封的五大夫松，乾隆题诗的朝阳洞等等，你不走过自然就难以看到。攀登非常辛苦，可是当你到达终点的时候，你会从中体会到克服困难带来的乐趣。这也好比人生，如果一生顺顺利利，前进的路上平平坦坦，就如同上山坐了一趟缆车，生活得很舒服，可当他回首往事的时候，又有哪些值得回味的呢？只有那些经历了奋斗的艰辛，品尝到生活酸甜苦辣的人，才能真切地感受到成功的快乐。成功固然令人陶醉，如果没有奋斗的过程，那成功也是空中楼阁。

我想着这些，就又起身向玉皇顶走去。

在庐山看日出

我被窗外的吵声惊醒，就一直不敢再睡。但凡上了庐山又在山上住了一夜的人，大约都想看看庐山的日出。我初登庐山，明明有机会看日出却不去看，岂不是枉来一次庐山。因为在高山之巅看日出，同在海上看日出、或在平原上看日出，那景象天壤之别。

我喜欢登山，每有临顶看日出的机会绝不放过。记得 20 世纪 80 年代初，我曾从峨眉山脚，踏着石阶，冒着小雨，一步一步地到峨眉山金顶，为的就是一睹壮丽的日出。那天，因为出发的时间晚了一点，又有说大不大说小不小的雨，淅淅沥沥地落个不休，淋得我从头到脚都是湿漉漉的，极不舒服，无奈在途中的洗象池住下来。几乎是刚打了一个盹就又起身向山顶走去。可是当我赶到峨眉山金顶时，赤日如金，眼前一片白茫茫，是比棉花还白，比白缎还亮的云海。我和日出失之交臂，后悔莫迭，看到了云海也算失望中的一点安慰。如今有了在庐山看日出的机会，自然不会错过。

我们下榻处离含鄱口比较近，那儿，就成为我们看日出的首选地点。汽车沿着蜿蜒山路向上爬行，到了不能再往前的时候，汽车已经在路边排起了长队。我们只好弃车而行。仰头看去，星辰稀落已见曙色。我们随着三三五五的人群迤逦前进，走入含鄱口。

莫道君行早，更有早行人。我望着云集的观日出者惊呆了，只恨自己晚来一步。仔细看去，脚下的路把含鄱口分做两半。左边有一个亭子，亭内外都站着人；右边是一座陡峭的山峰。看不清是否有路却看见不少的青年人奋力地向上攀着，想必是寻找一个看日出的最佳位置。左右之间是一个平台，黑压压的人仿佛密不透风的青纱帐。

我先步入平台，像一条鱼似的在人和人之间寻找缝隙，然后往前游动。我发现，侧前方有亭子的山头，既在我的前边，山势又比较高。我立即离开平台朝亭子走去。路过石亭抬头看了一下，隐约可见含鄱亭三个大字。亭上亭前也都站满了看日出的人。我好不容易挤到前边，只见崖边有一处铺着绿地毯。有人就说这是当年毛主席看日出的地方。我不知道毛主席是否在这看过日出，但他肯定到过含鄱口，有他老人家的照片为证。我想既然毛主席在这待过，想必这里是看日出的最佳位置吧。我不再动了，铁了心在这等着看日出的那一瞬间。我身后有一块巨石，石上已经站了人，却空出一个斜面来，我站上去。好在我的鞋子是那种软底的旅游鞋，鞋底纹络如手抓着石面凸起处。我前脚用力蹬，后脚使劲踩住，总算可以勉强站稳。这样一来就不必看前边高个子的后脑勺了。

天色渐渐由黑变灰。我低头朝山下看去，透过薄薄的雾霭，可以看见墨色的田园、白亮的湖泊和成片的村庄。那湖泊就是鄱阳湖了。这里左有山，右也有山，中间仿佛一张嘴把鄱阳湖含在其中。这就是含鄱口地名的由来了。据资料记载，庐山的云海是极为壮丽的。无数高低不平的白色云团汇聚在一起，翻涌起伏，浪涛汹涌，波澜壮阔，那感觉就是一片深不可测的白茫茫的大海，峰峰岭岭被围困其间仿佛大海中的孤岛。

若有阳光反射，翻滚的银涛雪浪色彩斑斓，红装素裹，流金溢彩，美不胜收。到庐山看云海已经成为很具诱惑力的活动。产生云海要有一定的气候条件，往往是雨过天晴之后。这几天庐山天高气爽，大约不会有云海的。没有壮观的云海可看，这多少让我有些遗憾。我在峨眉山金顶没有看到日出却看到了云海；在庐山看不到云海，总能看到日出吧。凡事不能十全十美，如能看到日出也可以让我满足了。

此时的东方，已见淡淡的鱼肚白色。兀立于前面天地之间的五老峰的侧面浮出条形云来，这云彩逐渐地变幻着色彩，先是深蓝，接着呈玫瑰色，色彩也愈来愈浅，愈来愈亮。我想那一定是尚在地平线下的太阳正在顽强地崛起，就像婴儿要冲出母亲的子宫吧。

辉煌的日出、壮丽的日出，我们期待已久的喷薄日出，眼看着就要呈现在每个仰慕者的面前了。我屏住呼吸，所有看日出的人都屏住呼吸，整个含鄱口一片静寂，等待着那令人兴奋的一瞬间。就在这个时候，我发现，在五老峰的顶端出现二片条形彩云，那云也越来越明亮，已然是日出之后那金黄色的光芒了。我忽然意识到，这里并非观看日出的最佳位置。和我有同感的人越来越多，失望的情绪笼罩了山顶。人们开始后撤。我也随着后撤。下来时还在含鄱亭前拍了一张照片。照相机快门响起的刹那间，我分明听到一开始去过后又离开的平台那里，有人发出一阵轻微的惊叹之声。我心里为之一颤。难道他们看见了日出？我急忙向平台跑去，尽可能地往前去。果然在五老峰的侧面挂着一轮旭日。

我又一次与日出失之交臂。我失意地叹息一声。如果早一点，赶到五老峰去，就能看到日出了；或者守在平台上不动，也能看到日出了。可我以为侧前方筑有含鄱亭的地方，比平台地势高又靠前，一定是最佳位置。恰恰是这误导了我和同我在一起的人。太阳已经升起，含鄱口不再是留恋之地。我回转身踏上归途，抬头看见陡峭的山峰上，叠罗汉般站着看日出的人们。他们如愿以偿了吗？没有云海又没看见日出，我这次庐山是白来了。可我忽然省悟到，我没能看到日出，可是却让我明白了一个道理，最高的最靠前的地方并非最佳位置。大千世界变化万千。彼时彼地位置最佳，此时此地未必就是最佳了，关键是如何找准自己的最佳位置。看日出如此，在人生的舞台上也是如此吧。领悟到这一点，我觉得这次上庐山也好，早起看日出也罢，看没看到都是不虚此行了。

风雨游黄山

清早起来，拉开窗帘朝外看去，马路上湿漉漉的，行人打着伞匆匆走过。我心里一惊。这样的天气绝不是登山的日子，何况是黄山。行前我在网络上查过天气，说黄山有小雨。我想，预报也有不准的时候，即使报准了，小雨也未必会下个不停吧？兴许到了山下那雨就停了，或者到了山上雨就住了也未可知。

我就怀着这样的一种期待，义无反顾地踏上了旅程。

车行一个多小时到了黄山脚下，马上就要进山门了，雨却没有一点要停的意思，天灰蒙蒙的不开面。周围哗哗地响着，说不清是路边的溪水响还是雨打在树叶上发出的声音。我把行前在旅店附近从小贩买来的黄色塑料雨披穿在身上，把防雨鞋套套在鞋上，沿着登山路向上爬去。

导游风趣地说，雨天登黄山就是低头走走路，左右看看树，导游陪你散散步，看了迎客松，行程就结束。这话说得不错。登山是不能东张西望的，当然要低头看路。天下着雨，天是灰的，雨幕形成雾弥漫在周围，任什么风光都看不见，可不就是看看路边的树吗？

游黄山一看山峰二看松，三看雾海四看日出，当然还有温泉。我以为最有黄山特点的只有造型奇特的山石和长在悬崖峭壁上的松树。二十多年前我曾游过黄山，对这里的石峰和奇松有深刻印象。那一座座奇特的山峰和一株株奇特的松，是怎么形成的呢？真的让我怀疑有一个力大无比的人把石头，或者圆的或者方的或者长的或者不圆不方的，按照他的意思，摞了起来形成这千奇百怪的样子。我在别的地方游山的时候，也听当地导游说那是什么什么，大都有牵强附会的意思。可是在黄山，说犀牛望月，那石的形象真的就仿佛一头望月的犀牛；说鲤鱼跳龙门，那石头就真的让你看出鱼的样子。地下板块的几次冲撞，火山的几次喷发，经受巨大压力的石头被一只无形的手抛起来，当那石头落下来的时候，出人意料地摞在一起，然后就不动了。陡峭地屹立着，没有依靠，没有支撑，任大风也好，任大雨也罢，就是不动不摇地立着，立了几万年几千年几百年，一直立在现在我看见的样子。有一处，在二块陡峭的石壁中间夹着一个几乎是球的巨石。那石头怎么就那么巧，偏偏落在石缝间而又被卡在其中了呢？

还有那奇松。长在峭壁上的松树，不同于黄山山坡上的普通松树，不同于东北小兴安岭的美人松，也不同于长白山的红松。我不知道黄山人如何称呼长在峭壁上的松。我看它仿佛挂在陡壁上一样，就叫它挂壁松吧。东北山岭上的松树有肥沃的土壤可供扎根，有充足的雨水可以滋润。黄山挂壁松凭的什么靠的什么呢？他们都长在窄窄的石缝中。那是什么样的机缘，让一粒松子，或者被一阵风吹来落下或者是被鸟叼来不慎落下，就刚好落在石缝中，而那石缝又刚好有那么一点土，也许是刚刚下过雨，也许是正在下雨，那一粒粒种子就在那破壳发芽了，那细细的根扎在土里，越扎越深，树也就越长越大。而且还要什么样的机缘，是风的梳理还是什么神奇的力量的作用，最后长成了今天我们看到的样子。

然而，在风雨中看这一切，看陡立的石峰，看挂在峭壁上的松，尽管近在咫尺那也如同隔着一层沾上水气的玻璃，模模糊糊地看不清楚，好像是在近距离地欣赏一幅幅水墨画。

老天好像故意在考验我们的意志和毅力，从我们进入景区大门，风一直在刮雨一直在落。我们在慈云阁乘缆车到玉屏峰，先看了迎客松。然后，踏着石板铺成的山路，步步向上，一直爬到莲花峰，又走到光明顶。我一直期待停下的雨不但没停，反而随着海拔的增高，风雨越加大了起来。在爬莲花峰陡坡的时候，一阵风吹来，居然把我的帽子吹走。穿在身上的雨披也不再管用，鞋套早已踏烂了底扔到了垃圾箱里。走的都是上坡路，脚一次次抬起落下，雨披便也一次次抬起落下，落在雨披上的雨便都流在我的裤子上，开始还只是裤脚，时间一长就浸洇到膝盖以上，裤子贴在身上凉凉的很不舒服。幸好我们下榻的光明顶山庄标准间里备有电暖气，通上电，暖气片很快热起来，把湿漉漉的衣裤和鞋袜烘干。

第二天一早起床，揭开窗帘，看见外面依然灰蒙蒙一片。除了摇曳的树影和朦胧的山形什么也看不到，雾海和日出都看不到了。雨还在下，只是那雨滴很小，细细的似雾非雾。我们扫兴地下山。因为风雨的缘故，本来有几处景点要看，也不去了，导游说到了那儿和在这看到的样子是一样的，都是雾，除了雾还是雾。既然如此就不去了。我们在白鹅岭乘缆车下山。越往下行，雾气越淡。当我们到达云谷寺走出缆车的时候，外面居然晴空万里。

同行的游客回首看看背后的黄山，不无遗憾地说，真遗憾，好不容易上了黄山居然赶上了风雨，什么都没看到。导游也许是安慰我们吧，说：没看到晴空丽日下的黄山，可是你看见了风雨的黄山呀。

想想也是，黄山在不同的天气有不同的美，晴天有晴天的美，雪天有雪天的美，风雨中的美也是黄山美的一种吧。当然这是一种自我安慰的说辞，除了专业人员，旅游者谁也不是到黄山来看风雨的。如果说这是一种遗憾的话，那么，这就是遗憾了，许多美丽的景色我们没有看到，不是遗憾吗？但是这个遗憾是可能得到补救的，想看黄山选个日子再来就是了。山区气候多变，就是在选定的日子里再登黄山，是不是就一定能随心所欲地欣赏黄山美景？是不是就没遗憾了呢？也不一定。人生没有无憾事，有了遗憾去弥补就是了。就像一件旧衣服，破了补上，再破再补。破成百衲衣了，不能再补了只好放弃，我们尽力了，尽力而为又不成的事那就是天意。但愿我们在离开这个世界的时候，会说我没有多少遗憾。

（此文曾获 2012 年首届全国徐霞客游记文学大奖　原载《心灵穿越》）

拜谒李白墓

直到四十集电视剧《李白传奇》杀青，作为编剧我才有机会来到李白的墓前，祭拜这位旷古诗仙的英灵。

诗仙李白的墓，坐落在安徽当涂城东的青山脚下。墓碑因墓主人个性不同而显得颇有特点。一官帽，一枚钱，一酒樽，从上到下依次刻来形成碑顶，希望怀才不遇的诗仙在地下有钱有酒有官做吧。酒樽内刻有凹槽，祭奠的人把酒倒在槽里，是诗仙也是酒仙的太白在九泉之下就能喝到酒了。碑面"唐名贤李太白之墓"八个大字，是李白好友杜甫的亲笔。

青山并不高耸也不险峻，算不上名山，也就没有一个正式的名字。有人因山色绿树长青而叫它青山；有人因山形似笔架而叫笔架山；南齐著名诗人谢朓在山上建宅读书之后，也有人叫它谢公山。

平生最爱名山游的李白，游历过的山山水水许许多多，走过的城镇都市也不在少数。可是他，城，偏爱当涂；山，最爱谢公。所以李白在晚年第七次来到当涂之后，对时任当涂县令的从叔李阳冰说，如果我死了就安葬在青山下。深深喜爱李白诗才的李阳冰答应了他。这个时候的李白已今非昔比，是他人生中最为困难的岁月。他因被拉入永王李璘的幕府写了《永王东巡歌》而成为附逆，先是投入大牢后又判流放，遇赦恢复了自由，也是穷困潦倒，居无定所。但他毕竟享有响亮的诗名，贺知章称他为"谪仙人"，唐玄宗诏他为朝廷翰林，如此大名鼎鼎的人物要离开当涂的时候，李阳冰热情地挽留了他。没想到，留下不久李白就写下最后一首诗《临路歌》："大鹏飞兮振八裔，中天摧兮力不济。余风激兮万世，游扶桑兮挂石袂。后人得之传此，仲尼亡兮谁为出涕？"感叹自己怀才不遇、生不逢时和对死亡的无奈之后，病逝当涂。

热爱李白的不仅有县令李阳冰也有当地百姓。在百姓请求下，姑孰河畔建了一座李白衣帽冢，李白的遗体安葬在龙山脚下。龙山在青山的西侧，是一座普通的山丘，不高，因形如卧龙而被称为龙山。

龙山名虽好却不是李白钟情的谢公山。

这是为什么？

这就又说到了谢朓，史上为区分谢灵运也称其小谢。谢朓曾任宣州太守，任职期间来过当涂，在青山上建宅读书。后人在宣州建有谢朓楼，李白在谢朓楼上写下了著名的诗《宣州谢朓楼饯别校书叔云》，发出了"……蓬莱文章建安骨，中间小谢又清发。俱怀逸兴壮思飞，欲上青天揽明月。抽刀断水水更流，举杯销愁愁更愁。人生在世不称意，明朝散发弄扁舟"的感慨。诗中的小谢就是谢朓。小谢是李白崇拜的山水派诗人，他的诗歌影响了李白，他的政治信念和人生遭遇也和李白相似。李白喜欢他同情他，把他看作知己，在晚年朋友接连去世的时候，李白把已经作古的小谢作为心灵沟通的对象，是可以理解的。正因为如此他才要在死后安葬在小谢生活过的地方——青山脚下。

李白去世五十年后，在宣歙池任观察史的范传正，来到他辖下的当涂。观察史类似今天的地区专员。他的父亲范作之是李白的朋友，二人有诗文交往。范传正通过明察暗访，经过几年的努力，找到了李白的两个孙女。李白的儿子伯禽已经去世，留下两个女儿也已嫁人。李白没有家产，儿子伯禽也不富裕，两个孙女都嫁给了当地的佃户，是农村中最为贫穷的家庭。范传正就想帮助李白的孙女，让她们和佃户退婚，然后嫁给富裕一些的士族，改善生活境遇。李白的孙女不同意他的做法。她们说，我们要是像你说的那样做了，生活条件倒是改善了，可不靠自己的努力，我们怎么对得起祖父呢？如果你想帮助我们，就实现祖父的遗愿，把他的坟墓迁到青山吧。

范传正非常钦佩李白孙女的气节，免除了她们两家的赋税和徭役。然后，他把李白的坟墓迁到青山脚下，就是我现在祭拜的这个地方。据说在李白现在的墓里，除李白的尸骨之外还有一块范传正撰文刻下的石碑。碑文记述了李白迁墓的缘由、方位等。石碑共刻两块，一块立于墓前左侧，一块因担心风雨剥蚀字迹模糊而埋于墓内，也是为将来做个见证吧。

李白生前不得志，最后的一点心愿也是在死后五十多年才得到满足的。想着这些我就很感激那位范传正观察史，用现在的流行语来说，他真的很够意思。他并不知道李白还有遗愿没有满足，也不知道李白的后人生活情况如何。李白都去世五十多年了，他有什么责任和义务去做这些事呢？他不做也没人责怪他。但是他做了而且尽心竭力地做了。倘若不是他花了几年的时间找到李白的孙女，李白至今还在龙山下吧？

李白年轻时曾写过《大鹏赋》，自比大鹏鸟，想着有朝一日，斗转而天动，山摇而海倾。可这只大鹏在这里折断了翅膀，再也飞不起来了。后人就说李白为什么要安葬在青山呢，青山如同一只振翅欲飞的大鹏，生前不能展翅高飞，死后他也要大鹏飞兮振八裔呀！

离开李白的墓园，我回头看去，只见那郁郁葱葱的谢公山，真的如同一只展翅欲飞的大鹏鸟呢。

（2009 年 7 月 14 日写于马鞍山　获 2011 年"美文天下"首届全国旅游散文大赛最佳文化散文奖）

名山的期待

一座名山，一个宗教圣地，当初它是何等灿烂辉煌何等光彩夺目啊！它风光无限声名显赫的时候，甚至都让同是宗教圣地的武当山、同是名山并与之相提并论的衡山、庐山相形见绌黯然失色。

它就是萍乡市芦溪县境内的武功山。

武功山出名由来已久。明朝人刘鉴著文《武功记》："东南天柱有三，盖衡庐与武功。衡首庐尾武功中，屹立最高……乃乾坤之胜境，神仙之福地也。"从宋到明有宋徽宗、宋理宗、明世宗三个帝王敕谕对武功山加以褒扬。明代大旅行家徐霞客到这游历，写下二千余字的《武功山游记》，对它的山川风物进行详细生动地描绘，至今山上还保留着一条数千米狭窄荒芜而又蜿蜒曲折的石阶小道，传说是当年徐霞客走过的。元朝开国皇帝朱元璋年轻时曾在武功山避难，当了太祖皇帝后出库银在这扩建寺院，修缮庙宇。一向喜爱游山玩水的清代乾隆皇帝在下江南时，也曾登临游历兴之所至挥笔题诗。

　　让武功山名扬四海的不光是这些帝王，而是这里的仙。山不在高，有仙则名。东汉时期道士葛玄在武功山修炼经年，能用符，亦能行奇术，道教尊称之为葛仙公。时至东晋，又有葛洪步其从祖父的后尘来这修身养性采药炼丹。葛洪主张道教与儒教结合，道教徒也学点儒家的忠孝仁义，不然不论怎么修习也不能成仙，对道教的发展有一定贡献；他又苦研炼丹术，并将自己的方法体会记了下来，歪打正着，仙丹没炼出来，却炼出了别的金属疙瘩之类的东西；又写过《金匮药方》，这些都为化学和医学做过贡献。葛洪是否成了仙不得而知，反正他的从祖父葛玄倒是在宋代被皇封为"冲应真人"，后又封"冲应孚佑真君"。这一封大约就成了仙吧，只是不知道仙界是否承认。

　　天下名山僧占多。在葛氏从祖孙来武功山修炼之后，随从者接踵而至，或投其门下，或另立神坛。道佛二教并立，井水不犯河水。总之，那个时候的武功山寺庙如林，道僧众多。终日里香火不断，朝拜者络绎不绝。因为有仙，再加上一座秀丽险峻的山。美山加名仙，武功山锦上添花猛虎生翼，成为一座名山就是情理之中的事了。那时这里叫葛仙峰。再后来，有武氏夫妇慕名远道来这修身习武，又称武公山。南北朝时，陈武帝兴兵讨乱，主将得一梦，武氏夫妇前来帮他摆兵布阵，醒来遂遵其所嘱，结果大获全胜。为纪念武氏夫妇梦中相助之功，又改为武功山，一传至今。

　　武功山兴盛时，每天上山朝拜的香客都有数千人。但是，一座山也像人一样，荣誉的光环不能总罩在头上。即使过去的荣耀让他如日中天，倘若不能将旧日的荣誉发扬光大，那么，不论多么耀眼的光环也会逐渐被人淡忘。武功山的衰败是近代的事。土匪盘踞，僧道唯恐避之不及，纷纷下山。剿匪时免不了磕磕碰碰，庙宇道观受到破坏没能及时修复。山上的寺庙道观少了，朝山的信徒少了，武功山就萧条冷落下来，从那之后就一蹶不振了。

上面这些关于武功山的掌故传说和历史沿革，是我到武功山途中，副县长王斌讲给我的。

武功山隶属的芦溪县，设县不久家底薄。在主管旅游等事的副县长方略中，开发武功山首先要宣传，尽管当年武功山朝野尽知，可是近代它落后了。同为道教圣地，人们知道武当山、青城山，谁知道武功山？就拿当初可以并提的衡山庐山说吧，衡山是中国五岳之一的南岳；庐山那就不用说了，无论哪方面都让人心驰神往。要让大山名扬天下，借助影视的力量是首选。刚好他有一个亲属是影视剧作家，就为我们和武功山搭起了一座桥梁。于是，我和一位长影导演就上了山。

进山的路离县城有四十余公里。王副县长陪着我们，向我们介绍武功山的事情。他说，武功山是罗霄山脉北段，毛泽东率领秋收起义部队，就是从这条路上井冈山的。前线总指挥卢德铭同志在一场阻击战中，牺牲在这片土地上。毛主席到达井冈山不久，这里也相继建立红色政权。革命前辈彭德怀、黄公略、陈毅、任弼时、萧克、王震、王首道等都曾转战武功山区。

看来，这武功山不仅是宗教圣地，还是革命的圣地。再加上这里奇峰怪石，悬崖峭壁，深壑幽谷，涌泉飞瀑，不成为旅游圣地就奇怪了。

为了改善旅游环境，县里筹资数百万元，修了山门，铺好了水泥道路。从山脚起，石阶也铺到了山上，路边的垃圾箱也修成树桩形，还计划修宾馆、疗养院、饭店、机场。我们边走边聊，不知不觉到了山上，见到了专程来这里等我们的刘县长。今天是国庆，县里放了长假，可是两个县领导没休息来陪我们看山，足见发展武功山的一片诚心。午饭是在旅游管理局的一家小饭店吃的。标准的四菜一汤，吃的是山野特产石耳、石鱼、土鸡；品的是山里特产甜茶，没加糖仍有一股淡淡的甜味；县长说上酒，服务员拎着烧开水用的大铝壶上来，流出的是本地自酿米酒。不要说喝，看上一眼我们就醉了。

国庆之夜，我们在萍乡度过，两个县长陪着，漫步来到萍水河边阔大的广场。

华灯齐明，彩球高悬，游人如织，歌声嘹亮。音乐喷泉随着动人的乐声跳着舞，不时有礼花在夜空绽放与彩灯交相辉映。在广场的南端有一个用建筑脚手架搭起来的舞台，很大也很高。县长不无自豪地告诉我们，这是他们县的业余文艺演出队的国庆演出。一个小县城的业余演出队居然能在萍乡市占领如此大的一个舞台，我们来了兴致说去看看。他们就兴味盎然地带着我们往那儿走。到了近前我们才发现，用人山人海形容绝不为过。黑压压的一片人，成千上万，人们都眼巴巴地看着演出，没有吵闹，没有拥挤。台上演的是一个歌舞，表现的是武功山人民的劳动生活。我忽然想起县长告诉我们的，不久前县里曾搞过一次让左邻右舍都为之瞠目的事。他们把海内外一些知名歌星如费翔、田震等人，还有近年在国内获得歌手大奖赛的部分获奖者，请到芦溪县来举办了一个名为武功山之夜的大型演唱会，规模之大，观众之踊跃，整个萍乡市都没见过。久居僻壤的山里人开了眼界，大牌歌星们也认识了武功山。此刻，我看着台上的歌舞，想，有这样积极肯干的县长，有这样勤劳聪慧的人民，武功山一定会重新崛起，屹立于华夏大地的名山之林。

离开芦溪县的时候，我回头看着莽莽苍苍的山影。啊，武功山，你仿佛一个名人，经历过辉煌也经历过苍凉；曾受过追星般的拥戴万人仰慕，也曾如破落的贵族无人问津；曾在鲜花和掌声中欢快地打发时月恨不能分身有术，也曾在静寂和孤独中苦捱时光度日如年。但你不甘于落伍，不愿意被淘汰出局，你的心中充满了希望。你在云海里注视着，你在苍茫中期待着……

（原载《海口文艺》）

重游大寨

　　去山西晋中市参加全国农村电影研讨会之前，我找出尘封多年的日记本。会间到大寨采风是大家期待的事。参会者多是中年人，没有不知道大寨这个村名的。大寨也是一个谜，当年，它风风光光红遍全国乃至全世界，农林界言必称大寨，后来，它沉寂了好一阵子，再后来，又红红火火地出现在各种媒体上，期间经历了怎样一个历程，目前又是什么样子？这是每个想去大寨的人都想了解的吧。

　　一九七八年十月，我作为电影编辑和同事贺恒祥到山西组稿。农家出身的我俩，大寨是神圣的，陈永贵也是神圣的。毛主席说农业学大寨，陈永贵是大寨带头人。到了山西怎么能不去大寨呢？我们去了。依稀记得，在大寨参观有固定路线，不能随意走，不能想看什么就看什么。如果出队，马上有人叫回来。可是，好奇心驱使我们越是不让看便越是按捺不住想看的愿望。悄然离队透过窑洞窗户朝里看了一眼。屋里阴暗，除了几件陈旧的家具和墙上挂着的相片，柜子上放着几本红封面书之外别无他物。没有看到歌中唱的"牛羊胖乎乎，新房齐崭崭；炕上花被窝，囤里粮冒尖"。我很纳闷，大寨有什么怕看的东西吗？看着贺恒祥的眼神，大约和我一样的心思，只是我们没有交流。

参观一年后，大寨销声匿迹了。报纸不再提这个人人皆知的村子，广播中也没有了那个家喻户晓的带头人的名字。

大巴沿着铺着柏油的蜿蜒山路前行向着大寨驶去。此次采风的组织者，晋中市作家协会主席高厚说，大寨已经不再是敏感话题。他让同仁介绍了大寨，之后，有人便唱起了当年的流行歌，会唱的便跟着唱，竟然成为没有指挥的小合唱：

学习大寨呀赶大寨，大寨的红花遍地开……

歌声中，大寨离我们越来越近，蓦地，一道横幅横空而挂，上面大字是：大寨人民欢迎你。

再往前，一座板块风格的门楼出现在我们面前，门楼上赫然竖着两个红色大字：大寨。

看着门楼上那两个大字，大寨在我旧日的印象中复活了。二十八年前，我第一次到大寨的时候，门楼上也是这样两个大字，只是那门楼没有今天这么新。1978 年 10 月 9 日的日记中，我这样写道：

大寨接待站的一个青年人领着四川的一个参观团参观，我们跟在后边。从大寨村后绕过去，攀到虎头山顶。在每一条山沟里，都搭起十几道石坝修成梯田。地里社员们正在劳动。有的驾驶小型履带式拖拉机耙地，有的吆喝着黄牛扶着弯勾木犁从梯田上走过，老牛颈下的铁铃铛"叮当叮当"地响着。学生放了 35 天秋假，在地里打圪垃；围着红绿头巾的姑娘和头扎羊毛肚毛巾的妇女在田里掐糜子穗。打谷场里堆着金黄的谷子，对面的场院里摆着一道道墙似的红黄的玉米。

沿原路大寨村里，几乎家家户户关门闭户。我们只能从门缝，从挂着窗帘的缝隙中看看大寨社员家。只有郭凤莲和宋立英的家大门洞开，可能是专为参观用的。里面干净利落，除了柜上玻璃板压着的和挂在墙上的同领袖和领导人的合影外，没有其他特殊的东西。大寨接待站的同志告诉我们说，每天都有二三千人来参观。

二十多年过去，大寨已经发生巨大变化，今非昔比。我们在村中下车，导游直接把我们领到虎头山上。往日层层梯田的虎头山上已经是另一番景象，绿树葱茏，浓荫匝地。站在虎头山头放眼看去，大寨老村对面的山坡上，一大片红瓦粉墙的别墅式建筑群形成别样的风景。这是大寨新村。据说全村有近一半人住进新居。背靠青山面朝村子的虎头山中央，耸立着陈永贵墓和碑。再往前是周总理纪念亭、叶帅吟诗处、郭沫若纪念碑和作家孙谦墓了。

与陈永贵纪念碑遥遥相对的是大寨展览馆。从陈永贵墓前往下来，走过两组七十二级台阶，一组三十八级台阶，然后是一组八级台阶，就到了展馆前。如此设计台阶是有象征意义的，七十二是陈永贵终年岁数，三十八是他党龄，八是他在中央工作的时间。背对陵墓，面向展览馆的是一座花岗岩的陈永贵半身雕像，二层楼高的陈永贵雕像需仰视方可见其头。高大，是这座雕像的特点，想必也是大寨人对他们老书记的评价吧。

大寨展览馆里，迎门处是五个顶天立地的毛主席手书"农业学大寨"金色大字。馆里的实物图片和文字告诉我们，大寨曾是一个"打长工，没铺盖。卖儿郎，当乞丐，有女不嫁穷大寨"的穷山沟，是他们艰苦奋斗才成为全国农业战线的一面旗帜。后来又同样经过艰苦奋斗又重新挺立潮头。大寨展览馆的数字显示，从 1964 年到 1979 年，全世界有 134 个国家和地区的 2.5 万外宾，国内 29 个省、市、自治区的 960 万人来参观。这数字刚好和我们共和国的领土面积差不多；1953 年大寨的经济增长是 1 万多元；而到了 2004 年，经济总收入已达到 1 亿多元。

这些数字说明，大寨比起过去来真正地富裕起来了。我想，这回到大寨参观大约不会受限制了吧。果然，离开大寨展览馆，导游让我们随便在村里看看，买点大寨的纪念品。我们就信步在大寨村里走开来。大寨真的今非昔比，宽宽的柏油路，街两侧全是商品摊床商品屋，出售当地的金黄饼、小米和绣花的鞋垫、布鞋布兜以及各种毛主席全身的半身的像及像章；也有毛主席和林彪的合影，反映"文革"的影碟光盘，介绍大寨和陈永贵的光碟和书；反映国家领导人生平的读物等等。

陈永贵旧居已经开放供游人参观。陈永贵的孙女陈红梅忙着为购买《陈永贵》书的人签名。陈永贵家也是窑洞，青砖砌成的门脸。一间住室，一间厨房，还有一间厢房是他在家的办公室兼接待室。他任副总理没有工资，拿的是大寨工分，仅此不能在北京生活，他就拿点中央给的生活补贴。一个堂堂大国的副总理拿村里工分，这是空前的也是绝后的。1980 年 8 月，全国人大召开五届三次会议。陈永贵请求解除职务，大会接受了他的请求。他在当副总理的时候，每年都要回老家住些日子，就在这接待来宾。

近八十岁的老劳模宋立英，身体很硬实。凡有想和她合影的人，她一律答应，笑呵呵地陪着大家照相。郭凤莲在外公出，这位当年的铁姑娘，如今是大寨村的党支部书记，也是大寨农工商总公司的总经理。大寨从沉寂到重新焕发活力，她功不可没。1991年11月15日，经过大寨人请求，省委动员，她卸下昔阳县公路段支部书记职务，以昔阳县委副书记、大寨乡党委副书记、大寨村党总支书记的身份重返大寨，从此开始了她新的传奇。她不在大寨村里观望徘徊，而是到南方考察学习，然后以大寨的品牌优势和资源优势同外地商家联姻，迅速组建大寨经济开发总公司。于是，大寨中策水泥厂、大寨酒厂、大寨核桃露饮品厂、大寨制衣厂等企业相继成立，农牧开发有限公司被国务院扶贫开发领导办公室列为国家扶贫龙头企业。从此，大寨人实现了从农民到工人到技术员到管理员再到营销员的转化，大寨企业也经历了从小作坊到规模化、专业化、品牌化发展的历程。大寨在转化和发展中成长壮大起来了。

这一天晚上，我们在大寨旅行社小餐厅用餐，喝的就是大寨酒和大寨核桃露。

中央领导人在大寨住过的一座平房，已经成为一处景点，让大寨引为自豪。从大寨旅行社门前沿坡路向上走去，来到一处似胡同又像小院的地方，左手是一排平房，右手是一排窑洞，又一座平房把它们联系在一起，形成一个三合院。左手平房的每扇窗户上都镶着一幅巨幅照片。由于风吹日晒有些褪色了。

第一幅就是毛主席接见陈永贵的。1964 年 12 月 26 日，毛泽东71 岁生日，在人民大会堂小宴会厅里安排三桌酒席，用自己的稿酬请几位劳模吃饭。应邀参加宴请的有农民代表陈永贵，工人代表王进喜，科学家代表钱学森和知识青年同工农结合的典型邢燕子、董加耕。毛泽东将这几位劳模和典型安排在自己的座位旁，刘少奇、周恩来、邓小平等人都在别的桌子。对这些劳模和典型来说，这无疑是最高奖赏和最大荣誉。照片上，陈永贵开心地握着毛泽东的手。就是这一年，没到过大寨的领袖向全国发出号召，开始了轰轰烈烈持续四分之一世纪的"农业学大寨"运动。

周恩来三次到大寨。他对大寨的经验给予科学地归纳和总结："大寨大队所坚持的政治挂帅、思想领先的原则，自力更生、艰苦奋斗的精神，爱国家爱集体的共产主义风格，都是值得大大提倡的。"这实际上为学大寨指明了方向。这里还有邓小平、叶剑英、李先念、华国锋的照片。华国锋在执掌中国最高权力时，在昔阳县召开了全国第一次农业学大寨会议，把这一运动推向新的高潮。

这些领导人来大寨的时候都住在这里。

来过大寨的还有一位特殊人物——江青。她两次到大寨，不愿住别人住过的平房，坚持要住窑洞，大寨只好把她安排在那一排窑洞里。她还要求把各自独立的窑洞打穿，形成套间。在她的住室里，用过的手扶座椅式马桶仍陈列着，墙上镶着她在养鹿场、在商店、在打谷场和骑马上山的大幅照片，只是颜色老旧了。导游说，江青的女儿李敏在这看见妈妈的照片哭了。

她说，妈妈到过许多地方，只有这里还展览着她的照片。大寨人的解释是，这是历史。实际上，大寨人对江青的一些做法也是看不惯的。导游说，江青第一次到大寨，在山坡上挖条小土沟，说等爆发战争这就是战壕。郭凤莲并不把这当回事，江青一走就平了战壕建养猪场了。江青再来时，看她亲手挖的战壕成为养猪场，心里酸溜溜的不是滋味，说你们要改成养猪场也该和我说一声啊。

党和国家的第三代领导人中，朱镕基、田纪云等也到过大寨。他们的视察，也是对大寨精神的一种肯定。于是记者们纷纷报道，对大寨走出阴影踏进商海，起到极大的推动作用。不过，这些领导人到大寨没住在这里，照片展在大寨展览馆里。

一抹晚霞染红了天边，坐上返程车，回头看着大寨那两个大字，心里又一次响起我们来时在车上唱过的旋律。不过，"牛羊胖乎乎，新房齐崭崭；坑上花被窝，囤里粮冒尖"，已经不再是他们的渴望，有了向世人夸耀的新生活，还有什么怕看的呢？

（2007 年 8 月原载《山西文学》）

在耀邦陵园里

共青城距西海度假村大约四十公里，耀邦陵园就在共青城内。

那天我们去庐山，同行的有原吉林大学教授肖善因先生。肖老师是我在大学读书时的老师。他六十年前离开江西参加革命，少小离家老大归来，乡音已改鬓毛也衰，可他人老心不老，在小女儿的陪同下来到这里，不期而遇。分别三十多年，在这里重叙师生情，真是莫大的幸事。

在我们结伴去庐山时，看见共青城就在途中，知道耀邦陵园在共青城，我们就去了，仿佛外出经过我们尊敬的师长前往拜访一样。

肖老师读大学时是系学生团组织的干部，那时，胡耀邦任共青团中央第一书记，多次听过并传达他的报告，对他充满敬意。

耀邦同志的墓坐落在富华山腰，鄱阳湖畔。墓碑呈红领巾状，以三角的斜边为底。黑色大理石面中间是"胡耀邦"三个金色大字。短直角边旁是他的侧面浮雕像。长直角边上依次是党徽、团徽和队徽。再下面是他的生平简介。背面左后方立着一块巨石，是耀邦夫人李昭亲手写的八个大字：光明磊落，无私无畏。这是夫人对他一生的评价也代表了全国人民的心声。

九十八株汉柏，苍翠挺拔，环绕着耀邦墓，那代表当年来垦荒的九十八名队员。在五十年代初，上海九十八名青年响应党中央的号召，自愿到鄱阳湖这片蛮荒之地垦荒种田，发誓要改变祖国的落后面貌。时任团中央第一书记的胡耀邦同志听说之后，在青年们才到垦荒地四十五天时，专程前来这里看望，对他们的精神给予极大的鼓励和支持。青年们让胡耀邦同志题词，他就用竹枝夹着棉球写下了"共青社"三个大字。胡耀邦回到北京之后，又用自己的稿酬买了二胡三弦唢呐和篮球等文娱用品及一个闹钟，寄到共青社来。共青社发展到一定规模之后，胡耀邦同志又应共青社的青年之邀，题写了"共青城"三个大字，成为今天共青城的市名。

胡耀邦同志一心想着人民大众，一心为着人民大众。他参观岳阳楼，把那著名的《岳阳楼记》一字不差地背诵下来。因为他时刻记着，先天下之忧而忧，后天下之乐而乐。1958 年，他到南阳诸葛草堂，看见门旁有楹联：心在朝廷原无论先主后主，名高天下何必辩襄阳南阳。耀邦心有所动，改了几个字，就变成：心在人民原无论大事小事，利归天下何必争多得少得。字变了那意思也就完全变了。在耀邦恢复工作之后，立即着手平反冤假错案；在他任总书记期间，全国两千六百个县，他走完了两千个。

耀邦逝世一年又八个月后，党中央应李昭的要求，把耀邦的骨灰安放在共青城。这座小城因此而在全国人民心目中增加了分量。

胡耀邦是人民的总书记，全国人民永远都怀念他。耀邦的陵园每天都有人瞻仰祭扫，特别是每年清明节及前后的日子，前来祭扫的人更是络绎不绝，还有的人在他的墓前长跪不起，为国失英才民失卓越领导人而恸哭不止。

我和肖老师在耀邦墓前三鞠躬，表达了两个老共青团员和共产党员对耀邦同志的无限敬仰。

离开耀邦陵园，我们看着入口处，刻着耀邦题词的两块高可过人的大理石，真希望每个党政官员都到耀邦墓前看一看，把这石面当作镜子照照他们的灵魂，把刻在上面的耀邦的两句话当作座右铭，看看是不是真正做到了：心在人民原无论大事小事，利归天下何必争多得少得。

肖老师说，瞻仰了耀邦的墓就是去不成庐山也值了。

（2009 年 11 月 1 日）

我在海南三月三

农历三月三，是黎苗两族的重要节日。在客居海南的日子里，同黎苗同胞一起过个三月三，感受他们独特的节日文化就成为我深藏心底的一个愿望。刚好这年三月三恰逢清明节，我想，双节同至，肯定会更热闹吧。没料到，为了回避在清明过节而把三月三的活动提前到二月末了。

幸好，我打听到了活动的信息，赶到市里三月三广场，看见了他们别具一格的竞技活动。"拉乌龟"比赛，一条红布带，将两位青年选手拴在一起，带子结成环搭在肩头，骑在腿间，仿佛两个背对背的纤夫。信号枪响，比赛开始，各自弓腰，开始发力，双方对峙。片刻，力弱者稍一懈怠，对方一使劲，就被拉过界线，失败者也就成了"乌龟"。只是，参赛双方没穿民族服装，对手比拼很快就见分晓，也没有啦啦队助阵，竞技的气氛顿失许多。相比之下，倒是山歌对唱和织锦比赛还吸引人些。穿着民族服装的选手，首饰靓丽新鲜。织锦是慢工细活，山歌对唱来自民间的原生态，这三月三活动，就有了别样的精彩。

这一天，我同爱人去五指山景区。"我爱五指山我爱万泉河"，一首歌让五指山名声大震。当我们乘汽车又搭摩托车赶到巍峨雄伟的五指山峰脚下时，却与一场土生土长原汁原味的黎苗歌舞大赛不期而遇。

几棵高大的香枫树，合围成一个篮球场大小的空间，两根树杈上搭着一根木棍，挂着银幕大小的彩喷会标："五指山水满峒黎苗三月三情人节"。哦，三月三情人节！我心里为之一动。城市里的青年们只把二月十四日当作情人节，那是西方情人节。一些固守汉文化的人把"七月七"牛郎织女鹊桥相会的日子确定为中国情人节。想不到，三月三还是黎族苗族的情人节。

空场上矮矮的草芽仿佛人工草坪。观众席地而坐。演员盛装出席两侧站立，没有化妆室也没有更衣间，上了场他们是演员，演出结束他们也是观众。左侧是黎族，女人一色的锦衣锦裙，银首饰挂在胸前，戴在头上，叮叮咚，亮闪闪，背后腰间挂着织工精细的小竹篓；男人则是红马甲红盘头，把脸膛也映衬得红红的。右侧是苗族，女人没佩银饰，但是青色短褂衣襟袖口的装饰和鲜艳头帕也同样艳丽漂亮；男人身着青衣头戴青呢礼帽，伴奏者腰挎皮鼓。一些摄影师们，专业的业余的哪怕是游人，拿着傻瓜机、数码机和手机随意出入自由拍照。没有人维持秩序，会场秩序井然有条。评委们坐在桌子前评分亮分，没因为有人随意出入而影响心情。

舞蹈表现的内容都是劳动和谈情说爱的场景，山歌基本上都是情歌。如果不是本民族的人怕是听不懂的。但是在这也无须听懂，只要看他们的神情看他们的姿态，你就明白他们唱的是什么了。他们讴歌的是爱情，他们表达的是爱情。爱情是他们歌舞的主题。正演唱间，一只巴掌大的蝴蝶飞了进来，扇动着美丽的翅膀，在演员身边舞动几下，悄然落在他们旁边，一动不动，是在和人们比舞姿还是被吸引前来观摩？

晌午时分，两个苗族男人抬着由木墩凿出来的桶，摇摇摆摆一副醉酒的样子上了场。那桶压得他们肩膀低低的似乎非常沉重。这是一场表现苗族青年送亲场景的舞蹈。他们走到评委面前，放下担子，打开桶盖，取出里面的东西，居然是大粽子，一一分发给众人，给评委也给观众。我们分到了，那粽叶包着的胖大粽子足有成人拳头那般大。剥开粽叶，打开一看，是红黄黑三色米。这散发着粽叶香气的三色米粽就成了我们独特的午餐。

这场黎苗歌舞比赛，不仅有民族的传统歌舞，也有现代歌舞；不仅有黎苗民族歌，也有汉语歌。当一群苗家姑娘在迪斯科强烈旋律下尽情劲舞的时候，那欢快的节奏，整齐的步调，让每个观众目光一亮。

有一首歌我听懂了，那就是：

我们苗村多么美，我们苗村多么美，
青青的山哎绿绿的水，五谷丰登牛羊肥，
家家盖新房啰户户有钱柜，有了共产党好呀好领导，
盘古开天头一回头一回唔啊嗬嘞呀……

歌词共三段，歌唱他们幸福的新生活，也歌唱"山门敞开

春风吹，众手绘宏图啰山寨放光辉"，歌唱美丽的乡村和纯朴的青年，"山前山后尽翡翠，姑娘多靓丽啰小伙多壮威"，表演者脸上洋溢着的幸福和欢乐，让人动情。歌舞赛结束之后，这歌的旋律仍在我的耳边回响，经久不息：我们的苗村多么美多么美！后来这歌曲居然又幻化成：我们的黎寨多么美多么美了。

从山上下来，我特意请教了一位对黎苗文化有深入研究的黎族干部。他说，三月三是情人节未尝不可，但不够全面，三月三不仅仅有情歌对唱，还有祭祖活动。除黎族苗族之外，壮族、侗族、布依族、瑶族、畲族、白族、傣族等许多民族都过三月三。民族不同过法不同，汉族在汉代为追念人祖伏羲氏，把三月三定为节日，因为这一天是巳日，亦称上巳节。这一天，临河饮宴，登山踏青，祈求除病祛灾，也为未婚的青年人提供约会和野外谈情说爱的良机。

如此说来，三月三也是汉族的情人节。

看来，我和爱人不知不觉地过了个三月三情人节。

（此文获得 2013 年第五届"祖国好"华语文学艺术大赛银奖）

朝霞映在阳澄湖上

　　2007 年 10 月，第十六届金鸡百花电影节，在美丽的江南名城苏州举办。我应邀报道，在领到的日程表中惊喜地发现，若干影事活动中，有一项是到沙家浜采风，这让我怦然心动。采风那一天，尽管有研讨会要参加，有外国影片要观摩，我还是毫不犹豫地选择了登上开往沙家浜的车。我暗自说，沙家浜，我终于要看见你了……

　　是渴盼着去心仪已久的名胜古迹吗？是渴望着回到久别的故乡吗？是盼望着返回度过青春岁月的部队老营房吗？不是！可我就是怀着那样一种心情，急于走近沙家浜，亲近沙家浜。所以，当车队进入沙家浜，看着波光粼粼的湖面，鸟儿不时地掠过水面，然后一跃而起在空中翱翔；看着成片的芦苇，银白色的芦花在秋风中翻腾，如同起伏不定的波涛，想起了与沙家浜有关的事……

　　20 世纪六七十年代间，全民普及样板戏。当时，我在黄海前哨的大鹿岛当兵。一天傍晚，下哨归来，我看见全连战友集合在操场上学唱京剧。一位陌生的军人站在队前，教唱革命现代京剧《沙家浜》中的一个唱段："朝霞映在阳澄湖上……"教唱者非常专业，有板有眼，字正腔圆，有滋有味。学唱的就不是那么回事了，一个连队百十号人，文化水平高低不一，音乐素质参差不齐。经我们一唱，七高八低，左短右长，听起来歌不像歌，戏不像戏，唱不像唱，简直就是喊了。后来我知道，教歌的是团里的干事赵春生，当兵前就是长春市京剧团的台柱子了。

通过学唱，让我知道了沙家浜和阳澄湖。

我们驻守的海域是甲午战争的主战场。当年，邓世昌的致远号军舰在受到重创之后，毅然决然地驾驶着战舰直朝日舰吉野号撞去！爱国战将邓世昌和他的军舰就沉没在岛前不远的一片海底。在这样的海岛上驻守，"以岛为家，军民共建，长期死守"成为我们的口号和决心。因而，搞好军民关系是岛上军民的头等大事，《沙家浜》就是军民关系的戏。

七十年代初，我们部队野营拉练。按计划要在崇山峻岭走两个月，途中只能吃住在百姓家。为宣传军民团结，搞好军民关系，首长提议让演出队演《沙家浜》。团里没女演员，便在地方借调二位，一个演阿庆嫂，一个演沙奶奶，从师卫生科借调一女兵演女护士。拉练在紧张的排练中开始了，演出队只彩排一次就踏上征程。雪后初晴，阳光耀眼，在长长的行军序列里，演出队中多了一个女兵，还有两个穿着绿军装却不戴领章帽徽的女民兵就特别引人注目。

第一场演出是在大山里的一个村庄。那天出奇的冷，风吹得雪末子直打旋，刮在脸上像小刀子割。村里在生产队院子里，竖起四根松木杆，用木板搭起台子，山前山后，沟里沟外的社员们，顶风冒雪地来到大队院子里翘首以待准备看戏。

演出队在台前挂起红布横幅，写着"拉练部队慰问演出"大字。左右和后面用幕布围上。台子显得小了些，台子铺着半寸厚的杨木板，有的地方还有疤癞节子。赵春生看着冻得嘶嘶哈哈的战友，意识到这戏不适合北方冬季拉练演出。沙家浜在南方，新四军穿单衣。演出服没有棉衣，只能套条秋裤。若是在剧场里演出还行，可是没有剧场，露天地里，寒风肆虐，滴水成冰，怎么应付得了十冬腊月的死冷天气！天寒地冻，人可以坚持，乐器没法坚持！台子后边是仓库，赵干事打开库门，把靠近台子的玻璃拿掉，生上炉子，让乐队进屋，面朝外坐。这时，台子上汽灯高悬，煞白的灯光就像小太阳照着。台前站满了黑压压一片观众，一个个眼巴巴地看着台子。

乐队的家式一通爆响，幕布拉开。赵春生一身戏装上台报幕，代表拉练部队向驻地党政班子和广大群众致以无产阶级的敬礼，只说了几句话嘴就打摽了，舌头也硬了。好歹把话说完赶紧返回屋子，"沙奶奶"连忙把抱在怀里的大衣给他披上，推到炉前烤烤。赵春生冻得牙直打战，连句感谢话都说不出来，要不是脸上有装，他的脸准是一张白纸。

演出正式开始了。

那天我看了演出，赵干事在一个多月的时间里训练出一支能唱《沙家浜》全本戏的业余演出队真是奇迹，几个人车轱辘把式飞快，让观众直拍巴掌。武功最好的要数赵春生，他一出来，掌声也最响。在最后一场奔袭沙家浜时，赵春生一个高跃起，当他落下的时候，只听咔嚓一声，台板被他踩了个洞，砸在节子上，腿立刻陷进去。观众吓得说不出话来，只见赵春生慢慢地从板下抽腿出来，又翻着跟头下场了，幸好没骨折，不然就没法再演出了。

这次拉练，我们行军两个多月。每经过大一点的村屯都有演出，舞台照样简陋。赵春生十分注意演出安全，所以没再出现第一场演出的情况。有一次，有一个演员打着小翻上了台，听观众掌声激烈就没把持住，结果一个跟头折出台外去，身子落在观众席里。台下一片惊呼！要不是台下到处是人，说不定就摔惨了。好在人多，他一落下，马上有人把他接住。这样的小花絮虽属意外却让演出气氛愈加热烈。

在拉练途中，我们也确实感受到了军民鱼水深情，每住一地，老乡都把腾出的屋子收拾得干干净净，火炕烧得热热乎乎，老乡看见我们也都亲亲热热，而我们每离开一地也都让住过的地方保持以前的样子。我们在沿途写些标语，写得最多的就是："军民团结如一人，试看天下谁能敌！"我们能顺利完成拉练任务，和沿途群众的支持密不可分。

到了沙家浜景区，我们弃车登船，坐在带篷的游船里，沿着清澈的水道，很快就进入茂密起伏的芦苇荡里。波平如镜的水面倒映着蓝天白云，船头犁开平静的水面驶向芦苇荡深处。纵横交错的河道，连绵不断的芦苇，形成一片密实的屏障。微风吹过，银白色的芦花起起伏伏，叫人浮想联翩。当年，在抗战烽火连天起的时代，也许就是这儿，演出了一场场威武雄壮的抗日大戏。新四军在这里以芦苇为掩护，打伏击，杀鬼子。当我们的官兵负伤染疾，这里又是他们疗伤治病的安全后方。生活在这里的"沙奶奶""阿庆嫂"让他们"一日三餐九碗饭，一觉睡到日西斜，直养得腰圆膀又壮，一个个像座黑铁塔……"

思绪在航行中延长，我们下船上岸，饶有兴趣地观看了为拍摄沙家浜电视剧搭制的春来茶馆等景地，又到展览馆里参观……

《沙家浜》的大幅剧照让我想起我和沙家浜的又一次缘分……

大学毕业后，我到长春电影制片厂工作，正是拍摄《沙家浜》的厂家。为了写作那个特殊历史时期的拍摄故事，我查阅了厂里的艺术档案，并采访了参与拍摄的人，才知道当时能把《沙家浜》拍成影片是多么艰难。

按说，拍过多部故事片和舞台艺术片的长影，拍摄两部京剧片还不是轻而易举？可当时就非同小可。接受任务之后，按照上级要求，厂里经过严格筛查，拟定了摄制组成员名单并层层上报。国务院文化组为慎重起见，派人下来审查，发现一位化妆师和一位录音师有"历史问题"，厂里又更换人员重新上报。

在审定的两位导演中，有一位是拍过《平原游击队》和《英雄儿女》的导演武兆堤。当年，郭建光带领十八名伤病员在沙家浜养伤治病的时候，武导演和他的战友们正在太行山区打游击。在沙家浜，有沙奶奶对伤病员精心调养，缝补浆洗，悉心照料；有阿庆嫂在日伪之间周旋，保护着他们的安全；在太行山区，武兆堤也遇到过和沙奶奶、阿庆嫂一样为他们的吃住操劳，为他们的安全操心的乡亲！八路军和新四军是一条战壕里的战友，武导演非常想把坚持在江南同鬼子战斗的京剧片拍出来。可是在那个特殊的历史时期，他的许多想法都难以实现。

摄制组成立之后，集体到北京学习《智取威虎山》摄制组的拍摄经验。按照要求，"拍摄样板戏要做到不走样"。《红色娘子军》摄制组为此，美工人员拿着尺子去量舞台上的椰子树高度，然后按标准制作电影布景。拍《沙家浜》如何既要不走样，又要有电影特点，让导演十分为难。电影和舞台剧是两种不同的艺术形式，把舞台剧搬上银幕，是一种创作，要发挥导演和全体创作人员的艺术想象力才能拍出具有特色的戏曲片来。然而，拍样板戏不允许自由想象的天地，只要求做到"不走样"。剧本不能动，演员表演、舞台美术、音乐唱腔都不能改，摄制组如履薄冰如临深渊战战兢兢小心翼翼地工作。倘若，摄制组能按照自己的意志拍摄，肯定会是一个更好看的《沙家浜》。

一天的采风结束了。离开沙家浜景区的时候，以前我和《沙家浜》有关的种种场景便一一在眼前闪现，一曲"朝霞映在阳澄湖上"使我同沙家浜结缘。于是，那支昂扬激越虽唱不好但也能喊几嗓子的唱段，便在我心头回响起来："朝霞映在阳澄湖上……"

（获"沙家浜精神"纪念抗战胜利70周年全国征文优秀散文奖）

六盘山是会师山

在纪念红军长征八十周年的日子里，我来到了六盘山。

在我国诸多的名山大川中，六盘山鲜见经传。她能够被广大中国人所熟知，完全是因为毛主席的一首词《清平乐六盘山》，其中有两句："六盘山上高峰，红旗漫卷西风。"毛主席的词一经发表，六盘山便名扬天下了。毛主席为什么要写这首词？是因为长征。1935 年 10 月，蒋介石对中央苏区第五次反"围剿"之后，中国工农红军陷于困境。为摆脱危机，在党中央的统一部署下，几个方面军的红军将士从不同的革命根据地，在不同的时间内陆续出发北上。经过一年艰苦卓绝地征战，在克服许多难以想象的困难之后，于 1936 年 10 月 22 日在六盘山实现了会师。这是继 1936 年 10 月 9 日红一、四方面军在甘肃会宁会师之后，红军三大主力的大会师。具体的会师地点是六盘山下的西吉县将台堡。两条不大出名的河流——葫芦河与马莲川河在此交汇，距县城三十公里处形成一个三角埠坪，却在若干年后使这里名声大振。这里是古战场，两千多年前的战国秦长城经葫芦河向东逶迤延伸，汉代古城遗址也依稀可见。将台堡，民间传说这里是古代军事要塞，北宋时穆桂英挂帅曾在这里点兵。民国初年在此地重新修筑城堡，由黄土混合米浆夯筑而成，高高的城墙合围成一个方形城堡。1936 年 10 月 22 日，中国工农红军在将台堡前的大广场上会师并联欢，标志着红军长征胜利结束。会师之后的红军，如虎添翼，狂妄已极的蒋介石再也奈何不了他了。红军会师之后，翻越六盘山前往陕北，开创了一个新天地。所以说，六盘山是一个新起点，按照六盘山纪念馆讲解员的话说，从六盘山之后，红军没有打过败仗，从胜利走向胜利。如同井冈山是毛泽东和朱德的会师山一样，六盘山成为中国工农红军长征的会师之山。

为了纪念红军长征翻越六盘山暨长征胜利七十周年，2005 年 9 月，宁夏回族自治区党委、政府在六盘山主峰建成了红军长征胜利纪念馆，馆前有一万平方米的纪念广场。在纪念馆顶部将近五千平方米的大平台上，赫然耸立着一块巨大的纪念碑，高 26.8 米，长 18 米，宽 4.5 米。在碑的正面，是江泽民题写的"六盘山红军长征纪念碑"十个镏金大字，东西的两面分别是毛主席的著名诗篇：《七律长征》和《清平乐六盘山》手书大字。

长征胜利纪念馆由"红军不怕远征难""红旗漫卷西风""三军过后尽开颜""不到长城非好汉"四部分组成，展示了红军长征中的上百件遗物、文物和图片资料，还特别仿制了毛主席住过的窑洞，再现了中国工农红军长征经过六盘山地区时的斗争历史。

于是，六盘山成为著名的红色旅游景点。

我到六盘山那天，乌云密布，凉风习习。站在海拔 2832 米的主峰山上，居高临下，放眼看去，远山近壑，山壑如起伏的波涛。一条蚯蚓一样的公路连接着一个个村镇，红色的或者蓝色的屋顶，仿佛草原上的一朵朵鲜花。一辆辆卡车、轿车来来往往。远远近近的山坡上长着茂密的树林。有人工林，也有天然林，满目苍翠，一片碧绿。此处在八十年前是什么样子，我无法想象得到。但我却可以想象得到毛泽东的心情。因为工农红军三大主力的会师，红军已经由几个分散的指头攥成一个拳头。雪山、草地已经成为过去，"三军过后尽开颜"的毛主席，站在六盘山上，遥望着山下不远处的断断续续绵延起伏的战国秦长城遗址，豪情大发，于是一首著名的词作诞生了："天高云淡，望断南飞雁"正是他心情极佳的情绪流露，心情好天气自然也好，下一句如水到渠成，"不到长城非好汉，屈指行程二万"。三军会师犹如"今日长缨在手"，接下来，毛主席吟道，"何时缚住苍龙"。句子是设问句，结尾却画了句号。在毛主席看来，缚住"苍龙"也就是打败蒋家王朝，他胸有成竹，"何时"的时，只不过是时间早晚问题了。

我在纪念馆里一件一件地看着展品，有一件展品深深地触动了我。一幅近丈长的红绸大锦幛上，写着"爱民如天"四个墨笔大字。这是红军干部唐天际和程宗受赠送给洪寿林的。后来我了解到，在红军初次到达六盘山下的时候，由于国民党反动派的造谣宣传，当地群众尤其是回民群众纷纷逃避远方，民众关门，商铺关板，清真寺也大门紧闭。有的地方甚至出现对抗行为。进入"同心"城的红军将士不顾夜里风寒霜重露宿街头，并为没有主人的商铺和关门的清真寺站岗放哨，一是保护群众的房屋商铺不被破坏，二也是免得遭到破坏后嫁祸于红军。部队敌工部长唐天际和副部长程宗受了解到伊斯兰著名教主洪寿林年逾八旬德高望重且乐善好施，主张回汉民族团结，在甘肃宁夏青海一带享有很高威望，便主动接触。唐天际亲手写了"爱民如天"四个大字，又亲自送给洪寿林老教主，并给他讲中国工农红军的宗旨，讲红军长征的故事。部队制定了在回民地区的纪律《三大禁条四项注意》。

三大禁条是：

禁止驻扎清真寺；

禁止在回民家中吃大荤；

禁止打回民的土豪。

四项注意是：

注意尊重回族人民的风俗习惯；

注意用回民水桶在井里打水；

注意回避青年妇女；

注意实行公买公卖。

首长要求各级指战员，任何单位、任何个人，不得以任何借口违犯这个规定，必须严格遵守。这使得这位穆斯林宗教领袖十分感动，愉快地接受了红军请求，做好当地武装头目的工作，避战让路。同时他还派人寻找躲避的居民，让他们安心回家。这样，红军才顺利进入并且驻扎下来，实现会师。红军在六盘山期间，秋毫无犯，战士还把做粉条的技术传授给当地群众，受到民众的欢迎。在红军驻扎期间，军民如同鱼水；在部队撤出的时候，教主洪寿林以民族佳肴炒羊羔肉和蒸花卷款待红军，赠送银圆、蜡烛，寓意"共产党和红军走到哪里就给哪里带来光明"。

"爱民如天"写得真好。人民是天，爱民就是天大的事。正因为"爱民"，红军才从困境走出。长征这一路，如果没有民众的支持，红军能走过雪山走出草地吗？刘伯承要经过彝区时，还和当地首领小叶丹结盟呢。

自从六盘山红军长征胜利纪念馆建成之后，这里就成为著名的红色旅游景点，也成了爱国主义教育基地。在校学生，外地游人纷至沓来。尤其是那些从长征路上走来，经过这里的红军将士的后代们，对此更是情有独钟。他们中的人，有的是来了再来；有的则是初次登临，看了又看恋恋不舍……

（原载 2016 年 8 月 12 日《长春日报》）

家乡那条路

世上的道路千万条，可让我萦绕于怀，经久不忘的只有从县城到我老家的那一条。自从我到县城读上高中，那条路就像丝带一样紧紧地拴着我。尽管我走过千山万水，可不论走到哪，那条路都像我和风筝之间那条长长的细绳。

那条路，是我从县城到老家的必经之路，像县城一样灰头土脸，说是官道只比乡村土道宽一些，也多些砂子，坑洼不平，弯路又多。行走在这条路上的有牛车马车，偶尔有汽车驶过也多是卡车。路中间是深深的辙沟，下雨多了，辙沟便积满了水。县客运站有带篷的客车，许是少的缘故吧，在客车跑不过来的情况下，敞篷卡车也执行客运任务。一百二十华里的途中须经三条小河，连接两岸的都是新中国成立初期修建的木桥。一旦到了大雪天或者大雨天的日子，那路就不通了。大雪天，拐弯处积了深可没膝的雪壳子；大雨天呢，低洼处就是一汪平湖，还怎么通车呢？好在从县城到我家有大轮船，高高大大的，三四层，像座大楼房，慢是慢些，可是在睡一觉之后保证到家。

夏天没有急事，旅客往往都弃陆路走水路。

许多年过去了，我还清楚地记得那一次回家的情景。戴着厚厚的手闷子的我，紧紧地把着卡车的车厢板，蹲在卡车上让腿像弹簧一样随着车的起伏而起伏。寒风顺着衣领钻进身子里冻得我瑟瑟发抖。车经过一片大雪壳子误住了，车轮在雪里空转，好一阵开不出来。这时候司机就无奈地下车说，大家帮个忙吧。我们就下车帮推车，也好借机活动一下冻得近乎麻木的双脚，直到把车推出来才罢休。

不要以为坐大卡车就可以不花钱或少收一些了，没那样的好事。从县城到家才一块二角钱，可对一个穷学生来讲那也是天价了，买不起票就只好靠两条腿走。

一次，我决定走回家去，那天起来，见窗外白晃晃的，以为天亮了。待走出宿舍，才发现月亮很大也很明，大街上没有一个行人，也没有一点动静。走到县医院，进去看看大厅里的自鸣钟，才知道是夜里十二点多。我犹豫了。走吧，实在是太早，一个人行走在漫长的公路上有些怕；不走呢，又担心走不成耽误一天时间。一狠心，我上路了。离开县城，原本昏暗的路灯没了，过了不知多久，月亮也没了，只看见路上白色的积雪。路两旁荒草萋萋，低矮的杂木丛随风摇动，枯叶在寒风中颤抖，发出令人毛骨悚然的声响。我硬着头皮，深一脚浅一脚地小跑着朝前走，终于挨过了黎明前的黑暗时光。到家的时候，才是午后一点多。妈妈知道这个时候本是没有汽车的，就问我怎么回来的，我生平第一次也是最后一次对妈妈撒了谎，我说是搭方便车回来的。

在离开故乡的几十年间，我曾多次回老家走过这条路。二十世纪八九十年代，这条路光亮了许多，路面拓宽了许多，也平整了许多。两旁是耸立的杨树。不时地看见养路工往路面的低洼处撒着掺了砂子的黄土，以便使路面更为平坦。从客运站驶出的客车都是大巴车，到我故乡每天好几班。坐在舒适的座椅上，看着既熟悉又有些陌生的故乡风光，的确是件惬意的事。每路过一个村子我都在心里默念着村名，打量着每一座民房，看见这次比上次又多了几处新房，我的心里就多几分欣喜。

在离家四十年的日子里，我又踏上了回乡之路。这次没坐客运汽车，是朋友用自己的小轿车送我回去的。朋友告诉我，这条路从起点到终点，只有这一百来公里还没有改造完，其他路段都已用水泥铺设完成，而这一段没改造的路也准备动工了。横跨松花江的通河大桥正在修建中，明年十月正式通车。朋友说，等你再回来的时候，这条路就全是水泥路面了。

故乡以崭新的面貌迎接了远方的游子。故乡不再全是土房，已经高楼林立；公路也不再是晴天一身土，雨天一脚泥了；城里有了宽阔的水泥街道；故乡还有一处叫月牙湖的公园。夜晚，五彩霓虹灯交相辉映，商业牌匾五花八门，把个故乡装点得五光十色。

小住几日之后，弟弟用越野车送我回县城。他没走我回来时走过的路而绕行乡村公路。让我惊奇的是这乡村公路居然比省级公路还要好，清一色的水泥路面，只是比省级公路窄一些。路旁的村庄也面貌一新。同行的弟弟告诉我，这是县里实施道路村村通工程的结果。看着乡道两侧变化了的新农村，我想，现在就读于县城的外乡住宿生，再也不用走着回家了吧。

离开故乡，我仍常常想起那条路，它像一条长长的绳子，紧紧牵着我——飘在远方的风筝。

（《大通河文苑》）

古运河畔的新婚礼

带着沉甸甸的首届徐霞客游记文学大奖奖杯，我离开了颁奖地江阴市华西村，来到无锡，打算乘火车取道北京返回长春。车票是次日夜里的，就有了游览无锡的时间。于是，我在古运河旁找到一个适居的酒店住下来，也想在无锡多走走多看看。我到灵山参拜大佛，到惠山老街区徘徊，我在钱钟书故居流连。入夜，我漫步来到古运河边。悄然流泻的运河，岸边装饰着白色的管形灯，如同系着洁白的纱巾，平静和缓的流水倒映着变幻不尽的霓虹灯光。无锡是一个古老的城市，无锡是一个新兴的城市。古老和新兴如此和谐地统一在一起，让我为她的古老吃惊，也为她的新兴惊异。

运河对岸传来阵阵嘈杂声，是年轻人清脆的呼喊，有男声也有女声。我好奇地沿着过河天桥循声寻去，进入了一个完全陌生的天地。那里高楼林立，那里灯火迷离，那里商铺一个接着一个，那里年轻人一堆连着一堆，那里的大屏幕色彩缤纷，那里的红地毯连着一个小舞台。看着前面的高楼把街道堵得死死的，走过去却是柳暗花明又一村，就是这样的逼仄和围堵，使这里形成一个独特的街区。这里有一个丁字路口，说丁字路口似乎不够准确，因为在丁字的两笔相交处，出头了，伸出去二三十米左右到了运河边的光复门前。看得出来，那不是老城墙，尽管样子是老的，那是易址而建的城墙，为的是留住一个纪念，这里就形成了一个小广场。

我在光复门前小舞台前的背景板中心位置看见这样四个大字：赤道之恋，是红色的。也看见这样几个小字：无锡首对女同婚礼，是黑色的。

我的脚被这几个字绊住了。一时没明白女同婚礼是什么意思。问了旁边的人，明白了，决定在这看下去。即使是普通婚礼也要看一看，何况是并不普通的"女同婚礼"呢！

抒情的音乐和变化的射灯，是这场赤道之恋的序曲。几个年轻人在用洁白的绸布装饰着由钢管支撑的小屋，屋顶上是一串粉色的气球。地上有红地毯，两侧摆着凳子，坐着的都是年轻人，手里拿着红包或者相机或者手机。

有女孩上台挥舞着红色小旗打旗语，我不知道，也看不明白那旗语的意思。不过，婚礼主持人说话了，婚礼开始了。于是，那个精心围绕起来的方方形白色小布屋的四面墙脱落了，一个穿白色短婚纱的漂亮女孩暴露在大家面前，她倚托着不锈钢管优雅地舞蹈着。她的短婚纱齐胸处是白白的柔软的绒毛，让我产生好像是一只美丽的鸽子的错觉。当她的舞蹈停下来，新郎迎着她走过去。他留着短发，白色的西装，淡蓝色的衬衣，一只白色的蝴蝶结系在衣领中间，黑色镜框的眼镜，让他的样子斯文，也增加几许清秀。他走到她的面前，同她共舞了一会儿，然后牵着她的手，穿过由祝贺亲友组成的人墙形成的夹道，把她领到婚礼台上，并排站立。他们的脸上带着微笑，他们的眼里含着泪光。在他们走过去的时候，两边的人都举起了一切可以拍照的——相机、手机、录像机等等。又有一个小小的女孩，齐耳短发，背后扎着两只翅膀，她就是爱的天使了吧，把一只指环送到新郎面前，他接过来套在新娘的手指上。

他们相对而立，四目注视，脉脉含情。

像一切新婚的人所要发出的誓言一样，当问到你愿意娶面前这个女孩为终身伴侣吗？他对着话筒坚定地说：我愿意。话筒传到新娘手里，当问到她，你愿意不论是贫穷还是疾病都和他厮守终生不离不弃吗？她对着话筒说话却没发出声音。新郎知道不小心把话筒给关了，帮她把开关调整一下，于是我们也听到了新娘坚定的声音：我愿意。接下来就是久久地拥抱。下面的亲友又是热烈的掌声和闪光灯不停地拍摄。他们的父母也上来了，新郎的母亲，新娘的父亲，站在他们面前。看不出是高兴还是不高兴，脸上没有表情，见证着这一对孩子的婚礼。新郎和新娘也向双方亲人敬礼，表达敬意和对他们的孝敬之情。

然后，他们到小舞台一侧去，把塔一样的玻璃杯子斟满红酒，把蛋糕切开。

婚礼结束了，新郎和新娘在亲友的簇拥下离去，只有婚礼的组织者默默地做善后工作。我没有走开，注视着背景板上那一行醒目的字，"无锡首对女同婚礼"，心里波涛汹涌思绪万千。我的心情十分复杂，这是我第一次目睹"女同"婚礼。同性恋，恋恋也就罢了，还要结婚组成家庭……

　　我在无锡惠山老街区曾看见一座檐角飞翘的古楼阁，据说那是小姐抛绣球的地方。在男女授受不亲的时代，青年男女不能自由地选择自己的另一半，他们要靠媒妁之言父母之命，当然也有用抛绣球的方式决定自己终身大事的。数百年过去，我们的时代大大地进步了，男孩女孩不但可以自由恋爱自由结婚，同性恋者也能够登上婚姻的殿堂，组成自己的家庭了。曾几何时，同性恋对于国人还很生疏，对于他们或者她们的存在还很不理解，把他们或者她们视为洪水猛兽。现在，他们或者她们的存在已经成为一种正常的社会现象。此时此地，她们不是像普通青年男女那样举办婚礼了吗！而且，她们还是很开心很幸福的样子。

　　我猜不出她们的父母对孩子这样的婚礼持什么态度，真实想法到底是什么；也猜不出她们为什么相恋，选择同性而排挤异性，她们是怎么相识并且相恋的。但我看见她们的父母来为孩子祝福了，前来祝福的还有她们的亲朋好友。那么，我，一个偶然路过的外地人也为她们祝福吧！

（2012 年获全国散文作家论坛征文大赛一等奖）

苏东坡被贬惠州

在中国文化史上，苏东坡是一位罕见的奇人。不仅文学艺术，在饮食、医药、佛学、酿酒等方面也颇有建树。同时，他还是不可多得的政治家。他曾官居三品，任过端明殿学士、翰林侍读学士等职。他给皇帝阐述治国理念的表章充满真知灼见；外放为官，每到一地无不政绩斐然。然而，在官场，如果不是曲意逢迎溜须拍马，注定仕途坎坷。耿直无私真诚坦白的苏东坡，就连在给他教了八年的学生皇帝阐明政见的表章中，都敢写如果不纳臣子忠言，宁做"医卜执技之流，薄书奔走之吏"。如此性情在宦海中沉沉浮浮是正常不过的。因而，苏轼在被贬黄州又被贬到定州之后，哲宗元年初夏，又遭贬黜，五十九岁那年居然被贬到数千里开外的蛮荒之地岭南惠州，有两次贬黜的圣旨还是在途中追加的。罪名"谤讪先帝"不过是对"变法"提些意见，纯属政见不同而已。

这样一来，苏东坡不但不再是官员而且是罪臣了，朝廷对他的处理不断加重，最后一次竟是"宁远军节度副使惠州安置。

不得签署公事"。宁远军在广西，而惠州在广东。就是说，发配去的单位在广西容城却安置到惠州。这种没有签署公事权且"异地安置"的损招，是对苏东坡的从重处罚。正在当权的政敌是不想让苏东坡过上舒心日子的。

在人生七十古来稀的时代，五十九岁已经步入暮年。考虑到迢迢数千里行程，险峰厉水，风刀雨剑，蚊虫蛇蝎，自己能否平安走到岭南都是未知之事。苏东坡上书请求他的学生皇帝允许乘船。这一次皇帝倒是"恩准"了。然而，漫长旅途并非都有船可乘，比如大庾岭就必须从陆路翻山越岭，一步一步走过去。

大庾岭是岭南岭北的分界线。岭北属于发达的汉文化，而岭南则是未开发的荒蛮之地，也是贬官的主要发配处所。那里瘴疠肆虐瘟疫横行，没有几个发配到那里去的官员能够活着回来。

这无异于一次政治流放，一次悲壮沉重的发配。苏东坡跋山涉水餐风饮露地走来，于当年十月初到达惠州。

苏东坡的船一到惠州，大诗人到来的消息便不翼而飞，欢迎的人挤满码头。苏东坡是大诗人大画家大书法家，在当时就名闻遐迩崇拜者众。崇敬他的人形形色色，文人雅士自不必说，还有寻常百姓各级官员以及僧人道士，连先皇和皇太后都对他的诗词爱不释手。据说有一次先皇正在读苏词，大臣有要事请奏，皇帝说，别急等我看完这词再说。

惠州民众的热情，让罪臣苏东坡欣喜异常。

惠州这地方水系发达，城中有两条江穿过，一条叫东江，一条叫西枝江。两江汇合处形成一个丁字状。在西枝江西岸有座高耸的楼房，雄峙在两江交汇处，名曰合江楼，与广州镇海楼、肇庆阅江楼齐名，是广东名楼之一，也是惠州府接待上级官员的"国宾馆"。苏东坡初来惠州无房可住，按规定，地方不能给罪臣安排住处。进士出身的太守詹范，敬佩苏东坡的人品才华，同情他的遭遇，破例让他住进合江楼里。

站在楼上，苏东坡四处看去，两江交融，五湖荡漾。他早起看旭日，晚上赏彩霞。如此好的风光景致，自然会激起他的诗情。苏东坡有着豁达的胸怀和非凡的艺术眼光，看到什么新鲜事物都可入诗入文。不同于家乡眉州，不同于受贬地黄州、定州，也不同于他为官的杭州、扬州的惠州风土人情，让文采飞扬的苏东坡诗兴大发，文如泉涌。从苏东坡纪念馆的材料看，他"十月二日到惠州，暂居合江楼，作诗；十一日酿桂酒，作颂。游松风亭，作记。亭下梅开，作诗。十二日游白水山汤泉，作诗；松风亭下梅花落，又作诗……"勤奋的苏东坡在惠州期间，不是在作诗著文就是在文章佳句的构思之中。他在惠州九百四十天，写作诗文五百五十二篇。其中，诗一百一十二题一百七十九首；词十五题十五首、各类杂文一百一十二题一百二十四篇。另有书画若干，是他创作的一个丰收期。

苏轼在惠州无职无权。无官一身轻，他完全可以心无旁骛地写诗著文画画写字，或者和街坊邻居聊天，与远道来探望他的亲戚朋友喝酒，与家人共享天伦之乐。然而，苏东坡心有所忧，看见百姓有难处就要伸手相帮。惠州两江竞流，五湖激滟。人们沿水而居，虽然用水容易却交通不便。一天，苏轼最小的儿子嗷嗷待哺，母亲朝云匆匆赶回给他喂奶，苏轼看她浑身水淋淋的忙问是怎么回事？朝云说她是淌水回来的。苏轼醒来才知这是一梦。由梦想到，城里这么多水却没有像样的桥。几座浮桥也风雨飘摇，苏轼想在江上和湖上造桥。

苏东坡不仅有造桥的动议还有具体措施。西枝江上有座竹浮桥，暴风雨来则成险途。苏东坡提议用"船桥"取而代之，造小船四十艘，链接起来后再用抛入江底的石碇拴住。这样，水涨船高，水落船低，既安全又耐用，大风大浪也不影响通行。从平湖门到西山的湖面上有座长桥，因为木料易烂，屡造屡坏。苏东坡的想法是在湖水两端各修一段大堤，中间造"飞楼"作桥，造桥的木料一律用罗浮山上等好木。

苏东坡的提议得到当地官员的支持，这两座桥都动工修建了。因为资金不足，他还捐出了先皇赏赐的一条珍贵的犀带。双桥竣工后，西枝江桥命名为"东新桥"；西湖桥叫"西新桥"，而桥两侧的长堤，百姓称之为"苏堤"。

苏东坡在惠州做了诸多好事，比如他看见当地农民弯腰插秧，就把湖北的先进农具"秧马"推广开来；看见山上有溪水流下，嘱咐建造碓磨以方便僧众；协助官府掩埋荒野无人收殓的尸骨；议行钱米各半，减轻纳税人负担；博罗大火后，他举荐贤良救民赈灾；议建营房安置驻军，不得扰民；广集验方施救贫病。等等。

在惠州，苏东坡还办了一件为广州人造福的事。一天，苏东坡听罗浮山道士邓守安说，广州水不好吃，又咸又苦。苏东坡就给广州太守写信，建议将蒲涧山滴水岩的水引入城内，并举荐"至诚不欺、精力勤干"的邓道士操持此事。广州太守接纳了苏东坡的建议，东坡闻讯兴奋异常，又写信，告诉他如何解决竹管的堵塞问题："每竿上须钻一小眼，如绿豆大，以小竹针窒之，以验通塞。道远日久，无不塞之理。若无以验之，则一竿之塞，辄累百竿矣。仍愿公擘画少钱，令岁入五十余竿竹，不住抽换，永不废。"这种一千多年前的引水设想，可以看作是自来水技术的雏形。

苏东坡为民办的若干大事小事，无一不成为他的写作素材，出现在他的诗文或者通信中。

苏东坡在惠州一直居无定所。他先后两次入住合江楼。住进"国宾馆"是惠州官员崇敬他，对他客气。此地虽好不可久居。苏东坡又曾寄居嘉祐寺，早听晨钟，晚听暮鼓，倒也清闲自在，何况苏东坡对佛学也颇有心得。然而这也并非久居之地。他还得有属于自己的房子。苏东坡没在惠州建房，是他对朝廷抱着幻想，希望有一天能离开岭南。绍圣二年九月，朝廷要举办皇家祭祖大典。按习俗应该实施大赦。倘若大赦他就可以离开惠州。没有想到，大赦倒是实施了，像苏轼这样的罪臣却不在其列。苏东坡失望了，决定在惠州盖房。

苏东坡筹措到造房资金后，在河东离嘉祐寺不远的一座小山顶上盖所房子，称白鹤居。这无名小山也因此而获名白鹤峰。新居占地半亩，自挖一井与邻居共用。山头广植果树嘉木。苏东坡决心"筑室做惠州人矣"。万没料到，他在新居住下不久，又一道贬令下来……

诗词文章成就了苏东坡，也给他惹了祸。一直监视着他的政敌不想让他过舒心日子，可苏东坡偏偏自得其乐，过得十分快活，诗也写得多。他在《纵笔》一诗中写道：

白头萧散满霜风，小阁藤床寄病容。报道先生春睡美，道人轻打五更钟。

苏诗飞快地流传，很快就被他的政敌看到了。苏轼的日子太舒心了，苏轼舒心他们就恶心。于是又向小皇帝献谗言，既然在大陆上到处让你舒心，那就到天涯海角去吧。海南有一个儋州，你字子瞻，那里适合你……

谁能猜想到苏东坡当时的心情？绝望？悲凉？坦然？无奈？

苏东坡遂告别惠州，漂洋过海前往海南了……

苏东坡离开了惠州，留下了两座丰碑。一个是在惠州完成的诗文；一个是苏堤。苏东坡倡议建造的两座桥，上千年来几经重修，尽管不再是当年的样子，却依然守在原处履行着为民造福的职责。苏东坡被贬惠州，是苏东坡的不幸，却是惠州的大幸。正如清朝惠州人江逢辰所说，"一自东坡谪南海，天下不敢小惠州"。

苏东坡成就了惠州。

（原载 2015 年《天下书香》）

苏东坡在儋州

　　大文豪苏东坡漂洋过海来到儋州，也就是今天的中和镇，亦称儋州故城。

　　我到中和那天，元宵节已过四天。大街小巷依然是浓浓的节日气氛。每家每户门两侧那红红的春联，门楣上刻着各种吉祥图案的挂签，都张扬着春节的红火；各个路口"欢度元宵"的红色彩门，家家户户门前挂着的彩旗和横街挂着三角小旗，也在炫耀着元宵节的热闹。街面上桃花一样的纸屑，仿佛刚刚从炸开的鞭炮上飘落。故城很古老，故城的民风也很古朴。在晚霞的辉映下，街巷上摆放着圆桌，一张接着一张，桌子上是层层叠叠的菜肴，桌旁围坐着吃喝的人。满街飘荡着酒肉的香味，全巷洋溢着欢乐的气氛。我好奇地问，你们还在过节吗？他们说是办喜事。年过完了节也过完了，趁着喜庆把媳妇娶进来，把闺女嫁出去。他们喜滋滋地告诉我，今天是好几家，明天还有好几家呢。

　　早在汉代儋州就已设郡治；南北朝改设州府。唐代地方官为防备匪患组织民众拓址筑墙，并在城四方依次建城门楼。离北门不远是州府衙门治所。城市不大，人口不多，可这里已经是琼西北最为繁华的政治经济中心。巍然高耸的门楼，蜿蜒坚固的城墙，既是瞭望敌情的窗口，也是防敌自卫的堡垒。

门楼建起三百七十多年后的一天傍晚，一顶轿子抬位老人从北门进来，进了州衙。连日的颠簸让老人清瘦的脸庞留下些许疲惫的阴影，可他那双迥乎他人的眼睛依然闪耀着动人的光彩。他就是被朝廷一贬再贬的罪官，著名的大文豪苏东坡。

子瞻不幸儋州幸。这座名不见经传的海南小城因为苏东坡的到来而名气大噪；这座铅华褪尽今非昔比的儋州故城，在苏东坡离开一千多年之后，仍然因他而焕发着青春的光彩。

苏东坡在官舍安顿下来。那是一座年久失修的破房，屋顶漏雨，墙壁透风。尽管这样，州里还要收他的房租。地方官是一个挺拿官帽子当回事的人，对他置之不理。苏东坡初来乍到人生地疏，夫人故去，只有儿子苏过陪他谪居此地，当时的心境可想而知。他已经六十出头，人生七十古来稀，还有回到家乡的希望吗？"余生欲老海南村，帝遣巫阳招我魂"，怕是要"葬身海外"了。然而苏东坡毕竟是苏东坡，前途渺茫心未绝望。他是豪放的，他是乐观的，这种豪放和乐观表现在他的诗文中，更是他的人生态度和秉性。否则他也不会在被贬的黄州，写下"大江东去，浪淘尽千古风流人物……"这样传颂千古的名章佳句。

那位对苏东坡不好的地方官离任之后，接任者张中对苏东坡十分崇敬。他为苏东坡修缮了栖身官舍,也送一些生活必需品,还常和当地学子拜访请教苏东坡。有时张中和苏过玩棋,苏东坡在旁观战。那棋下得难舍难分,竟通宵达旦。兴之所至,撤下棋盘,摆上酒菜,张中就和东坡父子对饮,酒不在多,菜不在精,喝的是心情。据说儋州故城的男人至今还喝早酒,就是那个时候留下来的习惯。

苏东坡的政敌利用官员察访巡事的机会了解他的近况,朝臣回去禀报了张中和苏东坡的亲密状况。政敌愈加不爽,特遣使者渡海来儋,先撤了张中的官,后命苏东坡搬出官舍迁到城外。苏东坡在当地百姓的帮助下,在城南盖座茅屋,命名为桄榔庵。张中受他牵连,苏东坡十分不忍,写了二首诗送他,张中因此而留名千古了。

苏东坡没有心情和政敌计较,他的心思在诗词文章上。这里的风光景物给了他新的灵感,即使普通的树木石头在他的眼中也有了灵性。看见路边石头他有诗,喝茶,他也有诗。他用桄榔叶编成帽子,将椰子壳加工成"椰子冠",他还有诗。在他眼中,无处不入诗,无处不入文。他在儋州三年间,写诗一百二十七首,词四阕,文一百八十二篇。

桄榔庵过于简陋,台风一来担惊受怕。儋州学子黎子云利用自家地建一新房,一可请东坡先生讲学,二可请东坡先生居住。苏东坡也拿出自己的部分积蓄来,房子建成,苏东坡依据汉代扬雄载酒问字的典故,命名为"载酒堂"。苏东坡经常在此讲学,黎子云自然是虔诚好学的学生之一,远近学子纷纷投奔到大学士门下。学生越来越多,载酒堂的名气也越来越大,还有大陆的学生前来听讲。苏东坡的讲学给海南带来深远的影响。在他来之前,历届科考海南从未有中举者。东坡遇赦离开儋州第三年,他的学生姜唐佑中举,成为海南第一举人;九年后,儋州人符确中进士,成为海南第一进士。

苏东坡离开儋州后,当地人把桄榔庵辟成东坡祠。后来又把东坡祠迁到载酒堂并加以重建。明嘉靖年间改名为东坡书院。千百年来,经过历朝历代的修缮和扩建,东坡书院已有相当规模。现在的东坡书院是儋州一景也是海南游览胜地。进入书院可见一亭名曰载酒亭。两层亭顶,上层四角,下层八角,角角相错,呈翘起展翅欲飞之态。亭堂中绘有苏东坡居儋期间的生活情景图,亭柱有名人雅士关于苏东坡的楹联。有一联写得好:

一代文忠赤壁遗篇皓月经天光遮北宋;千秋圣德桄榔留迹春风化雨惠泽南荒。

宋以来到载酒堂凭吊游览的名人留下不少题咏和书法作品。有南宋诗人杨万里留下的诗,有明代大画家唐寅的画。在第三进大殿里有三尊彩色塑像,苏东坡坐着讲学,对面是逸士黎子云,后面站着他的小儿子苏过,生动地再现了苏东坡讲学场景。

在三进房屋两侧是西园和东园。一尊东坡铜雕矗立在鲜花丛中。东坡头戴竹笠,脚蹬木屐的形象是依据唐寅画制作而成。铜雕基座后有题记:苏东坡谪居儋州期间,和当地百姓来往频繁,十分友善。据史籍载:苏轼在儋州时,访黎子云,途中遇雨,从农家借笠屐着归。妇幼见状,嬉笑相随,篱犬闻声,群吠不已,东坡自语道:"笑所怪也,吠所怪也。"活现了东坡生活场景。

西园的陈列室，有苏东坡从到儋州到离开海南的生活纪录，大多是图片和由史籍中摘录的相关文字。东园有钦帅泉和钦帅堂。苏东坡曾任兵部尚书，后人为表达对这位文豪武官的敬仰，并称钦帅泉、殿称钦帅堂。现已成为游人祭祀苏东坡的好去处。钦帅泉为明代所挖，数百年来一直清冽可口。

离开东坡书院我在儋州故城徜徉。我从当年苏东坡走过的北门进到故城。这座当年威武的武定门，早已没了雄壮的模样。门楼没了，低矮的城门顶被荒草和杂树覆盖着。铺着青石板的路因风雨的打磨而滑如鱼背，也因承载着太多的岁月而下陷。蒙着一层尘土的石板，不时可以看见一堆堆牛粪，使我突然想起东坡先生的一首诗来："半醒半醉问诸黎，竹刺藤梢步步迷。但寻牛矢觅归路，家在牛栏西复西。"当年，苏东坡和黎子云等人喝酒聊天讲学，夜深回家找不到路，就是一堆堆牛矢引他找到家门的。恍惚间，我仿佛穿越了时空，同东坡先生一起"但寻牛矢觅归路"了。

长长的青石板路把我引到故城复兴街。狭窄的街道两侧是骑楼灰色的墙壁，也有断壁残垣一直没有得到修复。在灰色老楼之间夹杂着一幢幢贴着马赛克的新式建筑。儋州故城曾经在20世纪20年代毁于一场大火。失火的缘由是因为"官民冲突"，大约是官逼民反，民众占领了官衙，一怒之下烧了衙门，火烧连营，烧毁了城内所有木屋，只有四座城门侥幸逃脱，还有这条铺着长青石板的路。那一场大火，彻底烧毁了儋州古城。几年之后，这座古城开始重建，骑楼林立的街道，被称为复兴街。

街名寄托着复兴的梦，可是这座千年古城却再也没有复兴起来，只能以故城的形象出现海南大地上。

（原载《夕阳红》2013 年第 11 期）

第 三 辑

短笛声声

花 之 魂

芍 药

看见外面花坛里的芍药含苞待放，我掐下一朵，放在家里的窗台上，装点一下没有花草的斗室。

我把它插在玻璃瓶子里，灌满了水。

我盼望它开花。

它在花坛时，眼看着就要开花了，可进了屋为什么迟迟不敞开心扉？

我天天为它换水，把它放在阳光充足的地方。

可它的叶子还是日渐枯萎，没死，也没了生气，紫色的花瓣紧紧地包在一起。最后，它就那么紧紧地包着枯萎了，永远地失去了开花的机会。

我真浑，它在外面长得活活泼泼，自由自在，为什么偏偏把它放到屋中的瓶子里？

我想，它眷恋曾经供养了它的土地，一旦强迫它离开，它宁肯去死。

是不是这样呢?

吊　兰

我说吊兰,你可真怪。别的花花草草都是向上长的,不论是在石缝中,还是在石板下,它们都不屈不挠地顶出土,哪怕顶弯了脊梁,挤破了头皮也要把头伸到上面。上面啊那是蔚蓝的天空,清纯的空气,明媚的阳光。

而你吊兰,为什么偏偏向下长呢? 你的枝枝杈杈吊在下面,镶着白边的叶子耷拉着,仿佛下边有无穷无尽的宝藏。

吊兰说,是人们把我举得太高了。我向往土地,虽说我的根须处有些土,可那些怎么够呢? 我在高处,主人要是不浇水,天长日久,我就枯萎而死。扎根在大地上呢,就有足够的乳汁让我吮吸,所以我总是向下。然而,人们却总扼杀我的希冀。每每到我的脚快要落地的时候,他们就狠狠地掐去。即便这样,我也向下,向下,永远地向下。我对大地的追求决不放弃。

葵　红

难道花花草草也和人一样,有命运吗?

它来到我家的时候,正值深秋时节,早上有霜冻,午间的太阳还是暖融融的。女儿放午学回来,拿着一棵花苗。

"爸爸，君子兰。"那正是君子兰走红，被誉为绿色金条的年月。

我告诉女儿：这不是君子兰，是葵红，也叫对红。

难怪女儿没认出它来。它和君子兰竟然像得如同双胞胎。都是向两边长的绿色叶片，都有长长的脉络。只是它的绿，太娇嫩了，如同初春的草。它的绿，不如君子兰绿得那么凝重、浑厚。它的叶子也长了一点窄了一点。

为什么要和君子兰比呢？

葵红就是葵红呀！

倘若它真是君子兰，纵然是最差的品种，会被人丢弃吗？在那个年月……

葵红，我们不嫌弃你。我家宽宽的窗台上，有两株邻居搬家时送的君子兰小苗，有它们生长的地方，就有你的天地。

葵红在我家落户了。记不得过了多久，只记得它的叶子变长变宽了。有一天，在它的叶间长出一根挺实的箭来。

瞧！葵红也审箭了，连这一点也像君子兰。

不久，在高出绿叶的箭上，长出两个花骨朵儿，像两个绿色的小棒槌，又不久，开花了，一开就是一对。

它也是喇叭型的花。鲜红鲜红，红得简直要滴下血来。

可这时，君子兰还在沉默。

葵红用它鲜艳的花，回报主人了。

每一种花，都有它独自的价值。

葵红，你按自己的意愿生长吧，不必跟君子兰争那个高低上下。

昙 花

昙花一现！

人们用你来比喻虽然光辉却很短暂的事物。

于是，你和流星成了同义语。

可你毫不介意。

串儿红从春到秋一直那么开着，花期可谓久远。

你不屑与之为伍。

你也不和艳艳的罂粟花相比美。

你对自己说：管他怎么讲！短暂的价值就一定不如久远吗？

平庸的漫长怎抵光辉的瞬间！

尽管短暂却也灿烂！

含羞草

谁说花草无灵？

碰你一下，哪怕是轻轻地碰一下，你就像小姑娘一样害臊了，低垂你高贵的叶柄，闭合你敏感的叶片。

含羞草，也叫知羞草。

每一株都是这样娇羞可爱。

被称作万物灵长的人呢？有的甚至不如含羞草。

站在含羞草前，我羞红了脸。

牵牛花

理解它吧，美丽而又可怜的花。

它不像玫瑰，挺而带刺；也不像牡丹，艳而硬朗。即便是生长在水中的荷花，那茎也粗壮挺拔。

牵牛花，是老天给它一副又细又长的弯曲脊梁。它若不攀附着别的，它就得永远地在地上爬。要知道，它也愿意向上啊！

理解它吧，原谅它吧。

它攀缘别的时候，并没有把别的踩在脚下。

（此组散文诗原载 1989—1992 年《长春日报》《诗人》，2014年组成一辑参加征文，获中外当代文学艺术家高峰论坛特等奖）

河 与 桥

山中小河

一条小河，从山里流出来，水是清的，浪花是白的。在水深一点的地方，她是蓝幽幽的。

她流得很畅快，边流边唱歌。

山坡上流下一股一股污黑的脏水。她受到侵犯了，受到伤害了，她无力自卫，忧虑重重，歌声也变得呜呜咽咽，她甚至不想流了。大江大海会接纳我这不洁的水吗？即便她们不拒绝，我怎好带着污浊投入她们的怀抱呀？

我该怎么办？

大地说：不要抱怨，抱怨是无用的；不要忧伤，忧伤只会贻误自己；你走你的路，该往哪儿流，就往哪儿流。

小河又继续往前，只是歌声变得深沉了。

她经过一个一个沙滩，经过一片一片卵石，绕过一座一座山头。

她顽强不息地流、不屈不挠地流，把不洁留在河边，把忧伤弃给卵石。

于是，她又变得清而且纯了，浪花是白的；深处呢，又是蓝幽幽的了……

老桥新桥

两座桥并架在河上。

一座桥始建于一千多年前，另一座桥建于当代。

新桥嘲笑老桥：瞧你那破样子，还有脸架在河上吗，连行人都不屑光顾，更不要说汽车了，你的存在只是陪衬我的光辉灿烂罢了。

老桥沉默不语。

新桥愈发得意。

河水老人听懂了新桥的话。

他说：不要嘲笑老桥吧，他在一千年前曾代表了桥梁建筑的高峰水平，你呢，你敢和你年龄差不多的南京长江大桥比美吗？能和武汉长江大桥比美吗？能和重庆长江大桥比美吗？若干年后，你的寿命到了，人们把你毁了，也把你忘了，也许在你的基础上又建一座新桥。可老桥呢，越是久远便越有价值。

新桥语塞。

（1992 年 5 月 5 日载于《长春晚报》）

碑山与神女峰

碑 山

这座山没有奇花异草,人们也来看它;这座山没有险峰峭石,人们也来瞻仰它。

别处的山栽种花草树木,这座山栽种墓碑。

别的山要远看才看出意味,这座山要近看才看出端倪。

这是一座碑山。

这座山的山顶是一座高大的方锥形纪念碑,围绕它的是密密麻麻的小碑。从山头到山脚,一行一行,一圈一圈布满整座山。

这是为纪念牺牲在这里的烈士树立的碑。那场抗战,中方阵亡将士九千一百多人,还不算战死的民工。

碑山是一页用血与火写成的抗战史。抗战末期,日军从缅甸打入我国腾冲。中国军队强渡怒江,收复失地。一场恶战,森林茂密的来凤山成为一片焦土。军人坚守阵地,民工送弹送粮。一个民工冒着炮火把米饭送到阵地时,战斗正激烈,战士无暇用饭，那民工就站在士兵身后把饭攥成团塞进射击者的口中。这时，日军的一颗子弹击中战士同时击中喂饭的民工。这位民工空着肚子死去了。

那位军人在碑山上有一个位置，那位民工没有。在收复腾冲的战斗中，死了的民工，没有谁为他们立碑。

有口皆碑，他们的碑在后来人的口头上。

神女峰

第一次过长江三峡是个雾天。乳白色的雾弥漫在江面上，两岸的景致朦朦胧胧。我站在船头远望，只觉夔门雄壮得令人叹为观止。两道石壁刀切斧凿，船仿佛在石墙中穿行。可惜还没等看清，船已经通过夔门。过了夔门我就想目睹巫山神女的风采。可是那神女像个头戴盖头的新娘子，羞羞答答不肯露面。

我就想什么时候有机会一定要看看神女。

终于又有机会，我专程到了夔门。船在夔门沙砾滩上刚一停稳，我就迫不及待地向绝壁处跑去。一道巨大的石壁凹陷处形成天然的屋子，贴着山崖有一巨型石乳，上面长满秀花丽草，极像一只披着灿烂羽毛的凤凰。一棵小树长在顶端，宛若凤凰的羽冠，下垂的藤萝枝叶，如同她美丽的翎毛。一道溪水从山上淌下来，刚好流经她颈上的尖喙。这就是凤凰饮泉了。

沿小径下来到了孟良梯前。我伸手摸摸石孔深浅，深达一尺的方孔呈 Z 字形排列向上，一直到高不可攀的峭壁中央。这又是夔门一景，孟良梯。相传北宋名将杨继业遭奸臣陷害，尸骨埋在附近的白盐山巅，部将孟良带领亲兵，借月光开凿石孔攀缘向上，欲盗取尸首。不料凿到半夜雄鸡啼鸣，孟良以为天将亮，怕被敌兵发现，停止打孔原路返回。后来才发现雄鸡是奉命守尸的和尚装扮而成，孟良怒不可遏，抓住和尚倒吊在石壁上，若干年后形成一个石头和尚，这又是夔门一景。

离开夔门去看神女峰，找一个观看的最佳位置朝神女看去。向导指点着告诉我，那就是你要看的神女。噢！原来如此。所说的神女不过是兀立在山头两块石头旁边的立柱而已。

我若有所失地离开了神女峰也离开了夔门。

我忽然产生一种异样的感觉。初过夔门我曾激动得热泪盈眶，为大自然的鬼斧神工，为江山的多姿多彩。可是当我走近了看，仔细地看，为什么失去了当初的激动呢？

回首再望夔门，我明白了。初次走夔门和神女峰，雾大水急，两道峭壁笔直地插在水中，出现在我的面前，我感受到夔门无比雄壮。这一次呢，走得太近了，看得太细了。夔门和神女峰如同一幅大手笔的山水画，是应该也必须站在远处欣赏的，太近了，看见的只是一些墨道和色块，看不出韵味来。看神女也是一个道理。神女隐在雾中，似现非现，那俏丽的风采，那奇丽的英姿由你想象，怎么想象都不过分。可她一旦暴露在你的面前，你发现那是一根石柱，自然会产生一种惘然若失的感觉。

朦胧也是一种美。

看神女看夔门是如此，看别的是不是也是这样呢！

（1991—1993 年《长春日报》）

夏雪与冬雪

夏 雪

春城六月，漫天飞舞着雪花般的小精灵。它忽上忽下，飘飘飞飞。有时似要落下，却又随着一股微风飘忽而上，在天空自由自在，不知飞到什么地方去了。

如果不是满树的闪着绿色光泽的杨叶柳叶，你一定以为那真的是鹅毛大雪了。在杨柳繁茂的所在，这景象更加奇特。天上飘的自不必说，你看脚下铺着一层白花花的东西，宛若真的雪。无人惊动它，它就久久铺在那里，一有行人走动或偶然吹阵风来，那白花花的"雪"便随人移来移去，或随风东飞西飞。

这六月雪说起来够美的，置身其中又有些恼人之处。它飞来飘去，似乎专门往你眼睛里钻，倘若不戴眼镜只得低头而行。好在现今变色镜普及了，差不多每人都有镜可戴，因而也就不计较这六月雪的可恶，而想到它的美妙之处了。

古往今来吟柳絮杨花的佳作不少。范成大，"无风杨柳漫天絮，不雨棠梨满地花"，写它的如画美景；罗隐，"自家飞絮犹无定，争把长条绊得人"，隐含己不正难以正人的哲理；无名氏，"杨柳青青着地垂，杨花漫漫搅天飞。柳条折尽花飞尽，借问行人归不归"，写的是离情别绪；曾巩，"乱条犹未变初黄，倚得东风势更狂。解把飞花蒙日月，不知天地有清霜"，远虑近忧之情发人深思。

杨花柳絮实则都是种子。我想，如果是在大草原上、大森林中，这么多种子飞来飞去，落在地上总可以埋入土中生发出新的生命来。可惜的是，它生长在城市里，落在水泥地上、柏油路上，偶尔落在几处土地上，也被行人踏得坚如钢铁。

但愿种子都能找到自己的归宿。

冬　雪

每年秋的脚步声还没消逝，就像孩子似的盼雪了。盼那纷纷扬扬飘飘洒洒的雪花漫天飞舞，盼那铺天的鹅毛大雪将大地上一切肮脏的东西封杀冻死，然后踏着银光闪耀的积雪，随着雪的低吟在路边散步。冰雪是大自然对北方人的特别恩赐，也是北方人如期而至的生活伴侣，不按期前来人们就引颈张望。冰雪不仅给人带来生活乐趣，也给人以忍寒耐冷坚韧不拔的性格特征。

冰雪游戏是北方少年极好的户外活动，也是北方成人埋藏心底的珍贵回忆。

向往滑雪却没滑过雪，只在影视上看过，在小说中读过，也知道有些发达国家的人每到冬天便举家上山滑雪。对我来说滑雪是可望而不可即的运动，没想到也去净月潭滑了雪。

没想到净月潭滑雪场离我们这么近，也没想到雪那么纯洁，天蓝得让人忍不住多看几眼。滑雪场上好多人踏着雪板撑着雪杖在雪坡上驰骋，也有初学者在平缓的雪场里蹒跚学步。

滑雪鞋大而且笨重，一旦和雪杖结为一体，又变得极其轻巧。可对于初学滑雪的人就不那么简单了，在平地上都走得极为艰难，一步一挪，寸步难行，只得卸下雪板扛着上到有一点坡的地方。从坡上滑下来又摇摇晃晃，像初学走路的孩子，看见前面有人就吓得大叫，怕撞着就宁可自己摔跟头，摔得很重滚出很远还开心地哈哈大笑。

我们每个人都是摔过跟头才学会走路的，学滑雪也不能怕挨摔。于是，爬起来又继续滑，刚刚在平缓的平坡上不摔跟头了，就想着上到更高的坡去。游泳要到深水，滑雪要上高坡，坡顶遂成为一种诱惑。

我壮着胆，扛着雪板，随同伴登到坡顶。回头看去，雪场腰部是月牙形弯道。好多人在那儿摔跟头，我自知必摔无疑却又义无反顾，雪杖一撑，雪板滑出，身体也就不由自主地飞速下滑而且越滑越快几乎处于失控状态。风在耳边响，人在身边过，那种几近于惊心动魄的刺激和难以言传的感受是打麻将、甩扑克、玩游戏机等室内活动所无法比拟的。这是一种全新的生命体验，这种体验不亲自经历一次是感受不到的。

当我恋恋不舍地离开雪场，脱下滑雪鞋，穿上自己的鞋子，顿时觉得脚下轻飘飘地如浮云，有种健步如飞的感觉。

（《长春日报》）

门脸与山墙

门　脸

游览苏州，给人印象最深的固然是那些美轮美奂的园林，但我觉得值得一说的却是园林的门脸。

门脸门脸，一园之门，相当于一人之脸，在非常讲究包装的时代，人们十分注重门脸。一个小工厂，也要修个漂漂亮亮的大门，一个小商店也要有个用近现代装修材料、最富魅力的设计样式。苏州园林很多，有些门脸颇为像样，可是有几处的门脸却让人很看不上眼，不要说没有像样的大门，就连唯一的入口处，也只是在墙上开出一个火柴盒似的洞，顶多在门的上方修出一个檐头来。我第一次到苏州园林，到了跟前却没找到大门，直到问及路人，经人指点，才发现门就在眼前。留园也好，怡园网师园也罢，不到眼前是看不到门的，即使到了门前，倘若不走进去，也不会相信走进去的就是一处驰名中外的园林的门。

我曾经认为，大名鼎鼎的苏州园林的门，应该是很气派很庄严，没想到竟这么普通。

俗话说，包子好吃不在褶上，如果以为门脸不够气派而小瞧这些园林，那就要犯绝大的错误。人不可貌相，海不可斗量，苏州园林也不可以门脸的大小论定优劣。因为我一走进那个不起眼的门，就发现里边是一个与外面完全不同的世界。小桥流水，亭台楼阁，回廊曲径，假山灵秀。

我曾游览过苏州西南郊一座著名的雕花大楼。初看门脸，平淡无奇，一旦进入门内，竟然让人流连忘返。不要说那建筑如何精致宏伟，光那墙上的砖雕就让人叹为观止了。每一幅砖雕画都是一个生动的故事，雕刻出来的人物景致栩栩如生宛若雕刻艺术的博物馆。

据说苏州园林初建时是某些达官贵人的私宅庭院，他们不注重门脸自有他们的想法，可是当这些处所变成人民园林的时候，园林的管理人员为什么不给它修个堂皇的大门呢？

我曾游览过一些门脸十分耐看的公园，看大门金碧辉煌，瞧园墙雕梁画栋，进了门则一览无余。门脸不是园林的注脚，正如商品包装不代表货物质量一样。华玉其外败絮其中，那是骗人的勾当。苏州园林名声在外，游人看的是园林而不是门脸。

（载于《中国旅游报》）

山　墙

南街村是一个奇迹。南街村是一个谜。

高楼并肩，厂房林立，街道宽阔，路面清洁。大楼墙壁贴着白色的马赛克。在行政区划上它是河南省临颍县郊区的一个村，可置身其中，比走在城市中的感觉还奇妙。一些城市楼房的墙面上，如果能写字，写的都是招牌和广告，南街村的墙面上都是一些警句妙语。

比如，大公无私是圣人，先公后私是贤人，公私兼顾是好人，先私后公是庸人，损公肥私是坏人。再比如，南街干部有锐气，南街村民有骨气，南街民兵有虎气，南街职工有朝气，南街新产品有名气。还比如，杯水不足道，能活一棵苗；螺钉虽渺小，有它机凌云。人要有精神，朝气鼓动前进。精神不为己，一心为人民，为己无常乐，为人乐无垠，名利思想黑，染上能亡身……

毫无疑问，他们把大楼的山墙变成了大宣传板，而他们宣传的是集体主义，是公而忘私的精神。他们发给村民的十星级文明户标准细则，都把不怕吃亏、不怕吃苦、不怕牺牲、乐于奉献，处处事事体现乐于助人、甘愿吃亏的精神长年坚持不懈加以规定，并要求家人做无私奉献的事。

南街村不仅大力宣传、极力弘扬集体主义精神，也在生产、分配等若干社会实践中体现这种精神。他们自豪地宣称，他们是红色亿元村，一草一木都姓公。他们的三千多村民免费享受住房、医疗、上学、中央空调、肉蛋面副食品等多项福利。而在分配的住房里，家具、家电、电话都是免费的。连孩子上大学也由村里供，不但负责学杂费还每月给三百元零花钱。南街村这样是因为他们有足够富裕的财产。但他们的领导包括一把手每月只拿二百五十元。有人说为什么二百五十元？多不好听。

在许多人看来二百五是傻子的别称。他们的头儿就说，我们就是二百五。这就应了他们写在墙上的一句话：这个世界是"傻子"的世界，由"傻子"支持，由"傻子"去推动，由"傻子"去创造，最后是属于"傻子"的。

他们甘心做傻子，但他们成功了。这些成功不是一帆风顺的，也不是一蹴而就的。他们走过弯路，土地分过，村办企业也承包过，可结果却令人失望。于是，村党支部决定，把分出去的地收回来，把承包的田也收回来。集体经济发展了，经营规模扩大了，这才有了今天这样的好局面。自然，这一切成果的取得，都离不开一个好班子和好班长——他们的书记王宏斌，现在的他是从十四届党代会以来连续三届的中央党代会的代表，全国劳动模范，他们的村委会、党组织都是国家和中央命名的一级先进单位。

走进南街村的陈列馆，不但可以看到他们的发展历程，也能看到另一些妙语。如，"建共产主义小区，走共同富裕之路"；"一颗明珠一个村，两个文明两手硬"；"来到南街心欢畅，共富花开何芬芳；检验真理靠标准，共产不是乌托邦"；"百川归大海，殊道亦同途，实践出真理，南街壮志高"，等等。当然这都是参观后人们发出的感慨。

离开南街村时，我回头看着墙上的标语：谁若与集体脱离，谁的命运就要悲哀；一滴水只有放进大海里才不会干涸。

把楼房的山墙当成墙报，宣传自己的主张，这是南街村的一个创造吧。

（《长春日报》）

树 与 花

木棉树英雄花

正值木棉树开花的季节，从五指山市出去，不论哪个方向，也不论走哪条路，只见大路旁田野上山坡间江畔河滨，尽可看见一株株的木棉树，盛开着红花，大树小树，老树新树，都尽其所能地开着，花大如拳，花红似火。红彤彤，火艳艳，满枝的红，满丫的红，满树的红。

这些树，不成群也不连片，多则三五株，少则一两株，也有就那么一株独立于斯，高傲地耸立着，尽情地释放着满腔热情，让自己的血染红枝头的花。

这些树，不论单株也好，几株也罢，也不论长在什么地方，山坡上也好，平地间也罢，都比别的树高出一头，树冠上红红的花朵仿佛火炬手高高举起的火把，照亮了天映红了地，让你远远地就看见它。其他树都被浑然一体千篇一律的绿色淹没了掩盖了，认不出周边的树是什么，叫什么。唯有它，高高地矗立着，远远地，远远地，让你一眼就能看见它，认出它，叫出它的名字。

它不怕谁说什么树大招风，也不惧谁说木秀于林风必摧之。它什么都不怕，就那么骄傲地兀立着，用它挺拔的树干支撑着舒展的树冠，挺立在枝头的一朵朵五瓣的鲜花，仿佛一只只张开五指的手掌，为周围的树遮风挡雨，任风吹来，任雨袭来，任雷电炸裂长空，都无所畏惧，一如既往地安然耸立，在道边为行人当路标，在江河畔为渔船做灯塔，哪怕是在田间山坡，它也是那一处最显眼的地标。

它彻底颠覆了以前的理念，说红花也要绿叶扶。不，它不需要绿叶帮扶，它就那么胆大妄为地开放着鲜红鲜红的花，开得随心所欲，开得纵情恣意，开得那么心安理得，让那些有绿叶陪衬的这个花那个花黯然失色。无叶的枝干上，那红艳艳的花就显得格外地红。只有它的花开得累了，需要休息了，要为重新占领树冠养精蓄锐了，才悄然从树上落下，绿叶才占领枝头。

它即使落下，也不是枯萎干瘪得没了血色。不，即使离开树枝降至尘埃，它也鲜红得如同新生，在地面为行人铺上红地毯。即使它的红花落尽，人们仍可凭它挺拔的英姿和雄伟的躯干，认出它来。

木棉树因开着鲜红的花，而被称为英雄树；木棉花亦被称为英雄花。

木棉树并不仅仅因为花红如血而被冠以英雄花之称号。那是有它在，就一定比其他的树高大，不论什么树都不敢和它相比。

凡有木棉树的地方，一株也好，一群也罢，都长得高高大大如鹤立鸡群，枝头开着灿烂的红色的花，仿佛一位高举着火把的殉道者。

英雄树也像英雄一样，要活就活得精彩，出乎其类，出类拔萃。

奇妙大榕树

它不是长在公园花园里，也不是长在闹市街头，更不是长在生态保护区里，没有围栏护卫，更没有人为它出售门票。

从海南东方市出发，要一个小时的车程才能到达那里。因此一听说要去看那里的树，马上就有人表示质疑，坐一个钟头的车去看一棵树值得吗？导游说，不是一棵树，是六棵树。又有人说还不是一回事！导游又说，我带好几批客人去看，看后他们都说值得，那不是普通的树。导游还说，黎族人崇尚树木尤其崇尚榕树和椰树。椰子树是多子多福的象征，而榕树是长寿多福的象征。

至于那里的榕树何以不普通，他并没说。

一个小时后，车行至一处荒野，在一片古树前停下，大家纷纷下车去看这六棵大榕树。走近它，又走远它，远远近近地观察它，果然都被它的非凡气势震慑住了。

这六棵大榕树，树干古朴苍劲，每棵粗壮得须二三人才能合抱得过来；树荫遮天蔽日，仿佛巨大的伞罩在头顶；树根隆起地面，纵横交错盘根错节，如游走在地面上的苍龙。

仅仅这些，它还不算不普通，许多大榕树都根深叶茂树冠庞大。

我仔细看去，却看出了更为惊奇的现象。这几棵树有一根枝子连在了一起，不是紧紧地挨着，你搭我，我搭你，而是如同人胳膊一般粗细的枝子，在树之间横着长在一起，从一棵树上长出来，长到旁边的树里，成为另一棵树的枝子，一棵连着一棵，长得浑然天成，看不出一丝人工斧凿的痕迹。

这根被共用的树枝和它们母体树干形成了门。

这六棵树，没生长在市井公园，不为游人品评观赏，也没长在研究院所，不为专家学者青睐，更不会有园艺师生物学家为它设计形象打理整妆。它就那么在荒野山地生长着，随意自然地成长着，随心所欲地生长着。

是谁创造出这样一副令人惊奇的六棵大榕树呢？哪一位用它的枝和干搭建这样一座座门呢？

毫无疑问，那就是大自然的鬼斧神工。

我从这样的门下走过，心里惊奇着叹息着，大自然有怎样的魔力法力创造力，能创造出这样的树来！

（原载《椰城》）

看杏花

阳春四月中旬，我来到山西武乡县。接我们的汽车一驶入太行山，满山遍野的杏花便扑面而来。山山岭岭，沟沟壑壑，到处都是。虽说稀稀拉拉，零零落落，但是一路过去，那杏花就一直没离开过我的视线。远远看去，白得有些灰的杏花花，在或者褐色或者黄色的太行山间，仿佛是缠绕着的一条薄纱。

这时我的耳边回响起关于杏花的歌和诗来。"汾河流水哗啦啦，阳春三月开杏花……"，歌中唱的阳春三月，是农历，我来时是四月，是公历，日子总归差不了多少。在有关杏花的诗中，我最先想起的是杜牧的一首："清明时节雨纷纷，路上行人欲断魂。借问酒家何处有，牧童遥指杏花村。"诗人在春寒料峭的清明时节。走入杏花怒放的地方，想找一酒家喝喝酒暖暖身，牧童一指前面杏花掩映之处，那便就是了。杜牧打听的是酒家，牧童却指向杏花村。可见，有酒家就有杏花，开着杏花的地方大约也就有村庄或者离村庄不远了吧。

进入武乡之前看见的杏花，都是野杏花，开在山杏树上。杏花多归多却散而广，没有形成气候，也就缺少震撼人的力量。让我为之一震的是在故城镇权店村举办的梅杏赏花节上。

那天早饭后，朋友对我说，去看花花。他说的看花花就是县里举办的梅杏赏花节。乘着汽车一路向北驶去，一路上都是看不尽的杏花。当然也还是长在山沟沟里的野杏花。远远的招摇着花团锦簇的树冠。后来，杏花离我越来越近，树冠也越来越小了，花却越来越清晰越靓丽起来。那戴着洁白花冠的杏树，整齐地栽种在公路旁的田地里，一排排，一行行，如同向游人挥舞花束的天真烂漫的少女。

我想，大约离权店村不远了吧，果然，汽车一拐弯驶进一个村子，在一片小广场上停下来。这是一个位于山坳里的小村。我登上略高的地方看去，只见村子周围处处都是杏花。村中有杏花，村外也有杏花。村在杏花中，杏花也在村中。看得出，这个小村，家家有杏树，户户开杏花。好一个杏花村，名副其实的杏花村啊！

朋友告诉我，这里的杏树是梅杏树，结出的杏子是红色的，特别好吃。至于为什么叫梅杏，他也说不出。我想也许是杏子沾染了梅红色而叫作梅杏的吧。

沿着村中小路，我们向村后最高处走去。我们走过面带笑容的村民，也走过杏花树。这里的杏树高低不同，粗细也不尽一致，但都是开着一样的花。当我站在最高处四处张望，我的周围到处都是杏花，在那错落有致的梯田上，是那婀娜杏树，在那婀娜的杏树上是美丽的杏花。

我看杏花的地方，站着一位村民大嫂。她戴着一顶长沿的帽子，面孔被太阳晒得黑红。我问她，这梅杏树栽多少年了，她说有十多年了。又问她以前种什么？她说玉米杂豆。为什么不种庄稼改栽树了？她说种那个收入不多嘛。我问她栽梅杏树收入多少钱，她回答一年有一二万呢吗！语气里透着自豪。

我知道，改栽梅杏树是县里施行"一村一品"富民政策的举措，看来是奏效啦。仅权店村就栽一千六百多亩梅杏，现已辐射带动周边十多个村庄。为了拉动经济，推动生态旅游，县里又借着杏花开放时节，先搞一个赏花节；待到梅杏成熟的七月，他们还要搞一个采摘节。我问过村民，赏花节一周后，杏花便尽数谢去，然后长出叶子，花开处便结出杏子来。想想看，一枚枚红红的梅杏，挂在绿叶间，如同一颗颗小星星，一盏盏小灯笼，那又是一个什么样的美丽景象！

这武乡县，在当年抗日战争的时候，是八路军总部所在地。

从这里发出的命令让入侵日军胆寒，让抗日军民振奋。在当年八路军将士洒过鲜血的地方，杏花开得越发灿烂而美丽。

（原载《山西日报》）

奇石与卵石

卵　石

江底、江岸，到处是鹅卵石。

我喜欢拾些美丽的石子。不论是在海滨，还是在江边，凡有石子的地方，我总要捡些可爱的石子留作纪念。

望着五颜六色的卵形石子，我问：你从哪里来？你当初是什么样子？

你从上游被江水冲来。你从山上被激流裹挟而来。你在上游是棱角分明的。你在山上是奇形怪状的。只是因为江水日夜地流，磨去了你的棱角。水能穿石，何况磨磨棱角呢。

于是，你成了卵石。你有过痛苦吗？

井底如果有石头，是什么样子？

流动的光阴是条经年不断的长河，我们每个人都是一块河中的石头。

我们会不会也变成鹅卵石？

奇 石

在到大宁河之前，曾在万县夜市上流连。那些漂亮的石子和石子工艺品让我爱不释手。石子像雨花石似的有种种自然图案，即使没有图案，经艺人一粘一拼，马上成为另一种美。七品芝麻官的纱翅颤颤直抖，小猫钓鱼造型别致，和尚挑水憨态可掬。主人告诉我：这些石子不过是普通石子经过艺人的加工而已，而大宁河有些奇石用不着加工。

到了大宁河，赏罢山光水色，我们就关注起石子来。有卖石子的，将待售石子浸在水中，石上的图案花纹清晰鲜明。但我们谁都不肯买，都想自己去拣，就像钓鱼人不肯买鱼一样。寻觅石子自然有许多乐趣。船工知道我们的心思，当船经过一片石砾滩时，便把船停在岸边。

石砾滩是石子的世界，走入其中眼花缭乱，捡起一个，不满意，扔掉了；前边扔的后边的可能拾起来。有的石子上蒙着尘垢，到水里一涮，露出了真面目。我们在美的世界里寻觅徜徉，也在美的世界里竞赛发现美识别美的能力。当船工招呼大家上船时，我们每人都硕果累累。

大家互相传看石子，互相评论石子，好像传阅诗文一样。

真的有许多漂亮又神奇的石子。有的像幅山水画；有的似镶着长江夔门的照片；有的呢，则像一个汉字。有位收藏者，已经搜集到了八字成语中的七个字，他还在寻觅，坚信神奇的大自然不会让他失望。……

我为造物主的神奇而惊叹！

（1984 年 10 月《长春晚报》）

旅途速写

水的性格

水是柔顺的。装在坛子时是圆的，盛在槽子中是方的。水往低处流，想让它往高处奔也办得到。形容柔弱多情也多用水来做比喻。自从我游览了黄果树瀑布之后，我对水的性格有了新的认识。

没见到黄果树瀑布之前，先听到一阵阵哗哗哗、咚咚咚的巨响，那声音宛若千军万马从面前飞驰而过而又什么都看不见。待我转过山梁，只见一道白练悬空挂着，咚咚咚的巨响便是瀑布的宣言。

沿湿漉漉的山路走下去，越走离瀑布越近，那响声便愈加洪亮而动人心魂。水落下时溅起无数细小的水珠形成经久不散的水雾在水面上随风飘移。山坡低矮的竹丛和灌木的绿叶上便永远地浮着一层亮晶晶的水珠子。

从对面看瀑如同远处观画一般。黄果树瀑布的妙处在于有小道可通瀑后，从后面观瀑布的感觉与正面观瀑的感觉绝不相同。

我走进瀑布，躲在瀑后。水的奔泻如惊雷滚动，密密实实的水遮住一切，而水帘分明是水的珠联玉缀。水溅到旁边的石上，水珠飞起闪着耀眼的光华。伸手触去，水砸得手麻酥酥的，不久便觉臂根生疼。

看瀑布，感受到的是与柔顺截然相反的水的另一面性格，那是一种壮烈、英勇，为了达到目的不惜粉身碎骨，把那水做的骨肉跃进万丈深渊，把那满腔柔肠化作万点泪珠以祭奠她们眷恋的山川大地。

低头石

在长江边我游览了好几个溶洞。巫溪的双溪洞、巫山的陆游洞和宜昌的白马洞等等。尽管每个洞都有许多传说故事，走出溶洞感到大同小异。

贵阳龙宫却与其他溶洞不同。龙潭前有一幽幽深潭，它旁边又有一洞远远地低凹下去，落差便形成一个瀑布。这瀑布不在明面而在洞中。

我们坐着游船进入龙宫。宫内彩灯闪闪烁烁，围绕钟乳石编织成各种各样的图案，每个奇妙的钟乳石都有一个传说。

一块巨大的月牙形的石头低低地垂着，挡住前面的水路。船工说这座石头叫低头石。低头石悬在通往龙宫的咽喉要道，像一个要买路钱的江湖大盗。

　　船工缓缓地往前划着，让我们低下头，船从低头石下通过。船过后，船工说：任何人从这过都是要低头的。我发现，船并非一定要从石下过。石旁有路可绕过来。可船工偏偏让游人从低头石下走过。管你是政界要人，金融巨子，学术权威，还是平民百姓，在大自然面前，一律是平等的。

　　我想，这就是船工让每一位游人都从低头石下经过的缘由吧。

长胡子树

　　福州多榕树，树干粗，树冠大，树龄长。树冠大的可覆盖排球场，树干粗者有独木成林之说，最长的树龄在千年左右。

　　我注意到榕树的枝条下，都垂挂着气根，如同胡须，丝丝缕缕。树叶和枝条向上长，向往阳光和空气的抚爱；那胡须就向下长，渴盼着大地水分的营养滋润。

　　胡须落地成根。靠近树根靠近土地的气根，扎进土里就变成树根的一部分。所以榕树的树干由多根树干组成，根系因此而相当发达。

　　有的胡须离根稍远一点，扎进土里后，渐渐长得粗壮，它仿佛一根擎天柱，用自己稚嫩的身子支撑着头上庞大的树冠。

　　难怪榕树的树冠会那么大，也难怪它的生命力那么强，寿命那么长。

孔雀比美

厦门的鼓浪屿有百鸟园。一张硕大无比的网将百鸟园罩住。多数的鸟在大笼子里唱歌，只有孔雀在曲折的甬道上散步，拖着漂亮的长尾巴，像一个绅士。如果有人夸奖它几句说它漂亮，它就把绚丽的羽毛打开，张开色彩斑斓的大扇子。游人如果想和它合影，尽管过去就是，一般情况下它还很配合。

也有不配合的时候，一位女士站到它旁边想同它合影。这只孔雀就是躲着她，她向右转它也向右转。急得她团团转，那孔雀便也团团转。后来有人说你穿得比孔雀还艳丽，孔雀怎么会让你合影呢。

园里有一处为鸟竞技设立的舞台，台顶是一个很大的棚子。棚顶站着六只孔雀。一些游人站在一边拿着各种各样的相机等着拍照。听见有人说它们漂亮，这六只孔雀也一个个竞相开屏，引起游人的一片赞叹之声。那孔雀们也越发地有兴致，张开的彩屏也不收起来，旗帜一样尽管让游人欣赏。

都说爱美之心人皆有之，其实动物也爱美呢。

土　楼

据说，美国人在空中发现中国闽南的深山里有核设施发射基地。按图索骥寻找过去，没找到发射基地却找到了世界建筑上的奇迹——独具特色的闽南土楼，那是由土夯成，客家人居住的民居建筑。

这些建筑在世界上独一无二，正在申报世界文化遗产。

开始建筑土楼一是为了家族的团聚，二是抵御外来恶势力的进攻。土楼有方形，也有圆形。外面是土内部是木头，没有钢筋混凝土，也没有钉子巴拘之类用于固定木头衔接处的东西。里边冬暖夏凉，很适合人类居住。

土楼还有五凤形、椭圆形、八卦形、半月形和交椅形，可惜没看到。

感谢前辈在建屋造舍的时候，能够用智慧造出如此奇特的土楼。

牛背上的鸦

去书洋镇看土楼归来，我从车窗里看到这样一幅图景，在一畦未灌水的稻田里，有三头灰色的牛。两头大牛卧在稻茬间，一头小牛则卧在一汪水里。火辣辣的太阳照下来，在水里肯定比在稻茬间惬意。

不知道这头幼牛是不是那两头牛的孩子，反正看着幼牛在水洼里的样子，它们很安逸。

在它们背上各站着一只乌鸦。好像鸦们约好了，飞累了到这里集合似的。

乌鸦安静地站在牛的背上，仿佛站在一块石头上。牛呢，也让它们站着，没用尾巴去驱赶，也没有摇头摆脑地表示不安。它们和谐相处得好像一张静止的画。

旁边的公路上，汽车来来往往，也有行人在它们身边走过，它们静静的，该卧地卧着，该站着地站着。

绞杀树

在西双版纳密林中，我看见一棵树。学名忘了，别名深印脑中：绞杀树。

树名令人惊骇，形象更让人触目难忘。

一棵大树被另一株树缠裹着，像一条长蛇绞起一个人。那缠绕着的树纵横交错七扭八绕，酷似一张面目狰狞的脸。

缠绕的树生机勃勃；被缠绕着的树却已腐朽糟烂。

这就是树与树之间的生存竞争！

无心树

一棵不大的树立在路边。枝叶繁茂，树中间开裂，树干张开来，像一片帆，像一片叶。

导游员让我们看这树，问我们看出了什么？

有人说：这树没树心。

导游员说：这树没心却有一张皮。俗话说得好，树活一张皮。

植物世界与人的世界是不是有些相似之处？

伴生树

两株不同品种的树，一株因为光合作用较差，其根必须依附在另一株的根上，两树同根，相伴而生。

　　在南方见到这种树，檀香树和相思树，须相伴而生。

　　以为伴生树生在南方，后来才知道北方也有，橡树就须有槭树或椴树伴生才行。

　　树有伴生，人呢？

（1992—2008 年散见各报）

文豪故里行

文君井：司马相如

这就是古往今来众多游人光顾过，文豪吟诵过的文君井！它在四川省邛崃县城的文君公园内。圆而小的井口，深而阔的井底，容纳了多少情感和动人肺腑的故事！

此刻，我伫立在文君井旁，沐浴着巴蜀雾般小雨，听邛竹沙沙，不禁心潮起伏。说什么"井上风疏竹有韵，台前月古琴无弦"，不，我分明听见了那石台上的古琴，音韵委婉，动人心弦……

那是一首名叫《凤求凰》的曲子……

西汉初年，成都文人司马相如宦途失意，投靠了好友临邛县令王吉。在王吉的巧妙安排下，没有谁知道司马相如落魄，反倒以为来了个大文士。临邛巨富卓王孙为了攀龙附凤，在家设席，宴请相如并请王吉和豪门望族百余人作陪。司马相如慨然应允，因为这正中下怀。

　　司马相如知道卓家孀居深闺的文君才貌出众、通晓音律，便有意于她；而司马相如的辞赋文章也让卓文君爱不释手，司马相如来到卓家，文君自然心中一动。

　　酒席间，县令王吉提议司马相如弹奏一曲，让诸公一享耳福。司马相如手抚琴弦，想起才女寡居，便奏起一曲《凤求凰》来。奏者有心，听者有意。卓文君听出了他的心声。

　　凤兮凤兮归故乡，遨游四海求其凰。

　　时不遇兮无所将，何悟今夕升斯堂。

　　有艳淑女在闺房，室迩人遐毒我肠！

　　何缘交颈为鸳鸯，胡颉颃兮共翱翔……

　　这首大胆的求爱歌，深深地打动了卓文君。她躲在门后的帘子里偷偷地打量他，发现司马不仅才艺出色，也是相貌堂堂。她义无反顾地冲出家门，与司马相如连夜私奔成都。

　　相如文君在成都无亲无靠生活无着，只好又回临邛。女儿叛逆，让卓王孙颜面尽失恼羞成怒，当然不肯接济他们。司马相如和卓文君就租了个铺子，开设酒肆，文君当垆、相如涤器。后来相如成了显宦名士，不弃文君，夫妇偕好百年……

　　相传，文君就是汲这口井水来酿酒的。为了纪念司马相如和卓文君，后人将其酿酒之井命名为"文君井"。在井畔筑琴台、建妆楼、凿月池、叠假山、植邛竹、竖诗碑，建成了公园。公园虽小，但曲径茅亭，湖石相映，也显得古朴清幽，玲珑可爱。邛崃出酒，称文君酒，浓香甘洌，回味绵长。

　　这儿，已经成为驰名中外的西汉遗迹。

　　我站在文君井口，探头下望，水如明镜，清可照人。井壁并未砌石，二千余年来从没倾圮。井侧有短墙，上书：文君井。井旁不远处，有一石台，这就是琴台。宋代田况游览此之后题诗云："西汉文章世所知，相如宏丽冠当时。游人不赏凌云赋，只说琴台是故基。"郭沫若在《题文君井》词中写道："文君当垆时，相如涤器处，反抗封建是前驱，佳话传千古。"

到邛崃观文君井，喝文君酒，倒可以览胜怀古，陶冶精神。

（1983 年 5 月 10 日《吉林日报》）

三苏祠：苏洵、苏轼、苏辙

一门父子三词客，千古文章四大家。说的是三苏。

三苏者，苏洵、苏轼、苏辙也。

三苏祠在四川眉山城内。祠堂有一楹联，十分得体地概括了苏氏三杰的文学地位：

萃父子兄弟于一门八家唐宋占三席，

悟骈散诗词之特征千变纵横识其源。

在我国文学史上，大约没有哪一家能像苏门三父子那样，取得如此伟大的文学成就。

三苏祠原为苏家故宅，早在明代洪武年间，人们为了纪念三苏父子，改宅为祠，设置了启贤堂、木假山堂和大殿。可是，六个世纪以来，它像我们多灾多难的民族一样，饱经了战争的苦难。战火中，祠堂内能烧的都烧了，只留下"东坡盘陀画像碑"一通，明代铁铸巨钟一口。这一通碑一口钟，是中国古代文化遗产孕育而成的精华，是烧不毁、焚不尽的！

三苏祠，几度毁于战火，又几度模拟重建。延至清代康熙和光绪年间，又增建了瑞莲池、碑亭、披谢、百坡亭、洗砚池等。1949 年后，当地政府又重建已经是残垣破壁，举目凄凉的三苏祠。经过多次修葺、广征资料，古祠旧宇一复原貌，才有了今天这个景象。古墙环抱，小溪绕足，佳木葱茏，幽篁苍翠，嗣宇堂廊，匾额楹联，更有数以千计的有关三苏的文献和文物，真是令人目不暇接，犹如走进一座文化博物馆。

朱德委员长于 1963 年莅临眉山，命笔题诗：

一家三父子，都是大文豪。诗赋传千古，峨眉共比高。

站在苏东坡塑像前，我低声吟诵："大江东去，浪淘尽千古风流人物……"

游着祠内的曲谢回廊，我忽然想起了传说中苏小妹三难新郎的故事。游过三苏祠我才知道，实际上并无苏小妹其人。苏洵有三女，长女周岁夭亡，次女十岁死去。东坡三姐小名八娘，虽"能属文"，但年十九即与程家表兄联姻，因"不得志以死"，"即嫁而卒"。苏轼门生秦少游所作《鹊桥仙》，情意缠绵，动人肺腑，尽管他娶妻徐氏，后来的文人骚客还是把他和八娘扭在了一起，大约是以此来告慰苏门三杰吧！

（1983 年 1 月 18 日《长春日报》）

沙湾：郭沫若

沙湾，在郭老的自传中多次提到，这里有郭老启蒙的"绥山家塾"，有"结婚受难"的旧址。

有一天我到了乐山，来到沙湾。

沙湾小镇坐落在峨眉第二峰绥山脚下。郭沫若旧居是一座三进中式木结构四合院。迎面是一座郭沫若半身塑像，左右两侧的房间，展览着郭沫若在日本活动时的实物和照片。第一院的左侧房间，是郭沫若诞生处，山墙上挂着他父母画像。郭沫若在自传中说，母亲受胎时，梦见一个小豹子突然咬住她左手虎口，他出生后乳名"文豹"。

郭沫若的母亲多才多艺，资质聪颖，善画能绣，会好多诗词，文豹自小受到母亲良好的教育和艺术熏陶。后院有一座小花园，有一间面对绥山的厅房，这就是郭沫若启蒙的"绥山馆"。馆里有一楹联，写道：雨余窗竹图书润，风过瓶梅笔砚香。"绥山馆"里至今还保存着郭沫若在中学的一张成绩表。一代文豪郭沫若，那时最好的成绩是算数，100分；其次是英语和生理，98分；除了图画就属国文最差，才得55分，还不及格呢！郭沫若学识渊博，是中外驰名的诗人、戏剧家、考古学家、古文字学家和书法大家，可见一时的成绩不能说明一切也不能决定一切。

中院左侧的房间，就是郭沫若自称的"结婚受难"处了。室内昏暗光线不足，一张老式的木床，帐子掀着，漆着墨色油漆的笨重家具，仿佛见证人似的站立一边，据说这都是张琼华从娘家带来的陪嫁。1912年，郭沫若在父母的包办下，在这个房间和张琼华结婚。别人结婚是喜事，郭沫若结婚称之为"受难"，是一场"社会悲剧"，是"隔着布口袋买猫子"。新婚之夜，他是在一间住惯了的厢房独自睡去的。婚后第五天，郭沫若辞家出川远走高飞，那个张琼华却孑然一身生活在乐山。从她身上我们可以看到封建礼教给她造成的悲剧，好在这样的悲剧已经一去不复返了。

（1982 年 11 月 16 日《长春日报》）

东北亚的金三角

一眼望三国

珲春在中苏关系紧张时期是军事对立的最前线，而今正在变为边境贸易的最前沿，珲春的地理位置得天独厚。这里有两个海关，一个是长岭子海关，是对俄贸易口岸，另一个是沙坨子海关，是对朝贸易口岸。

站在边境瞭望塔上，透过四十倍的望远镜，俄罗斯那边的情景呈现在眼前。一片灰色的楼房，几位俄罗斯妇女在阳台上打毛衣聊天，黄头发的小男孩在小游乐场中玩耍。火车隆隆驶过凌空架在图们江上的俄朝大桥，过了桥便是流向日本海的图们江，江的那侧是朝鲜的豆满江市，再放眼望去，就是一片蔚蓝色的日本海。

从这里出海到俄罗斯的波塞图港仅四十公里，到俄远东第一大城市海参崴一百六十公里，到日本新潟八百公里。这里是我国到俄远东、到朝鲜东海岸及日本西海岸的最近点。

有人形容这里：鸡鸣闻三国，犬吠惊三疆。

土字牌

距瞭望塔向南大约二百米，立着一块饱经沧桑的石碑，这就是著名的土字牌。传说光绪二十八年的一天，几个清兵抬着界碑沿江而下，应该把碑立在图们江入海口处，可他们嫌累，把碑放在距入海口十五公里的地方。从此，中国痛失出海口。

听了这个故事，心里直发堵。这块土字牌把珲春也把中国阻拦在距离日本海并不遥远的一隅，自发源于长白山的中朝界河图们江往南便是俄朝界河。尽管有关条约规定中国有出海权，但毕竟受着一些因素的制约。实际上，早在南北朝时期，唐代的渤海国就多次从这里向日本派遣使者，这里被称为海上"丝绸之路"。但日俄战争使图们江封锁了半个多世纪。

中国向世界敞开大门之后，人们将发展的目光投向这里，发现这里是个金三角。国内外著名经济学家指出：90年代乃至20世纪，世界经济的支柱将由北美和东欧移向东北亚。珲春恰好在东北亚的中心点上。日本经济界提出了"东北亚经济圈"的理论。中国人对"大东亚共荣圈"记忆犹新，所以对"经济圈"的"圈"特别反感，于是提出"经济区"。圈也好，区也罢，外国人并没在乎。联合国计划开发署官员、专家多次考察图们江地区，决定在二十年内投资三百亿美元开发这一地区。

珲春的新纪元开始了，她将从土字牌限定的死胡同里冲出去，冲向日本海，冲向世界。

珲春向未来走去

1991年图们江地区的建设被列入在联合国重点开发项目，这一消息震动了世界，一百多家报刊进行报道。朝鲜对此表示了积极的态度，规划在位于图们江口附近的雄基、罗津建立六百二十一平方公里的经济贸易区，并计划建设年吞吐量达一亿吨、人口达百万的港口城市。俄罗斯宣布海参崴地区实行全部开放。这是俄远东第一大军港，以前连市内地图都不曾公开出版过。蒙古也表示希望经图们江进入日本海，从而为这个生活在马背上的国家找条海上运输捷径。日本人更不落后，拟投资一亿日元开发建设，他们预言这里将成为远东的香港……

珲春开放的大气候已经形成，由一个备战的最前线，一下又变为开放的最前沿。这个变化有些让珲春人不能适应。因为要建设，房屋要拆迁，居住条件紧张起来。市里号召每个职工每年拿出一个月的工资用来城市基础建设，对此也有人抱怨。不适应是暂时的，抱怨也是低调门的，因为他们从来来往往的考察、投资者身上看到了珲春未来的前景。

就在我们采访的时候，市建委主任说，他们办公室门里门外，终日被外来投资的人拥塞得寸步难行。从新华社公布珲春开放之日起到五月中旬，已接待了三四百次考察团队。

珲春市招商办主任高兴地说，现在有一家外资联营的牡丹峰饭店已经开业。韩国、日本、加拿大等地客商也来此考察投资环境，有的签订了意向书，有的已经要破土动工了，还有的在洽谈之中。旅游局局长告诉我们，因为珲春位于独特的地理位置，势必会成为旅游热点。现在，中朝一日游已经开通；中俄一日游、四日游，正和俄方洽谈，估计不久便会谈妥实施。

　　一个大规模的建设序幕已经拉开。几栋造型新颖的大楼已经拔地而起，红红绿绿的霓虹灯彻夜不息。用不了多久，一个面貌一新的珲春市必将出现在东北亚的中心，出现在东北亚的金三角。

（1994 年《海内外》）

人在旅途

途中见闻

记不得是哪一年，也说不清那是在什么地方，发生在那途中的一件事让我久久难以忘怀。

一条宽阔的砂石路，两侧是新建的二层小楼，门口高悬着红红绿绿的幌子，这是东北一个普通的小城镇。长途汽车在这儿停几分钟，下去几个人又上来几个人，之后，车又往前赶路了。

最后上来三个年轻人，一个穿驼色风衣；一个穿着西服，白衬衣袖沾着污渍，没系领带；还有一个穿件针脚很大的绿毛衣。他们都没带包，大约是短途旅客吧。

这几个人没坐到座位上去，而是不约而同地坐到司机斜后方那凸起的引擎盖上。司机看也没看他们，照旧开着车，在这几个年轻人身边的第一排坐着一位乡下妇女，怀里紧抱着一个人造革的挎包。

三个年轻人坐定后，那个穿风衣的从兜里掏出三张扑克牌，都是 2。他先让另二位看准其中的一张，当同伴点头表示记住了是哪一张之后，他就随意地倒着牌，然后停手，让同伴找他们盯住的那一张，认对了，就掏出十元钱给他。

我坐在这三个人的旁边，第三排靠过道的座位上。开始以为他们是坐车闲着无聊玩牌解闷，也就不以为然地看着。售票员无动于衷地扫视他们一眼，继续数着一直数着的为数不多的钱。司机看也不看他们，专心致志地开车，那三个人便继续做他们的赌博游戏，一副漫不经心的样子。我看穿风衣的不住地往外掏钱，他可输惨了。

坐在第一排左侧的大嫂看他们玩，觉得有趣，不时地指点着是哪张哪张，有的时候她指点居然很对，脸上就现出兴奋和跃跃欲试的样子。穿风衣的问她玩不玩，她摇摇头，穿风衣的说试一把吗，你赢了算你的，输了算我的。大嫂觉得不吃亏，就弯下腰去玩了起来。

穿风衣的亮出一张梅花 2，问大嫂认准没有，大嫂说看准了。于是穿风衣的就把牌扣在平坦处，手快速地倒腾着。他手飞快，大嫂盯得紧，一眨不眨，生怕一错眼珠认错牌。当穿风衣的倒完牌，大嫂手指其中一张。穿风衣的翻过来一看，果然是梅花 2，说话算数，掏出十元钱给了大嫂。

初战告捷，大嫂十分兴奋，脸就有些红了，嘴角泛着自信的微笑。

穿风衣的说，那就正式玩了。大嫂说行，好像成竹在胸。穿风衣的就按游戏规则亮牌，认牌，输了掏钱，赢了收钱。我心里颇为纳闷：上车的这三个年轻人不是在赌博吗？如果赌博他们能光输钱吗？

我不动声色地看着他们玩。开始大嫂赢的多，输的少。后来就渐渐地认不准了，明明是梅花，翻过来却是红桃，是眼花了吗？大嫂揉了揉眼睛继续玩，还是认不准，明明认定的是这一张，翻过来的却是另一张。只是她不肯罢手，想着把输掉的再赢回来，可是手头的钱已经不够了，就转过身去，解开裤带，从内裤里摸出一沓子十元一张的钱来。穿风衣的和他的同伴，偷偷地笑了，眼里射出贪婪的光来。大嫂很快就把这沓子钱输光了。

到下一站汽车停了。三个年轻人好像猛然意识到站了似的，急忙拿着钱下车了，仿佛凯旋的将军。继续赶路的乡下大嫂愣了一下，什么也没说，手捧着脸哭了。先是小声地哭，接着就鼻涕一把泪一把地大声号啕起来，那哭声像刀子似的刺着我的心。

我为什么没在她输钱之前，劝她放弃这种赌博游戏呢？难道我没看出其中有陷阱吗？

这位乡下大嫂坐车进城，肯定有事要办。看她把钱深藏在内衣里，拿出来时不好意思的样子，就知道她绝不富裕，那几个钱来得也极不容易。她带着钱也许要办一件大事的，可是她就那么轻而易举地输掉了。

我想，那三个年轻人肯定是以此为业也以此为乐的老手。可是，乘务员没见过他们吗？不知道他们是在设陷阱，诱人上当骗人钱财吗？他们是第一次乘坐这趟车吗？司机不知道他们的把戏吗？

唉，生活是美好的，美好中也有龌龊。旅途中有山光水色，也有阴暗罪恶。

旅途之中可要当心啊！

（1992 年 4 月 8 日载于《长春农民报》）

纪念品

大凡旅游地都有纪念品。我以前是一个酷爱买旅游纪念品的人，每走一地都要买一点，每个纪念品都能留下温馨的记忆。比如，看见木象我就想起了瑞丽江的旖旎风光；看见那把孔雀羽毛编织的扇子，我就想起西双版纳的热带雨林。

我买旅游纪念品并不局限买些小摆设，旅游地的什么名特产品也在必买之列。有一次我们到四川开会路经眉山。会议的组织者就介绍说这里的臭豆腐名扬海内外，虽然闻起来特臭，吃起来又特别香。于是参加会议的人就人人手里拎着一罐臭豆腐。四川山多路难行，还没等我们离开，臭豆腐罐就打碎了好几个，弄得整个宾馆一片臭豆腐味。我虽然有幸将它带回家里，也是一路上提心吊胆，不知情的人还以为我们带的是什么宝贝。臭豆腐吃光，装臭豆腐的陶罐还在，秋天用它腌咸菜。每当看见它，就会想起那次四川之行来。

后来，我听说那种极力劝你买什么旅游品的角色，大都拿着回扣。之后，买纪念品就不听导游那套说辞了。

不听导游宣传也有上当的时候。有一次，我到君山去，那是洞庭湖中的一个小岛，不仅有许多优美的传说，也有一些纪念品。游毕我就想买一点带回去。看来看去，我就相中了一种黑筷子。黑漆漆的筷子上方下圆，上面还有"君山留念"四个金字，这就愈发勾起我买的欲望，想这种筷子既有实用价值又有纪念价值。摊主看出我有买的意思，就用那三寸不烂之舌，给我介绍这黑木筷子如何好，说黑木是一种珍贵树种，坚如铁硬似钢，不论你夹什么东西，也不论怎么用力，保证这筷子都不会折，就差一点说出这种筷子还可以试毒了。明知极力夸自己的东西好，正是急于想推销，应当头脑清醒以免吃亏。然而，急于买到一种东西就像恋爱一样，很有一种盲目性，我毫不犹豫地掏钱买下了它，高高兴兴地带回家。

到家之后我没急于打开，打算过年用。要过年了，我把筷子拿出来，发现已经变形，金字也掉了色。更令人意外的是，我把筷子放到水里清洗，黑木也褪色，清水像墨一样黑，筷子却像椴木一样白；而那金字呢，一面是君山留念，一面是九华山留念，另一面又是泰山留念。

这件事尽管让我心情沮丧，可刚买时也是挺高兴的。还有买时就不痛快却又不得不掏腰包的时候。大理的蝴蝶泉闻名遐迩，尤其是蝴蝶泉和长影有关，那是一部叫《五朵金花》的影片给唱红的，我到了大理能不到蝴蝶泉看看吗？一进公园，立刻被一群穿着白族服装的女人围住。人人手里都带着许多纪念品，多是小挂件，五颜六色，这个让我买，那个也让我买，围得水泄不通，大有你不买就不放你走的架势。这种小东西，我一到大理就买了一点，就不想再多买了，可是她们把我和其他旅客围得铁桶一般，不买一件就是不让你走，左冲右突，出不了包围圈，没有办法只好硬着头皮买了一件了事。东西买了，好心情也被破坏了。

后来，我看了一本算卦的书，在和我有关的部分里说，像我这种人尽花冤枉钱买那些没用处的东西。再以后出去，就是到了旅游胜地，也不买或者少买纪念品了。

（1999 年 6 月 27 日载于《长春日报》）

登 山 乐

青城山

嗬，好一个青城山。站在这号称天下第五名山的山下，我望山兴叹。苍岩壁立，秀树交映，飞瀑如练，泉声似琴，山头迷迷蒙蒙，似雾非雾洋洋洒洒；山间混混沌沌，似云非云飘飘荡荡，真是"亦幽亦秀亦雄亦奇"也！游过佛家名山峨眉山，再游道家福地，确是耳目一新。

青城山，在四川灌县西南三十里处，是道教发源地之一。全山宫观星罗，空翠四合，终年长绿，诸峰绕城郭，故谓青城山。

山间乳白色的雾越来越浓，一阵小雨飘忽而至。雨点打在树上，沙沙作响。水滴落在肩上，不一会就湿了大片。正着急，忽见拐弯处有一小亭，急忙跑过去避雨。这是个极其别致的小亭，由曲曲扭扭的树干支撑，斑斑鳞鳞的树皮盖顶。命名天然阁。有一楹联：烟霞怀旧侣，山月盼新人。看来这道教圣地是好客的。

雨还在下，我却不能久留。只好冒雨游山。一抬头又是一亭：

怡乐窝。楹联云：登临莫谓苦，小憩自然凉。读了这两句还会觉得累吗？

　　冒雨来到"天然画图"。这是个大亭阁，却朴实无华，属于茅屋草舍一类。和佛家的金碧辉煌、雍容华贵的殿堂相比，显得有些寒酸。但这建筑正好体现了道家清静寡淡、与世无争的哲学思想。

　　青城山的亭阁多而又风格独特，在丹梯铺就的山路上，每过一弯，必有一亭。或建在碧波飞瀑前，或立在山巅锐峰上。有的六角，有的八角，还有四角三角的，古朴自然，生动谐趣，游人至此或避雨，或歇脚，确有"草亭闲坐看花笑，竹院敲诗带月归"之妙。亭阁的名目也叫得奇，深藏密林处叫"问道亭"，云雾缥缈处叫"卧云亭"，林木蔽日处叫"山荫亭"，林疏天阔处叫"回望亭"等等。亭阁中都有楹联，这也是青城山亭阁的一大特点。

　　当我急匆匆赶下山时，云开日出。雨水沿山漫壁而下，在阳光辉映下闪着亮亮的光，整个青城山好像正襟危坐的道人，飘飘的白雾仿佛手中的拂尘。

　　果然"青城天下幽"。

（1983 年 11 月 19 日《城市时报》）

笔架山

　　位于辽西海面上的笔架山，与其说是山莫如说是岛。从陆地到笔架山只有一座天桥相连。天桥与其叫天桥莫如叫隐桥更为恰当，因为这座桥时隐时现，也是与陆地相通的唯一通道。

所以你要去笔架山，游览岛上风光，要看你是不是有运气。有运气，隐桥就出现在你面前，驮你过海；要是没运气，那隐桥就隐藏起来，让你望洋兴叹。

我到达天桥时，正值海天相连，云水茫茫之时，大海包围着的笔架山，就成了孤岛。正叹息来得不是时候，有人说别急，耐心等一会就有奇迹，我就耐心地看着潮起潮落。说也奇怪，随着潮水的退去，一条四五米宽，由石砾铺成的桥，渐渐地露出头来，又渐渐地现出海面，海水退去得越远，那天桥就越长。桥还没完全露出来，一些急性子的人，就提着鞋，踩着硌脚的卵石，涉水过桥了。我兴致勃勃地跟着他们，朝笔架山走去，路面湿漉漉的，有几段低洼处还有清粼粼的海水涌来涌去。

笔架山上都是宗教建筑，一座寺庙、一座王母宫和一座三清阁。王母宫内有几尊汉白玉雕圣母像，身披黄布斗篷，手捧经卷，两旁有若干尊神像，也都是汉白玉雕成。可惜大部分雕像都已残缺不全。三清阁是五层石塔，依山建立。内有环形阶梯，可供游人盘旋而上。塔里供着孔子与关公一文一武两位儒神，还供有如来、弥勒等佛像，以及慈航道人、青龙真人、通天教主、太上老君等众教首领。他们济济一堂，仿佛在那里共商宗教大事。

坐在山岩上，向下俯瞰，S型的天桥像条褐色的丝带，飘浮在脚下。

关于天桥的来历，有两个传说。其一说，从前有个孝子，母亲得了重病，久治不愈。有一天，他梦见一个人告诉他，笔架山有仙草可以疗母疾。醒来之后，他决心去笔架山寻求仙草，可是笔架山被海水包围着，无路可走。他把竹竿投到水中，想踩着过去，许是他的孝心和诚意感动了海龙王了吧，竹竿变成天桥，采回仙草治好了母亲的病。其二说，秦始皇时代，修筑长城的民工忍受不了残酷的折磨，纷纷逃跑，有一些民工逃到海边，正好有条石路通往笔架山，就沿着这路上了山。当秦兵追来的时候，桥没了，路断了。民工们说是老天为他们架的桥，天桥之名也由此而来。

实际上，所谓隐桥，完全依潮汐而涨隐退显。海水涨潮，笔架山四面汪洋，天桥也被淹没殆尽。山成了地地道道的海岛，潮水落下去了，那桥就显露出来。

医巫闾山

辽西北镇有山名叫医巫闾。山不算高，也无仙人，却久负盛名。文人骚客登临此山吟诗作赋，乾隆道光两位清帝也留下御笔。现在，本地老人还能讲出当年清帝驾临时的盛况：路上铺三寸厚黄土，行人一律要背靠背地跪立两侧。据史书记载，医巫闾山从古代起就是幽州的镇山。隋代封四大镇山，它被称为北镇。到了唐代，亦是五镇之一。

进山门，踏石阶，一直向上，有一人多高的卧牛石立在路边。石上刻着四个大字："从善如登"。字迹油漆一新，衬着青褐色石体，分外醒目。我在字前伫立良久。以前看见的都是"从善如流"，这里怎么"从善如登"？

走曲径，过小桥，继续向上，我看见"医闾佳胜"那山壁上垂下一块巨大的石板，上面刻着"水石奇观""思岩"以及"云壑"等字，还有王维的"明月松间照，青泉石上流"两句诗。大石板下是一个虎口形的深洞，一股细细的山泉水从石顶流下，滴入下面一个高脚石雕的"圣水盆"里。水滴叮咚，音韵悦耳。洞口边的青石壁上还有清道光皇帝的手书："气象万千"。间山危岩各具形态。岩石光洁如玉，仿佛是位裸露着健美胸肌的壮汉。石上不长草，却在岩缝中长着一株株苍劲松树。看着岩石裂隙间顽强挺立的树，不禁油然而生敬意。

起起伏伏的岩石间，有一些浅浅的脚窝，形成一条曲曲弯弯的山路。山路，艰险难行，稍有不慎，都可能滑下去，这使我想起了山下卧牛石上所刻的"从善如登"四个字来。哦，那位题字的先生，想来一定是有感登山之难，联想到人世间行善之不易，因而才发出那样的感慨吧！

山头上，罗列四块巨石，靠石头参差相间造成的效果，很像一座天然的坐佛。这儿被称为"间山第一石"。望着那一块块重达数万斤的巨石，我惊叹不已。这是天然若此还是先人们创造的奇迹呢，如是后者，又是怎样创造这奇迹的呢？

在"间山第一石"旁，有万年松，须三人才能合抱。站在松树下，可听到松树发出的呜咽之声，其势如林涛如海啸。树下有"风井"，据说，风井下通石洞，所以井里有风。把草帽扔到井内，还能被风吹上来。可惜现在没有丝毫的风了。

绕景区一周返回时，我又路过刻有"从善如登"四字的卧牛石。虽说登山不易，但登山者始终不断，"世界屋脊"珠穆朗玛峰不也有人登上去了吗？可见人们并不畏难。山可登，善也可行。

（1984年8月11日长春人民广播电台《江山览胜》）

五花山

国庆节前后几天，正是黑龙江小兴安岭的五花山时节。我恰恰是过了"十一"上山的，所以刚好赶上五花山，一见到满山满岭的绚丽色泽，心里为之一震。常在文学作品中见到作家笔下的五花山，也常想象五花山的样子，可若不亲眼见，你无论怎么想也不如前来看。松针还是浓绿，桦叶变得嫩黄而色树的叶子已经红彤彤的了，漫山遍野，点缀在金黄的树丛里，银白的桦树间，一丛丛一蓬蓬犹如夏令营的篝火。我恨我不是画家，不能用色彩描绘山的多彩；我恨我功力有限、笔力不足，面对此景只能望山兴叹。

在林场工作的同学领我进入山的腹地。脚下是松软的落叶和腐殖土，踩上去地毯一样舒服。若不是雨后太湿，我真想在上面打几个滚。头上是密密匝匝的枝叶，阳光变成一条条亮线从缝隙间射下来。同学如数家珍地告诉我：那一嘟噜一嘟噜像葡萄似的是山樱桃；那一粒一粒通红通红的红豆豆是五味子；依附在树棵子上的拇指般大小的绿果叫元枣，也叫猕猴桃。说着手把树干一摇，霎时落下一阵绿雨，地上便铺了一层绿果。我捡一颗吃一颗，又香又甜，吃不了就往帽兜里装。同学还告诉我，依附在椴树和柞树上的元枣更好吃。

我们在两棵比肩而生的红松前停步。仰头看去，一颗颗硕大的松塔挂在枝叶间，好多好大的松塔呀。进山前，妻子和女儿嘱我带些松果回去。女儿要吃松子；妻子是生物教师想做标本。我曾陪她在市内公园里的松树上采松塔。市里公园的松塔又瘦又小，好像营养不良的孩子。

同学把脚扎子绑在腿上，在地上找了一根长杆，用绳子拴了，像猎枪似的背上。准备停当，他抱住粗大的树干攀缘向上。我伸着头，眼睛一眨不眨地盯着他，心忽悠忽悠地荡秋千。可他呢，猴子似的一窜一窜地爬着，很快爬到树冠，坐在枝杈间。他解开绳子，取过木杆，朝有松塔的枝杈捅去，噼里啪啦地下了一阵雹子，地上便落满罐头瓶子大小的松塔，散发着幽幽的松香。我冒着头被砸的危险，跑到树下，把松塔归成一个小金字塔。

下山时，每个登山的人都背负着沉重的行囊，边走还要边收获，摘蘑菇、木耳和山核桃。

真是满载而归了。

这次五花山之行，给家人带来了许多乐趣。女儿吃到新松子；妻子兴致勃勃地拿松塔到学校做教具，让老师和学生大开眼界。

五花山是美丽的也是富有的。

（1994 年 10 月载《长春日报》）

走 江 湖

莫愁湖

我游历过许多名山大川，造访过数不清的寺庙公园。然而我却对莫愁湖情有独钟。同玄武湖比，莫愁湖显得过分纤小，然而，我却对小巧玲珑的莫愁湖怀有深深的眷恋。几年来，它总是闪烁在我的记忆中。

是什么使我对小小的莫愁湖神牵魂绕，念念不忘？是幽幽竹林中，巍巍亭台旁，彩色石子铺成的各具形态的鸟兽花树甬道，还是园中清澈碧透的湖水？

是，也不是。

莫愁湖啊莫愁湖，谁到这游览，能忘了郁金堂前那一尊石雕女塑像呢？她，就是莫愁女。这个公园就是以她的名字命名的。这里当然有故事。据说，莫愁湖原名叫石城湖，除了它的主人，几乎无人问津。后来，有一位名叫莫愁的十五岁少女，远嫁他乡，途经金陵，在此小住。她和邻里的关系处得十分融洽。为了纪念她，改为莫愁湖。于是，这个极为普通的小湖，就成为文人骚客、帝王将相的流连之地。石壁、石碑留下了他们的墨痕。

我在"清明时节雨纷纷"的日子来到莫愁湖。顶着潇潇春雨，面对连底座一米多高的石雕女像，不禁喟然长叹。她那云髻高卷，低眉凝神的模样，曾引起我对她命运的联翩遐想。莫愁女啊莫愁女，你名为莫愁，实则愁肠百结。你那微蹙的眉头，紧抿的樱桃秀口，不都流露出你满腹心事吗？我觉得，满天乌云，淅沥细雨，更为你的愁思增加几分悲凉。你是为婚姻所累，离父母，别兄妹，远嫁他乡，又对未来的夫君不甚了了，而抱有一丝莫名的惆怅吗？我的心头不禁为她默默地吟诵，"独在异乡为异客，每逢佳节倍思亲"的诗句了。

朋友，当你有机会到南京，也去游览南京名胜之一的莫愁湖吧，它一定会让你感触万千！

（1982年5月《妇女之友》）

桂　湖

游四川新都桂湖，正值金风送爽季节。荷花已谢，硕大的荷叶飘摇水上，没看到红莲竞开的奇景，却领略了桂花飘香的美妙。满园桂花，金桂似火，银桂如雪，真是让人赏心悦目。那碗口粗细矫若游龙的紫藤，那摇一处而全树摇的紫荆和那许许多多的奇花异草，使我恍如走进了植物院。

桂湖因升庵祠而驰名。升庵祠是明代文人杨升庵的纪念馆。

杨升庵，名慎，字用修，1488 年出生于此，十岁能诗，十二岁的诗文就已为世人所知，二十四岁考中状元，曾做过翰林院修撰，充任经筵讲官，为人正直，不惧权势，屡屡触犯龙颜而受过"夺俸"和"谪戍云南"等处分，最后死在云南戍所。

这桂湖就是杨升庵的花园和书房，也是他和女诗人黄峨度过新婚生活的居所。杨升庵在湖边植桂，培植风景，为我们留下一池荷花满园桂香。许多名人雅士慕名而来，又留下他们登临的足迹和缅怀的墨痕。

在桂湖，我在杨升庵的书房里徜徉，转曲槛回廊，登亭台楼阁，望湖光山色，对这位文化名人产生敬佩之情。杨升庵是一位多产作家，不仅精通经史诗文，而且在天文、地理、戏曲、医学、金石、书法、草木鱼虫等多方面造诣宏深，一生著述达四百多种。

他何以取得如此成就？新都流传这样一个故事：年幼的升庵，路过一家私塾，见一个学生因对不上老师出的下联而受责罚，升庵就请教下联的内容。老师说出了，升庵虽然对不上却记在心里。后来，他随在朝廷做大学士的父亲进京。一日，弘治皇帝宴请朝中大臣，升庵随父前往。时值隆冬，火盆融融。弘治皇帝触景生情说出一联："炭黑火红灰似雪"，让群臣来对，峨冠博带的大臣个个低头凝眉，无一回答。升庵随即答出："谷黄米白饭如霜"。

皇帝见年幼的孩子竟对得如此之好，连声称妙，群臣个个瞠目结舌。原来这句就是在家时向私塾先生学来的。正因为杨升庵聪颖好学、勤奋刻苦，他才成为我国历史上当之无愧的文化名人。

（1983 年 9 月 4 日《哈尔滨日报》）

镜泊湖

要说湖泊之美，南有西湖，北有镜泊。西湖有雕饰细腻的美，镜泊湖有自然粗犷的美。倘若把西湖比作出身名门的闺秀，那么镜泊湖就是出身山野的村姑。

游镜泊湖当然要看镜泊瀑布。那飞流直下的气势，那轰然作响，飞珠溅玉的场面，让每个游人咋舌。

看过瀑布我们就去钓鱼了。

钓竿像孙悟空金箍棒一样可以随意伸缩，鱼饵是挖的蚯蚓，当地叫曲蛇。把粉红色的曲蛇放在手心里，鼓起手掌一拍，曲蛇被震晕，套在鱼钩上，握着鱼竿那么一悠，那长长的尼龙钓丝就被甩到湖水里，然后坐在被阳光晒热了的湖堤上，静观鱼漂变化，等鱼上钩。看鱼漂看得眼累了，就放眼远眺，一望无际的湖面就尽收眼底。

把目光投到鱼漂上，世上的纷争烦恼全都抛置脑后。钓鱼实在是陶冶性情安养静息的极好方式，难怪许多人都喜欢钓鱼呢。

也许是我钓技不高，好半天才钓上条长不过半尺，宽不及一寸的小白鱼来。我身边的钓友已经硕果累累了。钓鱼也有窍门，也有学问，干什么都得钻进去才成，我并不妒忌钓友的丰硕，依然静静地等鱼上钩。

这时，我想起一首古诗，是首并不出名却颇耐人回味的诗，诗云：一网复一网，终有一同得。笑杀无网人，临渊空叹息。

我想，尽管我钓得不多，但我有钓钩在手，钩在湖中就不愁无鱼上钩，就有钓上鱼的希望。我由钓鱼联想到写作，又将古诗改成：一篇复一篇，终于一篇得，笑杀弃笔人，对刊空叹息。

这时，我的鱼漂猛地朝水中扎去，有鱼上钩了。

洞庭湖

到洞庭湖不能不去登岳阳楼。

那是一个冬日的下午，重檐盔顶的岳阳楼出现在我的面前，怀着难以抑制的激动，登上岳阳楼，纯木结构的楼板在脚下咿呀作响，我听见的仿佛是历史的回声，奔涌到我心中的，不只是略带寒意的浩荡冬风和粼光闪烁的浩瀚湖水，还有那些咏诵过多遍的华美词句。我相信，每一位能背诵此文的人，站在岳阳楼上，都会情不自禁地吟诵出来，那就是脍炙人口的《岳阳楼记》。

催生这篇佳作的却是一位贬官滕子京。这位饱学之士，与范仲淹同年中举进士，因谋求施行"庆历新政"而遭诬害被贬出京。前者来到巴陵即现在岳阳，后者则去了河南邓州。

滕子京是位难得的好官。多年颠沛，目睹当朝腐败，深感壮志难酬，仕途艰险。他到巴陵后只一年多的时间就把地方治理得"政通人和，百废俱兴"。洞庭湖边有座楼台，相传是三国时吴国鲁肃继任大都督后为训练水师而建的阅兵台，闲置多年已经破旧。滕子京觉得"天下郡国非有山水环异者不为胜山水，非有楼观登临不为显"，于是他广集资费建材，遍招能工巧匠，对岳阳楼加以扩建维修。

楼修好了，滕子京又觉得"楼观非有文字称记者不为之，文字非出于雄才巨卿者不成著"，于是他给范仲淹写信并附上抄录的历代名人咏岳阳楼的诗词歌赋和一幅《洞庭晚秋图》，派人送往邓州。

范仲淹不愧为具有远大政治抱负的文学巨子，看了滕子京的信，联想到好友和自己的政治遭际，深思熟虑后伏案疾书。借洞庭湖山水之酒杯浇自己胸中之块垒，状物写景，咏楼抒情。他万没想到他这一"记"竟成为千古绝唱。从他这一"记"之后，近一千年竟无人再敢写"记"咏诵此楼。文章做到这个份上才行。

登上岳阳楼，伏在朱漆雕栏远眺，洞庭水浩渺无涯，日光辉映下波光耀眼。远处，君山似一艘停泊在波涛中的巨舰。湖面上穿梭着轮船和帆船，不时有水鸟在空中掠过。望着这水这山，我想，岳阳楼建成千百年来，咏此楼的作品车载斗量，何以只有范公的《岳阳楼记》成为后人传诵的名篇？同样是洞庭山水，何以只有范公写出"不以物喜，不以己悲；居庙堂之高，则忧其民；处江湖之远，则忧其君，是进亦忧，退亦忧，然何时而乐耶？其必曰：先天下之忧而忧，后天下之乐而乐乎"这样的精彩句子！

范仲淹是一位卓越的文学家，更是一位进步的政治家。面对阶级矛盾和民族矛盾，忧国忧民的他，一再上书，提出利国利民的建议。即使被贬在外，仍以天下为己任信念如磐，绝不因政治上的失意而附炎趋势，也不因生活上的窘困而改变初衷。范仲淹为文是范文，为人为官也是典范。

登岳阳楼的人很多，如果是一个平庸的人，看见的仅是山水风光而已；一个平庸的文人，写出的顶多是咏山咏水的篇什；只有他，一个爱国爱民忧国忧民的文学大家，才能写出千古名篇《岳阳楼记》。

范仲淹的《岳阳楼记》前无古人后无来者。

（1995 年 6 月《长春日报》）

大宁河

大宁河是长江的支流，始称巫溪。因为早年战乱不定，生活在巫溪岸边的人民为祈求和平安宁，将巫溪改为大宁河。但作为河名，我更喜欢巫溪。巫溪，这两个字结合在一起就有诱惑力。我觉得她有一种幽深莫测的神秘感，又有一种引人入迷的传奇感。

实际上大宁河也的确有好多谜。大宁河从宁厂古镇到龙门峡，沿右侧岩壁，排列着许许多多方孔。这些石孔就是古栈道的遗迹。据说三国时的张飞就曾骑马从这条栈道上走过。史料也有铺竹管引盐水的记载。不管栈道有何用处，这项浩大工程，始于何时，怎样施工，何人提倡修建的，工期多长，一直是谜。

大宁河的谜，最诱人的要数岩棺了。这里的岩棺比长江三峡多而且集中，仅荆竹峡内一处就发现二十多具。那飞鸟不栖、蟒蛇不过的岩隙间，许多棺材成一字形排列着。若干年来，有人说那里有鲁班的无字天书；有人说那里有金银财宝。民谣还唱道："红岩对白岩，金银满棺材，舍得儿和女，走拢就拿来。"但是没有人能够舍弃儿女，当然也就没有人走得拢拿得来。岩棺便一直诱惑着世人，千百来年千方百计地寻找谜底。1980年，四川大学历史系考古专业的师生，把梯子一节一节地接上去，一直接到离地面最近的一具悬棺旁，这才发现那是棺材。棺已经风化得轻若木炭，棺内有两具尸体，一个是十来岁男孩，另一个是十四五岁女孩，还有随葬品，系西汉时期的仆人所葬。这里的岩棺有大有小，有船形有鱼状；搁置有高有低，但位置都十分险要。望着这些岩棺，我们每个人都有疑问，在生产力极为低下的古代，这些岩棺材是如何放到那么高的位置上去的？

我们不能不为祖先的创造力震惊。

你说大宁河是不是叫巫溪更恰如其分？巫溪巫溪啊！

（1984年）

柘林湖

柘树是一种灌木和小乔木，开白花，果实可食用，树皮和树根亦可入药。在这一片土地还是山区的时候，柘林茂密。当筑起堤坝，拦河蓄水，水越聚越多以至成为湖泊之后就以柘林命名了。积水漫过山谷，淹没大片山地，仍有九百九十七个山头屹立水中，形成岛屿，成为与湖水相生相依的风景。

到了西海温泉度假村，柘林湖是不可不游的去处。

我们来到柘林湖码头的时候，首班渡船已经开过。这里没有按时开启的渡船，是否出船，全凭游人多少确定。远处的岛影在诱惑着我们，没有船也只能望湖兴叹。有小游艇艇主前来招徕生意，是八座游艇，即使一二人乘坐也须按八人付费才行，我们不想花大价钱，只好坐等再有游人来。

等了一会儿真的来了两辆小车，下来四个人，一个女人肩膀上挎着包，三个男人胳膊下夹着包。下车直向码头走去，显然是要游湖的。我们就觉得有了希望，上前搭讪说，游湖吗我们可以结伴，他们并没有搭茬。我们又问，他们说他们有船。果然，一个人打了个手机之后，从湖里驶过一艘小艇来，乘风破浪很快就在他们面前停下。我们又表达了合乘的愿望，说跟你们走，我们会付钱的。其他三人都不吭声，只有一人说去吧。我们就高兴地跟着登上了艇。小游艇掉转船头直朝离我们最近的小岛驶去。

岛叫桃花岛，处处可见新开发的痕迹。迎面是一处鬼城，我知道那是吓唬人的玩意儿也就没进去。那一伙人见我们跟得不紧，反倒关照说，你们得跟紧点，要不他们知道没有票可是要罚款的。于是，我们就紧紧地跟着他们。

他们的游兴不浓，游了半个小岛就急着回去，问我们是不是继续在这玩，我们担心没买船票，有来程没回程，就说跟他们回去。天色不好，阴云蔽日，天灰突突的，没有一点层次。虽然远处的岛，倒影在水中摇曳生姿，岛与岛之间有木桥相连，确是好玩处，然而，这种天也实在不是旅游的好日子。

我们返航了。艇尾飞扬起雪白的浪花，灰白的湖鸥在艇后飞翔。因为玩了一路，彼此间就多了些话题，说起温泉度假村的闫老板，他们就越发客气起来。上了岸，还问我们是不是回酒店，要回去就坐他们的车一起走。乘了他们的船，还要搭他们的车，我就觉得不好意思。那个同意我们上船的人就说，不是说有困难找警察吗？我就笑了说对，有困难找警察。聊起来我们才知道，他们真的是当地公安局的警察，陪广州的朋友游湖，被我们碰上了。

知道了他们身份，我就有些感动。在我的印象中，警察大多有一种职业习惯，对素不相识的人都抱着几分怀疑态度，说是有困难找警察，那是在他们的职责范围之内。到这里游湖，他们有船，不带上陌生人是正常的，谁知道都是些什么人呢？然而，他们没有拒绝，只当成有困难需要请求帮助的公民，尽管不知道我们是何许人。

没怎么游成柘林湖，但我并不遗憾，因为我对一句话有了新感受：有困难找警察。

（2009 年 10 月）

西到阳关

"劝君更尽一杯酒，西出阳关无故人。"

阳关已经成为荒凉、偏远、落后的代名词。阳关位于敦煌城西七十公里处。当地人说，不到莫高窟等于没到敦煌，不到阳关也只能说到了半个敦煌。

烽火台

车向西行，满眼是望不到尽头的戈壁滩，平坦坦泛着青色，没有一棵树也看不到一株草，看见的尽是茫茫的砂砾，大海一般。虽然苍凉、雄浑，但也让人心里一阵阵发堵。偶尔也能够看见一簇簇钻天杨和绿树掩映下的村庄，但那一阵惊喜过去之后又是一望无际的荒漠。依稀看见一片绿色，待车经过，才知道那是一丛丛的骆驼刺和芨芨草，原本也是稀稀拉拉的，可是远远看去竟也连成一片了。

在一片沙滩上，一个突兀而立有模有样的土丘就很惹眼了。

那就是我们的目的地——阳关烽火台。古代信息传播方式不发达，就在相距不远，目力所及的地方建立烽火台，一旦有敌来犯，便点燃烽火，依次传递下去，以此警示边关，做好迎敌准备。如今烽火台传递信号的功能早已失去，昔日雄伟壮观的楼台，只成一方土丘，只是比那自然的土丘陡峭些，也多了些人工的痕迹，一道方形的铁栅栏将其围了起来。我们站在栅栏外看着它，想象着它当年的模样。

原来的阳关已不复存在，只在原址建有一碑和一曲廊，告诉游人这里是阳关旧址。这里游人寥寥，行人稀少。只有三五个牵着马的村民守株待兔地等着游人的到来。可在汉唐时期，这里却是通向西方的必经之地。这是张骞通西域走过的路；这是唐僧取经走过的路；这是丝绸之路的咽喉，哪一个过往客商不在这里留下他们的足迹呢！

面对这遗迹，我的耳边不由地萦绕起王维的诗句来。

纵马阳关

看我们在古沙场上徘徊，几个牵着马的村民就凑了过来，有男人也有女人。缠着你让你骑他们的马。跟着我的是一个小个子的中年女人，扎着一条绿色的头巾，脸色黑里透着红。她说，骑骑这马吧，可老实呢，我们这来人少，也没有什么收入。我们说话的时候，同伴岳扬已经骑上一匹驰骋起来。受到他的鼓舞，也是被牵马的女人缠得没办法，我接过缰绳，攀着马鞍翻身而上。马的主人告诉我这马很老实，跑起来也摔不着。于是我就夹紧马，咳咳地吆喝几声，那马小跑起来。马的主人许是怕出事吧，拉着缰绳跟着。

骑在马上和走在地上那感觉果然大不相同。当我站在一处悬崖前，马的主人指着远处的山影说，那就是楼兰山。我的脑子里倏地冒出一句诗来：黄沙百战穿金甲，不破楼兰誓不还。那些金戈铁马征战杀伐的故事，也像电影画面似的出现在眼前。我没有出生在那个年代，骑在马上是不是可以找到那种感觉呢？

葡萄园

在返回敦煌的途中，经过一个小村子。村头一家的门上写着这样一副对联：谁说阳关无故人，请到阳关葡萄园。刻在黑漆木板上，还洒了金粉。大家看了哑然失笑。联虽然不工，但把那意思说出来了。实际上，那是一个独特的广告。我们的车就在葡萄园的路边停下来。大家下了车就要进去，这时，车后边匆匆地跑来一个女人，扎着绿色的头巾，小个子，正是在烽火台处缠着我骑马的女人。原来这葡萄园也是她家开的。她说，每人十块钱，进去随便吃。可是你再能吃又能吃得了多少，大家就不肯，说你要是让带一些走，我们就进去，讲来讲去，她同意了。这个女人呀，还是挺会做生意的。

我们像一群蜜蜂钻进了葡萄园里。诱人的葡萄一嘟噜一嘟噜地挂在支架上像绿宝石。女主人告诉我，这都是马奶子葡萄，好吃得很，你们随便吃。这里都是沙土地，常年干旱，日照时间特别长，所以葡萄都非常甜。女主人还说，不仅有马奶子葡萄，还有玫瑰香，都非常好吃。她边看着我们吃，边给我们摘，让这些来自外地的人美美地饱餐了一次葡萄。我以为葡萄吃多了，牙会受不了，没想到，甜甜的葡萄一到口里，蜜一样地化掉了，一点都不酸。

当我们离开时，我们的肚子里装着满满的葡萄，我们的包里也都装满了葡萄，一种丰收的感觉回荡在我们胸间。

滑　沙

敦煌的鸣沙山的确是个神奇的所在。在那一片茫茫的戈壁滩上怎么会突兀地出现线条流畅、沙砾均匀的沙山呢？那线条仿佛人工描画，那沙仿佛筛子过一般。可它北面千佛洞的山和南边那依稀可见的黑黝黝的山却完全由岩石构成。

在鸣沙山的怀抱里，不可思议地卧着一湾泉水，形同月牙而称为月牙泉。千百年来，这月牙泉和鸣沙山，一阴一阳，仿佛一对恩爱的夫妻，相依相伴，永不分离。都说这里的风大，一刮就飞沙走石天昏地暗，可这么多年来，沙飞石走，并没有把月牙泉填死；都说沙滩是水的无底洞，可多少年过去，月牙泉的水波依然如女子的明眸闪闪烁烁。

清道光《敦煌县志》记载，泉在流沙山群中，风起沙飞，均绕泉而过，从不落入泉内。这不是很神奇吗？

每天到这里滑沙的人许许多多，要滑沙必须到山顶，却看不到山坡上有人上去的痕迹，平坦得像刚刚熨过的丝绸。当地人说，有了痕迹被风一吹，任什么痕迹全都抚平了。这不很神吗？他们还说，每当天晴气朗时，你潜心去听还可以听到丝竹之声。如果你滑沙下来，也能听见鸣沙之声。这就激起了我对滑沙的欲望。

一条木梯笔直地从山顶上顺下来，这是给人上山用的。开始我没用木梯，走起来才知道，不走木梯真的不行，一是沙子经过日晒特别烫脚，二是走上去脚陷得很深，拔出踩下十分耗力。就在我们往沙山上爬时，一个青年女子惊叫着从山顶滑下，这又让滑沙带上几分骇人的色彩，到了山头，谁都不肯贸然去溜，望着陡峭的沙坡发愣。沙山的坡度和等边三角形相仿，倘若是青年人有初生牛犊的闯劲倒也无所谓，在上了一些年纪的人面前，就很少有冒险的了。

正犹豫着，队伍中的老者徐怀中先生已经滑下去了。他是部队著名作家，也是军队文化工作的领导者，年近古稀，全然不把这小小的沙堆放在眼里，坐上滑具就滑了下去。接着，他夫人也义无反顾地滑了下去。

这很让我们这些后生汗颜。于是我也坐到滑具上去。那是用木条做成的长方形，底上钉着竹条。我坐在上面，把帽檐扭到脑后，让人用力一推，滑具飞也似的向下冲去。原来以为会越滑越快，也做好了到终点摔个跟头的准备，可是，滑具的竹条间有缝隙，越往下滑，涌进的沙子越多，接近终点时，差不多没多少速度了。

以前，我不知道沙也可以像雪似的去滑，到了鸣沙山才知道而且还着实领教了滑沙的妙处。

（2004 年 8 月《长春日报》）

西　海　风

温泉村

庐山脚下，九江城外有一片浩大水域，岛屿林立难以尽数，可与浙江千岛湖媲美，地图上称之为柘林湖，本地人叫西海。

距西海约两公里，有条山沟，隶属易家河村。山高林密，荆棘丛生。蛇蟒横行，野兽出没。尽管山坡栽上橘树，山沟仍不失荒野之气，野兔野狐野鹿奔窜于荒坟野冢之间，偶尔还能看到长着獠牙的野猪。自从一个地矿队在这探出温泉后，一位军人出身的地产企业家认准这里的开发价值，以非凡的胆量投入巨资之后，一处豪华温泉假日酒店拔地而起。随后，一栋栋附属建筑和商品房也都迅速建成比肩而立。

这就是庐山西海温泉度假村，站在龙山顶上鸟瞰，如同一只展翅欲飞的金凤。

这里也被称为温泉村。

走温泉

到温泉度假村来,要泡泡温泉。别人是泡温泉我却是走温泉。

呈不规则状的温泉浴池在室内, 米黄色的堤梗和蔚蓝色池底,层层叠叠,形似梯田,泉水蓝若晴空。走过去,又是一片天地,一个个水池向你敞开怀抱,各具形态,绝不雷同。有的建在室内,有的修在露天,有的则在洞窟中。有的按人属相分布,一相一池,池边立着属相石雕, 生龙活虎, 活灵活现;有的按八卦的方位布局,周围是乾坤震巽坎离艮兑八个水池,中间一池水环池而流,在中心形成漩涡。如果在这里仔细感受, 能领悟到什么玄机也未可知。为健五脏而放入中药的, 热气中散发着淡淡的草药味;为润皮肤而加入红酒的, 薄雾中飘荡着酒香;还有来自西方的鱼疗, 让你体会到人和鱼的亲密接触。

西海的温泉都在绿树丛中,有橘树也有山茶,还有株株修竹。夜幕低垂,星光闪烁。树影婆娑,鸟声吱啾,热气蒸腾恍如云霞,泡在水中十分惬意。

西海温泉度假村位于庐山脚下, 冬天不冷, 夏天不热。泡在温泉里, 倘若冬天, 或许有雪花飘落;如果春夏之交, 满山遍野的杜鹃花、山茶花姹紫嫣红, 粉色的、紫色的、红色的花瓣,一朵朵飘落池中, 该是一幅多么迷人的美妙景象啊!

难怪在酒店开业一年多, 就获得了全国十大温泉酒店的星光奖。

八十八个浴池, 一池即使泡上一两分钟, 那得多少时间?于是, 我只好走温泉了。

摘橘子

易家河村原以务农为主，四十年前部分浙江移民在此地定居，带来了种植橘树的技术，从那以后，这里的田野和山坡，除长庄稼之外还有大片大片的橘林。国务院总理温家宝来易家河村视察，特意询问了移民的生活。在一家小饭店的墙上，还挂着这家主人和温总理握手的巨幅照片。

温泉度假村的建立，让易家河村民受益良多。靠着温泉村易家河村民也都走上了致富路。所以，易家河村民和温泉度假村好多人都是朋友。

我们来温泉度假村，正是橘子成熟，满山遍野流金溢彩的时候。

一天下午，聂导说，走，我们去摘橘子。

聂导并不是导游，而是地地道道的制片厂导演。受同学也是温泉村老板之邀前来拍宣传片，之后应邀留下协助做些宣传工作。老板在向员工介绍的时候，说这是聂导，于是，不论在温泉村还是在易家河村，凡是认识他的人都叫他聂导。

我们带上照相机和包裹去摘橘子。走过村子，只见家家户户门前都摆着成箱成箱或者成筐成筐的橘子，外地人来收购，一公斤一元钱。聂导说易家河人纯朴热情，待人不管认识不认识，见面就送橘子让你吃。

橘子多了，对消费者是好事，对橘农来说却很伤脑筋，橘贱伤农啊！

满山遍野星星点点，好像漫天的星星落到人间。山下是橘林，山上也是橘林；树上是橘子，树下也是橘子。树上的是没采摘的橘子，树下是摘下来又抛弃的橘子。一个橘子从发芽、开花到结果，要付出多少血汗，可是刚刚长成，就被扔掉了，我们弯腰捡了些没坏的橘子。橘农看见了说，别捡那个，要吃就摘树上好的。橘农边走边告诉我们，要摘那些光润的，扁平的，个头不大不小的，个大的圆的不好吃。他们摘了几个橘皮上有黑点的说，这些是没有沾过农药的，可是这样的橘子反倒不好卖。

我们先在路边摘，后来村民说，上山去摘，越是山上越甜。我们就往山上爬，看见结果多的就站下来拍照，好像我们前来不是摘橘子的而是拍照的一样。

我们并没有采摘多少橘子，倒是拍了不少摘橘子的照片，对于我们这些来自城市的人，对于只吃过橘子而没有见过橘树的人，与其说是摘橘子，倒不如说是来过把摘橘子的瘾更恰当。而见证摘橘子过瘾的莫过于照片了，所以当日落时分，我们带着一袋子的橘子和满数码相机里的照片凯旋了。

摘橘子就像钓鱼和挖野菜一样，让我们体验到快乐，足矣。

（2009 年 10 月）

两 寺 游

真如禅寺

云居山是江西省国家级森林公园。进入山门继续前行，在山的深处，可见真如禅寺，佛教禅宗圣地。

禅寺在群山环抱之中，如果把周围的山比作一朵盛开的莲花，那么禅寺就是花蕊了。

真如禅寺始建于唐代元和年间，随后就成为禅宗圣地而备受关注，宋代大文学家苏轼曾来此拜师参禅并留下一首诗。"一行行到赵州关，怪底山头更有山。一片楼台耸天上，数声钟鼓落人间。瀑花飞雪侵僧眼，岩穴流光映佛颜。欲与白云论心事，碧溪桥下水潺潺。"通过诗，可以想见当初这里的山光水色和寺庙香火的盛景。

寺中有虚云长老的纪念室。这位德高望重佛学深厚的老和尚，曾任全国政协委员，中华佛教协会名誉会长。这座禅寺就是一九五六年，他一百一十四岁的时候着手重建的。

寺中一株一千二百多年的银杏树成为这座禅寺的见证者。二十世纪三四十年代，真如禅寺惨遭日本军机轰炸，鬼子向这里投放燃烧弹，弹片呼啸，大火冲天，千年古刹毁于一旦，只剩下一座铜佛像兀立在残垣断壁中，还有那株不屈不挠巍然屹立的银杏树。

年至一百一十四岁的虚云长老，本来已经在庐山隐居休养，听说真如禅寺还是一片废墟，有僧人搭草屋住席棚护持着铜佛像，便不顾年老体弱，毅然决然地来到这里，察看地形，收拢离散僧人，在世界各地弟子和居士的支持下，开始了艰苦的重建。虚云长老自己动手规划禅寺的整体布局，设计庙宇殿堂，又指挥僧人动手施工。他们边施工边开荒，种粮种菜种茶，自给自足。很快就把真如禅寺重建起来。然后，虚云大师在这里设坛讲佛，国内外众多和尚纷纷来此听讲参禅，连著名的海灯法师都来拜师。很快，这里又恢复了往日的辉煌，成为禅宗圣地。

一九五九年农历九月十二，一百二十岁的虚云长老，在这里圆寂。火化之后，众僧人在骨灰里找到一百多粒晶莹如玉的舍利。

我们来到真如禅寺时，天高气爽，蓝天清纯得仿佛被净水清洗过一样。寺院周围是庙里的田产，种着水稻、蔬菜和茶树。晚稻已经收割，蔬菜青翠欲滴，茶树安静地在山坡上生长着。

真如禅寺并没有许多寺庙那样的香客如云人头攒动的热闹，也没有出售香烛和纪念品的摊床，当然更没有穿着僧衣的人前来引导你如何花钱买生放生或者买一件什么物件保佑平安。有的只是清静安闲。香就在旁边的桌子上放着，如果你要上香，尽管拈起三炷，在长明的烛火中点燃插到香炉中即可，给钱也好，不给钱也罢，只是随缘。

在寺里我见到一个和尚，佳木斯人。他说，寺里的僧人每月发一百元钱。我问他够花吗？他说，有什么够不够，这里穿衣有人送来，吃饭有人来叫，要那么多的钱干什么呢？

我忽然想到禅寺里有一副长联，写的是：

日日携空布袋少米无钱只剩得大肚宽肠不知众檀越信心时用何物供养；

年年坐冷山门接张待李总见他欢天喜地请问这头陀得意处有什么来由？

这联很妙，是在问被供奉的头陀，也是问寺庙的僧人，更是问来此上香的众檀越即施主们！可不论问谁，对联中提出的问题，游过真如禅寺，我似乎明白一些了。

（2009 年 8 月）

宝光寺

地处成都平原的宝光寺，既无名山依傍，又无秀峰衬托，然而它每天都吸引许多中外游客。

来到宝光寺，天已过午，还没来得及看看寺庙古塔，便被领进名闻遐迩的素食餐厅——佛家称为斋堂的地方。斋堂不大，拱顶泥地，方桌条凳，朴素大方。乳白色的塑料台布上放着两瓶酒。一瓶白酒，没啥新鲜之处；另一瓶猕猴桃酒却大有名堂，据说是用道家秘方酿制而成，有上千年的历史。

我们围桌落座，穿白大褂的女服务端上冷热十几盘菜来。看那菜，我顿时目瞪口呆，愕然不敢下筷。明明是素餐厅，为什么端上猪肉香肠、金华火腿、牛肉鸡肉。

我正在惊疑时，身边同行人催促道："吃呀。"我小声说："寺庙怎么能吃这个？"他说："这是素食。"我夹起一块送进口中品尝，果然是素食。这菜做得十分精致，不仅菜肴的颜色似肉，那形状也与肉极为相似。我虽然饿得如饕餮之徒，却舍不得大口吞食，只是细嚼慢咽，生怕像猪八戒吃人参果那样，吃完了果子还不知什么滋味。细细品尝，居然感到淡淡的肉香呢！

我国的烹调不仅是技术，也是一门了不起的艺术。据说，做成这素食的完全是黄豆、花生、面粉、魔芋、菜油、香油、香菇、木耳、竹笋、黄花和时令瓜果、应季菜蔬等。这里的厨师，以凉、炒、烧、蒸、炸等方式，可以烹调出二百多道仿荤素菜，形态逼真、味道鲜美。

寺内的罗汉堂建于清咸丰元年，至今虽经历了一百三十多个年头，却保存完好。殿内呈田字形，塑有罗汉五百尊。这些塑像，每尊高约二米，全身鎏金，衣褶纹条清晰，姿态面貌各异，相貌也不雷同，表情更是千奇百怪。有的瘦削，有的肥胖，有的颀长，有的粗犷，有的老态龙钟，有的天真幼稚，有的笑容可掬，有的怒目而视，有的闭目沉思，有的如醉如痴……

据说，你随便站在哪一尊罗汉前，只要按照男左女右的顺序数起，数到和自己年龄相同的那一尊停下，你就端详吧，面前的那一尊罗汉必定像你。这一下激发了人们数罗汉的兴致。不知道是因为心理暗示，还是什么原因，说来也怪，凡依此规则数罗汉的人，都纷纷说像自己。

这很让我惊讶！

在这里，让人感到的不是佛法无边而是艺术魅力无穷。

（1984《长春日报》）

袖珍城市

按照词典的解释，袖珍是指体积较小便于携带。城市再小也不能携带吧？说它袖珍是形容它小而已。我国有堪与世界大都市媲美的大城市，也有小巧玲珑的袖珍城市。大有大的好处，小有小的益处。

绥芬河

有车接站，说明城市不像我想象中的那么小，或者说住处离车站不近吧。不料，弹指间车停了。下了车朝车驶来的方向一看，车站就在慢坡之下，最远不过百米。如此之近却来接站，我不禁哑然失笑。接站人看出了我的心思，告诉我，这两年，旅店业大有发展，接站是为了拉客。开放的春风吹到了边陲小市，让大名鼎鼎的国际旅行社也放下了架子。

毫不夸张，半小时就把市区转个遍。绥芬河市坐落在祖国东北边境，与俄罗斯接壤。绥芬，满语，锤子之意。时值初秋，艳阳融融。柏油马路，清洁肃静，纸屑痰迹极为罕见。路旁栽花植树，两三排花按株棵高低前后排列，仿佛站在路边举臂欢迎远方来客。

绥芬河市小却历时久远。很多年前，关里人生活穷困没活路，常有跑崴子的人来这，然后前往海参崴去闯日月。修建中东铁路，这里又大大地发展了一阵。二十多个国家建有领事馆，小市上空飘荡着二十几面异国之旗，一度被称为旗镇。因而，这里的建筑也颇为可观，既有民族风格又有尖屋顶的欧洲样式。

到绥芬河应游国门。砂石公路在尽头画了个圈，圈中是花坛，是时百花盛开，香味扑面。花坛南侧有一绿色平顶石房，这是我方会晤站。十步开外，有道一人多高的铁丝网，两扇铁制的仅可容一人通过的门连接其间，一把大锁锁得牢牢。这就是"国门"。平常不开，只是会晤时才打开，或者俄方过来，或者我方过去。铁丝网外是三十米宽的防火带，向两端延伸到目所不及之外，宛若一条绿色飘带缠绕在国境线上。这条防火带每年清理两次。名曰防火，实为隔离，其用处不言自明。

现在，绥芬河已与俄开展一次性贸易，都是以物易物。随着改革开放之风的强劲，此处还会有大的发展。

五大连池

到五大连池那天，是阴雨绵绵的星期日。车子开进市里，只见游人如云，一个个头顶上张着一张张彩伞。来此疗养的人拎着保温瓶，到水管前去接矿泉水，一根水管周围接有五六个水嘴子，清冽冽的矿泉水源源不断。

市委书记在他的办公室兼卧室接见了我们。他原是黑河市文化局长，都是文化人，自然一见如故。打来一瓶矿泉水，斟满玻璃杯让我们喝。凉沁沁的一股苏打水味沁人心脾。书记告诉我，这矿泉水含有多种对人有益的矿物质，可医治皮肤、关节和胃等多种疾病。阴历五月初五，市里命名为饮水节。每到这天，海内外游人和疗养者齐聚于此，争喝日出之前的矿泉水。据说喝一口可保一年安康。这当然是良好的愿望，但水的药效也的确不可忽视。路两侧那些风格迥异的建筑，都是国家的、省里的疗养院。由于疗养和旅游业的发展，使这儿由乡一跃上升为市。不过是县级市，人口加上疗养员才万人左右。我笑着说，这是中国最小的城市，可以列入中国之最了，书记也笑了。

我们到二龙泉去。二龙泉也称药泉，一只只龙头口喷泉水。据说这儿的水可治目疾。我看见有几个妇女仰头坐在石头上，一手端水碗，一手不住地撩水洗目。我好奇心顿生，也蹲到泉边洗洗眼睛。

烟雨朦胧处，五个山包像雾海中的五个小岛。18世纪初，这里火山爆发，熔岩堵塞形成五个火山堰塞湖，故称五大连池。这里，素有火山博物馆之美称。我们到了最为出名的老铁山。山南面是一片石海石涛，汹涌澎湃、嶙峋起伏的石面与那波翻浪涌的大海颇为相似，这是火山熔岩涌动受阻凝聚而成，在这里我不能不惊叹大自然的神奇。

沿石板路拾级而上，我们向山头爬去。沿路树木苍郁、花草芬芳，无草处苔藓如毯。火山爆发后，死神统治了这里。几百年后，才被绿色生命覆盖。

这里，火山石随处可见。石形千奇百怪，各具形态，是做盆景的好材料。爬到山顶，已气喘吁吁，一股山风袭来，分外凉爽。放眼望去，火山口下，烟雾弥漫，深不可及，岩鸽飞翔，蔚为壮观。

（1988 年 6 月 28 日《长春日报》）

便宜与珍贵

这高高的白白的盐山，是我面前的金字塔，是我心中的长白山。

路边一畦畦碧水连天的盐池，告诉我，盐工把海水引进来，在盐池中晒干，蒸发了的是水，结晶了的是盐。

我自问：盐是什么？

盐是大自然的精华；盐也是盐工的血汗。

盐是咸的；汗，也是咸的……

参观盐场，我捡了一粒大大的盐，亮晶晶的在阳光下闪着光泽。

我忽然想起"党费"的故事：白军为了围剿红军，下令断绝了红军的盐。

红军家属为了红军的生存，把他们仅有的财产换成咸菜，偷偷送上山去。

这样的故事很多很多，多得就像盐坨上的盐一样。

319

生命无价盐有价，可是在特定的时期盐也无价。

盐和水是什么关系。

盐的形成必须脱离水；盐的使用又必须溶于水。

望着高大的盐山，我感到盐的富有。

想到曾经凭证限量供应，又感到盐的贫乏。

盐场的盐就像砂场的砂子一样，不被珍惜。

倘若把我们的生命比作一座盐山，我们人生中的一秒该是其中的一粒盐吧？

该怎么对待每一粒盐？

（1988 年《沧州日报》）

读书与写书

读　书

每次填履历表，我都在出身一栏写学生。从活到老学到老的角度讲，我永远是一名学生。上学的时候要读书，工作了要读书，就是退休了，书也是不能不读的。

我小时候读书是盲目的，没什么计划性，抓到什么就看什么。都说老不看三国，少不看西游，我恰恰是少年时读完《西游记》的。家境贫寒，买不起书，父亲是农民，家里除了课本，就没有什么书。还是我姐夫家有套《西游记》让我拿来了，爱不释手，看得废寝忘食。接着就读《三侠五义》《说唐》什么的，看完就讲给不爱读书却爱听故事的伙伴。大约是小学五年级的时候，一位算术老师在上完课之后，不知为什么讲起了《林海雪原》和《青春之歌》，还把两本书名写到黑板上，不久我就找到这两本书看了。

我这才发现这些新书比老书有意思。一些当代文学著作如《红旗谱》《山乡巨变》《暴风骤雨》等都是我趴在家里的热炕头上看的。村里没有图书馆，有书的人家也不多，要想看书就得买。乡村合作社在出售日用百货的同时也卖书，有小人书，也有大厚本的长篇小说。我放学之后写完作业就上街捡废品，绳头子了，碎玻璃了，胶鞋底子了什么的，卖到收购站所得的钱都换成大本小本的书了。

我小时没钱买书，等到有一些钱的时候又逢无书可买的年代。书店里几乎全是政治读物。我当兵是在大鹿岛上，书更是少得可怜，唯一的读物就是《解放军文艺》，其中的文学作品极少，大都是批判文章或转载的两报一刊文章。我在连队仓库里发现一些旧的《解放军文艺》，就把它们翻出来，把认为好的诗歌、小说剪裁下来贴在一个本子上，做成一本书的样子，就成了我心爱的书，经常翻看。20世纪80年代初我到北京电影学院进修结业返回的时候，一次就买了一百多元钱的书。现在这些钱也就能买几本，可在当时装了满满一大皮箱。

后来参加工作了，在电影厂做剧本编辑，读书的时间多了，要读的书也多了。这个时候读书，一是读些自己想读而一直未能读到的书，二是结合工作读些与业务紧密相关的书。现在呢，还每天都在读书，不过大多都是读些编辑推荐的书，看是否可以改编成电影或者电视剧本。自己想看的或者文坛推崇的好书却难得有时间看了，这也是一件令人苦恼的事。

人生已经走过了大约三分之二，要读的书不过是沧海一粟而已。越是读书，越是感到书读得少。书到用时方恨少，实在是至理名言。

（1998年11月28日《城市晚报》）

寻 书

我最喜欢的一本书是《契诃夫手记》，最早接触它是二十多年前，在黑龙江省著名作家鲁琪同志的家里，封面是契诃夫的素描像，纸张已经发黄，可保存完好。我一下子就喜欢上了这本书。这不是小说，没有精彩的情节；也不是散文，没有完整的构思和优美的语言。可是她就是那么吸引我，仿佛走进了森林让我流连忘返。

那时我正在往文学的圣殿里走，但怎么能够走得进去，心里一片茫然。比如说一个作家要学会观察生活，这个生活如何观察得到，我们不是天天都在生活当中吗？还要怎么观察呢？再比如说，有的人告诉我要记生活笔记，哪些东西值得记？怎么记？有的时候我劳动一天，或者在街上走了一天，回到家里要记点什么却无从下笔，不知道记些什么好。

自从我看了《契诃夫手记》，我仿佛找到了一个好老师。

这本书由"手记""题材·凝想·杂记·断片"和"日记"三部分组成。是作家每天生活所得。契诃夫记的都是"比麻雀鼻子还短的东西"，但却是如高尔基所形容的那样"它们是些美丽的精致的花边。是经过深刻地提炼后的产物"。"手记"里有作家对生活的感悟、有对人生的认识、有对生活的发现；也有作家听到的一句话，看见的一件事。比如："俄罗斯是个官国。"就这么一句；比如："这冰激凌，简直像用病人洗过澡的牛奶制造的。"还有："卧室。月光从窗口射了进来，甚至可以看到睡衣上的小纽扣。"等等。这些手记都成了契诃夫创作素材。当然契诃夫写作并不完全靠这些，然而光有非凡的想象力，没有平常对生活的观察和积累，成吗？

我想买这本书，逢书店就进，大海捞针一样，众里寻他千百度，终于买到一本。我学着契诃夫的样子，每天也记些看到的听到的哪怕是从书本上抄来的东西，每天都记，一坚持就是好多年。后来，我女儿也试着学习写作，我向她推荐的第一本书就是《契诃夫手记》。

（2000 年 9 月 12 日载于《新文化报》）

家庭编辑

我这三口之家，有两位给我当过编辑。且慢，了解我家的人一定会问这怎么可能呢？

读和写成为我生活一部分。一天不是写就是读，满脑袋装的全是字。许是受我的影响吧，我妻学了理科之后又改学文科，虽然说是函授，毕竟是国家重点大学发的文凭。女儿呢，也喜欢上了文科。一上中学，那数学成绩就逐学期下降，物理化也不成个样子，而语文成绩却非同一般。文言学得不错，作文也写得挺像那么回事，并且喜欢捧着古今中外的文学名著看个不住。

我写的稿子，开始她们不看，看了也不说什么。后来就看了，看过之后还说三道四地指出种种不足来。有时女儿还用不屑的口气说，哼，还是作家呢，这都不懂！我就开玩笑说，鸡蛋开始教训起老母鸡来了。说实在的，我倒是愿意听听她们的想法。每个作家都知道，遇上个好编辑是作家的福分。我好些稿子，写好后总觉得好得不得了。等稿子寄出，或接到退稿或泥牛入海，便悟出许多不足来。如果碰上个好编辑，指出缺点，把毛病改过来，就会使废稿变好稿。有了家庭编辑，就可以多听听意见了。如果她们的意见有道理，我就改正；倘若觉得没什么道理，我就坚持不动。有时为此争得面红耳赤。实践证明，她们的意见往往是有道理的。

自从有了家庭编辑，稿子的缺点都消灭在稿子寄出之前，退稿就逐渐少了。

我的家人是我很不错的家庭编辑。

乡村图书馆

背后一枕青山，面前一渠绿水，两通石拱桥如双虹飞跨。在这青山绿水间有个半月形的小城镇，白白的，弯弯的围墙，间隔不远就有一道门。窄巷铺着石板，通向家家户户。门外有一个扇形的凉台，有石桌石凳，有雕石栏杆，有飞檐拱起的屏墙。凉台上，围墙外，粗粗大大的樟树、榕树，投下偌大一片绿荫。

这就是滇西著名的侨乡和顺，学者艾思奇的故乡。

进入和顺，首先看见一座大屋顶的两层楼房，古香古色，典雅大方，石阶高耸，雕梁画栋，可能是这千人小城的庙堂吧？进去才知道，这是图书馆，是华侨出资修建的乡村图书馆，至今有六十多年了。楼里珍藏着六万多册图书，其中不乏珍本奇本。馆内还辟有阅览室和儿童阅览室，报刊颇为丰富。走进馆，置身在如林的书架中，在书的海洋中徘徊，竟然使我忘记了这是小小的乡村图书馆。

我来时正值中午。阅览室里读者不多，凡读者必定专心致志伏首书案，静静地。

我在这个图书馆里坐下来，当了一回读者，直到我不得不离开，开始新旅程……

走出图书馆，刚好与一位戴红领巾的少年擦肩而过，背着鼓鼓的书包，直奔阅览室。他是来这复习功课的还是阅览书报的？我没问，也无须问。反正到图书馆不会是去玩的，那里没有游戏机，没有台球……有的尽是书、报、刊。

回首凝视图书馆大楼，心里颇多感慨。记得有报道：某些乡村脱贫致富后，先修坟场，把坟造得如小小宫殿一般。

这样的乡村真该向侨乡和顺学习……

送书进店

许多事情你如果没有亲身经历，就很难体会其中的甘苦。我出第一本书时，图书市场还不那么低迷，只要达到出版要求，书还是比较容易出的。我的那本书没费什么力就出版了，印数也不算低。出版之后发行到全国各地，就好像一个公费学成的毕业生，国家统一分配了，用不着家长操什么心。

我的第二本书就不同了。因为它不属于畅销书，出版就颇费了些周折。几家出版社都表示要这部书稿，但都要作者出些经费。我为此犹豫许久。像我这样收入的人，一下子拿出那么多的资金，并不是一件轻松的事。但是，姑娘大了总要出嫁，现在既然是市场经济，一切商品都要经过市场的检验，作为特殊商品的图书自然也不能例外。想明白了，我决定自己出钱印这本书，就算投资了。

出版之后，经朋友介绍，我把书送到书店去。我是一个爱书的人，无数次出入书店，每次都是坦然的，可这次不同了。当我拿着自己的书走进经理办公室，心里竟有些忐忑。那位女经理正背对着门打电话，她对着电话说了好半天书店的事，我就在她背后站了好半天。我好像是送孩子应考的家长，或者说我自己正走进考场，而面前的经理就是考官。既然来了，总得跟人谈谈吧！孩子有毛病也是自己的孩子呀。

女经理放下电话，我说明来意。她很痛快地收下此书，还让一人领我到柜台去，打了一个收条给我。书出版了就要走进市场。此刻它正在许多书的陪伴下，静静地等候读者的挑选。

但愿有人能够喜欢它。

（2001 年 5 月 20 日载于《新文化报》）

生活短镜头

筒子楼

一条大走廊，一侧是窗户，一侧像教室似的排列着许多房间。一个房间就是一个家庭。多是单子女或是新结婚的小两口，人口多了这也住不下。当然，也有四口之家挤在这里的，只是比较少。

楼的中间部位有一大房间，沿墙砌着许多灶台，房中是废水池子，贴着白瓷砖。这幢楼在日伪时期原是一公寓，住着单身汉，废水池就是洗澡的地方。现在成了我们的厨房，那废水池成为倒脏水处。水池边上有乒乓球台大小的桌子，摆着各家的切菜板。一到做饭的时候，一条走廊里的几户人家全聚在一处，你就听吧，叮叮当当，吱吱啦啦，奏出一曲厨房交响乐，酸甜苦辣，欢歌笑语，大厨房里充满温馨。中午，你做了什么好吃的，送他一碗；晚上，他做了好吃的也送你一碗。手不闲着，嘴也不闲着，社会新闻、经济信息、国际上发生的重大事件，无所不说，厨房成了信息交流场所。当然，哪一家要是有了风流韵事，也是保不住秘的，一个人知道了，全楼也都知道了，唯独当事人一家不知道。

大厨房还是个厨师培训学校。我迁到筒子楼之前，一直住单身，除了能烧开水，连煮挂面都不好吃。住进筒子楼就不行了，媳妇上班，我又不坐班。不上班又不做饭，等着吃现成的，就不好意思了。

初进大厨房，我像刚过门的小媳妇，一脸的难为情。见我不会，大家都来教我。从切菜下刀，按料做菜到佐料调配，一一予以具体指导，比炊校教师还耐心。从搬进筒子楼到搬出来，将近十年，我等于上了一个烹调大学又念了个研究生，只是我的功课不够好。不过，家里来了客人，妻子不在家，我也能对付几盘菜。

俗话说，远亲不如近邻。住筒子楼，关上门是一家人，开了门一条廊道里的就是一大家人了。你家有什么事，我去帮忙，我家有什么事，你也来帮忙。一家两口子打架，左邻右舍都去劝架，那架也就打不起来了。

后来，我分了新房子。筒子楼的邻居听说我要搬家，又来帮我收拾房子，又来帮我设计新家。搬家那天，不用我说话，左邻右舍都来帮我搬东西。搬完，又在大厨房做了一顿好吃的为我家送别。

邻　居

我的邻居是外省人。他们的父母至今还住在渤海之滨的一座城市里。每到我们这个城市秋菜上市的日子，也正是邻居不在家的时候，他的父母就像一对大雁从海边飞来。老两口都是干部出身，穿戴得利利索索，干干净净，连头发都梳理得一丝不乱。老两口出入同行，长得也很有夫妻相。按照西方人的说法，夫妻俩感情好，朝夕相处，就会越长越像。

我每年买秋菜的时候，邻居家的老两口也下来看。看好就和菜农一分一分地讲价钱，讲妥就买下来，抱到路边，扒去青帮，摆好晾晒。如果是大葱，就捋去大叶，掐下嫩叶留着。然后呢，手那么一绕一绕，葱叶就绕成一个疙瘩，拿到背阴处放着，那精心的样子，真像伺候他们的孩子一丝不苟。

那些年，菜农不准上街，都是市里统一卖菜，各家买了，还得借小推车往家送。邻居家的老两口无处借车，我用过就让他们用，远亲不如近邻嘛。

这几年秋天，我年年看见邻居家收拾得好好的秋菜，心里就十分羡慕他们有这样的好父母。

老两口准备好的过冬白菜，自己轻易不动，那是留给儿子的。当儿子回来了，他们就回到自己的家去。我发现，我的邻居对那些过冬白菜并没有什么兴趣。回家时间短了，不吃它，回家时间长了，也不吃它，就好像那不是他家的白菜。

秋菜摆在走廊的木板架上。我天天经过走廊都看见那一棵一棵大白菜。一天两天，一周两周，一月两月，秋天过去了，冬天也过去了，那一棵棵白菜呢，依然在那里摆着。叶子已经由绿变黄，由黄变灰，又由灰变黑，最后萎缩成"木乃伊"了。

待到第二年秋菜上市的时候，邻居家的老两口又该来了，走廊的木板架上，又会摆上一排排新的秋白菜。

今年秋天，走廊里又摆上了秋白菜，仍是一棵也没动。

学骑车

女儿要学骑车，我买个飞鸽牌 24 型坤车，对她说你先学着溜车，然后再学骑车。我说我开始学车就是先从溜车开始的。我还给她做了个示范，让她照我当年学骑车的样子学。可是她不肯，非要坐在车座上直接学骑不可。我急了说你这样不是隔着锅台上炕吗？

女儿有个倔脾气，只要她不肯做的就是说得海枯石烂，磨破了嘴皮子，她也是不肯，到头来还是我迁就她。

只好让她坐在车座上，我在后边把着货架，努力不让车子倒下。女儿用力地蹬着，车子歪歪扭扭趔趔趄趄地朝前走着，像一个喝醉了酒的人。只几分钟工夫就累得我满头大汗。

女儿学骑车的第二天，放学回来她兴冲冲地告诉我说："爸，今天是我自己骑车回来的。"

我当然不敢相信，她妈妈证实说，是真的。

第三天，女儿推着车子出门，我就到阳台上去看，果然是她自己骑车走的。那稳稳的样子好像是个骑车老手。

当天晚上放学回来，女儿又兴奋地告诉我：爸，我是从红旗街回来的。

我吓一大跳，长春红旗街是交通要道，车水马龙行人熙攘，女儿刚刚学会骑车就上街而且又是闹市，真是初生牛犊不怕虎。

女儿没按老规矩学骑车，也能骑车了，真的是隔着锅台上炕了。

看来是要换换脑筋了。

卖冰棍的小伙子

白白净净，穿件洁白如雪的制服；斯斯文文，戴个茶色近视眼镜。他推着自行车来到我住的楼前，车后架上用红色车内胎捆绑个冰棍箱，天蓝色的。

卖冰棍！卖冰棍！他喊着。

今天天冷，买冰棍的人不多。

我正在楼前收拾自行车。车闸不灵，鼓捣鼓捣这儿又鼓捣鼓捣那儿，不知道从何下手才行。

卖冰棍的小伙子下了车，见没人买冰棍就在一边看我修车，不失时机地在场外指点一句：那个螺丝松了。

我按他说的找到那个松动的螺丝，拧了又拧，可就是拧不严实。

车的那一侧有一个螺丝疙瘩。他又指点说。

见我笨手笨脚的样子，他索性踢下支架，把冰棍车停在路边，接过我手中的扳手自己干了起来。一个小朋友来买冰棍，他说把钱扔到车筐里自己拿吧。

在我印象中，卖冰棍的人都是老太太，年轻的女人都少见，从没见过卖冰棍的小伙子。他为什么要卖冰棍？是替家里人卖？是第二职业？是打破铁饭碗之后自谋生路？

他修车很内行，三下五除二就把车修好了。

我捏捏闸，果然灵多了。车闸不灵可是大毛病，我连连向他道谢。他说不客气。我说耽误你卖冰棍了。他说反正也天凉了，买的人少。我问他还有多少？他说还有不少。我就说我买点。

冰棍对任何孩子都是挡不住的诱惑。我女儿为了多吃些冰棍，买了调制冰糕的原料和模具，自己在冰箱里做呢，买现成的给她肯定高兴。

我上楼取个盆来，一下子买了十根，解决了他的问题。他连连向我道谢。

这样的小事在生活中时常发生。

人啊，如果都这样互相理解互相帮助该有多好！

挖野菜

又到挖野菜的季节了。前些年每到这个时候，我们一家三口都出去挖野菜。在朝阳公园里有几片草地，绿茸茸的像铺着地毯。在草中细细寻找就会发现婆婆丁、荠荠菜、小根蒜什么的。有时一蹲下就能挖出一大把。女儿像侦察兵似的到处寻找，找到了就大吵大叫地让我们去挖，一把一把地来不及细摘，统统塞到塑料袋里。

妻子是中学生物老师，对生物有特殊感情，每到挖菜时就做她的梦：要让我管这个公园，全撒上婆婆丁籽儿。看她那憧憬着的样子，我仿佛看到了满地绿茵茵的婆婆丁，接着开出了许许多多淡黄色小花，再接着是一大片雪白的绒球，风一吹便是铺天盖地的小降落伞。

　　每到挖野菜的时候，我尽管忙，也要抽空陪妻子女儿一起出去。一来可以休息一下疲乏的大脑，二来也勾起我许多辛酸夹杂着甜蜜的回忆。我小的时候住在乡下，每到这个季节都要挖野菜，不是为了好玩，而纯粹是为了充实副食单一主食不足的饭桌。那时候我家吃的是清一色苞米馇子和苞米面，连小米和高粱米都算难得的细粮。菜呢，冬天还有大白菜和萝卜土豆下饭，一到春天冬贮菜吃没了，就只有咸萝卜加大酱。没有菜，苞米面饼子就显得格外粗糙，难以下咽。因此每天放学回家都要带上元宝型的柳条筐，带上半截镰刀头安上木把做成的挖菜刀，到村外的庄稼地里去。那时的野菜多得认不全。自然，每次去都是满载而归。不仅解决了家里的副食，多了还可以剁一剁，拌上糠，喂鸡喂鸭子。直到上中学我才不再挖菜。在我们那儿只有女孩子才去挖菜，我上中学时妹妹长大了，再让我挖菜我也不好意思挎筐了。

　　女儿特爱挖野菜，每到春草萌芽的时候她都积极倡议。她爱挖也爱吃。我发现挖野菜可以刺激她的劳动热情，从挖到摘再到洗，她都愿意干。把一塑料袋野菜倒出来，分门别类，婆婆丁、小根蒜什么的洗净蘸酱吃；荠荠菜、车轱辘菜则用来做汤。女儿吃得津津有味，看那样子似乎胜过了山珍海味。有时挖多了，还可以送给邻居们。有些人喜欢野菜却不肯去挖，他们没尝到挖野菜的乐趣，自然也没吃出野菜的滋味儿。

　　如今，愈来愈感到挖野菜的艰难。公园里的草地越来越少，菜市场倒是有野菜卖了，可那许多是人工种植的，吃到嘴里味道不同。再说，买了吃哪有自己挖菜有趣呢！

买瓜钱

每当瓜果飘香的日子，有瓜园的公路两侧，堆着大堆小堆的香瓜、西瓜，卖瓜人努力地向途经的人推销甜瓜，或者看着瓜农开着装满甜瓜的车出现在市场里大声叫卖，我就想起童年买瓜的故事。

我的家位于松花江北岸，松嫩平原上的一个乡村。冬天差不多占了一年四季中的一半，漫长而寒冷。大概是因为气候的原因吧，水果不多。有的人家在房前屋后栽几棵果树也无非是沙果、李子之类。山里有山丁子、山楂，只能上秋的时候去采些来，酸酸的，吃几颗就倒了牙。村供销社难能见到水果，除了春节前出售的冰蛋子一样硬又黑的秋子梨之外，夏天里的甜瓜就成了我们最难得的渴望。

那带着绿色条纹的西瓜，刀一挨上立刻就炸开，露出红红的瓤，裹着黑色的饱满的瓜子，吃一口仿佛吃一口蜜糖，又甜又解渴；而那诱人的香瓜呢，大的如同父亲的巴掌，小的也比父亲攥起来的拳头大，有黄的我们叫它蜜糖罐，有黄绿的叫它八里香，也有灰不溜秋的，叫它灰鼠子，就比西瓜更加馋人。

可是，在我的童年里，这些诱人的甜瓜是可望而不可即的奢侈品。一年中还吃一顿饺子呢，可我们一年却吃不上一次香瓜。为啥？种瓜是犯忌的。地是生产队的，种啥不种啥由上面说了算。不论高粱谷子还是大豆苞米，种啥都行，一可解决社员及其家人的口粮，二可以完成交纳公粮的任务。可是你要是种上了瓜果什么的，队长的帽子就得叫人摘掉，那是走了资本主义道路。即使个人的园田地种了点瓜也得偷偷摸摸的。

不知道为什么，那一年的队里就偏偏种了一些甜瓜。也许是为了增加社员的收入，也许是因为政策稍许宽松，也许是为了给劳累一年的社员解解馋。我才不管什么原因呢，有瓜吃才是最为要紧的。天公作美，雨少，又不是旱年。瓜秧长得十分茂实，社员像伺候孩子一样伺候瓜苗。花一落，刚结瓜纽，就在瓜地的中间搭起一个棚子来，棚子支在四脚架子上，岗楼一样。社员轮班为保护瓜田站岗放哨。队长特意借了一支猎枪给值班的人，背上这支猎枪，就有了一种责任感和威严感。哨兵站在瓜棚上放眼一看，方圆瓜田尽收眼底。不要说有人偷瓜，就是钻进一只兔子也逃不过哨兵的眼睛。

我们放了学或者到园田地刨土豆掰苞米，路过瓜地都会驻足观望一阵，那是一种期待，一种对甜蜜生活的期待。

香瓜收获了，散发着香气的瓜，装在队里的仓库里，隔老远就能闻到一股喷鼻的香味。我们就在瓜房前转悠，仿佛一群闻到花香的蜜蜂。

我们也不知道这瓜为什么不分下去。盼星星盼月亮，好不容易把瓜盼大了，可是瓜收回来了，却堆在屋子里，难道香瓜是用来闻味的而不是给人吃的吗？队长为了瓜的安全，除了安排民兵站岗之外，还把窗户统统按上铁栏杆。会计就拎个盘子称在瓜屋里等着人来买瓜。

可是，社员们谁家有闲钱买瓜呢？队里平时不开钱，到年底一结算，没准还欠队里的钱，谁家有钱买瓜吃？如果指望大家掏钱买，这些辛辛苦苦种出来的瓜就全糟蹋了。

　　这天，我放学回家，发现家里有"钱"了。妈妈说队长给家家户户都发了钱，是买瓜的钱。我仔细地看着花花绿绿、方方长长的钱。我说妈，这也不是钱呢，妈说队长说是买瓜的钱，干别的不好使。我这才明白，这是队里制造的代金券。有一分的二分的五分的，也有一角的二角的五角的，还有一圆二圆五圆的，后来我听说是队里的会计刻钢板，按照人民币的样子用油印机造出来的钱。队里按照每家劳力工分多少再加上家庭人口的多少分发的，当然到年底算账的时候，这些钱也是顶账的。

　　我用一部分钱买了几个瓜，美美地吃了一次。买瓜钱还有，妈妈不让买了，妈说，要是这些钱都买了瓜，年底结算没钱了，我们就得喝西北风。

　　我知道，要是没饭吃，光喝西北风是没法活的，我就让妈妈把那些买瓜钱收了起来。这一年香瓜飘香的季节，我再没吃瓜，但那瓜香却经久不散，永远地留在记忆中，以至于现在吃起香瓜来我还以为是那时的瓜香。

捕鱼记

　　妻的娘家后院外是一条大壕，稻田地的排水壕，一直通向松花江。平常这里安安静静的，一到放水的时候，你就看吧，壕里壕外全是晒得和土地一个色的淘小子愣丫头。水里的，弓着脊梁撅着屁股，双手在水里摸索着前行，忽而喊一声：接着！

扔过来一条亮闪闪的鲫鱼或者滑溜溜的鲇鱼。壕塄子上的呢，有的端盆，有的拎筐，有的干脆脱下裤子，扎住裤脚往里装。

那年我回去，正赶上北大壕放水。内弟说抓鱼去呀，我就跟去了。当我们到大壕时，已经有满载而归的人了。虽然天已擦黑儿，仍能看见他们有的挎着沉甸甸的筐子，有的拎着直坠膀子的鱼串子，兴冲冲地往家走。听到内弟和他们的问讯声，我感受到丰收的欢愉和喜悦。

走过小桥，隐隐看见一个黑影，开头我以为是木桩。后来发觉在动，才知道是个人。内弟告诉我，那是江大娘。此刻，她正扶着抬网站在水边。江大娘的双眼失明于六十年代。那年家里无粮，江大娘生孩子没奶，孩子饿得嗷嗷叫。江大爷病魔缠身，江大娘只好自己去江里凿窟窿打鱼。当她把鱼端回家，幼子已经饿死。她哭了三天三夜，哭瞎了眼睛。今夜，双目失明的她，年纪又大，也来捕鱼了，只是她什么也看不见，不言不语，静静地听着壕里的流水声和鱼尾打水声，那神情仿佛是在音乐厅里欣赏交响乐或小夜曲。

我们在大壕的拐弯处停下。内弟把卷着的抬网展开，将木棍往泥里一插，我扶着，他带另一端蹚过壕，把那一头的木棍也往泥里插去，排球网一样的抬网就在水里布下了。夜很静，蚊子嗡嗡叫。没有风，蚊子便格外疯狂。我们在壕塄上捡几把干草，划根火柴点燃．火上扔些青草，浓烟升腾而起，蚊子便四处逃遁了。

借着清亮亮的月光，可以看见缕缕行行的鱼逆水向上，还能看见不断摆动的鳍，把水顶出一道道波纹，发出哗啦哗啦的响声。在渔网拦截的地方，被堵住的鱼翻腾得像开锅的水一样。手往水里一伸，滑溜溜的鱼撞得手直痒，张开的巴掌一合，准能抓住一条。

起网！内弟喊一声，我们弯着腰，把网兜往壕底用力一捞。然后朝壕塄上一扬，看吧，白花花的鱼在壕塄上翻腾跳跃，捡不胜捡。

当我们背着沉甸甸的鱼筐回家时，看见江大娘还在壕边站着……

勇敢者转盘

一迈进公园大门，女儿的眼睛就被五花八门从未见过的游乐项目吸引得滴溜溜转，看看这个又看看那个，不知道先玩哪一个好。于是腿脚比任何时候都勤快，跑这瞅瞅，跑哪瞧瞧。妈妈担心她在拥挤的人群中散失了，忙说别跑了，一个一个玩吧。这正中下怀，女儿说那就先玩蜗牛爬树吧。

天啊，她平常磨磨蹭蹭就够蜗牛了，现在还玩这个，再说排队的人足有二百米，玩完不得半天？何况那几只蜗牛爬得极慢。我就说换一个快的先玩吧，女儿便噘嘴。她妈用激将法说，你想当蜗牛呀！这招果然灵，女儿就一指高大耸立的转盘说，那就玩勇敢者转盘吧。我看一眼转得和地面垂直、游人的脑袋朝下的大转盘，胆突突地问她说，你敢坐？女儿很勇敢地点点头。

玩这个的人不多。她妈对我说，你去别处排队，等这边转完了，那边也排到了。我欣然允诺，带本杂志就去别的游乐项目排队了。玩勇敢者转盘必须有大人陪伴方可。妻子登高胆怯，冒险的事只好由我来。我硬着头皮和女儿坐到转椅上，这时想不转也不行了。孩子想玩，就是刀山火海当爸的也得上。我系好安全带，一声口哨响过，转盘开始转动，转速由慢变快，而且越转越快，只听风声在耳边响。我紧张得不得了，孩子却兴奋得直叫。转盘越升越高，到了半空我就不敢睁眼睛，双臂搂定女儿，突然觉得浑身的血一下子涌到头上，我明白是人转到顶上去头朝下了。

很快转盘转回到地面停下。人们纷纷离座，我站起来，世界仿佛还在眼前转。我呆立了好一会儿，头还是晕晕乎乎的，抬眼看南边的上树蜗牛，它们才爬高一尺，离到树上还老远呢。幸亏没等。

我问女儿害怕没有，她笑着摇摇头，可是我却有些紧张。不过在紧张中又有和女儿一起冒险的痛快。下面还有好几个游乐项目，什么激流勇进、疯狂的老鼠、水上世界等等，玩过勇敢者转盘，其他什么都不在话下了。

（1989—1998 年散见《长春晚报》）

我喜欢……

下雨的时候

我喜欢,雨点落在土地上,飞溅的尘土仿佛揭锅散发的热气,干燥的空气里便弥漫着一股湿漉漉的气息。

我喜欢,雨点落在水面上,砸出一片片水花,那是百花盛开的情景。旧的水花还没落尽,新的水花便接着开放起来。

我喜欢,孩子们坐在窗台上,看着街上快步奔跑的人们,脸上笑着,口里大声地念着:下雨了冒泡了,王八戴草帽了。

我喜欢,包包坎坎的雨水向低处流去,一股一股,一道一道。于是,门前平时干涸的壕沟水满了,也像村前的小河一样,翻滚着波浪向前涌去。孩子们拿着自制的小木船或者纸船,跑出去放船,船在水里跑,孩子在路边跑,咆哮的雷声压不住孩子们开心的笑声。

我喜欢,花朵张开了小嘴,青草挺起了腰身。

我喜欢,雨点落在花瓣上,如同少女含羞的泪珠。

我喜欢，雨点落在树林里，菌子顶着小帽钻出地面，宛若婴儿的小脑袋。

我喜欢，雨点落下时发出的声响。落在树叶上，落在瓦顶上，落在布篷上，落在玻璃窗户上，大珠小珠落玉盘，那是一曲生动的风雨交响乐。

我喜欢，长街上撑起的各色花伞，高高矮矮，长长短短。街道上就像一条彩色的河流，红的更红，绿的更绿，黄的呢，便像镀了一层金。

我喜欢，雨过天晴，天空像被水洗过，白云更白，蓝天更蓝。空气也好像过滤了一遍，嗅一口都让人心醉，一条弧形的彩虹斜挂蓝天。

我喜欢下雨的时候，只是那雨不要太急，不要太久……

下雪的日子

我喜欢，洁白的，闪亮的雪花飞飞扬扬，飘飘洒洒，像无数个天使，像数不清的精灵，从天而落。有风吹来，她就在空中舞蹈。舞姿是那么轻盈，优雅。

我喜欢，伸出手掌接着她，她就飘落在你手上。你仔细看着她的样子，欣赏她的形状，闻着她的气息，然后她在你手掌心里融化，与你合为一体。

我喜欢，初雪落下的时候，地还没有那么冷。雪花落下来就化为一滴水，再落下来还是一滴水。可她不屈不挠地往下落呀落，最后她胜利了。大地被她覆盖。地是白的，屋顶是白的，连户外的窗台都是白色的，一切可以让她容身的地方都变白了。白茫茫一片真干净。

我喜欢，看着白雪覆盖的原野，白白的，没有一丝灰尘，平平的，没有一点褶皱，亮亮的，晃你的眼睛。一个人的脚印都没有，有的只是兔子觅食留下的足迹，飞鹰捉拿兔子时留下的痕迹。

我喜欢，孩子们抓起一把雪，团成球，放在雪地上滚动，那雪球便越来越大，越来越大。最后大得推不动了，就让她停下。在她的顶上放个小一点的雪球，在小雪球上安两个煤球当眼睛，挂一个红辣椒当鼻子，下面还有一个土豆做嘴巴，于是一个活生生的雪人成了学校的卫士。

我喜欢，在飘雪的日子，独立在窗户前看着漫天飞雪，吟诵关于雪的诗句：北国风光，千里冰封，万里雪飘。梅花欢喜漫天雪。雪里高山头白早。燕山雪花大如席……

我喜欢，飘雪的日子。

（2006 年 12 月《大家散文》）

第 四 辑

异国风情

闯荡俄罗斯

过　关

　　《东北边贸》专题片摄制组去海参崴拍摄，从绥芬河离境进入俄罗斯边境城市格罗捷阔沃。列车在站台停稳，两个穿军装一个着便装的俄国人登上车来，其中有位漂亮的女中尉。士兵到第二排座椅中间的过道站定，站岗一般。女中尉和穿便装的海关旅检人员坐在座位上。女中尉不慌不忙地打开精致的小箱，取出边检印章。

　　说实话，我有些心慌。出一次国总要买点外国货回来。用几双布鞋换一件呢大衣，用几块泡泡糖换一顶呢礼帽，以物易物的时候已经过去，现在边贸是一手钱一手货。我们将随身带的人民币兑换成卢布，制片主任带的更多，摄制组要在海参崴吃住，要用车，不带卢布寸步难行。登车前他把大宗卢布交摄影助理藏到胶片盒里。个人的卢布都像地下工作者藏秘密情报一样，塞到隐秘的地方。尽管如此我心里还是不托底。在绥芬河时听说俄国海关搜查极严，美元、卢布、人民币不报关不准出入境。报关也有一定限制，我们个个腰缠巨款，一旦被发现肯定没收充公。

我悄声问翻译，他们不会搜身吧？

翻译心里也没底，回答说，谁知道。

于是我的心更是跳得不安分起来。

进入俄境的外国人一个一个地从女中尉面前走过。终于轮到我。她看看我护照上的彩色照片，又用蓝色的眸子看看我，然后在护照上盖个边检章。什么也没问，什么包裹都没翻。

我背着行囊下了车，心里一块石头落了地。没想到过关这么容易。

一场虚惊

与绥芬河毗邻的格罗捷阔沃原来是个冷清的小城。俄罗斯实行改革开放之后，像绥花河一样成为中外游人关注的热点。这是进入俄远东的必经之地，聚集着一些国际倒爷也聚集着等待过关的出入境旅客。小城像一团放了过多发酵粉的面团，一下子膨胀得溢出盆来，旅客食宿都成问题。我们走出火车站。迎面碰上几个中国人。"有什么货要出手吗？"我们忙说没有。火车晚点，过境已是夜里，翻译去找车。我们在站前静等。惨白暗淡的白炽灯显得寒夜更冷。空气中充斥一股呛人的煤烟味，煤尘染黑积雪使得小城很脏。

翻译很快带辆面包车来，我们打开车后门装东西。翻译告诉我们，这里治安不好，劫车劫人的事时有发生。上车后要两个身强力壮的人坐在司机旁边，不准他开上岔道，只准照直前奔。翻译不是吓唬人，绥芬河公安局一位科长说，俄边境城市不仅盗贼很多还有黑社会组织，杀人抢劫强奸无恶不作，很让双边警方挠头。我们依翻译的话办事，打发两个壮小伙守在司机旁边，嘱咐他们不准打瞌睡，严防出事。

车子上路了。两侧玻璃窗蒙着霜又拉着窗帘，外面的世界只有通过挡风玻璃才能看见。公路很宽，车行的一窄条是黑色的，其余全被茫茫积雪覆盖。车里开着空调，热风吹得我们昏昏欲睡。翻译低头酣睡，连坐司机旁边的"卫士"，也响起鼾声，我依然清醒。初踏异国的兴奋使我仿佛刚刚喝过浓茶般毫无睡意，目光透过前窗贪婪地注视着俄罗斯土地。

车过乌苏里斯克市时已是当地零时左右。街上还有恋爱中的青年男女，姑娘倒退着走，小伙子手插在衣兜里与姑娘调笑。又过两小时，车进海参崴，街上照样有轿车来往，依然有恋人依傍着漫步。如果说社会秩序不好，青年男女怎敢在这么晚的夜里放心大胆地谈情说爱？此时此刻在我们长春的大街上怕也难看见一个人了。

我们很快找到绥芬河市政府预定的宾馆。俄政府虽然强行把企业推向市场，但许多企业都没完全转轨，住宿不预定概不接待。我们叫开门，值班的妇女只穿件单薄的连衣裙。她把住宿登记单发给我们，也没登记就让上楼找房间去了，大约是见我们到得太迟应该早些休息吧。

一路平安无事，虚惊一场。

自作自受

海参崴的子午线宾馆给我似曾相识之感。接待大厅铺着红色大理石，棚中垂着带玻璃管装饰的吊灯，服务台的后面挂着两个标志莫斯科和当地时间的石英钟。客房呢，地上是印有淡黄小花的地板革，墙贴乳白色壁纸，接合处已裂缝翘边。还有组合式衣柜、黑色铝合金管制做的扶手椅。揭开床上的毛毯我乐了，毛毯有两个草书大字：雄狮。

我明白了，这宾馆是同胞装修的，翻译证实了我的猜测。原先，这是拖网捕鱼冷藏基地的疗养院，位于海参崴最有名的金角湾畔的山顶。由哈尔滨一家国际技术合作公司装修后，一部分对外开放接待外国人。所有建材都来自中国，我眼熟就不奇怪了。

翻译急于睡觉，他脱下外衣，一屁股坐在床上，只听呼的一声，床塌陷了。揭开泡沫床垫一看，床板是用胶合板钉的，整个床除了四条短腿都是胶合板。如此装修在国内也少见，不知俄方是否满意。反正接待中国人，好也罢坏也罢，自己体会吧，这也叫自作自受。我帮翻译把胶合板从塌陷处掏出来，重新铺好。翻译不敢造次，小心翼翼地躺在床上如卧薄冰。不知他夜里睡得是否安生……

中国餐馆

阿穆尔宾馆四楼有家中国餐馆。门面按古城门装修，大红门上黄铜钉，挂着带流苏的幌子，门顶端是琉璃瓦飞檐。里面的餐厅也按国内样式装饰一新。屋顶有五彩转灯，小歌台管灯环绕，墙上镶着大镜子，地面大理石光可鉴人。灯光一亮，白衣便显得格外白仿佛涂过荧光粉。服务员一律是俄罗斯姑娘，掌勺的则是中国厨师。

餐馆经理姓王，苦着脸，好像谁欠他二百吊钱不还似的。聊起来我才知道，王经理的确大有难处，合作伙伴不讲信用又不懂经营管理，餐馆装修期间就撕毁协议。装修材料从国内运来却不让装修，只好耐着性子和他们谈，装修完又不让起火营业。当时中国经贸部一个代表团要来，要在这用餐，俄方坚持炒菜要用电，王经理磨破了嘴反复解释，说中国菜讲究火候，电灶不行。为这拖了好久。开张之后，俄方派人守门，每位就餐者加收门票一百卢布。上饭店要门票岂不是笑谈！采买员是俄国人，让他买豆油他买荤油，让他一天买四五斤牛肉，他买来一头牛。饭店没进冷藏设备，一时吃不了，浪费许多。

这天晚上，王经理招待我们吃晚饭。我看见几位同胞和女收银员争执起来。同胞中有位认真的中年妇女，拿电子计算器一笔一笔统计账单，发现多收一百多卢布。中年妇女告诉我们，刚来用餐时，并不计较餐费多少，让付多少付多少。后来有人告诉，付账要留心眼，这次她一算，果然有名堂。王经理无可奈何地坐在一边，对我们说，这几个服务员常干这种事，也常有顾客为此争吵。王经理和俄方经理谈过，他们不管，女服务员每月工薪四千卢布，挣得不算多，经常克扣顾客，有一次顾客因为多收而拒付。王经理整天都要为这些鸡毛蒜皮的小事伤脑筋，让他怎么高兴得起来？

纪念碑

海参崴的几个广场都有纪念碑。

列宁广场的列宁铜像，头微扬着，小胡子翘着，很像《列宁在十月》中一个画面的定格。苏联已经解体，但苏联的许多宣传画都完好地矗立在原处。听中国留学生说，俄罗斯小青年谈起列宁满嘴嘲讽，说他是头号大傻瓜，但列宁的形象在绝大多数俄罗斯人心中是不朽的。我们去过的一间教室里，迎面墙上画着列宁头像，下边的俄文翻译过来是：列宁主义的旗帜永远指引我们前进。

中心广场有组表现苏维埃政权初创时期的铜雕。居中是一位高大的红军战士，他一手握旗一手持弓，样子雄伟不凡。两旁是两组群雕，表现布尔什维克党带领穷苦大众取得红色政权的斗争历程。碑正面有"1917—1924"字样。

海参崴是著名不冻港。苏联有四大海军舰队，太平洋舰队司令部就设在这里。司令部旁边是海军烈士纪念碑。巨大的山体上，一面是海军士兵的浮雕，一面是海军烈士碑。大理石基座上有海军士兵的帽子雕像，两侧一边是坦克一边是海岸炮，碑下的一个小孔里，我发现有一束枯萎的菊花。

让我最难以忘怀的是一座没加任何雕饰的混凝土本色的 H 型碑，没有碑文，"1860—1984"几个阿拉伯数字，像烙铁一样烫着我的心。只要了解近代史的都知道，1860 年 11 月 14 日，沙俄强迫清政府签订了不平等的《中俄北京条约》，侵占了中国乌苏里江以东40万平方公里领土。海参崴被强行占领后，统治者立即改个俄罗斯名字：符拉迪沃斯托克，意思是统治东方。

H型碑，对我们是耻辱碑。

看俄罗斯人结婚

到海参崴那天刚好是星期六。在国内正是大礼拜，也是个结婚的日子。我常常在这一天也许是第二天参加婚礼，不知道俄罗斯人过不过大礼拜，也不知道他们青年人结婚是不是也挑日子，反正在海参崴这一天我看见好几对金发碧眼的青年人结婚。

六月下旬，大陆性气候已是日光流火燠热难挨，可位于日本海北岸的海参崴，却是个避暑的好去处。带咸腥味的海风，掠过金角湾军舰的信号旗和商船的桅杆，吹过来，吹到我们的身上，倍感清爽宜人。起起伏伏的街道上，各种型号的小车平速驶过，不鸣笛；高高矮矮的俄罗斯人不紧不慢地走着，他们身后或许跟着一条犬，也是默默无声地跟着。偶有小雨落下，那雨也是不大不小似雨似雾，与清静安谧的氛围很是协调。

我们在中方导游的带领下，一个景点一个景点地走着。

卫国战争纪念碑是必不可少的去处。长长的高高的一面墙，用青铜雕刻着英雄战士的塑像和死难烈士的姓名。在墙前有一个隆起的花岗岩墓，那是无名烈士墓，墓前有长明火，日夜不息，熊熊燃烧，象征着英灵不朽。

　　墓前有一束鲜花。我想那是烈士的亲属前来祭奠他们的吧。我正想着，一辆伏尔加牌小轿车和一辆面包车先后驶来停在碑前，一对俄罗斯男女青年，怀抱着鲜花，肃立碑前。新娘子披着洁白的婚纱，小伙子一身黑色的西服，他们默默地站在碑前，注视着，良久，他们把鲜花放到墓前。他们请来的亲朋好友，也就是七八位吧，齐刷刷地站在他们背后，摄影师为他们拍了几张照片。

　　导游告诉我们，这是俄罗斯青年在举办婚礼。

　　我们看了沙俄时代建造的极富俄罗斯风格的陆海车站；看了已经易名的列宁广场；还看了要塞博物馆，听了俄海军在每天中午准时鸣放的炮声，之后，我们来到另一处纪念碑前，那是为在二战死难船工和遇难船只建造的，位于海边，一块不大的广场，中间是高耸的石碑，两侧的矮铜碑则刻着遇难船只的名字。我们在这里也遇到了举办婚礼的青年人。这一对不是我遇见过的那一对，但是他们的做法是相同的，他们把鲜花放在烈士墓前，十分恭敬虔诚的样子。因为赶上了饭时，我看见他们就在车旁，打开他们带来的白兰地、香肠和面包。打开白兰地酒瓶时，砰的一声，软木塞高高地远远地飞出去，仿佛一粒子弹。他们绝不大声喧哗，他们的随意好像进行一次郊游。

　　我问导游，俄罗斯青年人结婚也大吃大喝吗？导游告诉我，他们结婚绝不像我们请许许多多的人，浩浩荡荡的车。他们只将一些亲朋好友找来，喝喝酒，热闹热闹。

　　我也想到我参加的婚礼，长长的婚礼车队，偌大的喜宴餐厅，喧闹的吃喝场面，然后是婚礼主持人让新媳妇尴尬的插科打诨和无聊的逗笑……

不同的民族有不同的婚俗。

我们改革开放，引进许多的先进技术和商品，为什么不把他们的文明也引进一些呢？如果引进的话，俄罗斯青年的婚礼实在是值得一学的。

（2005 年 9 月《长春日报》）

卖贺卡的小女孩

看见她，不知为什么突然想起了安徒生笔下的那个卖火柴的小女孩。她白皙的脸颊散布着浅棕色雀斑，俄罗斯式的小鼻子微微翘着。毛线编织的帽子，带子系在颏下；旧的呢大衣、旧的皮靴，手里拿着一沓贺卡，执拗地跟着我们，默默地看着我们。那时，我们在海参崴市中心广场上拍照。红军战士一手挥旗一手握号的铜塑像吸引着我们；塑像下抱着吉他自弹自唱的艺人吸引着我们，因而对跟在身后的小女孩没有多加注意，可当我再次把视线投向她的时候，她微微地笑了，举起手中那沓贺卡。原来她在卖贺卡！我接过来翻看一下，嚯，有一九九一年的，一九九二年的，只有一张一九九三年的。

我笑了一下。

用刚刚学会的简单俄语问她多少钱。她举起只小手掌说五卢布，谁会花五卢布买张过了时的贺卡呢？看见她怯生生的样子，我想，她绝不是经常出来卖东西的。

我的心微微地刺痛了一下。

今天是星期日，我到海参崴的第一天，早晨落下的积雪还没融化，像她这般大的孩子，该坐上雪橇从高坡飞滑而下，然后开心地大笑；或者跟在爸爸妈妈身后逛商店，让爸爸买双新靴子，让妈妈买件新大衣。可她在卖贺卡。

我知道这两年俄罗斯发生了什么，苏联解体，卢布贬值，物价上涨，人民群众的生活可想而知。

小女孩卖贺卡是生活所迫！

我不懂俄语，她不懂汉语，我们无法进行交流，我自然无从了解她的家庭状况。

同伴们拍完照片也都围过来，看着这位小女孩也看她手中的贺卡，有人买了一张新年贺卡，也有人给她五卢布却不要她的东西，她把贺卡递过来，不要她还不依呢。

我们和她一起拍了张照片。我还取出通讯录让她写下通信地址。

她接过我的笔在本子上一笔一画地写着，写过门牌号又在后面写阿拉伯数字 11。我们的俄语翻译说，她叫娜塔莎，小学五年级，十一岁。她见我们当中有人会说俄语，更加高兴起来，问我们为什么要她的地址。翻译说，好把给你拍的照片寄来呀！

她的眼睛顿时亮了许多："给我寄照片？太好了，"她拍拍小手，雀跃一下，又说："我和日本小朋友还通信呢。"那也是她卖贺卡时结识的吧。

我们分手了。离开中心广场时，我回头看去，她拿着剩下的贺卡朝另一伙陌生的外国人走去。我想，她小小的年纪就出来卖贺卡，也许是因为生活拮据，她能走出这一步对她的人生肯定会产生影响。她将来必是一个很有出息的小女孩，是出色的外交家？精明的企业家？也许是也许不是。不论是什么，我相信她肯定比那些同龄的还偎依在爸爸妈妈怀里吵着要巧克力，耍脾气、撒娇的孩子都更有出息。

返回国内，我冲洗出照片，把同她的合影给她寄去了。

我有丈夫

海参崴中心广场是外国旅游者必到之地。一边是苏联红军战士的铜雕，一边是舰船云集的港湾。有轨电车在雕像后面隆隆驶过，三色旗在市政府大楼上猎猎飞扬。人文景观和自然风光让游人流连忘返。

到海参崴的第一天是礼拜日，全市除了几家大商场外一律休息。逛过商店，翻译把我们带到广场。广场上游人很多，大多是外国游客，也有一些当地人。我们注意到一位金发女郎娴静地倚在海边铁栏远眺，穿着锈红色呢大衣，头上扎着红纱巾。

同伴中有一人惧内出了名，据说家里有女客人他都不敢陪吃饭。大家就起哄说你出国敢和外国女人一起照相吗？他说怎么不敢？有好事者搭讪那位金发女郎与惧内者合影。那女郎转过头来，明白了我们的意思，微微一笑，淡蓝色的眸子充满忧郁，对我们的要求不感到高兴但也没拒绝，很大方地站在惧内者身边，拍了一张照片。同伴见状也都纷纷与金发女郎合影，有人甚至亲昵地把手搭在她的肩上，她也没表现出反感。大约她看见邀她陪照的人怀着善良美好的愿望而无恶意吧。

拍完照片，我们中的一位掏出小本本。问她住在哪里，叫什么名字。她不懂中国话。翻译把我们的意图告诉她说以后寄照片给她，她忙说了一句俄语走开了。

翻译告诉我们，她说她有丈夫。翻译又说，你们把照片寄到她家，她丈夫该把她休了。

一夜涨价五百卢布

海参崴商店不少，市面算不上繁荣，大商店只有两家。一个是"古姆"即国营百货商店，一个是妇女儿童商店，门市没有装修，牌匾也极普通。有的商店甚至没有布置橱窗。国营百货商店商品稀少，顾客寥寥，卖雨鞋的地方近百平方米，柜台货架黑乎乎一片，只有一种号码。儿童玩具多是塑料制品，精美的多是韩国产品，但价格昂贵。少有问津的唱片，多且便宜，买六张才不到一百卢布，合人民币一元多一点。金银首饰店的许多柜台只有说明书，钟表品种单一。而大门口聚着倒爷倒娘，拿着各式各样的手表、首饰，用生硬的汉语向每个出入的中国人兜售。

俄罗斯实行周五工作制。小商店休息日一律停业，午休一小时也郑重其事地关门上锁，不到上班时间不放顾客进来。

我想给妻子买双高腰皮靴。售货员小姐热情地推荐，帮我挑选。一双花七千卢布。第二天想再买一双号码稍大一点的，价格已上涨了五百卢布。早来的人告诉我，看见可心的东西就得买，隔一夜不是没货就是涨价。俄罗斯人也讲市场经济放开物价了。

海边有一处寄售店，专售中国商品。寄售是中俄边贸的一种形式。你的货我给你出售，我的货你给我出售，售后货款由物资兑现。据说海参崴有好几处中国货寄售店。

当我进入小店时，发现一大半商品是日本货和韩国货。中国货被挤在一个角落里如被打入冷宫的嫔妃。翻译问售货员小姐得知，寄售店从前专卖中国商品，独领风骚。但自从伪劣假冒产品涌入后，礼拜鞋、礼拜帽，样子花花绿绿，用不上个把礼拜便开线断裂，俄罗斯人不买，寄售店的日子不好过了，只好弄些日本或韩国的货。

三箱方便面

出国之前，好些过来的人告诉我们，去俄罗斯一吃不惯二吃不饱，误了饭时无饭可吃。听人劝吃饱饭，我们买了三箱方便面和一些猪肉罐头。

一到海参崴，那些话便被证实。西红柿大头菜汤，红红的酸酸的，倒也不难吃，土豆酱、肉丸子、黑面包，也可以对付。价格不贵，一餐七八十卢布足矣。而且外国饭吃上一顿两顿的也还新鲜。午餐晚餐还好说，可早餐就让中国人受不了。炒燕麦也好，炒米饭也好，有时用牛奶泡上。黑面包在不锈钢盘子里任你随便拿，有人不讲究，放下这片又抓那片，挑肥拣瘦。过了开饭时间，肥胖的女服务员两肩一耸两手一摊，说："列巴，捏杜。"这话我明白，面包，没了。

海参崴餐馆极少。我们住的宾馆附近更没有餐馆。过了饭时就只好吃方便面。

俄罗斯宾馆不供应开水。房间里不备暖水瓶,楼层服务员有电水壶,烧开水便到她那借。我们那层的女服务员有五十岁了,翻译称她为"姑娘"。我想,在中国对这样大年龄的妇人称姑娘,不骂你个狗血喷头才怪。翻译告诉我,对俄罗斯妇女称其为姑娘,特高兴。

我们在海参崴的日子,几乎每天都要吃一顿方便面,不吃就饿得难受。难怪一位与我们为邻的中国商界经理说,在这待长了死的心都有。

一次,我们去乌苏里斯克市采访。一座中国式的大红牌坊,上面分别用中、俄文写着:中国城。这是中国施工队的驻地,二层木楼是中式建筑,在俄罗斯国土上新颖别致。豆腐坊,养猪圈,有种回家的亲切感。中国工人在城内走来走去,几条狗漫不经心地转,看见我们这些生人也不叫,真像回到自家一样。

中国工程队负责人说,中国城建好之后,这几条狗就来了。一喂它,就不走了。都说狗不嫌家贫,俄罗斯的狗还是愿吃好的。这几年俄罗斯人生活水准下降,狗的吃食也大不如以前,它也见异思迁了。院子里有一个鹿圈,两只毛茸茸的梅花鹿,瞪着温和良善的眼睛望着我们。主人说,这是他们从山上捡来的。母鹿被俄罗斯人打死了,小鹿可怜巴巴地快饿死了,中国人发现它们,救下山用豆浆奶粉将养长大。

这天中午,中国城的主人请我们吃饭,主食是又白又暄的大馒头,还有热乎乎的豆浆。副食是炖大豆腐,炒干豆腐和猪肉炖粉条，青菜虽少，吃起来也很过瘾。

在海参崴半个月，我们吃了三箱方便面，没够，又买了一些，才维持到回国。

夜宿民家

我们从海参崴归来，要在格罗捷阔沃住一夜，以便次日乘回国的火车。找不到宿处，各宾馆人满为患，而且住宿必须事先预约。正在我们为难的时候，一位年近六十岁的俄罗斯妇女来到我们面前说，到她那去住。

那是四间民房，一分为二的两家。木板栅栏，未推门先闻犬吠。狗是拴在狗圈里的。屋子挺宽绰。红漆地板，从房门到厨房门铺条旧地毯。屋子呈田字型。里面两室，分别是卧室和客厅；外面两室，则是门厅和厨房。门厅靠窗有张方桌，一个汉子正就着酸黄瓜、西红柿和烧牛肉喝酒。

这怎么住得下我们一行八个人呢？我正疑惑间，老太太找来邻居家的小伙子，翻译告诉我们：这一家住四人，邻居家住四人，每人每天五百卢布，吃饭自理。

问题迎刃而解。既不要什么介绍，又不要预约登记，而且还比我们去的白桦宾馆便宜三千卢布。

为我们解决困难的女人叫伊凡诺芙娜，红脸膛，高鼻梁、灰眼睛，走路迈着好大的步子，很像一个能干的男子汉。

喝酒的汉子叫尤里，见我们进来，放下酒杯，帮我们拿东西，然后从柜顶摸出一本简易俄汉对话本，一边翻书一边和我们说话。俄罗斯人说汉语舌头发僵，酒喝多了舌头更打不过弯来了。

尤里靠俄汉对话本和我们唠，我们找出出国前买的中俄对话本应付，尤里指着本本说一句欢迎，我们指着本本用俄语道谢。他兴奋得抱了这个抱那个，然后又说：不好，不好。说了半天我们才弄明白，他是说他家条件不好请多包涵。他见我们懂了，又拉我们入席，在菜盘里盛上热气腾腾的烧牛肉，从大瓶子里取出酸黄瓜让我们吃，倒酒让我们喝。我们推托着不肯入座，他有些急，从厨房里取出一大把镶骨柄的不锈钢匙子和叉子给我们。伊凡诺芙娜不高兴地在尤里脸上拍了一下，收回餐具回了厨房。过一会儿，她带着挂水珠的餐具回来，放在餐桌上，示意我们用。原来她去洗了，尤里笑了笑，说了一句什么。

看来这家经常接待中国人。屋里中国东西不少。中国红茶、营口白酒、广州方便面。连贴在墙上的年历画都是中国明星。

这是一个对中国十分友好的普通家庭。

伊凡诺芙娜在客厅加张折叠床，抱来被褥给我们铺好，那神态仿佛是照料远行刚归的孩子。忙完了，坐在门旁沙发的扶手上，轻松地解下头巾。我们拿出一副女手套送她，乐得拍了又拍，又得意地拧一下尤里的大鼻子。

我们问那照片上的女孩子是谁。伊凡诺芙娜抱来几大本相册，翻译告诉我们，那是她的孙女，尤里是她第二任丈夫，是一名司机。

她还说，她当过会计、火车乘务员，到过绥芬河。现在一家医院看门，每月三千卢布。已经几个月没开工资了。

我心里便沉甸甸的。我们边听她说，边看十来天没看见的中央电视台新闻联播。此地时差比我们晚两小时。新闻播完，她叫走尤里，说你们累了早点休息吧。尤里听话地出去睡了。而伊凡诺芙娜掀开门厅地板上的盖板，捡上来一盆土豆，削了皮，洗净泡在桶里。她说，她明天一昼夜都值班不能回来，你们饿了自己做着吃吧。我知道土豆是俄罗斯人喜欢吃的。

我们睡下后，住在邻居家的人突然过来两个，说那边不让住。我们打趣道：是不是你们不遵守三大纪律八项注意啊？他俩说：哪儿啊，他家只老哥一个，我躺下看书他闭了灯，我又打开他就不让住了。

伊凡诺芙娜什么都没说，默默地从卧室里抱出一床被褥放在客厅，让其中一个人跟我们挤一挤，另一个住他夫妇卧室。被赶过来的人无处可住，也只好按她说的做。这对老夫妻本来睡两张单人床的，这样一来只好客人用一张，他们合挤一张了。

（1992年《长春日报》《文坛风景线》）

旅缅见闻

说汉语的缅甸导游小姐

前面就是清秀旖旎的瑞丽江，江对面是缅甸。宽阔的水面波光潋滟，一条条铁壳机船突突突地吼着驶过来驶过去，如同一把把梭子，编织着中缅友谊的彩锦。

我们离开刻有"中国"字样的水泥界碑，跳到船上。没有篷，也没有座位。只有一个面孔黝黑的缅甸小伙子站在船尾，赤脚穿着拖鞋，手把着长长的铁杆，顶端装有小型螺旋桨，又当桨又当舵，十分灵活。

船很快靠近彼岸——缅甸南坎。简易码头上站着等船的边民，一个脸膛黑黑的军人，穿着迷彩服，拎着卡宾枪，很随意地站在岸上。

这时，一面黄色的三角小旗朝我们摇起来。拿旗的是缅甸导游小姐。我们还未登岸，她就来一句地道的中国话："欢迎你们来缅甸观光。"发音之标准令我惊异。当我们上了岸，她自我介绍道："我是缅甸南坎的导游，姓杨，华侨。"难怪她的汉语说得如此地道了。

我们改乘缅方的面包车向南坎镇驶去。

异国他乡的一切对我们来说都非常新奇，尤其是我这个生长在中国大东北的人，连这里的太阳似乎都与我们的不同。在我家，此时此刻，正是冰天雪地，树上枝穷叶光。可在这呢，绿树葱茏，艳阳高照。暖烘烘的太阳和我们初夏差不多。粗壮的榕树，婷婷的棕树和一丛丛秀竹，装点着山川。大片的稻田刚刚收割，农民有的在打稻，有的在翻整土地，田园洋溢着祥和安宁的气氛。

在缅甸边防检查站，我们的车停下来。因为由旅行社承办，检查手续大大简化，只给我们每人发一枚蓝色的铝质徽章，缅文环绕的缅甸地图，地图中心的空白则是缅甸独立纪念碑，按要求我们将徽章戴在胸前。

面对初踏陌生国度的游人，杨小姐施展了她的伶牙俐齿。她告诉我们，缅甸是农业国，这大片大片的土地都是私人的；工业产品主要靠进口，国家税收很低。她说，我们坐的这辆面包车在中国卖二十万，在缅甸才卖八万。许多中国进来的商品价格比中国还低。不少来观光的人买回去的倒是国产货。她还告诉我们，缅甸不提倡计划生育，能生多少生多少，她家兄弟姐妹十一人，她排行第五。她还兴致勃勃地教我们几句缅语和一首缅甸民歌。说着就唱出来了。她的嗓音并不美，但她那纯真的样子很可爱，脸上涂着一道一道土黄色的东西，许是化妆打的底彩吧。她是用缅语唱的，我听不懂，可那曲调却觉得很熟一时又想不出是什么。唱毕，大家都笑了，大约与我同感吧。杨小姐把歌翻译成汉语，歌词大意是：一个果子五分钱，你喜欢不喜欢？喜欢就买。这时，我突然想起，这支民歌的调子不是我国大型音乐歌舞片《东方红》中的一段吗，歌词是：打倒土豪打倒土豪，分田地，分田地……

我也笑了。

缅语的民歌我没记住，记住一句话：吞糜桑。意思是吃饭。

螺丝佛塔

寺院和佛塔是旅游观光不可缺少的项目。导游介绍说，缅甸是佛教国家，寺院遍布，僧侣众多。可以毫不夸张地说，有多少男人就有多少僧侣，男孩子一到七八岁就要剃度为僧。男子汉可以不当兵但不能不出家。他们把寺院当作学校。当几年和尚愿意还俗的可以回家。杨小姐还告诉我们，缅甸寺院规矩很多。游螺丝佛塔，男人可以脱鞋上去，女人不能上去。和尚的屋子，男人可以进，女人不能进。

坐在我身边的一个女孩"噢"的一声叫起来：恼火。

她十七八岁的样子，短短的头发，圆圆的脸蛋。说话声尖尖的，乳声未脱，若不是她穿件牛仔短裙，你说她是男孩子也有人相信。我打趣道，你可以穿我的衣服蒙混过去呀。

螺丝佛塔位于寺院中间，塔前高高的经幡随风飘扬，这是寺院的象征。塔的形状和我国常见的截然不同，外形颇似田螺，大约这是螺丝佛塔名称的来由吧。塔不高，是用水泥修的，漆成白色，塔也不分层，窄窄的阶梯曲曲弯弯直达塔顶。据说，登到塔顶摸到最上一层就可以有好运气。有此一说，要上塔顶的人就格外多。塔的入口处有僧人守着，男人交了功德钱便可脱鞋上塔。女同胞们见兴高采烈的男子汉上去下来，只好暗自嗟叹，又无可奈何。

我登到了塔上，摸到了塔顶，相信会有好运到来的。

下了螺丝佛塔，进入一间木房，那是和尚生活和诵经的场所。几个穿暗红色僧袍的和尚，席地而坐谈着什么，胳膊上都文有蓝色图案。迎门是佛龛，供着金身释祖像。见我进了屋，那位大叫恼火的女孩便也脱鞋跟了进去。后面有人喊，那屋子不让女的进去，她便问和尚，我能进来吗？和尚不懂汉语，茫然地看看她，随后大约明白了她的意思，点点头。于是，几个女孩子获大赦一般蜂拥而入。小小僧房顿时热闹起来。

上车的时候，有人嘀咕，不是不让女人进吗？有人打趣道："不是开放搞活吗？寺庙有些规矩也变了。"大家便哈哈一笑。

在缅甸，和尚是极受尊敬的。他们的地位比平民高。我们曾游览一温泉浴池。澡间分四等，第一等是给和尚用的。南坎还有一家美国人办的医院，二层楼房是用大卵石砌成的，与当地的木楼迥然不同。在这住院的和尚另有病房，那样子很像我们的高干病房。游伴中有人开玩笑说，和尚待遇这么高，我也在这出家算了。

到了南坎寺院，我们看见一座装潢华丽的屋子，门锁着，大家要进去看看。导游小姐说，这屋子是剃度室，不论男女，进这屋必须剃头出家。大家就不再坚持要看一看了，连那位羡慕和尚的游人也缄口不语了，看来他是尘缘未断。

赶　街

缅甸也赶街，就是赶集的意思。南坎每周两次，我们刚好逢上一个。中午，我们在旅行社吃过一顿地地道道的中国饭菜后，自由活动——赶街。

走在街上，我们自然成了老外。缅甸边民对来自中国的游人司空见惯不以为然。有人还能说几句汉话，有的商店也收人民币。路两旁是清一色的木结构二层楼，四面墙都有窗户。楼下一层门窗洞开摆满货物，也有修理行和电影院，放的是美国录像。街旁的树开着灿烂的花。

市场在街后一个大广场上，数不清的棚子把广场切割成棋盘状，一条条小道错杂其间，一脚踏入恍若进入迷宫一般。商品五花八门，工业品多是外国货，也有许多中国的轻工产品。农产品烟丝居多。切成细丝的淡黄色的烟草发出呛人的辣味。他们的秤多是自制的，工艺粗糙得如同孩子过家家的玩具。我在一烟摊前注视良久。一个自制的秤杆，挂在垂下的绳上，两个秤盘是条编的，一个盘里放块铁，另一盘放烟丝，待两边平了，一手交钱一手交货。也有手提秤，拇指粗的木棍上，均匀地刻成若干等份。秤砣是用绳子缠绕的石块。见不到我们常见的台秤，盘秤，电子秤。

这里的居民都穿着拖鞋，凡穿鞋子的都是"老外"。团里那个梳短发的女孩子也买双拖鞋穿上，脱下的鞋只好拎着。

游完市场回到旅行社，发现有几位女游伴也像杨导游一样，把脸涂得一道一道的。一问才知道，这并不是化妆打底色，而是涂一种防晒霜，是从一种树根里提炼出来的，涂在脸上凉悠悠的十分舒服。

离开南坎返回瑞丽的时候，我站在中国的界碑旁，回首遥望江的那一岸，想起了学会的那句缅甸话：吞糜桑。

民以食为天，这话我是忘不掉的。

逛勐拉玉市

勐拉小城位于中缅边境五公里处。我坐在车里朝外张望，路边的红砖房是中国式的，店名铺号写的是中国字。有一张用中国字写成的大红告示张贴在路边的房墙上，具体内容没看清楚，落款的几个大字十分醒目：居民委员会。这个名称在我们国内也是常见的。我就很有些疑惑，这是到了缅甸吗？

缅甸是农业国，又以玉石驰名，素有玉石王国的美誉。缅甸玉又称翡翠玉，以硬度高，光洁明亮、色泽鲜丽平和著称于世，有很高的收藏价值，且能保值升值。缅玉中的上品价值连城，据说清朝内务府大臣荣禄的一只翠玉翎管就价值一万三千两黄金。乖乖，仅仅一只翠玉翎管就值那么多金子，所以，凡到缅甸的游人都想买几件玉带回去。

我们的车在勐拉城停车场停下。组织者说在此地只停留一个小时。未等他的话说完，大家就迫不及待地拥下车门，穿过一座缅寺，经过一座白塔，沿着长长的水泥阶梯来到集市。

　　勐拉并不是缅甸的玉石集散地，但这边境小城每天游客不少，想在游人身上大捞一把的商人，认准了这里的商机。于是，一个挨一个市场的摊床上摆满了玉石、玉件，还有香水、春药、黄色录像带和扑克牌。

　　大多游人的兴趣在玉件上，就一一转玉石摊床。有些玉镯很精致，标价也高得惊人，贵的高达万元，便宜的数十元。小玉佩也是百元上下。开始我们以为标价是缅币，后来才知道那是人民币。一旦游人走近，小商小贩就用纯熟的汉语推销货物，把印着各种黄色图案的扑克一张一张地抽出来，让你看让你买，如果你扫一眼录像带，他们马上说要买的话可以先看看。

　　我发现，这里的经商者从打扮到语言都很中国化。他们说的普通话不像外国人说汉语那么生硬，倒和中国南方人说普通话相似。聊起来他们说了实话，他们真的就是中国人，有广东人、云南人、湖南人还有河南人等。

　　他们在五十年代随父母支边到边疆安家落户。改革开放，打开国门，他们就近进入缅甸做起生意来。有的人还弄了个缅甸国籍，再回家他们就是华侨了。这些缅甸籍的中国人是不是就住在那些我刚进缅甸时看见的写着中国字的红砖房里呢？

　　他们详细介绍自己，当然是为了讨好顾客，拉近乎好推销货物。我们的目光多在玉器上流连。一看标价也就不敢开口。老板说："都是老乡，可以讲价的。"有真想买的，便和他们讲起价来。商贩告诉我们，这里有地道缅玉，也有中国的河南玉、岫岩玉。言外之意他们卖的才是货真价实的缅玉。

我们这些人都不是玉石行家，只知道玉值钱，却不知道什么是好玉，不知道如何判断一件玉的质量和价值。这里的玉，鱼龙混杂，真伪难辨，真货不少，假货也不少，好看的未必是真的，不好看也未必是假的。为了证明卖的是真玉，商贩们就用断镯划玻璃，说真玉很硬，可以划动玻璃，而且握起来不会温热，总是凉的。还说戴玉可以驱凶避邪。

看着这些颜色靓丽的玉，大家都很眼馋，可是又不敢轻易去买。这些玉件真真假假，真假掺杂，难以辨别，心存疑虑，老板磨破嘴皮子也难以成交。

转了一个小时，我们陆续回到车里。互相询问买些什么，大多都买了一两件。有的贵重些，有的便宜些。一个小伙子花七百二十元买了三只完全相同的玉镯，每只标价都是四五千元。他说丈母娘给的钱，老婆交代的任务，不买回去不好交差。有的人看了镯子说：这大概是假的，不然好几千元的玉怎么能降价到几百多？另外，这三只怎么会一模一样？

小伙子心里直打鼓，到底真假优劣，谁也说不准。还有些人买了点小玉珮，便阿Q似的解嘲说：假的就假的，还想少花钱，还想买真的、好的，哪有那么多便宜让你占。一位什么都没买的游人就说，他的一个朋友在缅甸买了一只玉镯，花了五千元，回去找专家鉴定，却发现那是由染色的石英岩打磨成的，有些经过染色处理的伪玉比真玉还漂亮。

在返回途中，望着两侧的中国式房屋和中国字，心里纳闷，我到的是缅甸吗？真像做了一次出国梦，梦中到了缅甸，醒来依然如故。

买本杂志看，发现四句话，自觉有趣，抄录下面，权作破解心中谜团的谶语吧：

八两黄铜八两金，

拿到街上试人心。

黄铜卖了真金在，

世人认假不认真。

（1993 年 10 月原载《山花》《吉林日报 东北风》）

中越边境的女导游

北仑河像一钩月牙儿，此岸是广西东兴，彼岸是越南芒街。一座水泥大桥成为联结两个国家的纽带。中越两国曾经发生战事，敌对许久。后来恢复了友好往来。据说，两国边境刚刚开放时，从此岸到彼岸去还有许多麻烦事要办，但在一些不大重要的关卡，你只要唱上一曲"胡志明—毛泽东"这首曾经流传久远的越南歌曲，就可以得到破例放行的优待。现在的北仑河边上还有一堵断壁残垣，仿佛在证明不久前曾遭受过战火。当地人告诉我们，芒街是九十年代初随着中越关系的改善修起来的，这座水泥桥也因战争受毁，是两岸关系解冻后修复的。

十一月中旬的一天，我随一个会议来到东兴海关，待一切手续办妥之后，我们走出国门来到水泥桥上。桥中有红线为界，红线那一侧就是越南国境了。

水泥桥上倚栏站着一个妙龄女郎，一套蓝色牛仔装。短上衣、瘦裤管把她的身材修饰得风韵十足。她戴顶越南妇女常戴的那种圆锥形斗笠，一条纱巾套在颈上使帽子不致被风吹落，我发现这条纱巾奇妙无比，在颈下可以当带子，撩起来又可以当面纱。粉红色的纱巾遮住大半个脸，就具有几分装饰意义，她那圆而白皙的面孔罩在纱中，衬着一双黑宝石一样的眼睛，让每一个走过她身边的人都不得不多打量几眼。

她是我们的女导游。

女导游很负责任地告诉我们说：越南那边很乱，暗娼也多，拉你按摩千万别去。一定要注意安全，千万不要进小巷。叮嘱过后，女导游把我们分成五个人一组，指定组长，让我们在指定的路线、规定的时间内同去同归。这样一来，我们这次旅游就很有些冒险的意味。

通过越南边检之后，我们一组进入越南大街。宽宽的水泥路，两侧全是商品摊床，阳伞高遮。小镇难得看见汽车，摩托车在街上横冲直撞，路口还有列成排的摩托，想必是用来拉客的。路上有许多肩搭尼龙吊床、颈挎小木箱兜售小玩意的少年，赤着脚走来走去。

刚进镇内，一个男人凑过来，问要不要按摩？去不去海滩，我们摇头拒绝了。

芒街不大，三五条街的样子。路两侧清一色的水泥建成的二三层楼房，底层全是门市，经营首饰、工艺品和各种轻工商品。玻璃窗上是用不干胶剪成的汉字招牌，有些字还丢笔落画的。

女导游把我们领到一处卖工艺品的地方，有成本的越南邮票和装饰在玻璃纸板中的越南硬币，还有几枚我国明清时的古钱。有人买了，女导游从货主那儿拿到大约十分之一的提成。

一上街，指定的小组就乱了，组还在，人不断地换。出于安全方面的考虑我们一直三五人同行，不准一人随处走。这时，我看见女导游带我们队伍中最年轻的两个小伙子步入另条街。我问干什么去，一个小伙子回答：女导游领我们到一个地方看看。女导游领着去看，一定有趣且安全。我和另一位同伴随后跟上。眼看他们进入一扇门。当我们到门口朝里一看，他们没影了。一个汉子口称老板让我们也进去。我问：他们呢？回说上楼了。我问这是什么地方，他笑答：红灯区。我当他开玩笑，又不敢擅自闯进，便和同伴拐入农贸市场。农贸市场又大又乱，物品五花八门倒也齐全。卖肉的女人盘腿坐在案板上和旁边的人聊天。水果多是我国陕西的苹果。转毕农贸市场，也快到要求返回集合地点的时间了。我们边溜达边寻路回去，人群中，我发现了被女导游领走的那两个小伙子。

"你们去哪儿了？"我好奇地问。

矮个儿胖胖的小伙子笑了，说，"她说领我们去一个地方看看，我们也不知去什么地方就跟去了。上了楼，屋里坐着七八个姑娘，个个浓妆艳抹，见我们进去呼啦一下子把我们围住，这个拉，那个拉，要给我们按摩，吓得我们连忙往外跑。"按摩，那是色情服务的代名词。女导游为卖工艺品的商贩拉客有提成，为按摩女拉客是不是也有提成呢？改革开放如门窗洞开，进来清风也钻进了苍蝇。北仑河两岸都有了色情服务，在中国那边是不允许的，在这边呢？据说可以领执照了。

在归国之前准备入境时，我又看见了越方女导游。她依然倚栏而立，斗笠下粉色纱巾半遮半掩，一副悠闲自得的样子。可一想到她带两个小伙子去找按摩女的事，心头就十分不爽。我觉得，遮在纱巾后面的不是姑娘的脸而是一枚硬币……

（1993 年 9 月《长春商报》）

东京见闻录

中国电影剧作家代表团一行九人，于 2001 年 12 月 3 日午间抵达成田国际机场。我拖着旅行箱走出机场，沿着由护绳规定好的甬道顺序前行。一位上了年纪的矮个日本人指点我到前面等候办理入境手续。当我站在黄色的一米线外，看着穿着制服的日本女子一丝不苟地检查我前边同伴的护照并盖章放行时，我才真正意识到，东京到了。

在东京的中国留学生

我们下榻的后乐宾馆也称日中友好会馆，与小石川后乐园一街之隔。后乐园是东京也是日本的一处名胜，原为日本大户人家的府邸。明代遗臣朱舜水逃亡日本买下后按照中国园林风格进行了改造，取范仲淹《岳阳楼记》中的名句而叫后乐园。十二月初的东京，满街银杏树金黄，唯后乐园石墙里枫树如火，让人不能不想到北京香山红叶。

　　每天都在宾馆餐厅吃早餐。当我走进去，一位大个的小伙子迎上来打招呼，一听口音就知道是地道的东北人，一问还是长春的，家住西安桥外。他在东京留学，每天早上都到这打工。三年了，还没回过家。这是我在东京认识的第一个长春留学生。看样子境况还不错，马上想到了我要见到的另一个留学生明放。

　　明放是友人明哲之子。从长春外国语学校毕业后到东京北池袋语言学校继续攻读日语，然后考大学。二年来虽与远隔重洋的父母常有电话，但限于话费，只能三言两语未能尽情。可怜天下父母心。记得明放在长春读书时，其父撰文《守望周末》发表在报端，拳拳爱子之情溢于字里行间，读后令人动情。如今孩子远在异国他乡怎能不让华发爹妈牵肠挂肚！听说我要去东京便托我带点东西并让我代表他夫妇看望孩子。所以，我当夜就打电话约他前来。

　　可是见到明放却是到东京的第四天夜里，他拿着厚厚的袖珍东京地图找上门来。白净的面孔有些瘦削，寸头不规矩地扎撒着，神色有些疲惫。他坐在我的面前，解释为什么迟至今天才来。他说，刚接电话时夜已深不便出行，次日店里事多不能请假，第三天来了却没找到，今天按图索骥才发现离他的住处并不很远。他侃侃而谈如开闸之水一泻千里。我在明哲家见过几次明放，记得他不苟言笑，感觉上不善言辞，不曾想说起来竟也滔滔不绝，是见到了亲人高兴，还是憋了一肚子话要说？

　　他说，他最困难的日子已经过去。最难过的时候是刚到东京。家里没有很多的钱让他交学费，他必须打工把自己的吃住行和打电话的钱挣出来，就是说先解决基本的生活问题。可是，偌大一个东京，一千数百万人口，饭店、商店、书店、药店……各式各样的店铺一家挨着一家；公司、工厂、作坊……招牌一个接着一个，要找到一个工作却是难上加难。明放刚到东京就天天在街上跑，累得腰酸腿疼口干舌燥，时常想到这里受苦受罪有什么意思，好在这个念头一闪而过，没有动摇坚持下去的决心。机灵的明放没有徒劳地找个不停，他花钱买了一份工作，在冷仓里当搬运工。活很重，工作时间很长，收入不低，他很快就把买工作的钱挣回来了。只是觉不够睡。白天要上课，打工只能在一早一晚。打工时间是不能睡觉的，那就只好在上课时睡。明放一坐到课桌前，脑子里就像钻进了十万八千只瞌睡虫，眼皮别想睁开。他也知道上课睡觉不好，可就是控制不了自己。开始老师还叫他，叫醒也难，醒了又睡，后来也就由着他了。

这份买来的工作，做不久就不干了，有一定的基础之后，他又找了一份工作，不太累，工时也不长，就是老板太挑剔。在日本常有老板打骂打工者的事，这位老板倒不打不骂，却常常阴阳怪气地呲哒人，让人受不了。有一天，老板腰疼，明放送他一贴止疼膏，老板腰不疼了，态度也好多了。总之，明放现在比刚去时好多了。不但有钱租房子住，而且有了冰箱、电视机，睡不惯榻榻米还买了一张折叠床。

青年时代的苦难，常常会成为人生磨刀石。有的人在苦难面前退缩了，有的坚持下来功成名就。我愿明放这些苦不白吃。分手时，我把代表团带去的中国结送给他，愿他的心里有一个中国结。

此行最受欢迎的中国作家

我们这一行基本上都是电影圈内的人，只有一个"另类"，那就是哈尔滨市文联的鲍十。可是，我没想到在日本最受欢迎的就是他。在我们到达东京之前，中国影协的同志已经把代表团成员名单电传过去，而且每个人的名下，还有百字左右的艺术小传。就是说日本人对我们这一行的艺术生涯了如指掌。所以一到东京，日本电影剧作家协会宴请我们，就有热心的女作家专程赶来，并不理会别的作家，打听到鲍十就直奔而去，坐在他身边，很亲密地谈着什么，吃喝还拍照。其实在中国电影剧作家里，鲍十的电影作品是最少的，有的剧作家都写了十几、二十多部，在国内一提起来也是大名鼎鼎，可是他的影响就是不如一个《我的父亲母亲》。

鲍十的小说被张艺谋看中，拍成了电影，不仅在中国，在世界影坛都有很大的影响。在我们到达日本之前，《我的父亲母亲》在日本上映，日本出版界还把他的小说找来出了书，精装的厚厚一本。我问鲍十原小说多少字，他说只有四万多字。中国的四万个汉字却在日本印了一本，看那样子和我国20万字的书差不了多少。

书的封面有不少影片的剧照。看来日本也是想借电影的魅力推进小说的发行。在这一点上和我国差不多。不过，在我国受宠的是电视剧再改成的小说。

有人说张艺谋不仅造就演员也能够造就作家，此言不虚。

在日本的十天里，有好几次聚会，都有慕名的崇拜者前来找鲍十，在我们离开日本之前达到了高峰。访日结束的前一天，日本剧作家协会邀请我们参加他们一年一度的忘年会。日本的忘年会很有点我国新年团拜会的意思。在这个会上，日本剧作家协会还要颁发菊岛隆三奖，以表彰二零零一年度获此殊荣的日本二位剧作家。这奖相当于中国的电影剧本夏衍奖。参加会议的人都是日本的电影剧作家和一些知名导演。编导过《裸岛》的日本著名电影大师，八十九岁高龄的新藤兼人也到会。我们被邀请到会，一是为他们助兴，二是为我们送行。我们从国内带去的西服也派上了用场，代表团要求成员都穿西装。鲍十没穿，不过他也精心打扮了一下，衬衣外套了件西式马甲，看样子好像穿了西服，只是脱下来放在一边。我知道他不是不想穿，他是没带西装。组团者通知他赴日时忘了强调这一点，等他到北京听说每人必备一套西服时，代表团都要出发了，现买已经来不及。可是这并不妨碍他在日本的忘年会上受欢迎。一些买了他的书的青年人找上来让他签名。日本剧作家的忘年会，成了他的签名会了。所以鲍十的手虽然很辛苦，可是他的脸上却是幸福的笑。

比一比街道和厕所哪儿最清洁

接我们的中巴车驶离机场，在通往东京的途中停留片刻，说是让大家方便方便。走进路边的厕所，只见贴着瓷砖的墙上镶着小便池，编着号码，台上放着一盆鲜花。地面是地板砖。洗手处有修理工在维修水管，水龙头不能用，但盛着水的塑料桶放在面前，里边还有一个水舀子。

干爽干净，没有异味没有脏画。这就是东京厕所给我留下的第一印象。

东京的人行道都铺着彩色的防滑地面砖，其中有一道是给盲人的，脚下的凹凸感和旁边有很大不同。我在东京的日子里每天都要出去走走看看。我发现这人行道，从早到晚每天都像水冲洗过的一样，偶尔能看见一两个烟头。也许是因为东京属于海洋性气候，湿润，加之地面没有裸露的土地，就是有风也没有尘土可刮。可是比起来，我觉得东京的厕所更清洁卫生。我在东京多次使用厕所，酒店的写字楼的商店的机场的列车上的路边的……所到之厕，只有比我第一次入厕更清洁的，没有比那差的。而且洗手的、烘干的、洗涤剂和卫生纸，应有尽有，当然有的还有鲜花。干净得仿佛从一个房间走进另一个房间，或者说搬一个行李放下就可以睡觉，除了里边的设施，你不会以为是厕所。我没有到过个人家，但我相信，那只会更干净。

我曾读过日本的一篇文章，说的是一名青年人不愿意当清洁工，打扫厕所总也达不到标准。后来老板给他做了一个示范。经过一番清扫擦洗之后，老板拿杯从马桶里舀出一杯水喝了下去。

餐厅和厕所是我们天天必去之处，我觉得，厕所的卫生状况，可以表现小至一个家庭大到一个民族的文明程度。我似乎想明白了，为什么一个资源欠缺而又人口不少的岛国，何以能够成为世界上的经济强国了。

冬天泡露天温泉浴池

当我们的研讨活动接近结束时，协会带我们去著名的旅游胜地日光，途中游览了世界文化遗产东照宫。这是十七世纪初的建筑，类似我国唐朝的建筑物。有人说日本是一个非常注重细节的民族。这东照宫大的轮廓和我国唐代建筑相差不多，仔细看，在细节的处理上却有很大不同，雕梁画栋上的木雕更为细致，栩栩如生，保存完好。协会会长铃木尚之先生兴致勃勃地指给我们看的就是门楣上的三只猴子，一只捂着眼，一只捂着口，一只捂着耳；还让我们看一只睡觉的猫。这些雕刻的水平的确精美。一些重要部位的台阶都用红铜包着，被游人踏得亮光闪闪。可见他们对保护古代的建筑是何等精心。

这天傍晚我们下榻在鬼怒川温泉宾馆。地名挺吓人的，可是小镇清静温馨，宾馆也舒适可人。房间一进门有两张木床，拉开带格的隔扇，就是榻榻米。住宿者可以按照自己的习惯选择就寝方式。我们换上和服，下楼沐浴。走过铺着红地毯的曲廊，来到温泉。室内温泉热气蒸腾，清澈见底，除水中有一处咕嘟地冒泡，表明这是温泉外，在感觉上和普通浴池相差无几。露天温泉却别有一番野趣。从室内温泉到露天温泉，只隔道玻璃门，一步之遥。夜幕已落，蓝得发黑的天空繁星闪烁。当有人拉开玻璃门时，一股寒气霎时涌入，还可以听见微风掠过山坡上的松树枝发出簌簌的声响，陡增几许凉意。鬼怒川地处山区，气温比东京要低得多，加之天晚夜寒，室内温泉就比露天温泉更具诱惑力。人毕竟更易于贪图安逸。在我为进室内温泉还是去露天温泉犹豫不决时，我看见走在前边的同伴已经冲洗过身体，毫不迟疑地拉开进入露天温泉的玻璃门。我也学着他们的样子，冲洗了身体，跟着走向门外。

赤裸的身体还湿漉漉的，一出门立刻被寒风所包围，不觉打了一个寒战，皮肤一收缩起一层鸡皮疙瘩。这一步迈得颇为悲壮。开弓没有回头箭，出来了就没有退路，我一咬牙蹲到温泉里，热水没了肩膀还打了一个哆嗦。

露天温泉紧挨着房子，用那种灰褐色的火山石修成长长的一条，在房山处打了个湾，就宽出不少来。一株高大的松树宛若忠于职守的士兵，一道扎得不很密实的竹竿篱笆把露天温泉同外界隔离开来。据说在日本至今仍有男女共浴的浴池，这儿不是。在池中间有一道间隔，这间隔并没紧紧连着竹篱笆。倘若这边有人站在篱笆边上朝外看，而那边也有人站在边上朝外看的话，一扭头他们都可以看见对方。

一仰头，几片雪花飘了下来。

在东京购回一些国产货

我去日本之前曾在一家报纸上看到，日本的物价相当于中国的七八倍，对此我是有思想准备的。可是到了东京，吃过一碗面条之后，物价之贵还是让我咋舌。一碗面条也就是二两面吧，放着三只大虾和二块萝卜条，700日元，合人民币将近50元。出租车起价660日元，地铁车站的小件寄存处，投了300日元硬币方能打开锁。

日本是高消费的国家，消费高人均收入也高。尽管我没有购物的打算，出一回国什么也不买也说不过去。于是，在日本友人带着我们满东京地逛的时候，我也就跟着，什么银座、新宿、上野、涉谷，全是热闹繁华之处，均涉足其间，有大商店也有小商店。那些天，商界也利用各种名目，千方百计地促销。比如庆祝太子妃生了孩子，比如迎接圣诞节，等等。降价幅度也不尽相同，有的商品竟然打折一半。有种佳能相机，原价四万日元，现在只卖不足二万。

在日本购物要付百分之五的消费税，就是说，你买了一百元的货，必须付一百零五元。在琳琅满目的商品中，我发现有相当多的中国货。不要说横滨的中华街，油盐酱醋茶等都来自中国，就连东京繁华区的大小商店也不乏中国货。从日用百货、纺织品到家用电器，都有。记得在20世纪90年代，我去俄罗斯的海参崴，那里到处都是中国货，后来因为中国货假冒伪劣太多，使俄罗斯人吃了不少苦头，他们开始抵制中国货，许多商店门前都挂着"这里不卖中国货"的标牌。后来，我国整顿治理，打击假冒伪劣，才使中国货重返俄罗斯市场。我相信在日本的国货都是合格品，我也不是崇洋媚外，出趟国买了国货总是有点冤，国货回国买不是更好吗？到一回日本总得买点日本的东西才好。所以我们在挑选商品时就格外细致看商标。我左挑右选，回来一看，还是买了几件国产货。

皇室的小公主和睡在广场的人

我到东京的时候，日本皇太子妃雅子生的小女孩还没起名字，为庆祝她的出生，东京就已经沸沸扬扬了。一些街道的电线杆上交叉挂起了小幅日本国旗，还有的地方挂着特为此事设计的红色的长条旗帜，上面印着一轮金黄的月亮，两边各立着一只引颈张望的仙鹤，下面是一行日文；报纸、电视更是推波助澜，花样翻新。

在东京的日子里，每天都坐着中巴在路上奔波，经常从皇宫前经过。日本皇宫像北京紫禁城一样，也有一条护城河环绕着城墙，石墙旁，高大的树木绿叶森森，形成一道天然屏障。天鹅悠闲地在护城河里嬉戏，也有行人在护城河边散步。据说皇宫的一部分是可以免费参观的，可惜我们的日程安排得很满，没有参观皇宫的时间，只能在回国那一天提前出发，在皇宫前拍拍照片。

隔着皇宫有一大片广场，铺着铅灰色的小粒鹅卵石。过一条马路，又是一片草坪广场，就在这广场里，东一个西一个地躺着一些人。我猛然想起，新宿的闹市街头，夜半时分，一些人把纸板箱放倒在墙角，然后钻进去睡觉。为什么睡在这些地方？是流浪者？是乞丐？蓬头垢面，衣服破旧，旁边放着的也许是他们的全部家当，一个行李卷和一把能够遮风挡雨的油纸伞。

皇室小公主的诞生，和睡在街头的人并无关系，不知道为什么我却把他们联系到一起……

（2002 年 6 月 17 日《长春晚报》）

小国印象记

四月中旬，北京街头的迎春花开得金黄，十个小时后，我们的飞机在奥地利维也纳机场落地，那金黄的迎春花在维也纳街头灿然绽放。走马观花浮光掠影的行程，倒是对几个小国印象更深一些……

城中国：梵蒂冈

离开水城威尼斯，离开文艺复兴发祥地佛罗伦萨，我们一路驶向意大利首都罗马。进城后，没有去斗兽场，也没去万神殿，而是直接开到圣彼得广场前五十余米处停下，领队把我们带进广场，一进入这广场就意味着进入梵蒂冈了。意大利和梵蒂冈的国境线并不明显，我们就像走过一条马路一样进入梵蒂冈。在欧盟各国内，国与国之间也都如此，没有关卡，没有边检站，从此国进入彼国，就像我们从这个省进入那个省一样。

梵蒂冈是世界上最小的主权国家，我一直对她充满好奇。

梵蒂冈不仅是国中国，也是城中国，她位于意大利首都罗马城内西北角一片高地上，领土面积不足半平方公里，人口才一千多，其中还包括几百名驻外使节。梵蒂冈是拉丁语，是先知之地的意思。全国除圣彼得广场这一面外，其他三面都被高墙隔开。梵蒂冈既是国家也是首都，更是世界天主教中心。教皇是国家元首。梵蒂冈有邮政、通讯，还有一条八百多米长的铁路和一座直通罗马的车站。

圣彼得大教堂是梵蒂冈的标志性建筑，广场用青石块铺成，两侧是高大的廊柱，每排四根等距并列，数根巨柱构成左右两边的椭圆长廊，喻为教皇的两只臂膀庇护着教民。柱顶有一百四十尊圣人石雕塑像，每尊雕像都形态各异，栩栩如生。广场中间有二十六米高的方尖碑，方形底座的四角卧着四个造型生动的青铜狮子，碑顶上是十字架。占地三公顷半的广场，可容纳五十万人举行大型宗教活动。靠近教堂的地方摆着许多塑料椅，当教皇讲经布道时，这里就坐满了信徒。广场上聚集着数不清的各种肤色的游人。教堂的平顶正中位置矗立着耶稣的雕像，两边是他的十二个门徒，好像依然在俯视他的信众。

圣彼得广场和圣彼得教堂，都是用圣彼得来命名的。圣彼得原叫西蒙，是耶稣十二门徒之一。他最先见识并承认耶稣为救世主，耶稣遂给他改名叫彼得，希望他像磐石一样坚强。耶稣被钉上十字架之后，彼得继承耶稣的遗志，积极宣传耶稣学说。为了隐蔽，他在一处地下坟场设立传道所。看到教徒越来越多，又找不到彼得，罗马王尼禄要大火焚城。为了不连累众人，彼得大义凛然地走出坟场站了出来。尼禄王要把他像耶稣那样钉上十字架。彼得毫不畏惧说，可以，那就把我倒过来钉在十字架上吧，我的主曾为我竖在十字架上，我不配像他一样受死。谁都明白，倒过来受死会比头朝上死去要承受更大的痛苦。残暴的尼禄王满足了他的要求。彼得殉难后被尊为圣者，尸骨安葬在一小教堂地下。彼得没有辜负耶稣，果然成为弘扬天主教的磐石，被后来天主教尊为第一教宗。

强权压制没有使基督教教徒屈服下来，到了君士坦丁大帝时代，便承认了基督教的合法地位，并在彼得墓地上建座简易教堂。君士坦丁之子孔斯继位后，为服务于帝国统治又将基督教确定为国教，推倒小教堂，在原址建起一座规模宏大的教堂，叫圣彼得教堂。此后的十多个世纪里，这座大教堂经历了多次扩建和重建，凝聚了意大利布拉曼特、拉斐尔、米开朗琪罗、贝尔尼尼等众多顶级建筑和艺术大师的智慧。最后一次重建历经一百多年。教堂呈十字架形，总面积达一万五千平方米，可容纳六万人，仅为了内外装饰，贝尔尼尼就花了二十多年时间。大教堂奢华而又壮丽，被称为世界第一教堂。

我一边听导游介绍，一边欣赏教堂的精美。精致的石柱，华美的墙壁，拱形的殿顶，色彩艳丽的图饰，栩栩如生的塑像和浮雕，让人叹为观止，真是美不胜收。拉斐尔壁画和米开朗琪罗石雕都是原作，至今色彩如初。据说，拉斐尔最初的作品人物都是裸体，教皇认为不雅，命令给穿上衣裳。拉斐尔只好修改自己的作品。让人惊奇的是，改后的绘画，毫无修改痕迹，仿佛原本就是穿着衣服的。在威尼斯黄金大教堂、佛罗伦萨圣母百花大教堂、米兰大教堂和比萨等教堂里拍照片时，一律不准使用闪光灯，唯独这里可以，因为所有的壁画都用各种颜色的大理石拼接成，工艺精致，严丝合缝，平整如画。我俯身用手指抚摸各种色块拼贴而成的彩色图案，光滑无缝，浑然天成。在一个玻璃罩里，收藏着米开朗琪罗亲手签名的《哀悼基督》。当年只有二十四岁的雕塑家在完成这件作品之后没有署名，教皇看了问谁的作品如此精湛？陪同者说出创作者的名字，教皇不相信。这了证实，米开朗琪罗署上了自己名字。于是，这成为世界上唯一有米开朗琪罗签名的作品。

从圣彼得大教堂出来，在门口看见教廷的卫队士兵，穿着红黄蓝三色条纹骑士装。游人纷纷以他们为背景拍照。有小孩子过去要求与他们合影，他们欣然答应，成人要过去合影被拒绝了。这些卫兵都是瑞士人，是教廷雇佣兵。据说，当年教皇受到进攻，许多瑞士卫兵战死在教堂外，教皇十分感动，决定世世代代雇佣瑞士卫兵。

在离开梵蒂冈的时候，我问导游哪里是两国的国界？他指着我面前的一排宛若公路隔离桩一样光滑的木桩说，那就是，地上有白线。

就这样，一个多小时，我们走进又离开了世界上最小的国家。

我们看见的仅是梵蒂冈的一小部分，还有梵蒂冈宫、博物馆、图书馆与美术馆等没能进入，那里珍藏着中世纪和文艺复兴时期以来的许多文物和艺术珍品。

一九八四年，联合国教科文组织已将梵蒂冈城列入世界文化与自然遗产保护名录。

国中国：圣马力诺

若不是导游提醒，还浑然不觉，已经进入圣马力诺，前面的汽车车牌已与意大利迥然不同。这个弹丸小国仅有六十多平方公里的领土，三万多人口，都在意大利境内，纯粹的国中国，也是欧洲第三、世界第五小国。

大巴车沿着弯曲的盘山路向山上驶去，弯道很大，山坡很陡。我看见前面三座山峰上屹立着三座古城堡，那是圣马力诺的标志性建筑。导游说，这个小国不大却有世界级比赛，F1 一级方程赛车欧洲巡回赛就是在这里开始的。

我们的车一直绕到山的背面，在停车场停下。这是一条狭长地带，左边是陡立的山崖，山上建有楼房；右边是陡立的峭壁，壁下也有楼房。一条马路从山的这面通向山的那面，转个弯不见了。我想，当年这里一定是山坡，圣马力诺的先民像我们的愚公那样，劈山造地，修了路盖了楼也铺了停车场。过了马路，我站在峭壁边的铁栏杆旁放眼看去，夕阳西下，红红的落日在西天慢慢下滑，余晖把掩映在树林中的一片片红屋顶映得更红。小城的傍晚静悄悄的没几个行人，偶尔有公交车驶过。

路边是三层的建筑，一楼是门市，出售各种工艺品、衣帽和手表等。

圣马力诺国取自一个人的名字，这个人叫马力诺，是南斯拉夫一个小岛上的石匠，以开山凿石为生。早在公元 4 世纪，他因为坚信天主教并宣传天主教而受到封建主打击迫害，不得已同一些信徒远离家乡，逃到此地山洞里隐居起来，靠打石头卖石材养家糊口。山里好石头多，建房舍盖教堂又使用石头，生意就非常好。后来，信众闻讯纷纷投奔，人就越聚越多，大家就建立一个国家，尊马力诺为圣并以这个石匠的名字做国名和首都名。

意大利首领加里波底在统一意大利的战争中，为躲避敌人追击逃到此地，得到圣马力诺人民和领袖的无私帮助。他以圣马力诺为大后方，完成了统一大业。加里波底感谢圣马力诺无私的援助，作为回报让她以独立的主权国家存在于世。十八世纪，拿破仑时代的法国第一个承认她的主权地位，其他欧洲国家也陆续承认。意大利统一后，圣马力诺完全被包围起来，虽然生活在意大利的屋檐下，两国相安无事。从一八六二年起，圣马力诺与意大利签署了友好条约，和睦相处得如同一个国家。

这个国家以邮票著称，世界上第一个邮政服务是在这里建立，旅游和邮票是重要的收入来源。F1一级方程车赛欧洲巡回赛以圣马力诺命名，第一站在这里开始。这是世界规模的，世界最高水平的赛事，与奥运会、世界杯足球赛并称世界三大体育赛事。

我们在一家小商店里打听哪里有邮票卖。尽管语言不通，售货员明白我们比画的意思，就把我们领进邻家小店，那里果然有邮票卖。我们买了几联邮票，还在另一家老夫妇开的小店里买了冰箱贴。

停车场上方的之字形路边有家中餐馆，老板是广东人，因此也叫广东餐馆。门侧有福禄寿铜版浮雕，餐厅里全是中国元素的装饰画。在门后的条桌上摆一份八开本的红皮书，内有钱其琛外长签署的同圣马力诺建交的文件。我在欧洲旅游期间，每到一处都有中国人开的餐馆，就连这样小国也有，真让人惊奇。

离开圣马力诺已经是夜里，沿路只看见斑驳的树影和山形。沿着弯曲的山路大巴车一直下行。圣马力诺只有公路，另外还有一条三千米长的索道，要乘飞机和火车，得到意大利才行。国家小，人口少，首都也才五千多人。可是，全国拥有的车辆数比人口数多得多，来旅游的人超过国家人口一百多倍。每到旅游旺季，大街小巷游人如织，车辆川流不息却很少堵车，这里的公路全是单行或环行线。

天越发黑了。领队说这个国家没有红绿灯，当你看见红灯的时候，就意味着出国到意大利了。说着，我们的大巴在一路口停下了，前头红灯亮着。

我们离开了圣马力诺，又回到意大利了。

湖光山色：瑞士

离开意大利一路向北，直向阿尔卑斯山奔去，到了山下也就到了瑞士，欧洲的几条水系如塞纳河、多瑙河、莱茵河都从这座欧洲名山发源，经过瑞士流向四面八方，滋润着欧洲大地，因此，瑞士被誉为欧洲水塔。瑞士河多，湖也多，我们一路前行都有湖泊相伴，大大小小的湖水倒映着蓝天，水是蓝蓝的；倒映着青山，水就是绿色的。不仅是纯净的湖水，还有扑面而来的绿地。春天刚刚来临，树的枝头冒出芽苞，除松树之外大森林还是一片灰褐，可是旅游车经过的道路两旁，山坡也好，平地也罢，只要有房舍就有一片翠绿。平坦得像一块块地毯，整洁得如同刚刚洗过。那片喜人的翠绿，从路边一直延伸到房前屋下，除开主人的一方小院之外，全是绿地、绿color地。仿佛这里本来就是绿地，主人把在别处组建好的房子安置在这里一样。

只有四万多平方公里的瑞士大部分是山地，近一半被森林覆盖。每一寸土地都不裸露，不是森林必是青草。在茵茵绿草地上准有房屋，一幢两幢或者一片两片，不论有多少房舍，那建得如同童话世界的木屋、砖屋、石屋都各不相同，红瓦的屋顶像女人头上的帽子，花样翻新。房子四面开窗，窗棂、窗扇和墙面的颜色也各不相同。抬眼看去，不远处就是白雪皑皑的阿尔卑斯山。天是蓝的，山是白的，近处是绿的，多彩的民房点缀其间，让这山、这水多了些灵性。

我在绿地中发现一条长长的、宽宽的类似公路，导游说那不是公路，是飞机跑道。瑞士军用机就隐藏在绿地中，如果一旦爆发战争，随时都可以起飞参加保卫国家的战斗。据导游介绍，瑞士当初绝不富有，为了改变贫穷，他们的男人不惜牺牲自己，到招募外籍士兵的国家去当雇佣兵，用青春热血和生命换来国家发展的第一桶金。现在梵蒂冈宫廷卫兵还用瑞士青年。钱来之不易，必须发挥最大效益，发展教育和高科技，发展高精尖产品。这让他们的产品十分卓越，钟表产业就是明显一例。现在的瑞士，论领土论人口，确是小国，可在经济上却堪比大国。

傍晚时分，我们到达旅游名镇因特拉肯。这是座位于两湖间的小城，穿过何维克大街就是一个广场，铺着大片草坪，绿草间点缀着黄的白的蓝的小花。路边的七叶树，没有枝也没有叶，粗壮的枝杈长满了疙疙瘩瘩样的东西，在夕阳的余晖中有一种怪异的美让人难忘。清纯的空气带着些微凉意，带着青草和鲜花的气息扑面而来，仿佛一杯美酒让我沉醉。草地前方是两座刚刚有点变绿的高山，而在这两座高山之间，就是白雪皑皑的少女峰，在绿草、鲜花、褐石、青山衬托下显得十分美丽。每年都有许多的登山爱好者攀登少女峰，有的甚至不惜失去性命，在少女峰下安息大约是一种福分吧。

为了让游人能够观赏到少女峰迷人的倩影，当地政府不准在这片广场上修建任何建筑物。天上不时有彩色条纹的降落伞缓缓飘过，在草地慢慢落下。跳伞者默默地收起伞，这一个刚刚离去，另一个又悄然降落，为这宁静的小城增加一道别致的风景。

我们在二十公里开外的麦瑞根镇牧羊人之家酒店住下，同样是一座宁静美丽的小城。街上行人稀落，商家门窗紧闭，只有橱窗灯光明亮，让里面的商品熠熠生辉。街面是石子加沥青，人行道则由石块铺就，干净得如同洗过。小镇周围峭峰耸立，石壁中，一道山泉从石洞喷涌而出，明亮的射灯照着这一自然奇观。夜空湛蓝，月华如水，群山环绕，小镇如同母亲怀中之子。

于廉的故乡：比利时

从瑞士经法国进入比利时，地势越来越低。比利时领土仅三万平方公里，大部分是丘陵和平坦低地。比利时特产是巧克力，比巧克力更为出名的是于廉。调皮任性、生动活泼的于廉深受各国人们的喜爱，他也成为比利时国家或布鲁塞尔的城市名片。

我们到达布鲁塞尔已经是夜里，入住距市区十几公里的小镇滑铁卢。这里曾是默默无闻的地方，只因拿破仑兵败于此，让世人知道了这里。那场改变欧洲历史的战争结束后，勤劳的比利时妇女用背篓运土，在大平原上堆起一个四十五米高的山包，男人们收集起缴获的枪炮重新回炉，铸了一座二十八吨的铁狮子，前爪踩着一个圆球，面朝侵略军的方向，其用意不言自明。

我们一进入布鲁塞尔市区，就在商店橱窗里看见了那个光着身子撒尿的小男童于廉。他的雕像位于布鲁塞尔大广场附近的埃杜里弗小巷中。以前看见的撒尿男童光着身子，可是他今天穿着一件不知是哪国军服或警服。高不过一米，头发卷曲，鼻子微翘，鼓着小肚子，当众撒尿，的确十分可爱。来自世界各地的游人很多，多得都靠不了前。据导游说，他现在尿出的是自来水，到了狂欢节，他尿的是啤酒，人们争相上前抢饮的场面很是壮观。

关于于廉的故事，有个说法是，二战时德军入侵布鲁塞尔，布下炸药要炸毁久攻不下的建筑。于廉看见冒着火星的导火索，急中生智撒尿将它浇灭保全了城市，德军大怒把他杀害。为了纪念他，人们为他塑了像。实际上这座雕像已有近四百年历史，早在一六一九年，比利时雕塑家捷罗姆·杜克思诺就创作出了这个形象。有两个传说：一个是，于廉见强盗放火，撒泡尿灭了火星拯救了全城；另一个是，顽皮淘气的于廉站在楼顶上，看着出殡的人群撒尿，激怒了过路的女神，罚他永远撒尿。传说毕竟是传说，已经不重要，重要的是自从被塑造出来之后，就受到人们的喜爱。光着身子的于廉，让路过这里的人发出会心的微笑。

在小于廉在街头站立若干年后的一个冬天，巴伐利亚总督路过此地，看见他赤身露体地站在刺骨的寒风中，便动了恻隐之心，给他穿上一件金丝礼服。他这一行动引来许多宾客争先效仿，纷纷把具有本民族特色的服装赠给他，中国也赠衣两套，一套是解放军军装，另一套是汉族对襟裤褂。一九七九年布鲁塞尔千年大庆时，中国政府派人专程送来。据说，小于廉的衣服多得不得了，要一个很大的展馆收藏才行。每年的十月一日，小于廉就穿上对襟裤褂。

布鲁塞尔大广场也被称作鲜花广场。广场周围是建于公元十二世纪的尖顶高大建筑，广场地面用打磨均匀的花岗石石块铺成，已经磨得光溜溜的了，每隔两年的八月，都在大广场举行为期四天的"鲜花地毯节"，人们用若干盆鲜花拼成"地毯"，吸引世界各地游人观赏。

一九九八年，联合国教科文组织将这个广场作为文化遗产列入《世界遗产名录》。

风车和郁金香王国：荷兰

绿地，绿地，连绵不断的绿地。一眼望不到尽头的平原出现了风车，想必已经进入荷兰。导游证实了我们的猜测。荷兰到了。沟渠纵横，绿草如茵。没有高山，没有丘陵，有的只是不同于瑞士也不同于奥地利的荷兰风格的各式建筑和风车。

今天领土面积只有四万多平方公里的荷兰，却是昔日的海上殖民大国。早在十七世纪，他们就在全球建立了商业霸权，贸易额占到世界总额一半。荷兰东印度公司的一万五千个分支机构遍布世界各地。全世界共有二万艘船，小小的荷兰就拥有一万五千艘，悬挂着荷兰三色旗的商船穿梭游弋在五大洋上，连我们的台湾都一度被他们占领。当下的荷兰仍然保持着强劲的发展势头，开放的经济十分繁荣，是西方十大经济体之一。

当年他们靠花卉发家，传说三根郁金香根球就可以买一栋房子。如今他们的花卉出口依然占国际花卉市场的半壁江山。他们经济发展得益于风车。荷兰国土不大，还有不少土地低于海平面，为避免在海水涨潮时遭受"灭顶之灾"，不得不筑坝拦住海水。他们拦住了入侵的海水，同时也造就了大面积土地。为抽干围堰内的水，他们发明了风车，几百年来，他们修筑的拦海大堤长达一千八百公里，增加土地面积六十多万公顷。延长的海岸线为他们成为海上霸国创造了条件。那时的海边隔不远就会有一个风车，海风吹动着形状各异的叶片，那场面该是何等壮观。这种场景现在看不到了，蒸汽机出现之后，笨重的风车就被拆除了。

我们到了距离阿姆斯特丹十五公里的桑斯安斯镇。下了车就看见一河湾，波光粼粼，岸边耸立着十几座风车，叶片转动着，聚集着来自世界各地的游人。他们有的拍照，有的画画，有的在风车里上上下下。这里已经成为关于风车的博物馆，不过这些历史的遗物仍然发挥着作用，我看见旋转的风车还在产生动力，用来加工木料，生产他们传统的木鞋或者别的什么。这些风车看上去都差不多，但仔细看去却各有特色，就像他们的建筑追求个性一样，风车也各不相同。据说，风车也有语言，扇叶摆十字表示暂停工作，打叉则代表风车长期停工，扇叶偏右代表村里有喜事，偏左有丧事。荷兰木鞋是旋出来的，也是他们生活在低地，为抵御潮湿而发明出来的特殊鞋子。随着科学发展，风车退出了历史舞台，穿着不舒服的木鞋也成为收藏品。

大面积种植郁金香的库肯霍夫公园广场前，十几个国家的国旗迎风飘扬，其中一面就是五星红旗。四月下旬，正是郁金香开花的好季节。走在空旷的公园里人也许感到丝丝寒意，可是郁金香正开得恣意肆随，漂漂亮亮，在小河边在大树下，在路旁在屋侧，到处都是鲜艳美丽的郁金香，每一株都好像精心装扮的少女，在春风中亭亭玉立。那金黄的端庄，银白的素静，淡紫的雅致，粉红的艳丽，深蓝的深沉，大红的高贵，杂色的妩媚。公园二十八公顷土地，五百多个品种的郁金香竞相开放，各展风姿，尽显娇媚。登上园内风车的平台放眼看去，只见公园外面，大片的郁金香，一条一个颜色，五色相间，仿佛彩虹落到了田间。真不愧为郁金香王国！

荷兰本无郁金香，是被自然学家克鲁齐修斯一五九三年引进来的，摇曳多彩的身姿和别具一格的美丽吸引了皇室最挑剔的眼光，郁金香的观赏价值和经济价值成就了荷兰。现在，郁金香已成为荷兰的代名词。

荷兰是一个神秘的国度。导游说，这个国家十分开放，黄、赌、毒都合法存在。荷兰是第一个允许同性婚姻的国家，也是可以安乐死的国家。阿姆斯特丹夜生活十分繁华炫目，有一条街的大玻璃窗公开展示妓女身姿。性服务是一种职业，当妓女合理合法。阿姆斯特丹警局就有个女警察辞职去当妓女，有人问她为什么做这个，她说喜欢。在荷兰没人歧视妓女，而且她们收入不菲。

次日一大早，我们去阿姆斯特丹机场。五点刚过，天就有了亮色。大巴一路向机场开去，渐渐地可以看见路边的景色，白亮的沟渠河道也依稀可见，把草地分割成一块一块的。过了一会儿，绿草上升起一层白色的覆盖物，像霜但比霜厚，像雪但比雪薄，慢慢地那覆盖物越来越广，渐渐地把目之所及的草原都覆盖遍了。整个看去，我们好像行驶在汪洋大海中，而一幢幢房屋和片片村舍如同海中的小岛。不时有大树和风车的剪影从车窗外掠过。

天边有了一抹鱼肚白，这白色不断扩大且变得越发凝重，还镶了一层金边。不久，一道亮色出现，接着，太阳从一抹灰云后面冒出头来。我目不转睛地看着，只见红红的太阳冲破那灰色云团的阻挠终于跳了出来，把天边染得通红通红。草地上的覆盖物便也渐渐散开，原来那是雾气。

我在山上看过日出，也在大海上看过日出，今天又在荷兰这个低地国家看到了壮丽的日出。海有潮起潮落，日有西下东升。尽管她会被夜色挡住，被乌云遮住，但是她的光芒不会被永远遮蔽，她终归会冲破灰色云团的阻挠光耀大地。

（刊于《调研与决策》）

坦赞铁路今安在

听说我从坦桑尼亚采访归来，热心的朋友问：坦赞铁路现在还有吗？不问塞伦盖蒂自然保护区的动物大迁徙，不问人类是从非洲走出来的考古话题，却偏偏问坦赞铁路，可见这条铁路还是有很多人关注的。

我到坦桑尼亚首都达累斯萨拉姆第二天，就赶上中国外交部驻坦桑尼亚大使馆为《中非关系史上的丰碑——援建坦赞铁路亲历者的讲述》召开出版发行推介会。会场设置在坦赞铁路的起点处，红毯铺地，彩旗飘扬。参会者有曾任坦桑尼亚驻华大使、驻联合国代表的前总理萨利姆和现任中坦友好协会秘书长约瑟夫以及中坦双方的大使等。

一九六四年，刚刚建国的坦桑尼亚开国总统尼雷尔率代表团访问中国。建国伊始，振兴国民经济成为当务之急，要达此目的必须修建道路。坦桑尼亚位于东非，面临印度洋，有海港。但内陆交通极为不便。赞比亚是内陆国家，有丰富的矿产却苦于运输不出去。这两个国家想修铁路，可这一美好想法却屡屡受挫，两个国家的领导人都曾多方联系，找过美国、英国、苏联和世界银行，均以不具备修铁路条件为借口拒绝。美国专家断言这条路不可能修起来。这让尼雷尔总统心情很是不爽。万般无奈，他想到了中国。和坦桑尼亚一样，中国有过殖民地和半殖民地的历史，穷哥们也许能理解穷哥们的困难。但是，尼雷尔知道，新中国成立不久，一穷二白，能不能帮他们修建铁路，心里没底。他到中国之前，曾对前来安排出访的外交部人员说，中国目前也不富裕，如果他们有困难帮不了的话，希望不要直接说出来，而说研究研究。

尼雷尔总统的访华受到了中国的热烈欢迎。访问期间，周恩来总理全程陪同。尼雷尔还见到了毛泽东主席，并且和国家主席刘少奇直接会谈。尼雷尔提出希望中国帮助修建坦赞铁路的愿望，中国方面不但没有用研究研究来推托，而且痛快地答应下来。刘少奇主席问他，还有什么要求没有？这让尼雷尔总统大为感动。

从这一次访华开始，中坦开始了全方位的援助工作。中国抽调大批技术干部帮助他们修铁路、办工厂、建农场，帮助他们训练军队。

在非洲修建铁路可不像在中国那样容易。非洲大陆许多都是原始森林，铁路沿线九成以上杳无人烟，气候炎热，还有海拔两千米的高原地区，蚊虫肆虐，蛇蝎横行，疾病多发，有的传染病可以致命。自然条件恶劣，经济又十分落后，食品短缺、缺医少药。

坦赞铁路是在极为艰苦的条件下修建起来的。

铁路工程于一九六八年五月勘察，二年之后的十月在坦桑尼亚境内开建，一九七六年七月二十三日正式运行。这项勘察二年，建造六年的铁路，全长一千八百五十九公里，穿越二十二条隧道，飞越三百二十座桥梁，经停九十三个车站，耗费约五亿美元。旷日持久的工程建设，让六十四位中国工程技术人员和工人，长眠在异国他乡。

坦赞铁路带给非洲人民的好处有目共睹。他们把这条铁路称为"自由之路"和"友谊之路"。因为这条铁路，每一个中国人都成为非洲人民的朋友；每一个坦桑尼亚人都会说"中国朋友"。这条铁路是中非友好的见证。他们在这条铁路中感受到了中国的真诚。所以，当新中国还受许多西方国家排挤、反华言论甚嚣尘上的时候，坦桑尼亚政府和非洲许多国家都在为新中国鼓与呼。在联合国担任常驻代表的萨利姆，经常为恢复新中国在联合国的合法席位而大声疾呼。所以，毛主席说我们进入联合国是非洲兄弟抬进去的。

新书发布会结束之后，刚好有一列从赞比亚开过来的客车到站了。穿着新鲜的旅客，或者用头顶着或者用手拎着行囊，缕缕行行地沿着长长的带着顶棚的通道，走向出站口，三个铁路工作人员，拿着红色的塑料筐，守在两边，下车的旅客把他们手中的票据扔到塑料筐中。

等旅客走完了，我看见铁路线上卧着一列蓝色的内燃机车车头，拖着长长的绿色车厢。我进入举架高大的水泥建筑的候车大厅，坐在铸铁基座的塑料椅上，打量着七十年代我的同胞的建筑，铁栅栏门，铁框的门窗，一切一切都是我们国内七八十年代的样子。

　　我仿佛一个旅客，正在国内某个小县城的火车站里候车，准备去远方……

　　　　　　　　　　（2017 年 11 月 3 日刊登于《长春日报》）

非洲大草原漫笔

吃人的狮子

非洲，神秘的非洲；狂野的非洲。

我在采访被坦桑尼亚政府授予"文化博士"的李松山和韩蓉夫妇时，在他们的电脑里发现一个文件，标题叫《吃人的狮子》。文件不长，仅三幅照片和几十个文字而已。一幅照片拍的是这个村子的自然环境，要进入这个村子首先经过一片茂密的树林。另二幅照片拍的是一块牌子的两面，有图画有文字。正面画面是：一头狮子，面前躺着一位死去的美女，这位美女穿着比基尼装且肤色白皙。文字是：这头狮子吃了40人，伤了7人。牌子背面的画面是：死去的狮子，面前站着几个射击的人。美女没了，想必已被狮子吃掉。文字是：2004年4月20日，此狮子被动物保护协会和当地的老乡开枪打死，4月21日埋葬于此。

在非洲、在坦桑尼亚，有森林就有动物出没，这一点不稀奇，稀奇的是狮子吃人，而且吃了这么多人又伤害这么多人，才被处死。李松山和韩蓉夫妇在坦桑尼亚创业期间去南方考察，发现这个小村子的村口立着让他们好奇的牌子。两位学者精通当地的斯瓦希里语，就上前打探。在牌子下干木工活的黑人告诉他们，画上的这头狮子屡屡吃人伤人，政府决定将它处以死刑。警察和当地猎手观察堵截了一个多月，才发现它将它击毙并埋葬在这里。作者感叹道："黑人们是非常浪漫和快乐的，常常把严肃的事情用幽默的方式来处理。这里，他们讲了一个人和自然的故事。"

后来，我曾问到过坦桑尼亚南方那个村子，见过那块击毙狮子警示牌子的韩蓉女士：为什么他们要等那头狮子吃了四十个人又伤了七人之后才去击毙它呢？韩蓉女士回答，他们要考察是哪头狮子惹的祸，不能滥杀无辜呀。

这个故事让我深受触动。后来，为了深入采访李松山和韩蓉夫妇，我到了坦桑尼亚，进入一片广袤的大草原和自然保护区。到了那里，我知道什么是动物的天堂，什么是人和动物和谐相处，耳闻目睹了许多人和自然的故事……

猴面包树和非洲象

猴面包树是东非大草原和大裂谷山坡上的一道奇观。这种树长得非常有趣。粗壮的树干仿佛大水缸，而上面的树杈却又瘦又细，让我联想到张乐平先生画的三毛头上的那几撮支棱八翘的头发。有的猴面包树没有四五个人是搂抱不过来的。正因为样子特别，不论它长在哪里都非常突出，让人一下子就认出并记住。它的果实像面包，不仅样子像味道也像，猴子猩猩特别愿意吃，所以叫猴面包树。其实树上结的"面包"，人也是可以食用的，当然大象也特别喜欢吃。所以，凡有猴面包树的地方都有大象。粗大的树干可以供大象蹭蹭皮肤解解痒，在赤道附近烈日的烘烤下，稍许一点的树荫都可以为它们带来阴凉。

然而，我们去了马尼维拉湖、恩戈罗恩戈罗火山口两个自然保护区看到的最多的是猴子，它们成群结队地出现在我的面前，有的干脆堵住我们前行的道路。它们才不管你呢，该干什么还干什么。有的在树上荡来荡去，有的站在路边为对方捉虱子，捉到一个就放到嘴里一个。有的小猴子坐在大猴子的背上，有的小猴子用双臂搂着吊在大猴子的肚子下面。还有的公猴和母猴在做着延续种类的伟大事情。猴子们和我们大眼瞪小眼地对视着，我们看着猴子，猴子看着我们。直到它们看腻了，不想再看了，才扭扭打打地陆续离开公路。我们的越野车这才朝前移动了一点，堵在车前的猴子东张西望一番，然后也陆续离开了。

我们的车驶进马尼维拉湖边缘，看见的则是另外一幕：一群野牛安详地卧在草地上，一群野牛站在湖水中，他们的背上是一只或者两只白色的鸟。牛不动，鸟也不动。它们的身边飞舞着蝴蝶。而在不远的湖边是一群火烈鸟，红色的背羽为蓝色的湖水镶上一道美丽的红边。在车的另一侧，是成群的角马在追逐在奔跑。三两只野猪把它们的尾巴翘得像旗杆一样，猛跑着，不知道它们是发现了猎物还是被猎物所追逐。

都说斑马是最胆小的动物。人们常用"警觉得像斑马一样"形容那些谨小慎微的人。可是我在这里却看到一匹特别大胆的斑马。我也从来没有这么近距离地接触过野生斑马。那是一群在埋头吃草的斑马，都在路的三五米开外处。只有其中一匹站在路边。非洲的旱季到了，草原上的植被呈现多样性。有的干枯了，有的还是绿油油的，有的在枯草的根部也发出新绿来。这一匹斑马就在路边的枯草根部寻找着绿草芽。它的嘴一拱一拱的，有的时候嘴都拱到了路边。而我们的车恰好就停在路边，没有熄火，引擎还突突突地响着，它充耳不闻视而不见地吃着。好像饿了许久，才好不容易找到一点可以果腹的食物一样。

有人发现这匹马的肚子比较大一些，我马上注意看去，果然发现这是一母马，意识到它是怀了孕的母马。要做妈妈了，它吃不仅为自己，更是为了即将出世的小宝宝。所以它才大胆到不顾已经开到路边的汽车，不顾车上旅游者火辣辣的目光和频繁的拍照。当然我们都是一声不吭，默默地看着它吃。这时，我突然想起了一部影片中的一个场面。在《天下无贼》结尾处，刘若英扮演的女贼和张涵予扮演的警官出现在一家饭店，女贼正在大口地吞吃着薄饼卷烤鸭肉。警官知道她和腹中胎儿的爸爸有约，就说，"别等了"。女贼说，"等我吃完再说"。这里的女贼是个怀孕的女人。她在为腹中的胎儿吃。所有的母亲都是一样的，动物也不例外。这个时候我理解了，为什么斑马对来自身边的陌生的观察者理也不理，如入无人之境。

我们和一头高大的长颈鹿有过一次奇遇。非洲大草原有一种树，呈伞状，羽状的绿叶之间有寸把长尖利的刺。可是长颈鹿偏偏爱吃这种树的叶子，它的舌头能够巧妙地避开尖刺把绿叶吃掉。恰好有一株这样的伞状树长在路边，高大的树冠刚刚和一头长颈鹿等高。这头长颈鹿从路的另一边徜徉过来，看见了对面的美食，停下了。它可以不必低着头去寻找绿叶，也不必仰着头忍着刺目的阳光去寻找绿叶。这是一个极佳的位置。于是它站在路边，把脖子伸过来，吃着。它吃得很慢，它要回避叶间的长刺。它的长脖子和树冠刚好形成一座"城门"。我们的车就在"城门"外停住了。如果我们轻轻地从这座奇异的"城门"下通过，肯定会打扰了这位长颈鹿先生的美餐，也许它是花了好长时间才发现这样一个美好的环境，这样可口的绿叶。如果是那样，打扰它是很不道德的事。我们都没有动。人不动，车也不动，动的只是相机和具有拍摄功能的手机。不知道过了多长时间，长颈鹿吃饱了，它优雅地转过身来，昂着高傲的头颈，迈着轻松的步伐，绅士一样地走开了。黑黑的尾巴像一只拂尘一样，左一下右一下地挥舞着，尾巴根上的毛好像小姑娘编好的辫子，一丝不乱、一尘不染，在午后的烈日下，闪着梦幻般的光彩。

　　在大草原的深处，我看见疲倦的狮子，看见飞跑的羚羊，看见角斗的野牛，看见潜伏在湖面上的河马。可是却极少看见大象。因为象牙给它们惹了杀身之祸，非洲的大象日益减少。据资料介绍，在非洲每年有二万头大象遭到猎杀，尽管政府和国际组织保护大象，这个族群还是有这样多的大象被残杀。我此次还能看见可爱的大象吗？思虑之间，一头大象走进我们的视野。孤零零的一只，慢慢地走着，低头吃着什么。为什么只是一只？大象也是群居的动物，听说大象老了，知道自己的死期将至，然后默默地去寻找一个归宿。难道这头大象就是那样的老象吗？我凄然。

让我们和大象遭遇的是在塔兰吉雷自然保护区。刚刚进入几分钟，突然车停下了，原来是司机看见一头大象正慢慢走来，它要横过路面。接着就是一头又一头大象。啊呀，这是一个象群。因为茂密的树遮住了它们的身影，才使我有遭遇的感觉。我们的车停着，等着它们过路。这些大象旁若无人地走着，一头大象还边走边用鼻子把路边的尘土往自己的身上喷，把灰色的身体变成土红色。这样也许是防晒吧，如同人类擦防晒霜之类。一头小象在跨越路边斜坡时，摔倒了，挣扎了几次又坚强地站立起来，然后爬上坡去跟上了象群。而过了路的象呢，有的走着，有的在低头寻找吃的，它们的尾巴甩着，它们的蒲扇一样的大耳朵呼扇着。我们屏着呼吸，静静地看着象群过路，生怕一点响动惊扰了它们。直到整个象群过了路，我们才开车离开。

我终于看到大象了，而且还是一个象群。从进入这个保护区到离开，象群经常出没在我们的视线里，时远时近。多到让我们失去新奇之感了。但不论在哪儿遇到象群，我们都小心翼翼地让开它们。生怕它们一生气就把我们的汽车拱倒。这不是不可能的。

有这样一个真事。在修建坦赞铁路的那个年月里，有一对师徒在完成他们的任务之后，准备回国去了。行前，他们在工地宿舍附近拍照留念。师傅站立着，徒弟拿着装有胶卷的相机对着师傅拍摄。就在这个时候，徒弟大叫一声：大象！然后惊慌失措地甩掉相机跑开了，师傅正疑惑间扭头去看，只见一头只有一根象牙的大象冲了过来，追上师傅独牙一挑将师傅挑到空中，然后一甩，师傅就摔在地上。大象还不解恨，又把脚踩到他的身上。什么人能够经受大象的一挑一甩一踩呢？没有人能够经受得住。即将回国的师傅在异国他乡长眠了。后来人们知道，这头凶恶的大象，正是盗猎者作孽让它损失了一只漂亮的象牙。大象损失一根牙的感觉，我们人类无法体验到，可是对于大象来说，那可能是奇耻大辱。是谁让它失去一根象牙？是人类。大象无法分辨盗猎者和爱护并保护大象的人，它们只能把一切人类都视作可能会让它们失去牙的敌人。于是，它们把报仇的对象指向全体人类。那位善良的工人师傅就成了盗猎者的替罪羊。后来，这头大象因为杀人而被动物保护协会击毙了。

挂在树上的鸟窝

早餐时分，我还坐在酒店餐厅面对着火山口的大玻璃窗前，欣赏那一片湖光水色。日出之前的云彩呈现灰蓝、深蓝、银白、橘黄等让人眼花缭乱的景色，也让湖的颜色变化多端，美不胜收。二个小时之后，我们就已经到了火山口底那一马平川的大草原了。

就在我们的越野车沿着大裂谷的斜坡颠簸着向下行驶时，看见了让我们惊呆的一幕。车窗左侧略高于视线的空中停着一只大鸟。翅膀平平地伸展着显得很薄，黑色的羽毛在阳光下有些发蓝。大鸟一动不动，让人以为是一只飘飞的风筝。可是在东非大裂谷里放风筝不是太离谱了吗？当我们的车换了一个角度才发现它的头动了一下，证明它的确是一只很大的鸟。至于它为什么在空中停留着不动，已经顾不上多想了，因为我看见了更让人惊奇的事。

一条砂石路把大平原一劈两半。在道路的两边，东一棵西一棵地长着不成片的树。因为树少且光线充足，就不再为争夺阳光而拼命向上窜，这里的树冠基本上是平顶地向周围长，让树冠长得很大。我看见一棵树上的枝杈间有一团团的草，这些草团在树冠的底部就挂了起来，在微风中飘摇着，灯笼一样。哦？那是什么东西？是蜂窝？是鸟窝？这样的景观隔不远就有一处。也许是为了让我们找到答案吧，在路边我们发现同样的一株树，同样的草团，充满在树冠间、悬挂在树枝下。我们的车在路边停了下来。我看见一群长着色彩缤纷的羽毛的小鸟，在这些草团间出出入入。有几只鸟站在树枝上吱呀呀地唱着。我这才明白这些草团是鸟窝。我还看见一只鸟嘴叼着一根枯草飞回来，也许它的窝正在建设当中吧，也许它的窝需要修缮，它正忙着哩。在草多树少的稀树平原上，鸟也喜欢凑热闹了，它们把窝建在一棵树上，上上下下地叠屋架房，好像人类的楼房一样。有的鸟在树中找不到位置，只好把房子挂在最下一层的树枝上。它们是怎么挂上去而不掉下来，那是鸟的智慧和能力。据说，造窝的都是雄鸟，窝造好了，一排一排的，一层一层的。雌鸟前来挑选，它们要检查窝是不是舒适、安全、漂亮，雌鸟选中哪个，就和建造那个窝的雄鸟一起生活并哺育后代。

坦桑尼亚的自然保护区，不仅是动物的天堂也是鸟的天堂。据统计，这里的鸟类达到一千五百多种。我们下榻的酒店，在客人出发时，会接到这样的通知单：这里是鸟类的家园请爱护它们。当你发现新品种时，请告知我们。作为普通的旅游者怎么会发现新的没被发现的鸟呢？不过可也难说，谁知道在这些旅游者中，哪个是鸟的研究者呢？谁能知道这些人不会有新的发现呢？

火烈鸟已经成为这里一道壮观的景色。当这种大鸟在湖边形成阵式，或者若干只鸟腾空起飞的时候，那是一片火红的颜色，让每一个看见的人无比震撼。

这里的野兽不怕人，这里的鸟也不怕人。在首都达累斯萨拉姆的一些酒店的室外餐厅，时常有乌鸦落在餐桌上，趁客人不备之机与你分享盘中餐，然后"啊啊"地叫着飞去。没有人驱赶它们，来去自由。我在恩戈罗恩戈罗自然保护区内休息时，几只有着绿宝石一样背羽的鸟，就在我面前走来走去，在地上寻找可食之物，但不准游人喂食。旁边的铁牌子上写着这样的告示。我们当然也会遵守这些规矩，不拿自带的食品去喂它们。

在我们穿行在自然保护区期间，经常看见小鸟落在面前的路上。路上有一滩一滩的动物粪便。其中没有消化的树籽草籽，是这些小鸟的最爱。当我们的车驶过时，它们才紧急起飞，在我们的车头前飞快地掠过，好像为我们带路一样。有的时候我以为那些可爱的小鸟好像被车轮压着了，就在为它们担惊受怕时，马上就看见它们飞速掠过的漂亮身影，不禁为鸟儿的安全脱险舒一口气。当然也有因为贪食而失去最佳时机，丧生车轮下的鸟儿。

在坦桑尼亚大草原的日子里，晚上我听着鸟的悠扬的歌声入眠，清晨在鸟的婉转的鸣叫声中醒来。美丽的鸟陪伴着我进入并走出大草原。就在我们要离开塔兰吉雷自然保护区时，我们又与一群可爱的大鸟邂逅。五只鹤类大鸟，长长的双腿，白白的羽毛，头顶上是一缕金黄色，闲庭信步一样优雅地踱着步子。我们的车放慢速度，跟着它们散步。直到对面开过来一辆越野车，这些鹤们才展开双翅，一跃而起飞向天空。洁白的双翅，金黄的华冠，在蓝天的映衬下格外漂亮。我们的车追踪着它们，它们很快地一一落在路边的一棵枯树的枝杈上。哦，我不知道那是不是一株真正的枯树，反正它们的枝杈光秃秃的没有一片叶子。在这个少雨的旱季，有些树明明是活着的也没有一片叶子。在这几只鹤飞来之前，已经有一些大鸟站在这里了，白色的背羽，黑色的尾羽，长而又尖的嘴。五只飞起的鹤加入这个队伍里，让这棵树的每个枝杈都落着一只。这棵没有了叶子而显得了无生气的大树一下子充满了活力，它们久久地伫立着一动不动，仿佛它们就是这棵树上的花和叶子一样……

隐藏在树林中的酒店

在坦桑尼亚大草原的最后一夜，我住在一个叫索珀的酒店里。那是傍晚时分，越野车驶过一株猴面包树，驶入一片林地，"柳暗花明又一村"，忽然发现我已经到了酒店门前。褐色的瓦片从楼顶覆盖到地面，门脸朝前伸出好长一大截又逐渐收缩向下打了一个卷儿，仔细看去整幢大楼仿佛一头大象，而门脸部分就是象的长鼻子。山坡形的房顶上，十几只小动物爬上爬下十分活跃。它们既像兔子又像老鼠。说像兔子吧，它们一身老鼠一样的毛色又没有那么长的耳朵；像老鼠呢，它们又长得和兔子个头差不多。我依稀想起中央台的动物世界栏目介绍过它们，叫鼠兔，或者叫兔鼠。不论前者还是后者，它们那副样子十分可爱。看见有人来了就过来张望如同顽皮的儿童。而它们就在这，索珀酒店的大堂和餐厅、咖啡厅和小卖店的房顶上，嬉戏、玩耍。

我们住的房子是二层小楼，一幢幢地排列着，很像马赛人住的房子。圆柱形墙壁覆有雨伞一样的房顶，类似我老家的粮仓。室内设施简朴而适用，卫生间没有一次性牙刷和牙膏，甚至没有拖鞋。一张大蚊帐把二张蒙着洁白床单的大床全部围拢起来。第二天一大早我起床出去转转，三只小鹿在房前吃草，慢慢地移动着脚步，听见有声音就朝我看。我怕惊扰了它们，停了脚步，它们呢大约也怕打扰了我吧，蹑手蹑脚地走开了。我注意到它们黄褐色的皮毛，非常光滑也非常干净。我好想上前去抚摸一下，可是它们已经转过身，隐藏到树林中去了。这时，几只猴子跳上了房顶，从这个房顶跃到那个房顶如入无人之地。酒店的周围就是林地，那里是不是隐藏着狮子大象也未可知，我不敢再往外走了，走到大堂后面的游泳池边。泳池里的水和蓝天一样湛蓝湛蓝，在石块铺就的甬道边，有可供游人休息的桌子椅子。不知名的鸟和那种鼠兔窜来窜去，仿佛在邀请我和它们一起玩。而一棵大树上，在浓密的枝叶间，不知道有多少猴子在飞来荡去。蓝天上，许多的鸟喳喳叫着盘旋着，飞过来又飞过去。恍惚间，我忘记了是在酒店还是在动物园中。

　　开发旅游资源以来，保护区建立了酒店。但是政府要求建筑商就地取材，最大限度地保护环境。我住过的几家酒店，楼房高不过大树，色彩和周围的环境相差无几。我在恩戈罗恩戈罗自然保护区住过的酒店，墙壁、走廊两侧、内墙的装饰全是卵形火山石，石与石之间甚至看不到沟过缝。住在其间好像住进了山洞一样。之前的一家酒店，阳台上的栏杆用的是木杆，上面凸起的节子都没有削平。这样隐藏在树木中的酒店，如果不到跟前是发现不了的，动物也不会受到惊扰。

　　酒店好像一个动物园，或者说是动物园中的酒店也未尝不可。自然保护区本来就是一个大动物园啊。在这个动物园里，人和动物和谐相处，互不侵犯。这里最早的原住居民是马赛人和动物。一把腰刀一根手杖是马赛男人的常佩装备，即使进了城，腰刀和手杖也是须臾不可离身的。那是他们的工具也是他们的武器。马赛人向来崇尚自然，反对狩猎，主张游牧。他们把野牛野羊驯化之后，野牛野羊变成家畜，马赛人就靠着游牧放养，让这些家畜自行繁衍，让他们放养的牛羊越来越多。牛羊是他们的财产，是他们生活的主要来源，也是他们地位的象征。牛羊足够多了，他们可以多娶几个女人。正是马赛人和自然的这种相互依存的关系，让非洲的动物很少受到惊扰和侵犯。也正因为如此，恩戈罗恩戈罗自然保护区内，只允许马赛人和旅游者出入。旅游者必须乘旅行社的车。中途可以停车却不可以下车。各个旅行社虽然不同，但越野车却是一样的，涂成草绿的颜色，车顶上有棚盖可以支撑起来，人可以把头伸出车顶，把手伸出窗外，却不可以把脚伸出车外，更不许下车。如果想要"方便"或者用餐,必须到指定的位置。指定的地方都有水冲的厕所,有专人负责。据说有一位旅游者的草帽被风吹到了车外,要下车去拿没得到允许,还是司机小心翼翼地张望了许久才替他捡回的。我们到火山口那天因为旅途较远,午间旅行社为我们准备的是盒饭。一个正方形的牛皮纸样的纸板盒,装着鸡腿、面包、牛奶、饼干、一根香蕉和一次性刀叉。我们想下车乘着大树的阴凉吃饭,黑人司机兼导游坚决不允许。无奈,我们只好坐在车上用餐。用过的餐盒果皮等,由司机统一收回放在当初安置它们的位置,然后车到下一处酒店再由司机放到垃圾桶里。

大草原也有发生病虫害的时候,一旦发生了,保护区的管理部门绝不用农药,而是分片放火烧掉。在大火中,病虫害和荒草野树一样化为灰烬,一旦到了雨季,就是"春风吹又生"了,那灰烬也就成为非常好的养料滋养着大草原,那草也就比没有火烧之前更为茂密。由鸟传播的树的种子也找到适宜的时机开始发芽了。

离开非洲大草原,非洲象的影子却久久地驻留在我的心里。那头独自觅食的大象,那些成群的过路的大象,还有那头被击毙的独牙大象。据说,它在中了几颗子弹之后没有立即倒下。但是它已经没有力量,它的腿支撑不住自己庞大的身躯,一条腿一屈就跪在了地上,那颗仅存的象牙也重重地触到地上,断了。它仿佛在为自己杀了人而忏悔。良久,它轰然一声倒在地上,如同滑坡的大山。我觉得,这头大象是象中的觉悟者,它是为保卫自己种族的延续和生存的权利而战斗牺牲的,它死而无憾。

我在离开坦桑尼亚的时候，在中国驻坦大使馆看到一张报纸，上面介绍的资料显示：一九八九年以来，非洲有十七个国家举行了二十五次焚烧象牙活动，总共有一百五十吨象牙化为灰烬。

谁能计算一下，一百五十吨象牙是从多少头遭到惨杀的大象身上取得的？

令人触目惊心的是，现在，每年仍有二万头大象遭到猎杀。

哪个非洲人和到过非洲的亚洲人、欧洲人、美洲人、大洋洲人，能够保证自己不成为那个被大象杀死的师傅第二？人们啊，为了自身的安全，你不要猎杀大象了！

每一个购买象牙制品的人都是猎杀大象的同谋者。

为了人类的安全也不要购买象牙制品了。

我每次离开酒店之前，导游都提醒说，检查一下是不是有什么东西落下了。我就说，我有。我落下的是昨夜的梦。离开非洲之后，我落下的梦更多了。我还能找回那些遗失的非洲的梦吗？

非洲，神秘的非洲，绿色的非洲，动物天堂的非洲。

（原载 2017 年《作家》增刊）

后记：感谢生活

　　温家宝总理视察长影那天，正是立春，风有些大天也有些冷。他饶有兴趣地看过长影厂史展览后，在大接待室和大家聊天时，双手接过新片《小巷总理》光碟，看一眼光碟盒上的海报，问编剧来了没有。我和肖尹宪连忙站起来说来了，温总理看着我们，语重心长地说，还是要深入生活。

　　温总理的话一语中的。影片再现了谭竹青全心全意为社区百姓做事的感人故事，塑造了谭竹青这个典型人物。如果说此片取得了一点成功，都是生活的恩赐。毛泽东叮嘱文艺家要"了解各种人，熟悉各种人，了解各种事情，熟悉各种事情"。是啊，作为作家，你不了解，怎么写他们？作为画家，你不熟悉，怎么画他们？作为演员你不了解，怎么演他们？

　　长影建厂初期，创作主体是来自延安和各解放区的文艺骨干。他们当中有亲自聆听过毛主席讲话的；即使没听过讲话，也是在主席的讲话精神指引下从事创作。那时候，不仅编剧要深入生活，摄制组拿到剧本之后，也必须到剧本所反映的地方去体验生活。演员根据剧本,到生活当中寻找相应的人物去模仿、对照、揣摩、分析,如果找不到相应的人物,就查阅书刊,在资料的补充下展开想象,所以才有《桥》《董存瑞》《五朵金花》《我们村里的年轻人》《英雄儿女》等经典影片;后来的长影人继承了老一辈的传统,十分重视生活。才又有了《创业》《人到中年》《开国大典》等优秀影片。这些片子,反映农村的有泥土的芳香,表现工厂的有钢铁的味道;表现部队生活的呢,你能嗅到火药味儿。

多媒体时代,世界浮躁,人心也浮躁得很。一些电影人不大重视深入生活,把创作当作玩儿。他们拿到剧本,筹到资金就迫不及待地组织人马,租借设备,机器那么一支就开机了。他们说,剧本上的那些事我们都知道,用不着深入生活;他们说,就拍那么几天,哪有时间体验生活?或者说,深入生活不得加大成本吗?所以,导演赶场子,演员也赶场子。从这个组到那个组,下了飞机或者火车,就匆忙赶到摄制现场。结果,剧本反映不好生活,演员进入不了角色。这样的影片能拍好吗?这样的东西能受欢迎吗?难怪低成本影片越拍越多,受欢迎的却没有多少。就出现了习近平同志批出的有高原没有高峰的情况。长此以往,势必造成恶性循环。倘若总结目前好影片不多的缘由,在许许多多的原因中,最重要的一条怕就是缺乏生活了。有一句老话,磨刀不误砍柴工。对于艺术家来说是至理名言。所以温总理对编剧说:还是要深入生活。

同样,如果没有生活,也就没有我目前的这个散文集。这些散文部分选自我以前出版过的两个集子,大部分是新的,重新删减润色编辑整理。在整理这些文章的时候，心里未免一阵阵感慨，这些文字能够面世，要感谢这些文章的编辑，是他们的厚爱才让这些文章能够在报刊上与读者见面。

我感谢生活，也感谢让这个集子面世的长春市委宣传部和市文联的领导，如果不是他们的厚爱，也就不会有这个集子面世。

另外还要感谢乔迈、海南、王长元、赵培光及明哲等好友，他们在我第一本散文集出版前后，给予评论给予指点，让我受益终生。谢谢。

2018 年 11 月 30 日北京